내 낭자

내 남자

초판 1쇄 펴낸 날 2008년 12월 17일 **8쇄** 펴낸 날 2015년 9월 16일
지은이 사쿠라바 가즈키 **옮긴이** 김난주 **펴낸이** 박설림 **펴낸곳** 도서출판 재인 **디자인** 오필민
등록 2003. 7. 2 제300-2003-119 **주소** 서울시 강남구 도곡동 467-6 대림아크로텔 1812호
전화 02-571-6858 **팩스** 02-571-6857

ISBN 978-89-90982-30-8 03830 Copyright © 재인, 2008 Printed in Korea.

책값은 뒤표지에 있습니다. 잘못된 책은 바꿔 드립니다.

내 남자

사쿠라바 가즈키 소설

김난주 옮김

재인

차례

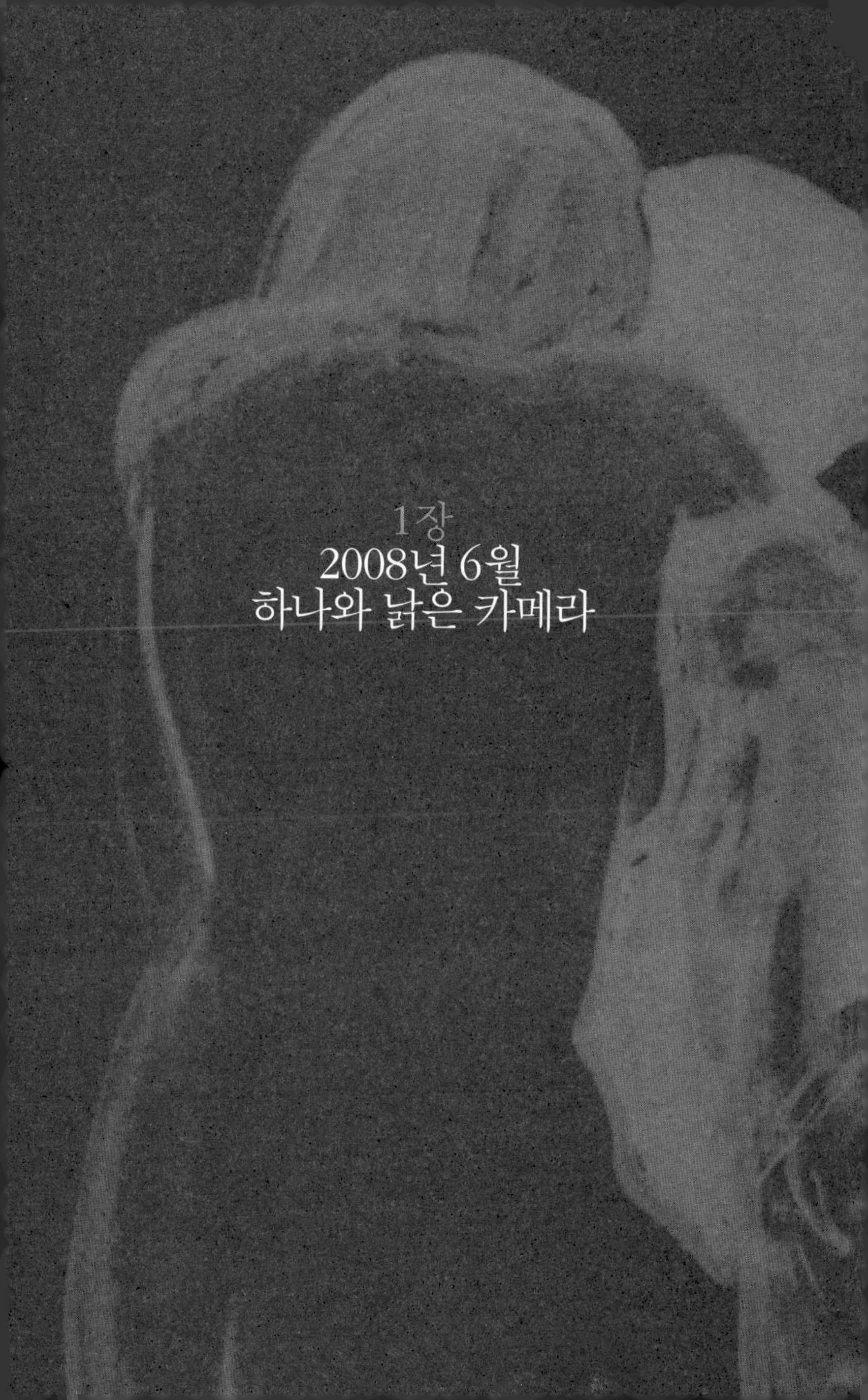

1장
2008년 6월
하나와 낡은 카메라

내 남자는 훔친 우산을 천천히 펼치면서 이쪽으로 걸어왔다. 지는 해보다 한 발 앞서 찾아온 밤, 저녁 6시가 지난 긴자의 가로수 길. 비에 젖어 빛나는 아스팔트를 저벅저벅 밟으면서 똑바로 이리로 다가왔다. 그리고 가게 앞 쇼윈도에 딱 달라붙어 비를 피하고 있는 내게 훔친 우산을 내밀었다. 우산을 훔친 사람인데, 그 동작은 영락한 귀족처럼 매끄럽고 우아하다. 나는 그의 그런 모습을 아름답다고 생각했다.

"결혼, 축하한다, 하나."

남자가 우산 속으로 들어선 내 어깨를 감싸 안으며 말했다. 나는 그 말은 듣는 둥 마는 둥, 애매하게 고개만 한 번 끄덕였다. 머릿속으로는, 지금 막 약속 장소인 이곳으로 걸어오던 남자의 모습을 몇 번이나 되새기고 있었다. 키만 컸지 호리호리하게 야윈 그. 제멋대로 자란 머리가 어깨 위에서 찰랑거렸다. 이미 젊지 않은 나이인데, 싸구려 허접스러운 양복을 입어도 그렇게 보이지 않을 만큼 반듯한 자세. 올해로 마흔두 살이나 된 데다 직장도 없는 별 볼일 없는 남자로는 보이지 않는다. 저녁 하늘에서 후드득후드득, 소나기가 내렸다. 오늘 내리는 몇 번째 소나기였다. 남자는 살며시 하늘을 올려다보고는 화랑 입구에 놓인 우산꽂이에서 마흔두 살 남자에게 어울리지 않는 빨간 꽃무늬 우산을 자연스럽게 빼 들었다. 그리고 우아한 동작으로 펼치면서 다시 걷기 시작했다. 저만치에서 비를 피하고 있는 나를 보고는 희미하게 미소 지었다. 거친 피부에 주름이 잡히면서 눈 아래가 어처구니없을 만큼 자글자글해졌다.

나는 이때 스물여섯 살이었다. 낡고 꾀죄죄한 것을 업신여기는 마음도 있었다. 약간의 경멸과, 말로는 표현하지 못할 안쓰러움으로 일그러진 미소를 지으며 남자를 맞았다. 내가 비를 피하고 있던 곳은 이탈리아 브랜드의 긴자 본점 앞, 그리고 나는 그 브랜드의 신제품 핸드백을 옆구리에 끼고 있었다. 쇼윈도에 전시된 브랜드 제품들이, 궁상맞은 데다 나이도 한참 많은 남자를 기꺼이 기다리는 내게 뭐라 비난하는 느낌이었다. 순간적으로 내 마음은 산산이 흩어졌다.

"결혼, 축하한다, 하나."

"고마워, 준고. ……근데 이 우산, 그냥 집어 온 거지?"

남자는 왜 그러냐는 듯이 나를 보았다. 젖은 구두, 어깨 역시 굵은 빗발에 젖어 가고 있었다. 준고는 자신은 아랑곳 않고 내게만 우산을 받쳐 주고 있다. 정성스럽게 손질한 내 갈색 긴 머리. 무릎까지 오는 플레어스커트. 가죽 핸드백. 그 보물들이 하나도 젖지 않도록. 눈앞에서 준고 혼자만 소리 없이 젖어 간다. 눈 아래에 자글자글한 잔주름이 지도록 웃음 짓는 그 얼굴을, 나는 슬며시 외면했다. 지난 15년 동안 내내 그랬던 것처럼, 우아하지만 꾀죄죄하고 비참한 남자에게서는 내리는 비 같은 눅눅한 냄새가 났다. 그것이 이 남자의 체취다.

"네가 비 맞으면 안 될 것 같아서."

무언가를 재미있어하듯 낮게 떨리는 목소리. 한 우산 속에서 어깨를 나란히 하고 어둑어둑해진 가로수 길을 걷기 시작했다. 마음은 얼굴을 올려다볼 때마다 무겁게 가라앉는데, 몸은 어깨와 어깨가 살짝 부딪치기만 해도 기뻐 어쩔 줄을 모른다. 하지만 그 기쁨은 지금 이 자리에서 생겨난 감정이 아니라, 아주 먼 과거에서 떠 내려온 불길한 거품 같은 것이었다. 또 어깨가 살짝 부딪쳤다. 옛날에는 내가 너무 어려서 나란히 서도 키가 어깨에 못 미쳤는데. 세월이 눈 깜짝할 사이에 지나가 버렸다.

둘이 나란히, 정처 없는 사람들처럼 걸었다. 지금까지 늘 그랬다. 이렇게 걸으니까, 앞으로도 계속 그럴 것 같은 기분이 들었다. 오늘 밤으로 끝인데.

준고가 아무 말이 없어, 나는 조그맣게 속삭였다.

"내일, 결혼할 건데, 오늘 감기 걸리면 속상하겠지."

목소리가 생각보다 훨씬 작게, 떨리게 울렸다.

"그럼."

"벌건 얼굴에 콧물 뚝뚝 흘리면서 웨딩드레스 입겠지."

"후후."

"왜 웃어. 무슨 일이든 재미있어한다니까."

"풋."

"치, 웃기만 하고. 준고는 늘 그렇다니까."

준고는 또 말없이 웃었다. 눈 아래에 잔주름이 모였다. 나도 살짝 웃었다. 입술 끝만 비틀렸다.

그리고 둘 다 아무 말 없이 가로수 길을 걸었다. 빗발이 점점 굵어졌다. 나는 젖지 않고 남자는 젖는다. 훔친 우산은 옆으로 기우뚱 기울어, 걸을 때마다 흔들리면서 나 하나만을 고집스럽게 지켰다.

너무 오래도록 함께 지낸 탓인지 나와 내 남자는 지금까지 대화라는 것을 별로 하지 않았다. 호기심과 흥분으로 충만했던 좋은 시절은 6, 7년 전에 이미 끝나 버렸다. 남은 것은 그저 집요하기만 한 애정 같은 것뿐. 이 사람밖에 없다는 어떤 신앙 같은 확신. 하지만 믿는 신도 의지할 가족도 없는 내게는 절대적으로 필요한 것이었다. 언제부터인가 그를 믿고 의지하고, 그리고 떨어질 수 없게 되었다.

저녁나절의 가로수 길은 비가 내리는데도 오가는 사람들로 넘실거렸다. 알콩달콩 속삭이는 남녀와 몇 번이나 스쳐 지난다. 이 가운데 과연 얼마나, 지금 함께 있는 사람을 '이 사람밖에 없다'고 믿고 있을까. 오가는 사람들 저마다에게 나름의 사연이 있을 것이다. 하지만 내 눈에는 빗속에서도 모두가 즐겁게 목적지를 향하고 있는 듯이 보였다.

겨우 약혼자와 만나기로 한 레스토랑 앞에 도착했다. 내가 젖지 않도록 조심조심 우산을 접는 준고를 내버려 둔 채, 레스토랑 안으로 성큼성큼 들어갔다. 눈부시게 하얀 벽에 드넓은 실내의 안쪽 테이블에 오자키 요시로가 동그마니 앉아 있었다. 내일, 나와 결혼할 사람이다. 아담한 몸을 말쑥한 양복으로 단장한 모습, 여유롭게 자란 분위기와 청결함으로 가득한 남자. 손목시계를 들여다보고는 눈썹을 약간 찡그린다. 그 몸짓에, 우리가 조금 늦었다는 것을 알았다. 뒤따라온 준고가 내 어깨에 몸을 슬며시 기대면서 웃음을 참는 목소리로 말했다.

"오자키 군."

요시로가 얼굴을 들고 빙그레 웃으며 우리를 보았다.

"아버님! 아, 다행이다. 사고라도 난 줄 알았습니다."

"하나가 늘 그렇지. 약속 시간에 딱 맞게 오지 않잖아. 벌써 알고 있을 텐데."

자기도 늦었으면서, 하고 하나는 어깨를 움츠렸다. 요시로와 마주한 자리에 앉자, 물 흐르듯 자연스러운 움직임으로 준고가 내 옆 자리에 앉아 또 어깨를 슬쩍 기댔다. 비 냄새 같은, 내가 사랑하는 체취가 콧구멍을 자극했다. 남자의 몸짓에 몸이 제멋대로 기뻐했다. 나는 눈살을 찌푸리면서 살짝 고개를 숙였다.

"아버님, 결혼식에 참석해 주신다니, 정말 고맙습니다. 하나가 일가친척이 없어서 말이죠. 제 쪽은 가족도 그렇지만, 직장 동료들도 많은데……."

요시로의 인사치레에 준고는 아무 관심 없다는 듯 엉뚱한 곳을 쳐다보면서 적당히 고개만 끄덕거렸다.

구사리노 준고는 내 양아버지다. 그가 나를 키우기 시작한 것은 15년 전. 지금은 까마득하게 먼, 세월의 저편에 있는 기억이다. 그때 우리는 도쿄가 아닌 다른 곳에서 각자 살았고, 그러다 언젠가부터 함께 살게 되었다. 나는 지진 때문에 가족을 한꺼번에 잃은, 초등학교 4학년짜리 꼬마였다. 아주 먼 친척인 준고는 복잡한 몇 가지 절차를 거쳐 내 양아버지가 되었다. 8년 전, 준고가 서른네 살 때 우리는 도쿄로 올라왔다. 그렇게 나는 스물여섯 살이 되었고, 이제 내일이면 결혼을 한다.

그 세월 동안 나는 어른이 되었고, 돌아보니 양아버지가 나를 처음 만났을 때 나이가 되어 가고 있었다. 그때 준고는 왜 어린 여자 아이를 굳이 맡으려 했을까. 어렸을 때는 양아버지의 마음을 전부 안다고 생각했다. 그런데 어른이 된 지금은 오히려 알 수 없다. 세월이 흐를수록 젊은 시절의 준고가 수수께끼로 가득해졌고, 물에 가라앉은 것처럼 부옇게 번지면서 멀어져 갈 뿐이다. 준고라는 남자가 과거에 한 선택과 앞으로 할 행동에 대해 나는 아무것도 모른다. 다만 확신할 수 있는 것은 비 냄새 같은 체취를 풍기는 이 양아버지가 바로 내 남자라는 것뿐이다.

요시로가 자연스럽고 화기애애하게 대화를 이끌어 나가는 동안 음식이 나왔다. 하얀 접시 한가운데에 생선과 야채가 오브제처럼 아름답게 담겨 있었다.

"남자 혼자서 여자 아이를 키우다니, 전 도저히 못할 것 같습니다. 남자는 일도 있고, 또 자기 자식 같으면 있는 힘을 다하겠지만……. 상상이 안 됩니다."

요시로가 웃음 띤 얼굴로 그렇게 말하자, 준고는 천천히 한쪽 볼을 실쭉거렸다. 웃는 것처럼 보였지만, 어쩌면 아닌지도 모르겠다. 싸구려 검정 양복에 감싸인 긴 다리가 의자에서 바닥으로 그림자처럼 뻗어 있었다. 때로 웨이터가 걸려 넘어질 뻔하면, 준고는 재미나다는 듯 혼자서 씩 웃었다.

"나야, 시간이 많았으니까."

"시간이, 많아요?"

전혀 예상치 못한 대답이었는지, 요시로는 얼빠진 표정으로 되물었다.

"알지도 못하는 아이를 별생각 없이 데려다 키울 정도로, 아무튼, 그때는 시간이 많았어."

"그럴 리가 있나요. 남자 나이 스물일곱 살인데, 시간이 많을 리 없죠."

"그런데, 난 안 그랬어. 오자키 군 같은 남자는 잘 모를 거야. 난, 스물일곱 살에 그저 따분해서 죽을 지경이었거든. 그게 전부였어. 그렇지, 하나?"

거짓말. 속으로 어처구니없어하면서 나는 살짝 어깨를 으쓱했다. 준고는 그러고는 아무 말 않은 채 내 옆얼굴만 지그시 쳐다보았다. 몸속에서 또 불길한 거품이 보글보글, 제멋대로 끓어올랐다.

준고는 일에 쫓기면서도 빨래를 하고 학부모회에 참석했고, 서툰 솜씨로 조그만 도시락을 싸 주었다. 또 내가 기운이라도 없어 보이면 당황해서 어쩔 줄을 몰랐다. 나는, 홀가분하게 혼자 사는 방에 어느 날 불쑥 나타난 어린 침입자 때문에 우왕좌왕했던 젊은 준고의 얼굴을 떠올리며 소리 없이 미소 지었다. 스물일곱 살 남자에게 열한 살 난 여자 아이는 악마였다. 그런데도 어떻게든 키우려고 바동거렸던 그 시절이 준고의 인생에서 가장 바쁜 시기였을 것이다. 옛날로 돌아가고 싶으냐고 물으면, 씁쓸히 웃으면서 고개를 저으리라.

"의외라고 생각할지도 모르겠지만, 우리 아빠 굉장히 자상했어. 옛날에는 성실하기도 했고. 아이에게는 이상적인 보호자였지. 정말이야."

나는 비아냥거림을 섞어, 그렇게 중얼거렸다. 먼 과거가 캄캄한 물결이 되어 어두운 원망의 감정과 함께 밀려왔다. 준고는 고개를 숙이고, 한쪽 볼을 씰쭉대며 피식 웃었다. 나쁜 남자가 지어 보이는 웃음이었다. 그리고 나이프로 생선살을 마구 헤적거리며 혼잣말하듯 말했다.

"하기야, 따분하지는 않았지."

"물론 힘들었겠지만, 그래도 즐거워 보였어. 많이 예뻐해 주었고. 나도 아빠를 많이 좋아했고."

"그때 그 조그만 동네에서 피붙이라고는 하나밖에 없었으니까. 내게는 어린 너밖에 없었어. 피는 물보다 진하다는 말, 이 아이를 데리고 온 후에 실감했지. 그래서였을 거야. 성격에 안 맞게 그렇게 열심이었던 거. 그리고 물론, 그렇게 즐거웠던 것도."

"그렇겠지……."

별 뜻 없게 들리게 하려고 애썼는데, 대답하는 목소리가 떨렸다.

실내가 점차 복잡해졌다. 시끌시끌한 사람들 소리에 서로의 목소리가 잘 들리지 않았다. 준고는 늘 그렇듯, 식사하는 내 모습을 지그시 쳐다보고 있었다. 남기지 않고 다 먹는지, 양은 부족하지 않은지. 음식을 삼키는 내 목덜미를 말없이, 끈끈한 시선으로 핥고 있었다.

옆 테이블에서 웃음소리가 일었다.

요시로는 그제야 본론으로 들어갔다. 내일 피로연 얘기였다.

"어제 전화로 미리 말씀드렸지만, 결혼할 때 신부가 네 가지 물건을 지니면 행운이 온다고 하는군요. 집안에 전해 내려오는 오래된 것, 새 출발에 어울리는 새로운 것, 행복한 사람에게 빌린 것, 파란 것. 섬씽 포라고 해서 이렇게 네 가지인데, 일본의 풍습은 아니지만 낭만적일 것 같아서요."

"……낭만적이라."

내 입을 쳐다보면서 준고가 웃음을 억누르는 듯 떨리는 목소리로 대답했다. 요시로는 반짝거리는 눈빛으로 말을 이었다.

"네. 하나와 의논해 봤는데, 아버님에게 뭘 받을 수 있으면 좋겠어요. 하나에게는 특별한 분이잖아요. 이렇게 급하게 부탁드려서 죄송하지만, 결혼 준비 때문에 여러 가지로 바빠서요. 친척이나 직장 동료들에게도 신경을 써야 하는데, 하나는 사소한 일에는 별 관심이 없는 듯하고."

"섬씽 올드, 섬씽 뉴, 섬씽 보로, 섬씽 블루라고 하는 거지."

포도주잔을 내려놓은 준고의 입술 끝에 빈정거림이 묻어 있었다. 이 남자의 부드러운 태도가 변화하는 타이밍을 나는 잘 알고 있다. 무슨 불미한 말을 꺼내려나 보다고 움찔하는 순간,

요시로의 휴대 전화가 울렸다. 그가 조심스럽게 일어서자, 준고가 내 귀에 얄팍하고 메마른 입술을 갖다 대었다.

낮은 목소리. 젊었을 때는 안 그랬는데, 목소리가 약간 쉬었다.

"섬씽 올드. 시시껄렁하게 별걸 다 가지고 오란다고 생각했지만, 그래도 가져왔지. 이거."

준고는 양복 안주머니에 손을 집어넣더니 무언가를 꺼내 휙 내던졌다. 테이블 위로 은색 네모난 것이 데굴, 굴렀다. 낡은 소형 카메라였다.

"필름도 그냥 들어 있어, 하나."

중얼거리는 그 목소리에 나는 짧은 비명을 질렀다.

"준고, 당신, 이런 걸, 아직도 갖고 있었어!"

떨리는 손가락을 내밀어 살며시 만져 보았다. 카메라는 안주머니에서 나왔다는 게 믿기지 않을 만큼 싸늘했다. 북극 땅에서 눈 속에 파묻혀 있다가 얼어붙은 것만큼이나 눅눅한 싸늘함이었다.

"우리 것은 아니지만, 전부 그대로 둔 채로 도망쳤으니까. 그래도 우리가 가진 오래된 것이라고는 이 정도뿐이잖아. 안 그래?"

"원래 주인은, 벌써 죽었어……."

"알고 있어."

"……."

대꾸가 없는 나를 준고는 빤히 쳐다보았다. 인간다운 표정이 싹 가신 그 눈동자는 마치 뻥 뚫린 밑바닥 없는 구멍 같았다. 준고의 얇은 입술이 천천히 벌어지면서, 쉰 목소리가 흘러나왔다.

"죽여 버렸으니까."

"그래. 그런데, 이런 걸 들고 나오다니. 당신, 무슨 심술이야?"

"하지만, 이게 나고, 그리고 이게 너잖아."

천천히 나는 또 카메라로 손을 뻗었다. 얼음을 만졌을 때처럼 소름이 쫙 끼치도록 싸늘했던 감촉은 이미 사라지고 없었다. 손안에 꼭 쥐는데, 준고가 자리에서 벌떡 일어섰다. 의자에서 난 소리에 주위 테이블에 앉은 손님들이 모두 이쪽을 보았다. 내 눈에는 눈물이 그렁그렁 맺혔다.

카메라는 옛날에 죽은 어떤 노인의 것이고, 들어 있는 필름에는 노인이 숨을 거두며 본 살인자의 모습이 찍혀 있을 것이다. 그런데 준고는 어쩌면 저리도 태연할 수 있을까. 그로부터 8년이란 세월이 지나, 난 이제 겨우 그 끔찍했던 사건을 잊어 가고 있는데.

멍하니 있는 사이에 준고는 말없이 자리를 뜨고 말았다. 요시로가 통화를 끝내고 돌아오기 전에 나도 눈물을 그쳤다. 나는 지금까지 살아온 암울한 생활에서 어떻게든 벗어나고 싶었다. 그렇게 될 수 있기만을 바랐다. 돌이킬 수 없기 전에, 정상적인 상대를 만나 결혼해서 확실한 행복을 얻고 싶었다. 불미했던 과거에 얽매여 인생을 꽃피우지도 못한 채 시들어 버리고 싶지는 않았다. 나는 아직 젊으니까.

어금니를 악물면서 터져 나오는 오열을 참았다. 그리고 억지로 미소를 띠었다.

"어, 아버님은?"

"금방 가셨어. 바쁘신가 봐."

준고가 아무 일도 하지 않는다는 것을 아는 요시로는 좀 미심쩍다는 표정을 지었다. 하지만 더는 묻지 않았다. 내게 양아버지는 오히려 짐이라는 것을 요시로는 간파하고 있었다. 게다가 요시로와 준고는 태어나고 자란 환경이나 성격이 너무나 달랐다. 요시로는 내 양아버지를 이해할 수 없는 사람이라고 한 수 접고서 대하는 듯했다.

"그래. 아쉽군."

요시로는 애써 밝은 목소리로 말했다.

"응. 할 수 없지, 뭐."

"당신 어렸을 때 얘기를 좀 듣고 싶었는데. 아버님밖에 아는 사람이 없잖아."

내 얼굴이 천천히 그늘져 갔다. 반짝반짝 빛났던 옛 기억이 뇌리에 되살아나면서, 누군가의 우악스러운 손이 꽉 움켜쥔 것처럼 가슴이 답답해졌다. 요시로는 말이 없어진 내 얼굴을 걱정스러운 듯이 들여다보았다. 그러고는 넌지시 화제를 바꾸었다.

"그런데, 그건 받았어?"

"섬씽 올드? 응, 받았어. 하지만 비밀이야."

"두 사람만의 비밀? 알았어. 우리도 이제 나가자."

요시로와 함께 레스토랑에서 나왔다. 실내에 있을 때는 몰랐는데, 밖으로 한 걸음 나서 보니 아까보다 한결 세찬 비가 뿌리고 있었다. 거의 폭풍우였다. 물이 아스팔트 위로 강물처럼 흐르고, 밤하늘은 스산할 정도로 거무칙칙했다. 그 색은 하늘이라기보다 기억 깊은 곳에 침잠해 있는, 과거에 수없이 보아 익숙한 밤의 바다처럼 암울한 검정이었다. 아까 빗물 속을 저벅거리며 약속 장소를 향해 걸어왔던 내 남자를 또 생각했다. 자신은 비에 젖으면서도 우산을 내밀던 준고. 15년 동안, 그는 줄곧 그랬다. 그리고 지금도 여전히. 이렇게 비가 내리는데, 훔친 빨간 우산은 레스토랑의 우산꽂이에 그냥 버려둔 채 가 버렸다. 어두운 색 우산이 가득한 우산꽂이 속에서 그곳만 환하게, 마치 새빨간 피의 꽃이 핀 것 같았다.

그 남자는 비를 맞으며 돌아갔다. 자신을 소홀히 여긴다는 점에서는 그래도 괜찮은 남자인데. 자신을 파멸로 몰아가는 점에서는, 그는 오래전부터 프로급이었다.

그 남자.

내 남자.

양아버지이며 죄인.

요시로와 나는 각자 우산을 펼쳐 들고 서로의 우산이 부딪치지 않도록 약간 거리를 둔 채 걸음을 서둘렀다. 요시로가 택시를 향해 손을 들면서 중얼거렸다.

"딸하고 아버지는 좋겠어."

"뭐?"

"옛날부터 그런 생각을 했는데, 딸하고 아버지는 왠지 연인처럼 보이잖아. 난 남자니까, 잘은 모르겠지만."

대답할 말을 찾느라 입을 다물고 있는데, 택시가 앞에 와서 섰다. 휘청거리며 올라타자 요시로가 손을 흔들고 말했다.

"그럼 내일. 아버님에게 인사 전해 주고."

택시가 출발했다.

점차 굵어지는 빗발과 돌풍에 회색으로 물들어 가는 아라 강변을 차창 너머로 멍하니 바라보았다. 방금 전까지 시끌시끌한 긴자에 있다 와서 그런지, 같은 도쿄라고 여겨지지 않을 만큼 적막했다. 도쿄 도 아다치 구. 내가 열여덟 살 때 양아버지와 함께 이사 온 동네다. 하늘은 늘 엷은 잿빛이었고, 공터에 돋은 잡초마저 탁한 색을 띠고서 메마른 바람에 흔들렸다. 근처에는 도쿄 구치소의 콘크리트 벽이 우뚝 솟아 있다.

주인 모를 빨간 우산을 펼쳐 들면서 택시에서 내렸다. 연립 주택의 낡은 바깥 계단 맨 아래에 뭉개진 어묵이 세 개 놓여 있었다. 언제부터 그렇게 있었을까. 은몽장(銀夢莊)이라는 이름이 우스우리만큼 낡은 2층짜리 연립 주택에는 우리 외에 할머니 한 분과 한국인 부부가 살고 있을 뿐, 나머지 방은 벌써 5년째 비어 있다. 나는 하이힐 굽으로 어묵을 짓밟고는, 때로 기울어 보이기까지 하는 건물의 계단을 올라갔다. 또각, 또각, 또각. 날카로운 굽 소리가 내 귀에 울렸다. 어묵은 준고가 동네 사는 도둑고양이 먹으라고 내다 놓은 것이다. 날씨가 좋으면 금방 없어지지만, 이렇게 비바람이 몰아치는 날에는 고양이도 나다니지 않는 모양이다. 나를 주워 와 키운 준고는 도둑고양이에게도 간혹 친절을 베푼다. 울컥 치미는 사랑스러운 마음을 나는 어금니를 깨물면서 눌러 삼켰다. 떠나야 한다.

현관 앞에서 우산을 접었다. 문 옆에 있는 케케묵은 이조식 세탁기가 덜컹거리고 있었다. 이렇게 비 내리는 밤에 세탁기를 돌리다니. 한숨을 쉬면서 문을 열었다.

"나 왔어."

어두운 방. 바로 앞에 있는 부엌과 그 안쪽에 있는 큰 방. 더 안쪽에 있는 작은 방은 과거에는 우리의 침실이었지만, 지금은 나 혼자 사용하고 있다. 큰 방 창문이 활짝 열려 있고 준고가 창틀에 걸터앉아 있었다. 러닝셔츠에 쭈글쭈글한 바지. 야윈 탓에 허리선이 안쓰러워 보였다. 준고는 긴 다리를 다다미 위로 늘어뜨리고 밤하늘을 올려다보고 있었다. 가느다란 손가락으로 불붙은 담배를 만지작거리며. 비가 이렇게 많이 내리는데도 달이 떠 있었다. 달빛이 양아버지의 옆얼굴에 어슴푸레 비치고 있다.

"다녀왔어."

"어차피, 집에서 만날 건데 말이야."

"뭐라고?"

"섬씽 올든지 뭔지 모르겠지만, 집에서 그냥 줘도 되잖아. 그런 걸 굳이 갖고 나오라고 불러내다니. 아무튼, 그 남자가 그렇다고."

"그걸 구실 삼아 당신에게 인사하고 싶었던 거겠지. 그 사람, 예의 바르니까."

"그건 아니지. 어리석은 거지."

비웃듯 징그러운 말투였다.

창밖 어둠 속에서는 빗소리가 계속 울렸다. 힐금 쳐다보니, 준고는 길쭉한 눈을 찡그리고서 벽장 언저리를 우두커니 바라보고 있었다. 지난 8년 동안 한 번도 연 적이 없는 벽장, 우리의 죄를 숨기고 있는 너저분한 그 안. 준고는 담배를 입에 물고 연기를 빨아들이면서 천천히 눈을 감았다. 야윈 두 팔의 근육이 약간 움찔거렸다.

큰 방에 나뒹구는 양복 윗도리를 집어 옷걸이에 건 후 문틀에 걸었다. 작은 방에 놓여 있는 내 슈트케이스가 보였다. 짐은 벌써 다 쌌다. 이제 내일 아침, 이 집을 나서는 일만 남았다. 축 늘어진 양복 윗도리가 젖어 있는 것을 보고 나는 눈살을 찌푸렸다.

"감기 걸린 거 아니야?"

"이 정도로 감기는 무슨."

가느다란 손가락이 탁 튕긴 꽁초가 조그맣게 빛나면서 창 너머로 떨어졌다.

"하기야 건강한 편이니까. 그래도 이제 젊은 시절은 지났잖아."

애써 매정하게 말하고서 등을 돌렸다. 불을 켜려고 천장에 달려 있는 끈을 잡으려는데, 등 뒤에서 비 냄새가 났다. 그 냄새에 오싹 굳은 몸이 움직임을 멈췄다.

등 뒤에서 껴안은 준고가 내 머리카락에 코를 묻었다. 옛날과 똑같은 몸짓. 몸속에서 거품이 부글부글 일었다. 소름이 끼칠 듯한 혐오감이 온몸으로 번졌다.

"그럼, 따뜻하게 해 주면 되잖아."

낮은 목소리. 속이 울렁거리고 눈앞이 어질어질해서 서 있을 수가 없었다. 이제 더는 싫다, 이런 거, 정말 싫은데……. 그런데도 마음 어딘가, 아주 먼 곳에서 사랑스러운 마음이 피어올라, 나는 그만 그 이름을 내뱉고 말았다.

"준고……."

그의 기다란 팔 안에서 몸을 돌렸다. 그리고 지친 남자의 목덜미를 손바닥으로 더듬었다.

떠날 수 없다.

곁에 있고 싶다.

이제 떠나야 하는데.

하지만, 그럴 수 있을까…….

이마에 그의 코가 닿았다. 천천히 고개를 들자, 어둠 속에 빛나는 눈이 있었다. 준고는 옛날과 똑같은 길쭉한 눈에 검은 눈동자였다. 또 혐오감이 번졌다. 싫다. 싫으니까 떠날 수 있다고 안심하는 순간, 그의 입술이 내려왔다. 마음속이 또 이 지친 남자 생각으로 가득해졌다.

둘이 다다미 위로 무너졌다. 부둥켜안은 채, 한참을 꼼짝하지 않았다. 어느 쪽도 움직이지 않았다. 비처럼 눅눅한 남자의 체취가 한층 심해졌다. 간혹, 입을 맞췄다. 키가 큰 탓에, 똬리를 틀고 있는 따분한 뱀처럼 보였다. 지금은 이미, 이렇게 안고 있어도 욕망이 없다. 더는 나아갈 곳이 없었다. 아주 오래전, 이 남자의 욕망을 자신의 의무처럼 느끼고 따랐던 시기가 있었다. 아직 어린애였다. 준고는 어른이면서도 수캐처럼 치근거렸다. 끝이 없었다. 하지만 그것도 이미 먼 옛날의 일, 지금 여기에 남아 있는 것은 냄새와 입술뿐이다.

"어떻게 하면 좋지."

가느다란 뱀처럼 똬리를 튼 준고가 불현듯 그렇게 중얼거렸다.

“뭐라고?”

고개를 들자, 어리둥절할 만큼 부드러운 미소가 기다리고 있었다.

“어떻게 하면 좋지. 지금에 와서, 헤어지면.”

정말, 어쩌면 좋을까.

같은 의문을 품은 채 나는 준고를 쳐다보았다. 헤어지고 싶지 않은데. 느릿느릿 움직여 준고에게서 억지로 몸을 떼어 냈다. 일어나 불을 켰다.

“하나.”

돌아보니 준고는 다다미에 누운 채, 부드러우면서도 조롱하는 듯 묘한 표정을 짓고 있었다.

“사랑해, 하나.”

나는 입술을 깨물었다. 그런 말, 자기 입으로 한 적 없으면서. 하필 이런 날……. 현관 밖에서 세탁기가 덜컹덜컹, 덜컹덜컹 둔탁한 소리를 내었다.

“이 세상에서 너를 사랑하는 남자는 나뿐이야. 같은 핏줄이니까. 다른 남자에게서 그걸 원해 봐야, 소용없지.”

“난, 남자의 사랑 따위는 필요 없어. 여자는 안정만 얻을 수 있으면 살아가는 건 문제가 아니니까.”

“거짓말이겠지.”

말도 안 되는 소리라는 듯, 가칠한 웃음소리가 울렸다.

"그런 여자가 어디 있다고."

웃음소리에서 도망치듯, 현관문을 열었다. 빗방울이 들이쳤다. 뒤엉킨 빨래를 탈수조로 옮겼다. 나와 준고의 옷과 속옷이 이리저리 뒤엉킨 덩굴처럼 달려 올라왔다.

준고는 3년 전부터 아무 일도 하지 않고 있다. 그 전에는 일을 했지만, 계속 불어대는 강풍에 뿌리째 쓰러진 나무처럼, 어느 날 갑자기 회사를 그만두었다. 인력 회사의 파견 사원으로 이런 저런 기업에 다니는 내게는 다달이 20만 엔 정도의 실수입이 있었다. 준고는 그저 집에 있기만 할 뿐 낭비를 몰랐기 때문에 그럭저럭 생활은 가능했다. 어린 나를 10년이나 일하면서 키워주었으니까, 역할만 바꾼 셈이라고 할 수도 있다. 그런데 여기에 홀로 남겨 두고 떠나면, 앞으로 이 사람은 어떻게 될까…….

탈수가 시작된 세탁기를 내려다보며 서 있는데, 옆집 현관문이 열리면서 한국인 아내가 나왔다. 긴 머리를 아무렇게나 묶고서, 가느다란 눈을 언짢은 듯 치뜨고 있었다. 여자는 세탁기와 나를 번갈아 가리키며 뭐라고 말했다. 밤늦게 시끄럽다는 소리려니 하고 생각하는데, 여자가 답답해서 애가 탄다는 듯이 내 어깨를 잡았다. 뜻밖의 억센 힘에 놀라 나도 모르게 뒤로 물러났다. 그때, 그림자가 휙 흔들리듯 준고가 나왔다. 여자가 내 어깨를 잡고 있는 것을 보고는 야윈 팔을 반사적으로 쳐들어 여자의 얼굴을 갈겼다. 여자가 날카로운 비명을 질렀다. 준고는 내 어깨를 껴안은 채 꼼짝 않고 여자를 내려다보았다. 나를 지켜준다는 안도감과 두려움이 동시에 파도처럼 밀려와 나를 뒤흔들었다. 여자가 혐오감이 그대로 드러난 얼굴을 씰쭉거리며 제 집으로 들어가자 준고도 내게서 등을 돌렸다.

요시로 덕분에 결혼을 해서 이 집을 떠난다 해도 순조롭지 못할 수도 있다. 그런 생각에, 탈수가 끝난 빨래를 꺼내면서 긴 한숨을 쉬었다. 옆집 사는 사람을 무턱대고 때리는 어처구니없는 방식으로 보호받고 있는데 기뻐서 어쩔 줄을 모른다. 뒤엉킨 두 사람의 옷과 속옷을 그러안고서, 아랫입술을 살며시 깨물었다.

나는 평범하게 산다는 것이 어떤 것인지 잘 몰랐다. 가족을 소중하게 여기는 것, 이성을 만나서 사랑하는 것.

친구들과 연애에 대해 이야기할때도 그녀들의 말에 맞춰 용케 숨겨 오기는 했지만, 어른이 된 후에도 평범함이 무엇인지 전혀 모르고 지냈다. 내 남자 탓일까. 이제는 모든 것을 돌이킬 수 없는 것일까.

빨래를 그러안고 안으로 들어갔다. 준고가 부엌에 서 있었다.

"아까 먹은 것만 가지고는 배가 고플 텐데."

이쪽을 돌아보지 않은 채 준고가 말했다. 마치 아무 일도 없었던 것처럼 차분하고 친절한 목소리였다. 타닥 탁 탁. 귀에 익은 도마질 소리가 들렸다. 나는 대답하지 않았다. 그리고 그 호리호리하고 큰 키에 궁상스러우면서도 아직은 어딘가 우아한 뒷모습을 외면했다. 텔레비전을 켰다. 저녁 뉴스를 하고 있었다.

“이게 왜 이렇게 안 열려.”

부엌에서 그렇게 중얼거리는 소리가 들렸다. 또 시작된 모양이라고 생각하는데, 아니나 다를까 준고가 병을 부엌 벽에 던지는 소리가 났다.

혼자서 투덜거리는 소리와 병이 깨지는 소리.

나는 무릎을 껴안고 못 들은 척하면서 텔레비전만 보았다. 어렸을 때와 똑같이. 그때보다 준고의 마음은 한층 위태로워졌다. 병뚜껑이 열리지 않았을 뿐인데. 마음을 가라앉히는 데 한참이 걸리리라. 옛날 같으면 이럴 때 준고는 어린 나를 마치 수호신처럼, 커다란 인형인 양 꼭 껴안았다. 하지만 요즘은 그러지 않는다. 마음이 가라앉을 때까지 서로 멀리 떨어져 등을 돌리고 있다. 그렇게 변했다.

뉴스가 끝날 때쯤 부엌으로 가 보니, 준고는 또 아무 일도 없었던 것처럼 음식을 만들고 있었다. 볶음 요리에서 고소한 냄새가 느릿느릿 피어올랐다.

밤이 깊어 한 이불 속에서 잠을 청했다. 비가 그친 창밖에서 달빛과 함께 밤이 짙어 갔다. 나는 준고의 긴 팔과 두 다리에 폭 감싸여 있었다. 마지막 밤. 우리 사이에 이미 욕망이란 없었다. 어른스럽지 못한, 그 수캐 같았던 준고는 어디에도 없었다. 이제 더는 달콤하지 않은, 조금은 외로운 남자의 냄새. 귀에 익은 숨소리가 들려 나는 조그만 소리로 중얼거렸다. 목소리가 메어 있었다.

"아빠?"

"……왜?"

잠들지 않은 준고가 천천히 눈을 떴다. 길쭉한 눈동자가 나를 부드럽게 감싼다. 창백하고 얇은 입술이 장난스럽게 미소를 띠고 있다. 눈 아래에는 자글자글한 주름.

"아빠."

다시 한번 낮게 불렀다.

"왜냐니까!"

준고가 웃었다. 눈물이 나와 이불 속에서 양아버지에게 매달렸다. 깡마른 몸은 어디나 메마르고 딱딱했다. 준고가 입을 벌려 거뭇거뭇하고 긴 혀로 내 얼굴을 핥았다. 눈물을 닦는 것이다. 준고가 핥아 주어서 안심하고 오래오래 소리 없이 울 수 있었다. 긴 혀, 장난치는 수캐 같은 혀.

"아빠. 아빠."

몇 번을 불러도 이제 준고는 대답하지 않는다. 그저 묵묵히 내 얼굴을 핥고 있을 뿐이다. 뜨거운 혀. 침 냄새. 그 몸을 꼭 끌어안자, 역시 적막한 비 냄새가 났다. 아빠. 아빠.

다음 날 아침, 하늘이 맑게 개었다. 아라 강변 저 멀리서 땅 하고 야구 방망이 소리가 들려왔다. 경찰차의 사이렌 소리, 까마귀 우는 음울한 소리, 집 앞을 지나가는 외국인의 뭐라는지 모를 빠른 말소리. 그런 소리들에 눈을 뜬 나는 이불을 빠져나가려고 했다. 양아버지의 길고 마른 팔다리가 내 몸을 휘감고서 놓아주지 않았다. 내 손목을 잡고 있는 손을 떼어 놓자 이번에는 다리가 휘감겼다. 말랐어도 남자의 몸은 무거웠다. 정강이에 돋은 까칠한 털이 꿈지럭꿈지럭 내 몸을 더듬었다. 소름이 끼쳐 몸을 뒤틀자 준고는 마치 고등학생처럼 경쾌하게 웃고는 몸에서 힘을 쭉 뺐다. 나는 얼이라도 빠진 것처럼 휘청거리며 다다미 위를 기어 큰 방을 나갔다. 욕실로 들어가 옷을 전부 벗고 욕조에 담겨 있는 물을 촥촥 끼얹었다. 씻어 내고 싶은데, 며칠이나 고여 있어 끈끈한 물이 내 몸을 더욱 더럽히는 듯했다. 물을 닦아 내고 머리를 말리고 옷을 입었다. 그리고 오늘은 전문가가 해 줄 테니까, 기초화장만 했다.

큰 방으로 돌아갔더니 준고는 아직도 이불 속에 있었다. 양복과 와이셔츠와 넥타이를 챙겨 문틀에 걸면서 슬쩍 말을 건넸다.

"열한 시까지는 와야 돼."

"이런 바보. 어딜 오라는 거야."

"고아가 돼도 괜찮아?"

장난스럽게 말했는데, 소스라칠 만큼 싸늘한 목소리가 돌아왔다.

"네가 고아 아니고 뭔데."

"……그건 그렇지만."

이불 속에서 깡마른 왼손이 나와 흔들흔들 흔들렸다. 마치 누군가가 갈가리 찢겨 나간 시신의 팔을 함부로 흔들어 대는 것 같았다.

"갈게. 간다니까."

음울한 목소리. 나는 작은 방에 있는 슈트케이스를 질질 끌면서 돌아보지 않고 방을 나왔다.

현관에서 밖으로 나서면서, 꿈이야, 하고 생각했다. 좍좍 소나기가 내린 다음 날 아침. 강에서 비릿한 물 냄새가 피어올랐다. 꿈이야, 정말. 혼자서 이 집을 떠나다니. 내내 이 집에 갇혀 있었다. 그런데, 이렇게 산책이라도 나서듯 훌쩍 나갈 수 있다니.

또각, 또각, 또각. 하이힐 굽 소리가 날카롭게 울렸다. 뜨뜻미지근한 바람이 두 볼을 쓰다듬듯 스치고 지나갔다. 계단을 내려가는데, 어젯밤의 어묵이 아직도 거기에 흩어져 있었다. 그것을 보는 순간, 돌아가! 하고 외치는 소리가 어디선가 들린 듯했다. 돌아가! 돌아가!

슈트케이스를 끌면서 도망치듯 빨리 걸었다. 날개를 활짝 편 까마귀 몇 마리가 바로 옆길에 내려앉아 까악까악 울어 댔다. 아스팔트 위에 조그맣고 검은 까마귀 그림자가 몇 개나 점점이 찍혀 있었다. 뜨뜻미지근한 바람이 또 불어왔다. 햇빛이 강렬해서 걸음이 약간 휘청거렸다.

택시를 타고 결혼식장인 메이지 기념관으로 향했다. 택시가 하라주쿠 역 앞을 천천히 지나간다. 주말의 오전답게 한껏 멋을 부린 십 대들이 무리 지어 오갔다. 먼 옛날, 내게도 고등학생 시절이 있었다.

시끌벅적한 역 앞을 지나 메이지 기념관에 도착했다. 시간에 조금 늦은 모양이었다. 마음을 가다듬을 새도 없이 결혼식 준비가 시작되었다.

"혼자 오셨어요?"

결혼식 당일, 신부가 혼자 나타난 게 이상한지 미용사가 몇 번이나 그렇게 물었다.

"가족은 나중에 올 거예요."

"아아, 나중에요."

"네."

대답을 할 때마다 내가 양아버지를 기다리고 있는 것인지, 내 남자이면서 아직도 그 정체 모를 불미한 동물을 기다리고 있는 것인지 알 수 없어졌다. 보얗게 화장하고 하얀 고깔을 쓴 모습으로 일어섰을 때, 가발의 무게에 짓눌려 현기증이 일었다. 요시로가 내 창백한 얼굴을 보고는 미소를 띠며 다가왔다.

"많이 긴장되나 보군."

"응."

"그런데, 아버님은?"

"같이 오지 않았어. 열한 시까지는 오라고 하고서 나 혼자 왔는데."

요시로가 무슨 말을 하고 싶은 표정을 지었다. 나는 벽에 걸린 둥그런 시계를 올려다보았다. 이미 11시를 훌쩍 넘은 시각이었다.

어험. 헛기침을 하는 소리가 들렸다.

요시로의 아버지였다. 백발이 섞인 머리에, 요시로나 내 아버지로서 적합한 나이의 남자였다. 몸집이 넉넉하고 위엄도 있고, 영양이 고루 미친 피부는 반짝반짝 빛이 났다. 시아버지가 될 그는 요시로가 근무하는 기업의 모(母)회사 간부이다. 한창 일할 나이인 오십 대 중반. 그 옆에 있는 요시로의 어머니도 비슷한 연배의 기품 있는 여자였다.

결혼식을 시작해야 할 11시 반이 넘었는데도 준고는 나타나지 않았다. 나는 의자에 맥없이 앉아 오로지 아빠가 오기를 기다렸다. 요시로의 아버지가 자리에서 일어나 방구석으로 가더니 아들과 뭐라고 쏙닥거렸다. 잠시 후, 둘 다 조심스럽게 나를 돌아보았다. 표정과 몸짓이 헉, 하고 숨을 들이마실 만큼 똑같았다. 나도 모르게 풀 죽은 미소를 띠었다. 아, 저 두 사람도 부모 자식이로구나. 역시 피붙이끼리는 저렇게 닮는 거구나.

먼 옛날에 바다 저편으로 사라진 내 부모와 형제가 떠올랐다. 가슴이 쿡쿡 쑤시면서 속이 울렁거렸다. 그 사람들을 생각하는 일은 거의 없었다. 오래도록 내게 가족이란 오직 준고뿐이었으니까.

요시로가 다가와 미안해하는 목소리로 속삭였다.

"하나, 미안한데, 더는 늦출 수가 없어. 먼저 시작하면 안 될까?"

"뭐? 그래도, 아직 아빠가 안 왔는데 어떻게……."

놀라고 당황해서, 머뭇머뭇 대답했다. 요시로는 난감한 표정을 지으며 아버지 쪽을 돌아보았다. 요시로의 아버지가 고개를 저었다. 혼례 비용을 요시로가 전부 부담했기 때문에 '그래도'란 목소리가 절로 작아졌다.

"다음 일정도 있으니까, 너무 늦어지면 좋지 않을 것 같아서."

"그래도."

요시로의 친척과 식장 관계자들이 아무 말 없이 우리를 지켜보고 있었다. 나는 어렸을 때부터 늘 차분하게, 눈에 띄지 않게 행동하려고 애쓰며 살아왔다. 그런데 이때는 갑자기 혼란스러워지면서 뭐가 뭔지 앞뒤를 구분할 수 없어지고 말았다. 요시로의 의견에 동조하는 주위 사람들의 눈치에 이성을 잃었다. 내가 그렇게 악을 쓸 줄은 나도 몰랐다.

"아빠 없이는, 나 결혼 안 할 거야!"

"하나……."

"아빠가 없는데 어떻게 해! 난, 못해, 못한다고!"

어른스럽지 못한 악다구니였다. 마치 초등학교에 다니는 여자 애처럼, 어처구니없고 유치했다. 대기실 여기저기에서 쏟아지는 비난의 눈길을 느꼈다. 점점 더 혼란스러웠다. 머릿속이 새하얘졌다. 곱게 바른 립스틱이 지워지는데도 입술을 꽉 깨물었다. 몸은 어른인데, 길 잃은 아이처럼 내가 지금 여기서 뭘 하고 있는지조차 알 수 없었다. 다만, 집에 돌아가고 싶었다. 아빠에게로 돌아가고 싶었다.

설득하려고 입을 여는 요시로의 어깨를 요시로의 어머니가 자애롭게 톡톡 두드렸다.

"그래, 조금만 더 기다려 보자. 우리 쪽 친척만 있는 것도 그렇잖니. 아가야, 이제 진정해."

나는 입술을 바들바들 떨면서 눈을 치뜨고 요시로와 그의 어머니를 쳐다보았다. 그리고, 고개를 까딱, 숙였다. 요시로의 아버지 쪽을 돌아보니, 그도 손수건으로 이마에 돋은 땀을 닦으면서 너그럽게 고개를 끄덕이고 있었다.

그리고 몇 분이 더 지났다. 요시로의 아버지가 앉은 채 무릎을 흔들기 시작했을 때, 문이 천천히, 소리 없이 열렸다. 내 시야에 복도에 깔린 빨간 카펫이 날아들었다. 낡은 가죽 구두를 신은 남자의 발이 보였다. 무거운 머리를 조심조심 들었다.

준고가 우뚝 서 있었다. 텁수룩한 수염, 어깨까지 치렁치렁 내려온 머리. 어젯밤에 입었던 싸구려 검은 양복. 양복은 쭈글쭈글한데 세탁소에 맡겼던 탓에 와이셔츠만 빳빳했다. 넥타이를 맨 모습을 보기는 정말 오랜만이었다. 오랜만에 그런 차림을 한 사람 특유의 엉성하고 너저분한 분위기. 길고 요즘 들어 더 마른 다리가 바지 자락 속에 무료하게 숨어 있었다.

"아버님……."

요시로가 작은 소리로 불렀다.

"내가, 좀 늦었나?"

준고는 별 관심 없다는 듯 말했다.

"아, 예, 아닙니다. 아직 괜찮습니다."

준고는 하얀 화장에 하얀 고깔까지 쓴 내 모습을 보고는 한쪽 볼을 씰쭉하며 피식 웃었다. 담당 직원이 얼른 다가와 "신랑 신부 두 분은……."이라고 말하면서 우리를 쳐다보았다. 요시로와 준고를 번갈아 보는 표정이 좀 묘했다.

"내가 아버지."

준고가 쓸데없는 관심이라는 듯이 말하자, 담당 직원은 "어머나." 하고 주춤거렸다.

요시로의 친척과 함께 복도를 걸어갔다. 매일 이런 수많은 남녀를 보아 익숙한 광경일 담당 직원을 슬쩍 훔쳐보았다. 그녀도 이쪽을 힐금거리고 있었다. 그리고 그 얼굴에 순간적으로 얄미운 미소가 어렸다. 나 역시 어쩌면 그런 표정으로 그녀를 쳐다보고 있는지도 몰랐다. 요시로와 그의 친척들이 걸음을 서둘렀다. 우리와 그들 간격이 점점 벌어졌다. 옆에서는 바지 주머니에 손을 쿡 쑤셔 넣은 준고가 내 걸음에 맞춰 걷고 있었다. 내가 아주 어렸을 때처럼. 종종걸음에 맞추느라 긴 다리를 덜렁거리며.

걸으면서, 마음만 어린 시절로 하염없이 돌아갔다. 나와 양아버지는 지금까지 이렇게, 세상과 거리를 두고 둘이서만 나란히 걸어왔다. 내가 열한 살이었을 때부터 스물여섯 살이 된 지금까지, 줄곧 이렇게. 나는 지금도 빨간 카펫이 깔려 있는 복도에서 우리만 시간의 흐름에 뒤처져 있는 느낌이 든다. 요시로가 돌아서서, 간혹 손목시계를 쳐다보면서 우리를 기다렸다.

"하나."

불쑥, 준고가 조그만 소리로 나를 불렀다.

"왜?"

"하나."

"왜 부르는데."

"……하나."

"안 오는 줄 알았어."

"안 오기는."

"……."

"난, 네가 슬퍼할 일은 가능하면 하지 않아. 생각해 봐. 난 늘 그랬잖아."

"가능하면, 말이지."

나는 입속말로 중얼거렸다. 목이 바짝바짝 타 들어갔다. 이 사람은 언제나 이 사람, 이라고 생각했다. 어이가 없었다. 동시에 아빠를 떠날 수 없을 것이라는 느낌이 불길한 비구름처럼 뭉글뭉글 퍼졌다. 그 느낌은 그리운 열한 살의 여름날부터 내 몸에 줄곧 눌러 살면서 절대 떠나가지 않았다. 헤어나려고 아무리 버둥거려도, 마음속 어디에서도 사라지지 않았다.

복도로 맞바람이 휙 불어온 듯한 기분이 들었다. 실내니까 바람이 불 리 없는데. 그것은 까마득한 과거에서 추억을 실어 온 환영의 바람이었다. 불안에 떠는 가슴으로 과거의 암울한 기억 몇 가지가 파고들었다.

하루하루가 행복했다. 단둘이서 비밀스러운 시간을 많이많이 보냈다. 그리고 안개 자욱한 아침, 창밖에서 빛났던 은색 카메라. 슬픔으로 일그러진, 노인의 주름투성이 얼굴.

불현듯 그 사건이 되살아나, 나도 모르게 소리 없는 비명을 지르고 말았다. 부엌 바닥에 쓰러져 꿈쩍도 하지 않는 남자의 몸. 부릅뜬 눈. 창밖에서 들려오는 매미 울음소리와, 우뚝 서 있는 양아버지의 어두운 옆얼굴. 서쪽에서 비치는 저녁 햇살이 눈부셨다. 남자에게서 흘러나온 피가 녹슨 쇠 부스러기 같은 냄새를 풍겼다. 비가 내리기 시작했다. 우리는 서로의 몸에 매달렸다. 밤바다처럼 한없는 죄의식에 빠져 둘 다 허우적거렸다. 기억하고 싶지 않은데, 마치 어제 일처럼 선명하게 되살아났다.

여전히 환영의 바람이 분다. 휘청거리며 걷는다. 빨간 복도가 거의 끝나 간다.

준고가 내 귓가에 입술을 대고 또 속삭였다. 암울하고 눅눅한 목소리였다.

"참 길었지, 하나. 생각했던 것보다 훨씬 오래 걸렸어."

"응."

"우리 같이 도망쳤는데. 이렇게 멀리까지. 그리고 벌써 팔 년이 지났군."

바람에 금방이라도 뽑혀 나갈 듯 내 두 다리가 비틀거렸다.

조심조심 올려다보았다. 준고의 옆얼굴은 그 여름의 저녁나절처럼 어둡게 그늘져 있었다.

"이제 날 잊어."

낮은 목소리로 내뱉듯 준고가 말했다.

"무슨 소리야. 난 절대 안 잊을 거야."

마음이 흔들려 다리가 엉켰다. 쓰러지지 않으려고 걸음을 멈췄다. 준고가 몸을 숙이고, 옛날에 그랬던 것처럼 장난스럽게 내 코에 자신의 코를 꾹 눌렀다. 몸집이 커다란 동물이 장난을 치는 것 같았다. 마음이 제멋대로 어린 시절로 돌아갔다.

"아빠."

나도 모르게 속삭였다.

"왜, 하나?"

대답하는 목소리가 부드러웠다. 양아버지의 목소리와 냄새에 감싸였다. 몸이 기쁨에 부들부들 떨기 시작했다. 지금, 시간이 멈춰 버리면 좋을 텐데. 이제 더는 아무 데도 가고 싶지 않은데. 시간은 왜 멈춰 주지 않는 것일까.

다리를 질질 끌듯이 다시 걷기 시작했다. 복도가 끝났다.

결혼식이 겨우 시작되었다. 요시로의 아버지와 나란히 선 준고가 도무지 신부의 아버지로 보이지 않았다. 마치 옆에 서 있는 장년 남자의 불초자식 같았다. 나란히 세워 놓은 것이 잔인하게 느껴질 만큼 사회적인 위치가 뚜렷하게 대비되는 두 남자.

요시로의 아버지에게서는 사회의 중추에 있다는 자부심이 넘실거렸다. 탄력 있는 몸, 놀라울 만치 혈색 좋은 피부. 옆에 선 준고의 무기력하고 너저분한 모습이 두드러졌다. 낯선 사람들 앞에서 한심함을 드러내고 있는 내 하나뿐인 혈육. 그 한 사람만의 은밀한 퇴폐가 황홀했다. 역시 내 남자는 너저분해도 아름다웠다.

음악의 선율이 울려 퍼졌다. 삼세번 잔을 나누고 결혼반지를 교환했다. 나는 피로연을 포함해서 거의 모든 과정을 신랑에게 맡겼기 때문에 뭘 어떻게 해야 하는지 모르면서도 준고 쪽만 쳐다보고 있었다. 요시로가 조그만 소리로 속삭일 때마다 당황하며 꼭두각시처럼 움직였다.

결혼식이 끝나고 피로연이 시작되었다. 초대한 손님 대부분이 요시로의 친척, 회사 동료, 학생 시절 친구들이었다. 내 쪽은 양아버지 외에 2년제 단기 대학과 직장에서 알게 된 친구들 몇 명뿐이었다. 요시로가 다니는 회사가 꽤 유명한 곳이라, 친구들에게 결혼식에 와 달라고 하자 좋은 인연을 만날지도 모른다면서 기꺼이 참석해 주었다. 덕분에 신부 친구들의 화사한 테이블이 마련되었다. 반짝반짝 빛나는 장난감 상자 같은 그 테이블이 내 외로움을 달래 주었다.

준고를 기다리면서 소리를 질렀을 때부터 나는 머릿속이 멍했다. 와글와글 웃는 소리도 멀게 들리고, 그저 앉아서 미소만 짓기도 벅찼다. 옷을 갈아입을 시간이 되어 잠시 자리를 떴다. 드레스로 갈아입기 위해 기모노를 벗었다. 미용사가 화장을 고쳐 줄 때에야 문득 제정신을 차렸다. 봇물이 터진 듯, 눈물이 끝없이 흘러나왔다. 화장이 지워질까 봐 손수건으로 눈을 꾹꾹 눌렀지만 소용없었다. 놀란 미용사가 신랑을 부르려 했다. 나는 울면서 말렸다. 이렇게 사나운 꼴은 절대 보일 수 없었다.

"그럼, 친구를 부를까요?"

나는 또 고개를 저었다. 거울 앞에 앉아 어린아이처럼 훌쩍거리고 있는데, 미용사가 팔을 잡고 질질 끌듯이 양아버지를 데리고 왔다. 소리 없이 문이 열리고, 준고가 훌쩍 들어오는 순간 눈물을 뚝 그쳤다.

검은 양복에 휘감긴 야윈 몸.

거울에 비친 그 모습을 살며시 올려다보았다. 준고는 한 손을 들어 내게 신호를 보내고는 벽에 기댄 채 고개를 푹 숙였다. 가느다란 손가락에 낀 담배를 입에 물고 싸구려 라이터로 불을 붙였다. 한숨을 쉬듯 천천히 연기를 토해 내면서, 나를 보았다.

"왜 울어, 너?"

부끄러워서, 말없이 미소만 지었다.

"꼬마였을 때도 잘 안 울었으면서. 입 꾹 다물고 잘 참았잖아."

준고가 피식피식 웃으면서 말했다.

"아빠, 나 결혼하면, 죽어도 아빠랑 같은 무덤에는 묻힐 수 없겠지. 뼈가 되면 헤어질 수밖에 없고."

"오늘 같은 날, 대체 무슨 소리야?"

준고가 웃음을 터뜨렸다. 옛날로 돌아간 것처럼 쾌활하고 거리낌 없는 웃음소리. 눈 아래에 주름이 지면서 굳었던 표정도 부드럽고 따스하게 누그러졌다.

"우린 피붙이니까, 걱정 마. 신경 쓸 것 없어."

"헤어지고 싶지 않아. 그런데도 헤어져야 하잖아. 안 그러면 살아갈 수 없으니까."

"그야 물론이지. 어디로든 시집을 가리라는 거, 처음부터 알고 있었어. 부모 자식이란 말이지, 하나."

준고가 입술 끝에 담배를 문 채로 중얼중얼 말을 늘어놓았다. 따스한 웃음의 여운이 아직도 옆얼굴에 남아 있었다. 하지만 눈동자는 세월의 찌꺼기에 덮여 어둡고 탁했다.

"부모 자식이란 말이지, 언젠가는 헤어질 수밖에 없는 거야."

"왜? 동물도 아닌데, 왜 그래야 돼?"

"아니지. 동물이야, 나와 너는."

"그렇지 않아."

나는 눈물을 닦고 코를 풀었다. 그리고 미용사를 다시 불러들였다.

"미안해요. 이제 괜찮아요."

준고는 웃으면서, 거울 속으로 이쪽을 계속 관찰하고 있었다. 화장을 다 고치고, 드레스를 입기 시작했다.

등이 과감하게 파여 있고 높은 허리선 아래로 치맛자락이 풍성한 프린세스 라인의 드레스는 내가 직접 고르고 또 골라서 선택한 것이었다. 은 티아라도, 가슴 위에서 반짝이는 주얼리도 아주 마음에 들었다. 속옷만 입은 상태에서 스타일리스트가 가냘픈 드레스를 입혔다. 허리가 꽉 조여들었다. 거울 너머로 슬쩍 보니, 준고는 가느다란 손가락으로 담배를 만지작거리면서 이쪽을 빤히 쳐다보고 있었다. 찡그린 눈에 나를 지켜 주는 푸근함이 어려 있었다. 더는 보고 있기가 괴로워 눈길을 돌렸다.

스타일리스트는 마치 아무도 없는 것처럼 준고에게 신경조차 쓰지 않았다. 그리고 내 눈에 눈물이 번지면 잠자코 닦아 주었다. 나는 등 뒤에 있는 양아버지의 기척에 신경을 곤두세웠다. 바스락, 바스락, 바스락, 거기에 있기만 해도 메마르고 딱딱한 소리가 나는 듯했다. 웃으면 눈 아래에 주름이 생기는 양아버지. 소리 없이 그에게 다가가는 늙음의 추함. 늘 거추장스러워하는 길고 가는 다리. 비 냄새. 차가운 목소리. 무질서한 생활과 세월에 지칠 대로 지쳤는데도 사라지지 않는 묘한 우아함. 아버지의 강렬한 존재감.

15년 동안이나 단둘이 살았다. 후반의 8년 동안은 숨어 지내는 죄인이었다. 우리의 질긴 인연이 내는 소리. 바스락, 바스락, 바스락.

하얀 웨딩드레스를 입고서 부케를 손에 들고 일어섰다. 준고가 담배를 마구 비벼 껐다.

느닷없이, 신기하다는 표정을 지으며 나를 내려다보았다.

"너, 정말 가는구나."

"아빠는, 이제 와서 무슨 소리야."

나는 맥없이 웃었다. 준고는 잠시 말이 없었다. 그리고 내뱉듯 중얼거렸다.

"흥, 어디든 가 버려."

"응!"

큰 소리로 대답하고는, 고개를 숙인 채 준고 옆을 지나가려 했다. 준고가 손목을 꽉 잡는 바람에 걸음을 멈췄다. 그리고, 알고 보니 나는 이미 준고의 딱딱한 품 안에 있었다. 모두들 보고도 못 본 척하고 있었다.

"이제……."

문을 열고 들어온 안내양이 할 말을 삼킨 채 우리를 기다렸다.

준고가 내 귀에 뭐라고 속삭였다. 그렇게 말해 준 것이 너무 기뻐서 나는 달뜬 목소리로 대답했다.

"아빠는, 당연하잖아."

조롱하듯 웃는 낮은 소리에 귀가 파르르 떨렸다.

"계속 도망치는 거야. 곁에 있든, 떨어져 있든, 변하는 건 없어. 우리는, 앞으로도 단둘이서 계속 도망치는 거야."

"응. 살기 위해서, 도망치는 거야."

나는 떨리는 목소리로 또 중얼거렸다.

"그럼, 그래야지."

잠시 후 우리는 아쉬워하듯 서로의 몸을 떼어 냈다. 부케를 꽉 쥐고 몸을 떨면서 복도를 걸어갔다. 등 뒤에서 준고가 또 담배에 불을 붙이는 희미한 소리가 났다.

피로연은 순조롭게 진행되었다. 촛불을 든 채 연회장을 돌고 케이크를 잘랐다. 신랑과 신부의 친구가 축사를 하자 차분한 박수 소리가 연회장에 울렸다. 그리고 차례차례 나오던 음식도 거의 끝나 갔다. 벽 앞에 신랑 신부의 부모가 서자, 내 친구들 사이에서 소곤거리는 소리가 흘러나왔다.

"어머나, 저 사람이 하나 아빠야?"

"진짜 젊다."

나는 갑자기 자랑스러운 기분에 젖었다. 나는 늘 그 사람을 사랑하고 원망하고 경멸하고, 또 자랑스러워하느라 바빴다. 신랑의 아버지가 마이크를 쥐고 인사를 하는 동안, 준고는 한쪽 다리에 몸무게를 싣고서 삐딱하게 선 채 엉뚱한 곳을 멍하니 바라보고 있었다. 겉늙은 불량소년 같은 심드렁한 모습이었다. 손님들 모두 신랑의 아버지보다 준고의 묘한 존재감에 신경이 쓰여 그쪽만 쳐다보고 있는 느낌이었다.

신랑의 아버지는 젊은 두 사람의 새 출발을 따스한 마음으로 지켜봐 주어서 고맙고, 앞으로도 많은 지도 편달을 바라 마지않는다고 말했다. 나는 고개 숙인 채 멍하니 그 말을 들었다. 너무도 정상적이고 상식적인 세계에서 들려오는 목소리였다. 그 세계의 일원이 되기를 그토록 애타게 바랐는데, 지금은 내게서 아주 멀고 아른아른한 환상처럼 여겨졌다.

마지막은 신부가 아버지에게 편지를 읽어 드리는 순서였다.

요시로가 그렇게 하자고 제안한 일이었다. 나는 요시로와 나란히 무거운 발을 끌면서 준고 앞으로 나아갔다.

마음이 아주 차분하게 가라앉았다. 방금 전까지 어린 시절로 돌아간 것처럼 불안정했던 마음은 깨끗하게 사라지고, 밀물이 밀려오듯 온몸으로 자신감이 차올랐다.

준고는 긴 팔로 팔짱을 끼고서 삐딱하게 선 자세로 나를 보았다. 히죽거리는 그 얼굴에 "농담이겠지." 라고 말하고 싶은 표정이 어른거렸다.

그런 얼굴을 보고서도 이제 손은 떨리지 않았다. 천천히 편지지를 펼쳐 들고, 읽기 시작했다.

"저는, 하……."

마이크 너머에서 울리는 자신의 목소리에 조금 놀랐다. 어둠 속에서 우는 것처럼 목소리가 웅웅 울리며 연회장으로 퍼졌다. 요시로가 힘내라는 듯 내 손을 잡고 손등을 살짝 두드렸다. 준고를 보았다. 여전히 '너 또 농담하는 거야?' 란 표정을 짓고 있었다. 그 얼굴을 보자 왠지 웃음이 나왔다. 숨을 살며시 들이쉬고, 다시 읽었다.

"저는…… 열한 살 때, 가족을 모두 잃었습니다."

친구들이 웅성거리기 시작했다. 전혀 몰랐다느니 하는 귀여운 목소리가 몇 마디 들려왔다. 그랬다. 나는 친구는 많았지만, 아무에게도 마음을 열지 않았고, 나 자신에 관한 얘기는 극구

피했다. 눈에 띄지 않도록 조심하면서 그저 웃는 얼굴로 듣는 역할에만 충실했다.

"1993년 여름의 일이었죠."

그래도 아무렇지 않았었다. 내게는 아빠가 있었으니까. 다른 사람은 필요치 않았다.

썩어 가는 몸에서 풍기는 비릿한 냄새가 콧속에 되살아났다. 그것은 가족의 냄새……. 모두들 조용하고, 강렬한 스포트라이트가 나만 비추고 있었다.

"친척 집에 가려고 했는데, 거품 경제가 붕괴된 후의 일이라서 모두들 힘든 시기였지요. 그런데 저를 맡아 주겠다는 친척이 딱 한 분 있었습니다. 그 후로 지금까지 줄곧 양아버지와 둘이 살았습니다. 처음 만났을 때, 양아버지는 지금의 제 나이와 비슷한 스물일곱 살이었습니다. 결혼 계획이 있었는지는 모르겠지만, 결국은 혼자 몸으로 저를 키워 주셨습니다. 어리고 외로운 저를 이해하고 진심으로 받아 준 사람은 아버지뿐이었습니다. 언제나 저를 우선순위에 놓고 생활했습니다. 그 친절함에 제가 할 수 있는 어떤 형태로든 보답하는 것이, 딸로서 더없는 기쁨이었습니다. 지금까지 단 하나뿐인 가족이라고 생각한 아버지를 떠나 시집을 가려니, 아쉽고 슬플 따름입니다. 15년은 영원처럼 긴 세월이라 여겼는데, 눈 깜짝할 사이에 지나간 것 같습니다. 고……."

기적처럼 아름다웠던 순간도, 외면할 수밖에 없었던 추악한 행동도, 옳다고 여겨 행했던 일도, 안이했던 선택도, 모두 아빠와 딸만의 것이었다. 하지만 지금 그 모든 것이 과거에 묻히려 한다.

내가, 버리고 가기 때문이었다.

"고…… 고마……."

고마웠다는 말을 하려 했는데, 우리에게는 어울리지 않는 듯해서 삼켜 버리고 말았다.

"그럼, 안녕히……."

고개를 숙이는데, 박수 소리가 우렁차게 울렸다. 천천히 고개를 들었더니, 준고는 여전히 '농담이겠지.' 하는 얼굴이었다. 그 얼굴을 보자 키득키득, 웃음이 나왔다. 준고도 몸을 뒤로 젖히면서 웃고는 내가 살며시 내민 꽃다발을 한 손으로 아무렇게나 받아 들었다.

분홍색 리본으로 묶은 꽃다발을 건네는 순간, 준고가 갑자기 늙어 버린 기분이 들었다. 피부는 바슬바슬 마르고, 몸은 더욱 야위고, 키도 훌쩍 줄어들었다. 궁상맞으면서도 우아했던 분위기가 안개 걷히듯 싹 사라졌다. 남자에서 아저씨로 자청하여 종족을 바꾼 것처럼. 꽃다발 너머에 있어야 할 내 남자를 찾았다. 아빠가 먼저 슬며시 눈길을 돌렸다. 박수 소리가 커지면서, 또 바스락바스락, 마른 나뭇잎을 밟는 듯한 소리가 멀리서 들려오는 것 같았다.

아빠?

피로연이 끝난 후, 레스토랑으로 자리를 옮겼다. 젊은 사람들만의 2차라 분위기가 단숨에 고조되었다. 캐주얼한 드레스로 갈아입은 내가 요시로와 함께 등장하자 친구들이 환성을 지르며 맞아 주었다. 신랑 쪽 친구들은 모두 유복한 환경에서 자라 자신감에 차 있고, 요시로와 구별이 안 될 정도로 분위기가 비슷했다. 내 친구들 역시 패션 잡지에서 막 튀어나온 것처럼 머리는 화사하게 손질하고, 엷은 색 원피스나 드레스에 명품 핸드백과 액세서리, 구두까지 빈틈없이 차려입은 집단이었다. 요컨대 나 자신과 구별이 잘 안 되는 여자들이었다.

그들은 서로에게 자연스럽게 녹아들었다. 어울리는 남녀들인 것이다. 어슴푸레한 조명 아래서 웨이터가 음료를 날랐다. 젊지 않은 사람은 웨이터뿐이었다. 양아버지와 연령대가 비슷한 그 남자는 반듯하고 민첩한 걸음걸이로 사람들 사이를 걸어 다녔다. 그가 소리 없이 옆을 지나갈 때마다, 등에 오싹 소름이 끼쳤다. 그 불길한 감각이 내게, 너무 흥분하면 안 되지, 하고 겁을 주었다. 겁을 먹을수록, 웃음 띤 얼굴로 다가와 축하해 주는 친구들과 화기애애하게 얘기를 나누었다. 아니, 흥분이라도 해서 끝까지 도망쳐야 했다.

"신혼여행은 어디로 가는데?"

"피지래."

내 대답에 친구가 꺄아악, 소리를 지르며 웃었다.

"피지래, 라니. 하나, 네가 정한 거 아니니?"

"응. 요시로 씨가 피지에 가고 싶다고 해서."

"그러고 보니까, 피로연도 그렇고 이 레스토랑도 그렇고 다 요시로 씨 취향이네. 이상하다. 보통은 그 반대 아니니? 나 같으면 엄청 주문할 텐데. 평생에 한 번뿐인 결혼식이잖아."

나는 희미하게 웃었다. 나도 모르게 한쪽 볼만 씰쭉하며 싸늘하게 냉소하는 양아버지처럼 웃고 말아 당황했다. 고개 숙인 나는 여기에 있을 리 없는 양아버지의 기척을 느끼고는 또 움찔 놀랐다. 친구가 이상하다는 듯 나를 쳐다보았다.

"왜 그래, 하나? 내가 무슨 이상한 말 했니?"

"아니, 아무것도 아니야."

정말, 왜 아무런 주문도 하지 않았을까, 하고 생각하면서 나는 친구에게 싱긋 웃어 보였다.

양아버지는 그야말로 꽃을 키우듯(하나는 꽃이라는 뜻—옮긴이) 나를 소중하게 키웠는데, 나는 자신을 소중히 여기며 살기가 쉽지 않았다. 자신은 내버려 둔 채 이내, 될 대로 되라지 뭐, 하고 생각하고 만다. 자신의 몸과 마음, 그리고 운명까지 다 하찮게 여겨도 아무 상관 없을 것 같았다. 때로 마음이 해이해질 때면,

까짓것 죽는다고 대수인가, 하고 생각한다. 결혼에 대해서도 어딘가 모르게 자포자기하고 있었다. 요시로의 안정된 생활이 부러웠다. 그를 닮고 싶은 간절한 마음 한편에 평범하고 순조롭게 자란 그의 행복을 우습게 여기는 마음이 있었다.

"하나, 너 엄마가 안 계셨구나. 난 전혀 몰랐어. 나, 우리 엄마 얘기 네게 많이 했는데. 우리 엄마 아빠는 사이가 좋다느니 어떻다느니 말이야. 넌 늘 웃으면서 들어 주었는데, 왠지 내가 못할 짓을 한 것 같다."

"그렇지 않아. 재미나게 들었는걸, 뭐. 멋지다고 생각하면서."

"하지만, 넌 아빠가 젊어서 좋겠다 싶은 생각도 들어. 우리 아빠는 팍 삭은 아저씨거든. 고등학생 때 같이 걸어가는데 여차하면 원조 교제하는 것처럼 보이겠더라고. 그 다음부터는 엄마랑 다니면 다녔지 아빠랑은 절대 안 다녀."

"알 것 같다."

"아빠가 엄청 실망하더라. 그 대신 집에서는 사이좋게 지내. 그래서 아까, 하나는 아빠가 젊어서 좋겠다고 생각했지. 그런데……."

친구가 고개를 숙였다. 말을 할까 말까 망설이는 듯했다. 그리고 고개를 든 친구는 나를 똑바로 쳐다보면서, 조심스러우면서도 단호하게 말했다.

"하나네 아빠, 좀 무섭더라."

"……후후후."

왠지 슬쩍 웃음이 나왔다.

요시로가 다가와 내 친구에게 정중하게 인사했다.

"무슨 얘기 하고 있어?"

"아빠 얘기."

요시로의 얼굴이 약간 흐려졌다.

"어머, 질투하나 보네요, 요시로 씨. 하나와 아빠가 정이 깊어서."

"질투는요. 우리 가족도 사이가 좋은데요, 뭐. 당신도 질투하나?"

"아니, 전혀."

"그것 봐요."

요시로가 즐겁게 웃었다. 웨이터가 소리 없이 내 옆을 지나갔다. 어른의 거북스러운 냄새, 이미 젊지 않은 남자의 폭력적인 퇴폐. 실내가 점차 시끄러워졌다. 서로의 목소리가 들리지 않을 정도였다. 내 친구들은 시간을 두고 신중하게 고른 여자들이어서, 멋진 독신 남자가 많은데도 안달복달하지 않고 품위를 지켰다. 그녀들도 냉정하게, 하늘하늘한 실크처럼 우아한 연기를 펼치고 있었다. 핸드백에서 준고가 건네준 그 카메라를 꺼내 보았다. 섬씽 올드. 필름이 아직 세 장 남아 있었다. 꽤 오래된 것이어서 작동이나 할까 싶었지만 실내를 프레임에 담고 싶어 충동적으로 셔터를 눌렀다. 찰칵. 플래시가 터지는 바람에 나는 깜짝 놀랐다. 그리고 몸을 뒤로 젖히고 양아버지처럼 소리 내어 웃었다. 가칠한 웃음소리.

아직도 찍힌다. 주인은 벌써 죽었는데. 그로부터 8년이나 지났는데.

그리고 실내를 빙 돌아보았다. 더할 나위 없이 잘 어울리는, 반짝반짝 빛나는 남녀들. 나와 요시로가 신혼여행을 떠난 후 서로 연락을 주고받아 우리와 비슷한 커플이 생길지도 모른다. 카메라를 다시 핸드백에 넣으면서 모두 잘되면 좋겠는데, 하고 생각했다. 나와 요시로처럼. 또 등이 오싹했다. 예의 웨이터가 지나갔다. 너무 흥분하면 안 되지. 나는 고개를 숙이고 그 기척을 외면하려 했다.

이제 괜찮다. 나는 지금은 침착하니까 어린아이처럼 갑자기 불안에 떨 염려는 없다. 괜찮다. 이제 더는 잡히지 않는다. 이미 젊지 않은, 무서운 남자에게. 그 눅눅한 친절함에. 과거를 멀리하고, 천천히, 보란 듯이 잊는다. 멋지게 해낸다.

실내가 한층 시끄러워지고, 내 웃음은 한결 굳어 갔다.

다음 날 아침, 나리타 공항에서 신혼여행지로 떠났다. 피지에 가고 싶다고 한 사람은 요시로였지만, 나도 나름 기대하고 있었다. 비행기가 저 멀리 남태평양 상공에 도착하자 에메랄드 색 바다가 벨벳처럼 선명하게, 한없이 펼쳐졌다.

해안선을 따라 줄지은 방갈로는 신혼여행자들을 위해 꽃과 초콜릿으로 화려하게 장식되어 있었다. 요시로는 그 하나하나를 확인하면서 기쁨의 환성을 질렀다. 나는 방갈로 벽에 기대어 요시로가 환성을 지를 때마다 미소로 답했다.

피곤했다.

그리고 불타오르는 듯한 석양이, 내 생애 단 한 번도 본 적이 없을 만큼 맑은 남태평양의 수평선으로 떨어졌다. 남쪽 나라의 바다는 냄새마저 달랐다. 보슬보슬 건조하면서도 소금 냄새까지 어딘가 모르게 달콤했다. 소파에 꺼질 듯이 앉아 그 강렬한 색상의 석양을 멍하니 바라보고 있는데, 요시로가 옆에 앉아 나를 보았다.

"왜?"

"아니, 느긋해 보여서."

"그럼. 지나칠 정도로."

"앞으로 잘 부탁해, 하나."

"……응."

같은 소파에 앉아 있는 요시로와 나 사이에 적당한 거리가 있었다. 어른은 좀 무리겠지만 아이 하나 정도는 충분히 앉을 수 있는 공간이 넉넉하게 벌어져 있다. 요시로는 온화한 표정으로 바다를 바라보았다.

이 사람과 함께라면, 하고 나는 결혼을 결심했을 때 생각했다.

이런 남자와 함께라면, 절망적으로 뒤얽히지 않고, 숨도 쉴 수 없을 만큼 답답하지도 않게, 전혀 다른 방식으로 살 수 있을지도 모른다고. 다시 태어날 수 있을지도 모른다고. 불행의 그림자라고는 한 점도 없는 그의 젊음에 안도했는지도 모르겠다.

나는 가능하다면 정상적인 사람으로 다시 태어나고 싶었다. 천천히 늙어 가고 조금씩 망가지는 것이 아니라, 가정을 꾸리고 아이를 낳아 키우고 미래를 개척할 수 있는, 그러니까 평범하면서도 미래를 꿈꿀 수 있는 삶을 살고 싶었다. 잔인했던 과거를 다른 색으로 칠하고 싶었다. 그렇게 해서 끈질기게 살아남으려고 했지만, 지금 이렇게, 이렇게 밝은 장소에 가만히 앉아 있자니, 내가 나이도록 하는 그 부분—본 적도 만져 본 적도 없는 혼의 부분이 부들부들 떨면서 천천히 썩어들어, 끝내는 죽을 듯한 느낌도 들었다.

나는 에메랄드 색 바다를 바라보면서 과거를 생각했다.

과거의 바다는 이 바다와는 전혀 다른 색이었다.

—잊어버려라.

과거에서 또 바람이 불어왔다. 먼 옛날에 들었던 쓸쓸한 목소리가 바람을 타고 와 귀에 되살아났다.

—잊어버려, 하나. 깨끗하게 잊어버려, 그런 일은.

겨울 바다에서 무참하게 죽었을 노인의 비통한 외침 소리가 바람과 함께 가슴으로 파고들었다. 나는 갑자기 불안해져, 귀를 손바닥으로 누르고 듣지 않으려 했다 .

—넌 잘 모른다.

왜인지, 목소리가 유난히 부드러웠다. 마른 손바닥으로 등을 살며시 쓰다듬는 것처럼 묘한 따스함으로 가득했다.

—넌 아직도 어린애야.

아주 오래전에 버렸다고 여겼는데, 하얗고 차가운 대지의 환영이 소스라칠 만큼 묵직하게 가슴으로 차올라 푸르르 몸을 떨었다.

정말 다시 태어나고 싶은 것일까. 아니 어쩌면 행복 따위는 딱히 바라지 않는 것 아닐까. 어른이 된 지금도 나 자신의 마음을 알 수 없었다. 억지로 생각하려 하면 머리에는 안개가 끼고 몸마저 나른해진다. 나는 양아버지를 닮은 길쭉한 눈을 똑바로 뜨고서 바로 앞에 펼쳐져 있는 바다를 노려보았다. 남쪽 나라의 바다는 밤하늘처럼 어두운 기억 속의 바다와 달리 반짝반짝 눈부시게 빛나고 있었다. 파도 소리도 소금 냄새도 달콤했다. 숨죽인 채 쳐다보자, 과거에서 불어온 바람이 에메랄드 색으로 빛나는 달콤한 파도에 떠밀리듯 멀어져 갔다.

양아버지 곁을 떠났는데도 내게는 그 암흑 같은 증오가 넘쳐흐르고 있었다. 앞으로는 대체 누가 내게서 넘쳐흐르는 그것을 빼앗아 가 줄까. 대답해 주는 목소리는 없었다. 그저 반짝이는 파도가 밀려오고 밀려갈 뿐이었다.

관광을 즐길 때도 방갈로에 있을 때도 요시로는 한결같이 즐거워했다. 평온하게 시간이 흘렀다. 시아버지에게 전화를 걸 때는 사뭇 긴장했지만, 전화를 끊고 난 후에는 또 내일 일정을 신나게 의논했다. 시간이 느릿느릿 흘렀다.

우리는 그 방갈로에서 나흘을 묵고 귀국했다. 마지막 날, 우리는 같은 소파에 앉아 또 바다를 바라보았다. 이제 과거에서 불어오는 바람은 없었다. 애처롭고 소름 끼치는 노인의 비명 소리도 들리지 않았다. 맑고 깨끗하게 빛나는 휴양지의 바다에는 무서울 것도 이끌릴 것도 전혀 없었다.

요시로는 열심히 짐을 싸고 방을 정리했다.

"남태평양을……."

에메랄드 색으로 눈부시게 빛나는 바다를 바라보면서 나는 중얼거렸다.

"응?"

요시로가 고개를 돌렸다.

"남태평양을 다들 이 세상의 낙원이라고 칭찬하는데, 물론 아름답고 정말 멋지지만……."

"그런데?"

"그런데, 왠지 바보 같은 바다야."

나는 나도 모르게 또, 준고처럼 한쪽 볼만 씰쭉거리며 조소하고 있었다. 요시로가 무슨 소리냐는 듯 되물었다.

"하나, 이 바다를 어떤 바다와 비교하고 있는 거야?"

나는 대답하려고 입을 열었다가 다시 다물었다. 그리고 핸드백에서 그 카메라를 꺼내, 눈부신 풍경을 담았다.

어린 시절 매일 보았던 검푸르게 빛나는 바다가 뇌리를 스쳤다. 마치 의지를 지닌 커다랗고 검은 괴물처럼 나를 꿀꺽 삼키고는, 내 남자가 있는 곳으로 곧바로 데려다 주었던 그 바다. 어둡게 피어오르는, 그리운 밤의 경치. 벌써 몇 년이나 가 보지 않았지만, 우리를 단단히 얽어매었던 그 바다와 차가운 대지는 지금도 여전히 그곳에 있고, 앞으로도 영원히 있으리라. 그 바다에는 오늘도 잿빛 파도가 밀려오고 밀려가고 있으리라.

이제 생각하지 않는다. 과거는 돌아보지 않는다. 얽매이지 않는다. 속으로 몇 번이나 그렇게 중얼거리면서 일어나 슈트케이스의 손잡이를 잡았다.

시댁에서 가까운 메지로의 새로 지은 아파트에서 신혼살림을 시작했다. 넓은 거실에 침실, 그리고 각자 따로 쓸 수 있는 방이 하나씩. 벽은 새하얗게 빛났고, 가구와 가전제품은 모델 하우스의 전시품만큼이나 세련되고 고급스러웠다. 창문을 열면 싱그러운 바람에 살랑살랑 흔들리는 숲이 보였다.

요시로는 귀국한 다음 날 바로 출근했다. 나는 일을 그만두었기 때문에 집에 있으면서 반찬을 만들고, 집들이를 위해 친구들을 초대할 계획을 짰다.

그다음 날, 휴대 전화에 묘한 음성 메시지가 저장되어 있었다. 나는 한 번도 얘기를 나눈 적 없는 은몽장의 주인이 건 전화였다. 지금까지 집세를 낼 때나 수리할 곳이 있어 의논할 때나 양아버지가 만났던 사람이다.

'아직 처분되지 않은 구사리노 씨의 물건이 있어, 연락처가 적혀 있는 이 번호로 전화를 걸었습니다. 근일 중에 다시 걸겠습니다.'

무슨 소린지 알 수 없어 나는 그 메시지를 몇 번이나 다시 들었다. 발신인의 번호에 전화를 걸어 보았지만 아무도 받지 않았다. 양아버지는 일을 그만둔 후에는 휴대 전화를 사용하지 않았고, 집에도 전화가 없기 때문에 나는 할 수 없이 어떤 사람에게 전화를 걸었다. 그녀에게 내가 먼저 전화를 걸기는 처음이었다. 삼십 대 후반의 고마치 씨, 오래전부터 아는 사이지만 가능하면 만나고 싶지 않은 인물이었다.

벨이 몇 번이나 울렸는데도 그녀는 전화를 받지 않았다. 나는 옷을 갈아입고 간단하게 화장을 하고서 집을 나섰다. 저녁때였다. 메지로 역에서 야마노테 선을 타고 우에노 역에서 다른 전철로 갈아탔다. 마음이 점점 무거워졌다.

아라 강의 느릿한 흐름을 옆으로 보면서 나는 열여덟 살 때부터 늘 오갔던 길을 허둥지둥 걸었다. 양손에 시장 본 비닐 주머니를 들고 있는 양아버지의 깡마른 뒷모습이 떠올랐다. 아무리 시장을 많이 봤을 때도 그 사람은 내게는 짐을 들리지 않았다. 고등학생 때는 한밤에 둘이 훌쩍 산책을 나가, 귀신이 나올 것 같다고 생각하면서도 하염없이 강변을 걸었다. 올려다보면 별이 부옇게 반짝이고 있었다.

그리고, 일을 끝내고 서둘러 돌아오다가 담배를 물고 벤치에 앉아 있는 양아버지의 모습을 보았을 때의 기억이 떠올랐다. 양아버지는 지친 얼굴에 퀭한 눈으로 멀거니 하늘을 올려다보고 있었다. 나는 준고, 하고 이름을 부르며 달려갔다.

이 장소에, 그 기억들에 이렇게 다가서면 양아버지를 만나고 만다. 두려웠다. 불안하고, 뒤숭숭하고, 마음이 무거운데 왠지 걸음은 점점 빨라졌다. 은몽장에 도착했다. 우리 집이었던 곳의 문이 약간 열려 있었다. 나는 단숨에 계단을 뛰어 올라갔다. 하이힐의 날카로운 소리가 울렸다. 따각, 따각, 따각. 문 앞에 서서 조심조심 손잡이를 잡았다.

그리고 휙 열었다.

큰 방의 활짝 열린 창문으로 비치는 강렬한 저녁 햇살에 눈앞이 어찔했다. 눈을 깜박이는 순간, 멍해지고 말았다. 커튼이 없었다. 천천히 신발을 벗고 집 안으로 들어갔다.

책상도 없었다. 냉장고도, 그릇장도, 낡은 서랍장도, 아무것도 없었다. 방은 말 그대로 속이 텅 빈 껍질이었다. 오래도록 서랍장이 놓여 있던 자리만 다다미가 깨끗해서, 바로 얼마 전까지 이곳에 누가 살았다는 것을 알려 주고 있었다.

아무것도 없는 싱크대에 꽃다발이 세워져 있었다. 갈색이 꽤나 짙은 꽃다발이네, 하고 생각했는데 꽃도 이파리도 줄기도 썩어 가고 있었다. 분홍색 리본만이 기우는 햇살을 받아 선명하게 빛났다. 싱크대로 다가서자, 비릿하고 끈끈한 냄새가 풍겼다.

어디선가 본 듯한 리본이었다. 피로연의 마지막 순서에 내가 양아버지에게 주었던 꽃다발. 줄기와 이파리는 물컹하게 썩고, 초록과 갈색이 뒤섞이고 시들어 제 색을 잃은 꽃다발. 비릿한, 도랑물 같은 냄새가 심해졌다. 이것이 가족의 냄새……. 불현듯, 이 꽃다발을 건네는 순간 바짝 마르면서 신기하리만큼 변했던 양아버지의 모습이 떠올랐다. 썩어 가는 꽃의 악취에 머리가 지끈지끈 견딜 수 없이 아팠다.

계단을 올라오는 발소리가 멀리서 들려왔다. 현관 앞에서 사람의 기척이 느껴졌다.

"구사리노, 하나 씨?"

낮고, 가늘게 떨리는 여자의 목소리였다. 기억에 있는 목소리라, 나는 돌아서서 여자를 쏘아보았다.

마지막 만났을 때보다 더 뚱뚱했다. 과연 현관으로 들어올 수 있을까 싶을 정도로 거대한 중년 여자가 서 있었다. 원래는 동글동글했던 눈이 칙칙한 살에 짓눌려 실처럼 가늘었다. 붉은 볼에는 눈에 띄는 모공. 유행에 뒤처진 보글보글한 파마머리가 등 뒤로 치렁하게 내려와 있었다. 장식 없는 검은 치마에 검은 구두.

"……고마치 씨."

오랜만에 만나는, 그러나 오래전부터 아는 사람이었다. 도쿄로 도망치기 전의 나와 양아버지를 잘 아는 유일한 인간. 어렸을 때부터 나는 이 여자를 싫어했다. 물론 고마치 씨도 나를 싫어했을뿐더러, 어른인 주제에 그렇다는 것을 감추려 하지 않았다. 그로부터 많은 시간이 흘렀다. 그때 나는 어린아이였고 고마치 씨는 젊고 아리따운 아가씨였지만 지금은 입장이 완전히 뒤바뀌었다. 나는 젊고 그런대로 예쁜데 고마치 씨는 어이가 없을 만큼 흉측해졌다. 그런데도 마주하고 서니, 여전히 우리가 서로를 싫어한다는 것을 알 수 있었다.

나는 싱긋 웃으며 말했다.

"이제는 구사리노 하나가 아니에요. 며칠 전에 결혼했거든요. 지금은, 오자키 하나."

"축하해. 아까, 전화했었니?"

"네. 그래서 온 거예요."

살이 찔수록 고마치 씨의 목소리는 낮아졌다. 옛날에는 목소리도 섹시하고 달짝지근했었는데, 지금은 남자 목소리가 아닌가 하고 놀랄 정도였다. 고마치 씨는 감정을 억누르듯 밋밋한 목소리로 말했다.

"그래, 앞으로는 행복해져야지. 넌 아직 젊으니까."

잠자코 서로를 쳐다보았다. 끝내 내가 지고 말았다. 백기라도 흔드는 심정에 목소리가 작아졌다.

"고마치 씨, 우리 아빠는 어디 간 거예요? 짐도 하나도 없고, 그리고……. 난, 신혼여행에서 그저께 돌아와서 아무 얘기도 듣지 못했는데."

미소를 잃지 않으려 애쓰면서 물었다. 고마치 씨는 투실투실하게 살이 찐 얼굴을 일그러뜨리며 안되었다는 듯이 나를 올려다보았다. 어렸을 때는, 불쌍한 고아였기 때문에 이런 눈빛으로 나를 내려다보았다. 하지만 어른이 된 지금, 이 여자의 동정은 받고 싶지 않았다. 나는 미소를 지우고 한껏 노려보았다. 그러자 고마치 씨도 증오와 경멸을 드러내며 나를 노려보았다.

고마치 씨는 흉물스럽게 팅팅 살이 찐 집게손가락을 들어 하늘을 가리켰다. 야릇한 몸짓이었다. 나는 하마터면 웃을 뻔했다. 강변에서 아이들이 야구를 하는 모양이었다. 땅! 하고 방망이가 공을 때리는 경쾌한 소리가 울렸다. 까마귀가 바로 근처에서 몇 번을 울었다. 고마치 씨는 손가락으로 하늘을 가리킨 자세로, 비웃듯이 말했다.

"어디기는, 죽었는데."

"네? 누가요?"

"준고."

고마치 씨는 웃었다. 턱 밑으로 축 늘어진 살이 흐물흐물 흔들렸다.

"뒷일을 부탁한다는 전화를 받고 와 봤더니, 가구고 뭐고 다 처분하고 없더라. 그 사람은 죽어 있었고. 그래서 그야말로 뒷일은 내가 다 처리했어. 네게는 일부러 연락하지 않았고. 신혼여행 중인데, 몰상식한 거 아닌가 싶어서 말이야."

눈앞이 어질어질했다. 내 안색에 고마치 씨는 일이 점점 재미있어진다는 듯이 킬킬 웃었다.

"죽었다고요?"

"그래. 그 남자가 달리 뭘 어쩌겠어. 일도 안 하는 데다, 너도 없어졌는데. 이제 할 일이 아무것도 없잖아."

"죽었다고요?"

"그렇다니까. 정말 이상한 사람이지. 아직 그런 나이가 아닌데, 요즘은 만날 때마다 늘 노인네처럼 보였다니까."

몸이 휘청하면서 악취를 풍기는 꽃다발에 손이 푹 빠지고 말았다. 끈적한 진흙 같은 것이 손에 묻어 올라왔다. 썩은 꽃대였다. 고마치 씨는 우쭐한 승자처럼 빠르게 주절대기 시작했다.

"죽은 사람이나 다름없었어. 하기야 오래전부터 그런 생각을 했었지. 그래도 네가 있으니까 지켜 주려고 그나마 움직이는 좀 비 같다고 말이야. 8년 전에 이미 죽은 거야. 넌 시체와 살았던 거고. 바보 같기는. 정신 차려."

의기양양하게 떠들어 대는 얼굴을 쳐다보면서, 고마치 씨가 거짓말을 하고 있다는 것을 알았다.

꽃다발에서 풍기는 냄새가 온몸을 휘감기 시작했다.

"옛날에는 그런 남자가 아니었는데. 훨씬 밝은 사람이었어. 그런데 너 같은 애 때문에, 아주 다른 사람이 되어 버렸다니까……."

중얼거리는 고마치 씨의 목소리가 서서히 멀어졌다. 휴대 전화에 저장된 불길한 음성 메시지가 되살아났다.

'아직 처분되지 않은 구사리노 씨의 물건이 있어……'

나는 짧은 비명을 질렀다. 휘청거리며 큰 방으로 뛰어 들어갔다. 8년 동안 한 번도 열지 않았던, 양아버지와 나의 죄를 숨기고 있는 벽장 앞에 섰다. 장지문을 열어젖혔다.

그리고 눈을 감았다.

서쪽으로 기우는 햇살이 감은 눈을 억지로 뜨게 하려는 듯, 눈앞을 눈부신 노랑으로 물들여 갔다.

천천히 눈을 떴다.

벽장 안은 텅 비어 있었다. 사방을 두른 누리끼리한 베니어판 군데군데가 검게 얼룩져 있었다. 어딘가에 곰팡이가 끼었는지 퀴퀴한 냄새가 났다. 나는 잠시 그 자리에 망연히 서 있었다.

구사리노 준고가, 그것을, 버렸다.

그것을 처분하고서, 사라졌다.

안도감에 몸이 흐물흐물 무너졌다. 그리고 다다미를 쥐어뜯으며 짧은 비명을 질렀다. 나도 그 의미를 알 수 없는. 예쁘게 손질한 긴 손톱이 꺾이고 부러졌다.

하지만, 설마. 사라져 버리다니.

핸드백을 열고 안에서 그 작은 카메라를 꺼냈다. 필름이 아직 한 장 남아 있다. 언젠가 이 필름을 현상할 날이 올까, 하고 생각하자 어이가 없어 웃음이 나왔다. 허망하게 웃으면서, 마지막 남은 한 장에 방의 모습을 담았다. 카메라를 다시 핸드백에 집어넣고 비틀비틀 일어났다.

안쪽의 작은 방에 내가 두고 간 조그만 책꽂이와 상자가 몇 개 그대로 남아 있었다. 주인이 '처분되지 않은 것'이라고 한 것들일까.

바스락, 바스락, 바스락.

눈을 감자 이 방에서 조금씩 나이를 먹어 간 양아버지의 기척이 되살아났다. 언제부터였을까. 그 사람에게 묘한 힘이 생겨나면서 나를 절대 놓아주려 하지 않았던 때가. 옛날 일은 아무것도 기억나지 않는다. 어쩌다 이렇게 되었는지, 지금은 나도 모른다.

하지만, 지금의 준고에 대해서는 조금 알고 있다. 둘이 내내,

같은 과거로부터 도망쳐 다녔으니까. 몇 년이나 단둘이서, 나룻배처럼 작은 이 방에서. 준고를 오래전부터 아는 고마치 씨조차 그 일은 모른다. 나와 아빠 외에는 아무도 모른다.

준고는 가령 내 곁을 떠나 혼자가 된다 해도 절대 죽지 않는다. 나도 그렇다. 그때……8년 전 겨울에, 우리는 죽기 위해서가 아니라 살기 위해서 이렇게 먼 곳까지 도망쳐 왔다. 그 사람의 목숨은, 지금도 끈질기다. 누구보다도 내가 잘 안다.

게다가 만약 죽기로 했다면 이런 곳이 아니라 그 바다로 돌아갔을 것이다. 준고가 도쿄에서 혼자 죽을 리 없다. 이번에야말로 두 번 다시 떠나지 않아도 되게, 그 사람들이 있는 곳, 진짜 가족이 있는 곳으로 돌아갔으리라. 먼 옛날에 종종 찾았던, 산기슭에 있는 묘지의 쓸쓸한 풍경이 떠올랐다. 준고의 부모님이 잠들어 있는 하얗고 차가운 무덤과, 나뭇잎 사이로 언뜻언뜻 흔들렸던 햇살. 담배를 문 채 노려보듯 비석을 빤히 쳐다보던 준고의 어두운 옆얼굴.

계단을 내려가는 발소리가 들렸다. 나는 비틀거리며 방에서 나와 맨발로 현관을 뛰쳐나갔다. 고마치 씨의 거대한 등이 급하게 계단을 내려가고 있었다. 나는 그 뒤를 쏜살같이 쫓았다. 맨발이라서 발소리가 나지 않았다. 급강하한 까마귀가 까악거리며 바로 옆을 지나갔다. 옷깃을 잡자, 고마치 씨가 낮은 비명을 질렀다.

"죽었다니, 거짓말이지? 난 이제 어린애가 아니란 말이야. 날 속이지 마."

"아야! 이거 놔, 하나."

추악한 얼굴에 당혹감이 번지는 것을 보고서, 역시 거짓말이라고 확신했다. 이런 여자에게 괜한 거짓말을 하게 하다니. 양아버지를 향한 분노가 가슴에서 횃불처럼 타올랐다.

"왜 거짓말을 하는 거야, 어?"

"내가 무슨 거짓말을 했다고 그래. 이거 좀 놔, 아프다고."

"이런 거짓말쟁이. 준고는 이런 데서 죽을 리가 없어. 난 그 남자와 몇 년을 같이 산 사람이라고, 알아? 말해 봐, 어떻게 죽었어? 언제? 증거를 대 보라고. 순 거짓말. 이 거짓말쟁이."

"……이거 좀 놓으라니까."

고마치 씨의 목소리가 한층 낮아졌다. 나는 손에 힘을 더 꽉 주었다. 고마치 씨도 돌아보며 내 손목을 잡았다. 여자끼리의 뿌리 깊은 증오가 부딪치며 불꽃을 튀었다. 갑자기 발이 둥실 허공에 떴다. 고마치 씨의 몸에 내 체중이 실리면서 둘이 뒤엉켜 계단을 데굴데굴 굴렀다. 준고가 도둑고양이에게 먹이를 주던 장소에. 고마치 씨가 쿠션 구실을 해서 나는 아무렇지 않았다. 아스팔트에 쾅 부딪친 고마치 씨가 으윽, 하고 신음했다.

"나더러 어쩌라고. 뒷일은 마음대로 처리하라고 했단 말이야. 딸이 울 텐데 죽었다고 해도 되느냐고 물었더니, 마음대로 하라고, 어떻게 하든 상관없다고 하면서 웃었다고. 그리고 담배를 물고, 훌쩍 사라져 버렸어. 거기로 돌아갔는지, 아니면 더 먼 데로 도망갔는지, 나도 몰라."

"……."

내가 아무 말이 없자 고마치 씨는 또 우쭐하면서 말했다.

"너, 그 사람이 어떻게 하든 상관없다고 했어. 알아?"

대답하는 내 목소리도 낮았다.

"……이런 썩을 여자."

"썩을 계집애. 험하게 자란 게 다 보이네. 앞으로 조심해. 애써 좋은 데 시집갔으니까. 그런 신랑을 용케 잡았지, 흥."

"입 닥쳐."

"말이지, 하나. 준고는 말이야, 죽었다고 여겨지는 한이 있어도, 이제 그만 내버려 두기를 바랄 거야. 네 곁에서 사라지고 싶다는 뜻이라고. 알아?"

허리를 누르고 얼굴을 찡그리면서 고마치 씨가 2층을 가리켰다. 창문이 활짝 열려 있는 나와 아빠의 집. 지금은 아무것도 없는 휑하고 싸늘한 방.

"쓰러져 가는 이런 집에서 내내 살았던 것도,"

그리고 증오심에 일그러진 내 얼굴을 가리키며,

"너 같은 애를 공연히 주워 온 것도, 너를 키우느라 인생을 허송세월한 것도, 다."

이번에는 하늘을 가리키며, 태연하게 중얼거렸다.

"전부, 지상에서 사라진 거야."

"절대 안 사라져."

나는 불안에 떠는 어린애 같은 목소리로 말했다. 눈앞에 있는 고마치 씨가 아니라, 이 세상 어딘가에 뻥 뚫린, 생명의 구멍을 향해 그렇게 중얼거렸다.

"아빠가, 아빠가 그때, 잊지 말라고 했다고."

결혼식 날, 울면서 옷을 갈아입는 내 귀에 준고는 잊지 말라고 속삭였다. 그리고 나는 '아빠는, 당연하잖아.' 하고 대답했다. 준고의 낮은 목소리에 내 귓불이 파르르 떨었다. 그 말이 우리가 나눈 마지막 말이었다.

요즘 들어서는 하루도 빠짐없이 그 사람을 떠나고 싶다고 생각했다. 줄곧 숨이 막혀서 견딜 수가 없었다. 또 과거에서 뜨뜻미지근한 바람이 불어왔다. 칠흑 같은 바다에, 장난감처럼 조그만 순시선이 침몰하는 환영이 다시 살아났다. 폭풍우 속을 헤치고 나간 그 배처럼, 만난 날부터 15년이라는 세월이 지난 지금 준고는 끝내 내 앞에서 사라지고 말았다.

정말 이제는 두 번 다시 만날 수 없는 것일까.

그럴 리 없다, 고 입술을 질겅거리면서 중얼거렸다. 그 사람과 내가 헤어질 리가 없다. 우리의 몸도, 마음도, 절대 떨어질 수 없다.

지금도 함께 도망치고 있으니까. 아무것도 변하지 않았다.

그날 내 귀에 속삭였던 준고의 목소리가 되살아났다.

'계속 도망치는 거야. 곁에 있든, 떨어져 있든, 변하는 건 없어. 우리는, 앞으로도 단둘이서 계속 도망치는 거야.'

그래, 맞아, 하고 몇 번을 중얼거리면서 비틀비틀 일어섰다. 그 말을 버팀목 삼아 살아가리라고 생각했다. 혼자서. 아무에게도 사랑받지 않고. 이 마음을 내보이지 않으면서. 다만 안정된 생활을.

뇌리에 어둡고 검푸른 그 바다의 색이 악몽처럼 펼쳐졌다.

사건 자체는 아직 공소 시효가 남아 있다. 영원처럼 긴 시간이 흘렀는데, 헤아려 보면 겨우 8년 남짓 지났을 뿐이다. 그 사실을 인식할 때마다, 언제나 마음은 쉴 수가 없다. 하지만 준고 역시 어디에서든 나와 같은 두려움을 안고 살아가리라. 멀리로 도망쳤는지, 혼자서 그곳으로 돌아갔는지, 아니면 내 주변 어디에 숨어 있는지 그것은 알 수 없지만, 이 세상 어딘가에 아직 살아 있다. 그것만을 의지하며 앞으로 남은 생을 어떻게든 살아가리라고 생각했다.

돌아가려다 걸음을 멈췄다. 돌아서면서, 나는 고마치 씨의 몸을 힘껏 걷어찼다. 증오심을 가득 담아. 고마치 씨가 비명을 질렀다. 사람에게 폭력을 쓰기는 처음이었다. 멀리서 조그만 소리가 들려와 고개를 들자, 옆집의 한국인 아내가 겁먹은 얼굴로 이쪽을 쳐다보고 있었다. 준고에게 얼굴을 맞은 그 여자였다. 나는 그때의 준고처럼 주저 없이 고마치 씨의 얼굴을 쳤다. 또 비명이 들렸다. 잔인한 마음이 끓어올랐다. 마음이 바짝바짝 말라 가는 소리가 들렸다. 바스락, 바스락, 바스락. 발로 배를 짓밟고 손바닥으로 얼굴을 몇 대나 갈겼다. 공포에 질린 고마치 씨가 울음을 터뜨렸다.

내 안에 준고가 있었다. 내게서 떠나간 그 비 냄새 나는 남자, 나를 키워 준 남자를 똑같이 닮은. 준고가 그 자신을 파괴했을 때, 아마도 이런 기분이었으리라. 마치 나 자신을 느끼듯 느낄 수 있었다. 어른이 되면서 나는 나도 모르게 준고와 똑같은 인간이 되었다. 어쩔 수 없다. 같은 핏줄이니까. 그 사실이 너무 기뻐서 황홀감에 젖었다. 그 한순간만, 자신이 누구보다 행복한 여자라고 생각했다. 하지만 그것은 손바닥 위에서 녹는 눈처럼, 허망한 생각이었다. 또다시 나는 캄캄한 절망의 구렁텅이로 떨어졌다.

아아.

아빠.

아빠는, 과거에 나를 사랑하고 나와 사랑을 나눴던 기억을 잊지 않아 줄까. 이제는 두 번 다시 만날 수 없어도, 나란 여자를, 그 낡은 피의 인형을 잊지 않고 기억해 줄까.

아빠는……. 아빠는…….

그리고 나는, 앞으로 누구에게서 뭘 빼앗으며 살아가면 좋을까.

비틀비틀 계단을 올라가자, 옆집 여자가 허둥대며 문을 닫았다. 아무도 없는 집의 현관에서 침착하게 내가 좋아하고 아끼는 분홍색 하이힐을 신었다. 부러진 손톱과 찢어진 스타킹에 신경을 곤두세우면서 핸드백을 옆구리에 끼고 계단을 내려갔다. 발소리가 울렸다. 쓰러진 채 볼을 누르면서 울고 있는 고마치 씨의 거대한 몸을 훌쩍 건너뛰었다. 비틀, 몸이 한 번 흔들렸다.

천천히 걷기 시작했다. 까마귀가 휙 날아 내리면서 까악까악 울어 댔다. 탁한 강물과 거무칙칙한 색의 둔치가 이어졌다. 내 남자가 없어진 길이 끝없이, 끝없이 뻗어 있었다.

햇살도 사그라졌다. 하늘이 남색으로 물들었다. 해가 졌다.

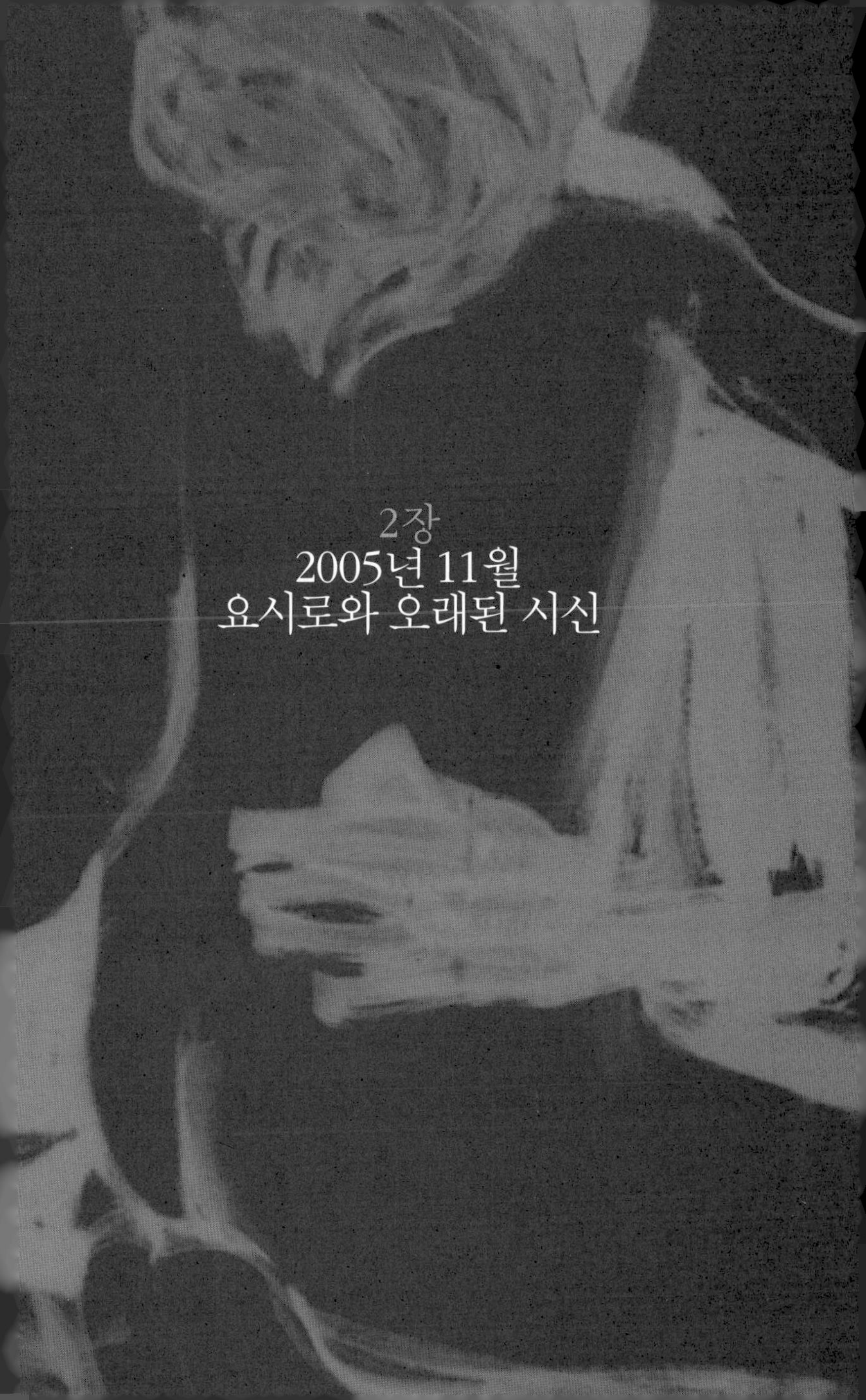

2장
2005년 11월
요시로와 오래된 시신

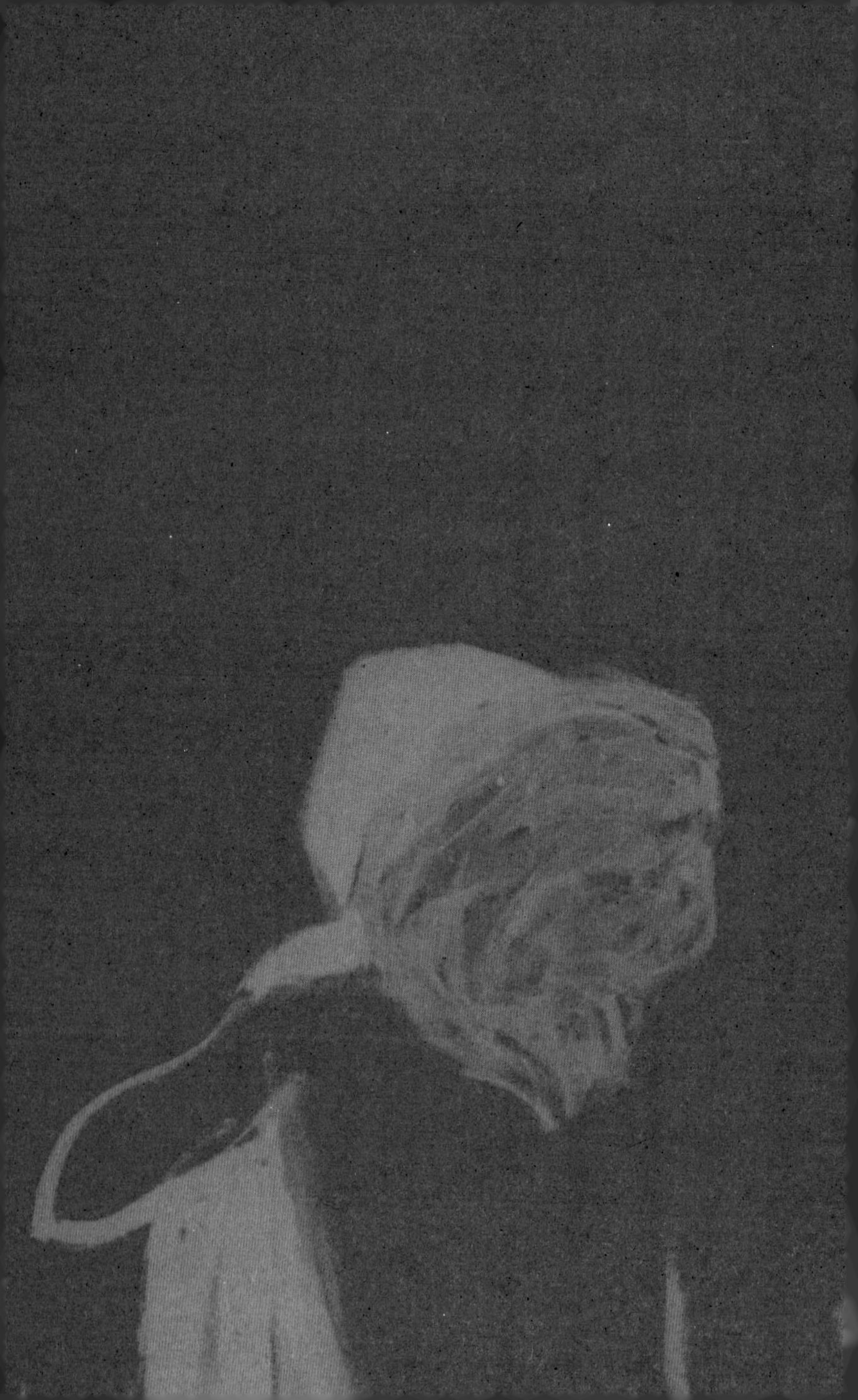

인력 회사에서 파견 나온 구사리노 하나에게 흉악한 기둥서방이 있다는 소문이 무성했다.

“흉악하다니, 대체 어떤 식인데? 기둥서방 같은 건 본 적이 없는데. 넌, 뭘 좀 아니?”

“글쎄, 난 그녀에 대해서 아는 게 전혀 없어서.”

도쿄의 마루노우치. 점심시간이라 제법 북적거렸지만, 미리 예약을 해 둔 덕분에 우리는 창가에 있는 널찍한 자리에 넷이 앉아 여유롭게 담소할 수 있었다.

“그거 다 소문이야. 좀 이상한 장면을 본 사람이 있는 모양이지.”

옆에 앉은 남자 동기가 그렇게 말하자, 마주 앉은 여자 둘은 서로를 쳐다보며 거의 동시에 고개를 갸웃거렸다.

“기둥서방이란 말이지.”

“학생 시절에 사귀었던 애인이 회사 그만두고 그녀 집으로 굴러 들어온 거 아닐까. 그런 사정 같으면 대충 이해가 가는데.”

“그렇지. 그런 일이라면 이해가 가지.”

여자들은 방긋 웃으며 잔을 들고는 거의 동시에 우리 쪽을 보았다. 쌍둥이처럼 호흡이 잘 맞는 동작에 나도 덩달아 의미 없이 웃었다. 여자들의 천진한 미소도 깊어졌다.

“그런데 말이야, 그 정도로 흉악하다고 할 수 있을까.”

동기가 고개를 갸우뚱하고 말했다.

“아니 뭐, 상관없는 일이지만.”

다시 그렇게 중얼거리고는 손목시계를 힐금 본다.

“오자키, 슬슬 갈 시간인데.”

일어나 계산대 쪽으로 걸어갔다. 여자들이 또 얼굴을 마주 보고 미소 지으며 비슷한 목소리로 재잘거렸다.

“잘 먹었습니다.”

“맛있었어요.”

참새 소리 같은 하모니에 나도 목소리가 약간 높아졌다.

“아니, 천만의 말씀입니다. 저희도 즐거웠어요.”

점원에게서 코트를 받아 들고 동기와 함께 나란히 걸어 나갔다. 레스토랑을 나서자 마루노우치 빌딩가에는 카랑카랑 메마른 겨울바람이 불고 있었다.

“아, 추워.”

여자들이 고개를 움츠리며 중얼거렸다.

손을 흔들며 여자들과 헤어져 회사를 향해 걸음을 내딛는 순간, 화기애애하게 끝난 한낮의 소개팅을 까맣게 잊고 말았다. 오후에 해야 할 일이 뇌리에 스쳐, 알게 모르게 걸음이 빨라졌다. 코트 깃을 여미고 성큼성큼 걷는데, 동기가 들뜬 목소리로 물었다.

"오자키, 어땠어? 오늘 두 여자."

"그런대로 괜찮던데. 귀여웠어."

"그래, 귀여웠지."

"음."

"그건 그렇고, 기둥서방이 있는 여자는 어떨까."

"글쎄. 너, 어째 관심이 많다."

11월 중순인데도 아직 강렬한 햇살이 빌딩 외벽에 반사되고 있었다. 눈이 부셔서 고개를 숙였다. 회사가 있는 빌딩의 현관으로 얼른 들어서는데, 안내 창구에 앉아 있던 여자가 방긋 웃으면서 고개를 숙였다.

"맛있게 드셨어요?"

구불구불한 긴 머리에 낭랑한 목소리. 이름은 아직 모르지만 화사한 미인에, 눈망울이 커다란 눈으로 당당하게 사람을 쳐다보는 탓에 얼굴은 기억하고 있었다. 가볍게 눈인사만 하고는 안내 창구 앞을 지나갔다.

실은 오후에 회의가 있기 때문에 여자들과 느긋하게 점심이나 즐길 때가 아니었다. 동기가 "오자키는 여자들에게 인기가 좋으니까." 하면서 부탁해서 어쩔 수 없었다. 사교성이 좋은 것이 오히려 자신의 결점인 듯한 기분이 들었다. 엘리베이터가 좀처럼 내려오지 않았다. 손목시계를 들여다보자 은근히 짜증이 났다.

나 오자키 요시로는 올해로 스물일곱 살이다. 유치원부터 대학까지 통합 교육을 받았고, 대학을 졸업한 후에는 아버지의 권유로 게임 소프트와 장난감을 만드는 대기업인 이 회사에 취직했다. 올해로 다닌 지는 3년이고, 기획 개발팀에 합류한 지는 1년이 되었다.

가족은 아버지와 어머니, 그리고 나이 차가 많은 형이 있다. 형은 벌써 가정을 꾸려 독립했다. 집에는 나와 어머니, 그리고 일 때문에 집을 종종 비우는 아버지, 이렇게 셋이 살고 있다.

하는 일에 웬만큼 익숙해지면서 시간을 활용하는 방법도 익혔다. 요즘은 잘만 하면 초조하게 굴지 않아도 학생 시절처럼 친구도 만나고 자신을 위한 여가를 즐길 수도 있다는 것을 알게 되었다. 일은 지나치다 싶지 않을 정도로 성실하게 하고, 점심시간은 친구들을 만나는 데 할애하고, 밤에는 애인을 만나거나 취미 생활을 즐긴다. 아버지는 남자가 의욕이 부족하다고 잔소리를 한다. 그러나 의욕이란 너무 부족해도 탈이지만 너무 과해도 살아가는 데 불편할 뿐이라고 생각한다. 하루하루가 안정되어 있으면서 나름 자극으로 충만했다. 나는 자신의 생활에 그런대로 만족하고 있었다.

"어이, 오자키, 오자키."

오후 회의가 끝나고 복도로 나서는데 팀 선배가 이름을 부르더니 내 목에 팔을 휘감았다.

"아야. 선배, 왜 이러세요."

"부탁할 게 있어서. 오자키 자네, 이리저리 편리하잖아."

"편리하긴요. 난 위험한 남자라고요. 선배, 듣고 있는 겁니까?"

복도 끝으로 끌려가는 나를 과장이 키들키들 웃으면서 바라보았다. 과장의 이름은 야스다 레이코, 나이는 나보다 일곱 살이 많은 서른네 살이다. 아름다운 골격을 강조하듯 짧게 손질한 검은 머리에 시원한 키, 바지가 날씬하게 잘 어울리는 여자다. 반년 전부터 어쩌다 보니 연인이 되었는데, 팀원들은 아무도 모른다.

"정말 사이가 좋다니까, 둘이."

"과장님, 전 지금 괴롭힘을 당하고 있다고요. 저 좀 살려 주세요."

"괴롭히기는, 부탁이 있다니까. 두말 말고 따라와."

선배는 나를 간이주방으로 끌고 갔다.

“아까 그 일, 오늘 중으로 부탁해요. 그리고…….”

복도에서 야스다 과장이 그렇게 재빨리 지시하는 소리가 들렸다. 경쾌한 발소리가 점점 멀어졌다.

“오자키, 부탁 좀 하자고.”

선배는 나를 벽에 밀어붙이고 말했다.

“사내 사람은 싫다니까요. 성가시잖아요.”

“안내 창구에 있는 여자, 혹시 알아?”

“그 파마머리에 좀 화려한 여자요? 거봐요, 사내잖아요.”

나는 아까 회사로 들어오면서 들었던 “맛있게 드셨어요?”란 말을 떠올리면서 고개를 끄덕였다.

“나 혼자서는 좀 벅차서 말이야.”

“그럼, 그만두면 되잖아요.”

“자넨, 별거 없으면서도 인기가 좋잖아. 그래서 넷이 식사라도 하면서 어떻게 좀 해 볼까 하고 말이야. 왜 안내 창구에 둘이 앉아 있잖아. 나머지 아가씨도 함께 만나는 걸로 해서 약속 좀 잡아 줘.”

“아이참……, 알았어요.”

거절하기가 오히려 귀찮을 것 같아서 나는 두말 않고 대답했다.

“야호!”

선배가 어린애처럼 팔짝 뛰면서 환성을 질렀다. 나는 어이가 없어서 먼저 간이주방에서 나왔다. 휴대 전화를 꺼내 보니 다른 연인에게서 문자가 와 있었다. 대학 시절부터 사귀고 있는 나호코라는 여자다. 오늘 저녁을 같이 먹지 않겠느냐는 문자였다. 나는 '좋아. 뭐 먹고 싶어?'라고 답 문자를 보냈다.

언제 뒤따라왔는지, 선배가 뒤에서 들여다보고 있었다. "남의 걸 왜 읽어요."라고 말하자 그는 불편한 심기를 드러내며 인상을 찌푸렸다.

"이번에는 또 뭡니까?"

"위험한 남자가 어떻게 이렇게 인기가 많겠어. 순 거짓말이지."

"무슨 소리예요?"

"자네는 안전제일주의의 간판 격인 남자잖아. 그런데 늘 애인이 몇 명이나 있단 말이야. 지금은 몇 명이지?"

"둘요. 안전제일은 또 무슨 소립니까?"

"술자리도 자네가 있으면 화기애애하고 말이야. 도대체 왜 그럴까. 자란 환경 때문인가……."

"환경이 무슨 상관입니까."

"아니, 왜 화를 내고 그래."

나는 휙 돌아 얼른 걸음을 옮겼다. 같이 보낸 시간이 얼마인데, 이 사람은 자란 환경 소리를 하면 내가 싫어한다는 것을 통 알아차리지 못한다. 툭하면 샌님 취급을 하면서 웃는다. 그렇다고 화를 오래 참고 있으면 피곤하니까 이내 풀어 버리기로 했다. 사무실로 돌아와 자리에 앉자마자 일거리를 하나하나 처리해나갔다. 이따금 옆얼굴에 야스다 과장의 따사로운 시선이 떠다녔지만, 모르는 척 무시하고 일만 계속했다.

그날은 7시 조금 못 되어 사무실에서 나왔다. 안경을 낀 야스다 과장은 아직도 분주하게 일하고 있었다.

"먼저 가 보겠습니다."

야스다 과장이 고개를 들고 안경을 벗었다.

"아, 오자키 씨. 수고 많았어."

눈이라도 부신 것처럼 약간 얼굴을 찡그리고서 그녀가 말했다.

"과장님은 안 가세요?"

"음. 이거 다 마무리하고 가야지."

그녀는 미소를 살짝 띠고서 서류로 눈길을 떨어뜨렸다.

"가끔은 휴식도 취해야지요."

넌지시 그렇게 말하자, 퍼뜩 고개를 들고서 내 쪽이 당황할 정도로 환한 미소를 지었다.

"역시 오자키 씨밖에 없네. 고마워."

"무슨 말씀을요."

"오자키 씨는 정말 친절하다니까."

"네? 아니, 그냥 좀 걱정스러워서요."

"아무튼."

"그럼, 먼저."

문을 닫을 때, 책상에 앉은 채 이쪽을 보는 그녀의 가냘픈 상반신이 잔상처럼 눈에 새겨졌다. 닫힌 문 안쪽에서 아직도 이쪽을 물끄러미 쳐다보고 있을 것 같았다. 무시하고 걸음을 내걷는데, 주머니 속에서 휴대 전화가 몸을 떨었다. 나호코가 보낸 문자였다.

'왜 이렇게 늦는 거야.'

화가 난 모양이다. 걸음을 약간 서둘렀다. 엘리베이터를 타는데, 가방을 옆구리에 끼고 근사한 코트를 걸친 선배가 후다닥 달려왔다. 한숨을 쉬면서 힐금 쳐다보자, 선배가 애교를 부리듯 히죽거리며 말했다.

"부탁해. 알았지?"

"안내 창구 여자 말이죠? ……알았다니까요."

1층에 도착하자, 선배에게 끌려 안내 창구로 걸어갔다. 7시에 퇴근하는 그녀들이 작은 소리로 소곤거리며 책상을 정리하는 등 낮보다 분주하게 움직이고 있었다. 선배가 옆구리를 쿡쿡 찔렀다. 내가 안내 창구로 다가가자, 파마머리 화려한 여자가 우리를 보고는 반사적으로 방긋 웃었다. 그야말로 안내 창구용 싹싹한 웃음이었다.

"수고 많으셨어요."

"아, 예."

선배가 뒤에서 또 쿡쿡 찔렀다.

"……저."

나는 화려한 여자를 억지로 외면하면서 말을 꺼냈다. 옆에 있는 다른 여자는 볼품없지는 않아도 전혀 눈에 띄지 않는 모습이었다. 화장도 했고 머리 스타일도 반듯한데, 전체적으로 인상이 수수했다. 조그만 귀에서 보석 박힌 피어스가 반짝거리고 있었다. 그 여자 쪽에 조심조심 말을 걸려는데, 화려한 여자가 얼른 눈치 채고는 수수한 여자의 팔꿈치를 툭 쳤다. 입가에 은근한 미소가 묻어 있었다.

"저, 괜찮으면 언제 저하고, 아니 둘은 좀 그러니까, 우리와 식사나 한번 하시죠. 아, 싫으시면 그냥 사양해도 됩니다."

"……."

대답이 없었다. 여자가 토라진 것처럼 고개를 숙이고 있어 나는 마음이 초조해졌다. 이거, 잘 풀리지 않는데, 하고 생각하는데 화려한 여자가 구원의 손길을 내밀어 주었다.

"어때서, 식사 정도라는데. 이 사람, 괜찮은 사람이야. 늘 인사도 잘해 주는 오자키 씨잖아. 너도 아까, 저 사람 인상이 좋다고 했잖아."

수수한 여자의 얼굴이 살짝 붉어졌다. 그 찰나에 선배가 뒤에서 얼굴을 쑥 내밀었다.

"어이 어이, 다짜고짜 그렇게 말하면 싫어할 수도 있잖아. 넷이서 가자고. 여기 두 분하고 나하고 자네하고. 시간 나는 날 가르쳐 줘 봐."

화려한 여자가 약간 난감한 표정을 지었다. 깔끔하게 손질한 구불구불한 파마머리를 집게손가락으로 만지작거리면서 작은 한숨을 쉰다. 그 한숨에 떠밀리듯 수수한 여자가 고개를 들었다.

"아니, 좋아요."

퉁명스럽게 말하고는 메일 주소를 적은 메모지를 내게 건넸다. 메모지를 받아 들고는 화려한 여자 쪽에도 고맙다는 뜻으로 미소를 던졌다. 잠시 후, 여자도 괜찮다는 뜻의 너그러운 미소로 답해 주었다.

밖으로 나가자 차가운 밤공기가 온몸을 감쌌다. 스산한 잿빛 고층 건물 때문에 마치 거대한 얼음이 사방을 에워싸고 있는 느낌이었다. 추위에 떨면서 바삐 걷고 있는데 옆에서 선배가 신이 나서 깡충거렸다.

여자와 약속 한 번 잡은 정도로 저렇게 좋아하다니. 속으로 코웃음을 치고 있는데 선배가 돌아보며 심각하게 말했다.

"……자네, 지금 날 비웃었지?"

"비, 비웃기는요. 거 피해망상입니다."

"아니, 비웃었어. 절대, 틀림없을걸. 그런데, 지금 데이트하러 가는 거야?"

"아, 네."

"가라고. 갈 사람은 가야지. 아무튼, 약속 잊지 마. 난 언제든 널널하니까."

"참, 답답하십니다."

"보통은 다 그래. 자네 정도밖에 없다고, 그렇게 스케줄이 빠듯한 사람은."

그렇게 말하는 선배의 눈빛이 왠지 침울하고 쓸쓸해 보였다.

'이 사람, 사랑에 빠진 모양이로군.'

아까 그 화려한 여자는 나도 그런대로 괜찮다 여겼는데, 괜히 일이 뒤틀리면 골치 아프니까 접근하지 말아야겠다고 생각했다. 선배의 손아귀에서 겨우 벗어나 전철을 탔다. 나호코와 약속한 시부야까지는 20분 정도 걸린다. 나는 아침에 역내 서점에서 산 비즈니스 책을 펴 들었다. 일에 소요되는 시간을 단축하고 단순 작업을 처리하는 이런저런 요령이 쓰여 있었다. 참고할 만한 게 별로 없군, 하고 생각하면서, 그래도 돈 주고 산 책인데 싶어 열심히 페이지를 넘겼다. 시부야에 도착하자 역을 빠져나와 다시 걷기 시작했다.

나호코는 대학에 다닐 때 동아리에서 만났다. 시부야에서 출발하는 전철의 연변에 그녀의 집이 있어서 그 시절부터 우리는 이 부근에서 데이트를 했다. 사회인이 되어서까지 걷고 싶은 거리는 아닌데, 나호코는 습관을 바꾸려 하지 않았다. 나도 괜한 고집 부리기보다는 그녀의 희망에 순순히 따르고 있다.

약속 장소인 카페에서 나호코는 볼이 퉁퉁 부어 있었다. 그녀는 6시면 일이 끝나기 때문에 나를 만나려면 어쩔 수 없이 비는 시간이 생긴다. 학생 시절에는 그런대로 고분고분했는데, 지금은 긴 머리를 추어올리고 손톱을 만지작거리면서 한바탕 투덜거려야 속이 시원해지는 듯하다.

"미안해, 나호코."

"뭐, 괜찮아. 요즘 많이 바쁜가 보네."

"글쎄."

고개를 갸우뚱하고 있자, 기분이 풀렸는지 나호코가 방긋 웃었다. 감정의 기복은 심하지만 화가 나도 금방 풀어지는 것이 그녀의 좋은 점이다. 먹고 싶은 것을 이것저것 얘기하고서, 나호코가 화장을 고치러 화장실에 간 틈에 아까 그 수수한 여자에게 메일을 보내기로 했다. 공연히 뜸 들이지 않는 편이, 여자들에게 생각할 시간을 주지 않는 편이 일이 잘 풀릴 것 같아서였다.

그녀에게 전혀 관심이 없는 탓에 이름도 모르는 나는 내용만 적당히 썼다.

'오자키입니다. 아까는 갑자기 그런 말을 해서 죄송합니다. 선배가 용기를 내보라고 해서 돌발적으로 그렇게 되었습니다. 거절할까 봐 전전긍긍했는데, 다행입니다. 두 분 편리한 날짜를 말해 주십시오. 우리가 시간을 맞추도록 하겠습니다. 오늘 하신

피어스, 아주 멋졌습니다.'

막 보내고 났는데 나호코가 돌아왔다. 휴대 전화를 보고는 수상쩍어하면서 장난스럽게 묻는다.

"앗, 누구에게 보내는 거야?"

"일 때문에. 이제 다 끝났어."

"그래?"

나호코는 경쾌한 걸음으로 카페를 나섰다. 요즘 화제라는 라면집에 가기로 했다. 길게 줄 서 있는 학생들 끄트머리에 우리도 섰다.

"양복 차림으로 줄 서 있는 사람, 나뿐이다."

내가 그렇게 투덜거리자, 나호코는 웬일인지 싱글싱글 웃었다. 약속 시간에 늦은 내게 아직도 화가 나 있나 싶어 얼굴을 들여다보자 화사한 미소로 답해 주었다. 그런 그녀를 보면, 여자는 참 알 수 없는 존재라는 생각이 든다. 나호코는 다른 여자에 비하면 단순하고 다루기 쉬운 부류에 속한다. 그 때문에 5년이나 사귀고 있지만, 때로 그 속을 알 수 없을 때가 있다. 속은 알 수 없지만 그 이상은 생각지 말자는 마음도 있다.

라면 한 사발을 앞에 놓고 절반쯤 먹어 가는데, 나호코가 아양을 떨듯 말했다.

"바꿔 먹자."

사발을 바꿔 주자, 한 입 먹어 보고는 씩 웃었다.

"이것도 맛있네."

학생 시절에 그랬던 것처럼 마루야마초에 있는 러브호텔로 어슬렁어슬렁 들어가면서 생각했다.

'이거야 원, 대학생이 따로 없잖아.'

나호코와 함께 있으면, 동아리 활동을 하면서 놀러 다녔던 대학 시절에서 시간이 멈춰 버린 느낌이 들곤 한다. 즐겁기는 해도, 시간을 두고 조금씩 조금씩 무거워진 짐 같다는 생각도 든다. 나호코가 샤워를 하려고 욕실로 들어간 후, 야스다 과장에게 전화를 걸었다.

"이제 퇴근했어요?"

"지금 회사에서 나와서 역으로 가는 중이야."

목소리와 함께 아스팔트를 울리는 구두 굽 소리가 들렸다. 혼자서 걷는데, 마치 군대가 행진하는 것처럼 씩씩한 발소리였다. 시계를 보니 10시가 조금 넘었다.

귓가에서는 야스다 과장의 발소리가, 어두컴컴한 방에서는 나호코가 샤워하는 소리가 공명하듯 나지막하게 울렸다.

"푹 주무세요, 피로 풀리게."

"……고마워!"

그녀는 슬쩍 그런 말을 건넨 내가 오히려 당황스러울 만큼 반색하며 대답했다.

"그럼, 내일."

"응, 그래."

나이 서른네 살에 이번에는 풀 죽은 어린애 같은 목소리였다. 어째 좀 무서웠다.

돌아가는 길에는 귀찮아서 택시를 탔다. 차창 밖으로 휙휙 지나가는 거리를 멍하니 바라보면서 메지로다이에 있는 집으로 갔다. 휴대 전화가 푸르르 떨렸다. 천천히 주머니에서 꺼냈다.

안내 창구의 수수한 여자가 보낸 문자였다. 멋대가리 하나 없는 답신. 혹 이쪽의 꿍꿍이를 알아차렸는지도 모르겠다고 생각하면서 읽었다.

'오자키 씨, 의논해 보았습니다. 다음 주 목요일에 시간을 내겠습니다. 피어스는 옛날에 아버지에게 받은 내 보물입니다. 구사리노 하나.'

"헉."

나도 모르게 소리가 나왔다.

수수한 여자의 얼굴을 떠올리려 머리를 쥐어짰다. 별다른 인상이 없어서 부연 그림밖에 떠오르지 않았다. 조그만 귀에 붙어 있던 피어스만 반짝이는, 유령처럼 윤곽 없는 여자의 실루엣이 뇌리를 스쳤다가 거품이 꺼지듯 사라졌다.

뭐야.

그 여자가 그 소문이 파다한 구사리노 하나란 말이야?

어떤 사정인지는 모르겠지만 아무튼 흉악한 기둥서방이 있다는 소문의 주인공, 안내 창구의 파견 사원 구사리노 하나.

사실 남자 사원 대부분이 그녀에 대해서는 아무것도 몰랐다. 그다음 주, 아무래도 마음에 걸려서 지난 점심 소개팅 때 구사리노 씨 얘기를 했던 동기 녀석에게 넌지시 물어보았다.

"글쎄."

그는 고개만 갸웃거릴 뿐이었다.

"무슨 환영회였나, 아무튼 어떤 술자리가 끝나고 그 여자를 집에 바래다준 남자가 있었는데, 아마 맞고 왔을 거야."

"맞고 왔다고? 그 기둥서방에게?"

어이가 없었다. 동기 녀석은 별 관심 없다는 투였다.

"그럴걸. 그런데 누가 그런 소리를 했는지는 잊어버렸다."

"생각해 봐."

"왜? 딱히 상관없는 일이잖아."

물론 상관없는 일이었다. 끈질기게 물고 늘어지자니 귀찮기도 해서 그만둔 채, 그 일은 흐지부지되고 말았다. 원래 파견 사원이란 어디에서 훌쩍 왔다가 때가 되면 또 훌쩍 사라져 버리는 존재다. 정사원과 달라서, 사라져 버린 사람의 개인 정보가 나돌아 다니는 일은 거의 없다. 아무튼, 이 정체 모를 소문이 일러주는 주의 사항은 그 여자는 절대 집에 데려다 주지 말라는 것, 한 가지뿐일 듯했다.

마음속으로 번쩍거리는 양복에 요란한 무늬의 넥타이를 느슨하게 묶은 체격 좋은 남자를 상상해 보았다. 하지만 야쿠자처럼 거친 남자 옆에 그 수수한 구사리노 씨가 나란히 선 모습은 상상할 수 없었다.

그 한 주 동안, 안내 창구 앞을 지날 때마다 눈여겨본 덕분에 겨우 그녀의 얼굴을 기억하게 되었다. 여전히 눈에 띄지 않고, 분위기는 나쁘지 않은데 놀랄 만큼 존재감이 없는 여자였다. 내게는 그렇고 그런 평범한 여자로밖에 보이지 않았다. 옆에 있는 화려한 여자 쪽이 오히려 치정이 얽힌 소문에 잘 어울릴 듯했다. 내가 앞을 지날 때마다 화려한 여자는 방긋 웃으며 아는 척을 했지만, 구사리노 씨는 무덤덤하게 바라볼 뿐이었다. 정말 내게 관심이 없는 것 같았다. 하기야 피차 마찬가지지만.

만나기로 약속한 목요일이 되었다. 나는 좋아 어쩔 줄을 모르며 복도로 뛰어나가는 선배를 따라 사무실을 나섰다. 야스다 과장이 책상에서 이쪽을 빤히 쳐다보고 있었다. 나는 살짝 고개를 숙이고서 복도를 걸었다. 1층으로 내려가니, 화려한 여자밖에 없었다. 구사리노 씨는 나중에 온다고 한다. 예약해 놓은 레스토랑으로 향하는데, 선배가 갑자기 말이 없어졌다. 주제에 긴장하고 있는 것이다. 나는 선배를 추어올리면서 차분하게 대화를 이끌어 나갔다. 레스토랑에 도착해 자리에 앉자, 여자가 말했다.

"우리, 구사리노 씨 기다리지 말고, 먼저 건배해요."

"괜찮나요? 그래도 기다려 주는 게 좋지 않을까 싶은데."

그렇게 묻자, 여자는 난처하다는 듯 고개를 저었다.

"그럼 오히려 부담스러워할걸요. 좋은 사람이기는 한데, 시간을 잘 못 지키니까. 언제 올지도 모르고."

"그럼 안 되지."

선배가 엄한 표정으로 말했다. 그런 일에는 잔소리가 많은 사람이다.

"지각쟁이라는 뜻인가요?"

"쟁이랄 것까지는 없지만, 출근 때도 조금씩 늦는 일이 잦아서. 그래서 아침에는 안내 창구에 나 혼자 있는 일도 있어요. 하지만 아주 착실한 애예요. 문제는 시간."

"그럼 그렇게 하죠, 뭐."

맥주를 주문하고, 건배를 했다. 선배는 긴장한 탓인지 평소보다 속도가 빨랐다. 벌컥벌컥 마시고는 다시 한 잔을 주문한다. 처음 만나는 자리인데 무턱대고 심각한 질문을 하려는 선배를 제지하면서 "난, 어렸을 때 영감이 아주 뛰어났거든요."라는 둥, 해도 그만 안 해도 그만인 얘기를 화제 삼았다. 사실 어렸을 때는 유령 비슷한 것만 보아도 겁이 나서 절절맸는데, 어른이 된 지금은 여자를 즐겁게 하는 얘깃거리로 곧잘 우려먹는다.

얘기를 하고 있는데 갑자기 뒷덜미가 서늘해졌다. 나는 맥주잔을 든 채로 움직임을 멈췄다. 앞자리에 앉은 화려한 여자가 내 뒤쪽을 올려다보면서 방긋 웃었다.

"어머, 하나 씨! 어서 와!"

뒷덜미가 찌릿찌릿했다. 뒤에 뭐가 있는 느낌이었다. 억지로 미소를 띠고 돌아보니, 구사리노 씨가 멀거니 서 있었다. 엷은 분홍색 앙상블에 하얀 타이트스커트. 핸드백은 요즘 유행하는 것인지 길거리에서 흔히 볼 수 있는 브랜드 제품이었다. 가슴 언저리까지 내려오는 머리카락이 예쁜 곡선을 그리고 있었다. 얼굴은 왠지 창백하고 유독 표정이 없었다.

"하나 씨, 여기 앉아. 뭐 마실래?"

"뭐 마시고 있는데?"

여자가 무슨 칵테일이라고 대답하자, 구사리노 씨도 같은 것을 주문했다.

"안녕하세요."

그녀가 내 눈앞에 앉아 고개를 숙이며 인사했다. 지각에 대해서는 아무런 말이 없었다. 선배는 뭐가 치민다는 듯 입을 다물고 있었다.

다시 건배를 했다. 그리고 나는 앞에 앉아 있는 두 여자를 슬쩍슬쩍 비교해 보았다. 여자 둘과 마주 앉아 있을 때면, 그녀들이 묘하게 닮았다는 생각이 드는 경우가 많다. 비슷한 머리 모양에 비슷한 화장, 그리고 몸짓까지, 호흡이 척척 맞는 단짝. 사이가 좋아 같이 있는 시간이 많다 보니 서로를 조금씩 닮아 간 여자들. 그런데 지금 눈앞에 있는 두 여자는 어딘가 모르게 좀 달랐다.

뭐랄까, 수수한 쪽이 화려한 쪽을 모델로 여기는 듯 보였다. 머리 모양이며 화장, 옷차림까지 다 비슷한데 구사리노 씨 쪽이 조금씩 억제한 느낌이랄까. 그 탓에 눈에 잘 띄지 않는 것이다. 요컨대 흔히 있는 타입이면서 조금씩 절제한 스타일. 그래서 다들 구사리노라는 존재를 의식하지 못해 얼굴을 기억하는 데 시간이 걸리는지도 모르겠다.

그것은 구사리노 씨가 아주 용의주도하게 신경을 써서 만들어 낸 일종의 포즈 같았다. 내가 어떤 얘기를 화제 삼아도 그녀는 곧바로 대꾸하지 않고 알게 모르게 화려한 여자 쪽으로 대답을 돌렸다. 그리고 그 대답을 듣고는 말없이 동조했다. 그녀 자신의 개성은 어디에도 없고, 이상하리만치 인상을 남기지 않았다.

디저트가 나올 즈음, 선배는 그녀가 이 자리에 있다는 것을 이제야 알았다는 듯 물었다.

"저, 물어보고 싶은 게 있는데."

"네?"

구사리노 씨가 불안한 표정으로 고개를 들었다.

"이름이 좀 이상한 것 같아서 말이죠."

구사리노 씨의 얼굴이 약간 발그레해졌다. 화려한 여자는 걱정스럽게 선배를 보았다.

"그런 성(구사리노腐野)에, 이름을 하나(花)라고 지은 게 왠지 이상해서. 부모님이 별나네요. 좀 심한 거 아닙니까. 맞아요. 좀 심했습니다."

취기도 돈 데다, 원래가 이성에게 치근덕거리는 성격이다. 적당히 틈을 봐 화제를 바꾸려고 하는데, 구사리노 씨가 선배를 빤히 쳐다보더니 사교적인 미소를 띠면서 말했다.

"그러시겠죠. 하지만 원래는 성이 달랐어요."

"성이 달랐다고요? 그럼 뭐였는데요?"

나도 모르게 묻고 말았다.

"음, 다케나카(竹中)였어요."

"다케나카 하나. 평범한 이름이었군요."

"네. 초등학교 4학년 때 지금 성으로 바뀌었어요. 저도 조금은 난감했지만, 그래도 별 신경 안 썼죠. 이름 때문에 친구들에게 시달린 적도 없었고. 그리고 성이 바뀌어서 오히려 좋았으니까."

좋았다니, 무슨 뜻일까 하고 생각하는데, 선배가 또 대뜸 묻고 말았다.

"그럼, 고향은? 도쿄?"

구사리노 씨는 또 얼굴을 살짝 붉히고는, 천천히 고개를 저었다.

"아니요."

"그럼 어디?"

"음……, 북쪽이오."

"북쪽?"

"네, 북쪽이에요. 아주 북쪽."

"북쪽이라……."

'북쪽' 이라는 말의 울림이 마치 외국처럼 멀게 느껴져 나도 모르게 중얼거리고 말았다. 그리고 선배와 얼굴을 마주 보았다. 선배는 취기가 많이 오르는지 눈이 벌겋고 퀭했다. 난데없이 구사리노 씨에게 관심을 갖는다 했더니 벌써 싫증이 났는지 나를 가리키며 말했다.

"이 사람은 줄곧 도쿄에서 살았죠."

"아, 그래 보이네요."

화려한 여자는 방긋 웃고 구사리노 씨는 고개를 끄덕거렸다. 선배가 또 물고 늘어졌다.

"그래 보인다니요?"

"글쎄요. 세련돼 보인달까, 늘 여유로워 보인달까. 오자키 씨, 인상이 굉장히 좋잖아요."

"흥. 하기야 세상 물정 모르는 샌님이지. 메지로다이에 집이 있는데, 물어봤더니 평수가 어마어마합디다. 부속 고등학교에서 바로 대학에 들어갔으니까 입시의 혹독함도 모르고. 그래서 그런지, 이 사람, 좋은 냄새가 난다니까요."

선배가 장난스럽게 코를 킁킁거려, 나는 얼굴을 찡그렸다. 그러자 여자 둘은 마주 보며 까르륵 웃었다.

"아세요? 이 사람 아버지, 우리 모회사의 전무입니다. 달짝지근하고 좋은 냄새가 나지만, 그건 권력의 냄새이기도 하죠. 난, 그런 냄새, 좋기도 하지만 한편 싫습니다."

여자 둘의 표정이 갑자기 진지해졌다.

나는 비슷하게 화장한 두 여자의 얼굴을 번갈아 보았다. 방금 전까지 처세를 위해 얇은 가면을 쓴 듯했던 얼굴이 순간적으로 변화했다. 얇은 베일을 벗어던진 화려한 쪽은 늘 보아 내게는 익숙한, 사람의 값을 매기는 여자의 얼굴이었다. 나는 옛날부터 여자들의 이런 얼굴 속에서 살았다.

그 옆에 앉은 수수한 쪽의 얼굴에도 이제야 표정이라 할 만한 게 어려 있었다. 아까까지 옆에 있는 여자를 흉내 내던 가면이 사라진 그녀 자신의 표정이었다.

구사리노 씨는 가늘게 뜬 눈으로 왠지 불쌍하다는 듯이 나를 보고 있었다. 도둑질을 하다가 들킨 순간처럼 수치심이 온몸을 휘감았다.

저 여자, 왜 저런 눈으로 나를 보는 거지?

내가 행복하지 않다는 것을 아무런 힌트 없이도 꿰뚫어 본 듯한, 그런 느낌이 불쑥 들었다. 당황한 나는 구사리노 씨의 눈길을 외면했다.

"사랑 고백을, 그렇게 이상하게 하면 어떻게 합니까."

나는 선배를 쿡쿡 찌르면서, 장난스럽게 속삭였다.

"여자는 안정과 권력을 아주 좋아하거든. 그런 걸 부정하는 여자야말로 욕심이 많은 거야. 자네가 여자에게 인기가 많은 것은 다 이 사회의 위에서 아래로 부는 그 달콤한 바람 때문이라고."

선배가 껄껄 웃으면서 그렇게 말했다.

"내가 무슨 인기가 있다고 그럽니까. 선배, 침까지 다 흘리고."

물수건으로 얼굴을 닦아 주는 척하자, 선배는 제 자신이 한심하다는 듯 고개를 숙였다. 건너 자리를 넌지시 살펴보았더니 구사리노 씨는 여전히 측은하다는 눈빛으로, 그러나 한편으로는 흥미롭다는 듯이 눈을 똑바로 뜨고 나를 관찰하고 있었다.

가슴에 동요의 잔물결이 일었다. 방금 전까지 아무 상관 없는 사람이라는 듯 태연하게 굴었으면서. 보지 말라고. 그런 눈빛으로 보지 말란 말이야.

"그래도 아버지를 자랑할 수 있다는 건 좋은 일이잖아요. 우리 아버지는 사람은 좋지만 그냥 평범한 회사원이라서. 하나 씨는 어떻게 생각해?"

화려한 여자가 분위기를 바꾸려는 듯 명랑한 목소리로 재치있게 말했다.

"……우리 아버지는, 최악이지, 뭐."

구사리노 씨가 뜬금없이 그렇게 대꾸했다. 지금까지 신중하고 조심스럽게 말했던 것과는 전혀 달리, 어쩌다 툭 입에서 튀어나온 듯한 말이었다. '최악'이라고 하는데, 그 울림은 마치 꿈을 꾸는 듯했다. 선배도 고개를 들고는 이상하다는 듯 구사리노 씨를 쳐다보았다.

"최악?"

"응. 어른이 되어서야 알았어. 그래도 아버지는 아버지니까."

구사리노 씨는 나직이 한숨을 쉬고는 또 이렇게 중얼거렸다.

"최악이면서, 최고야."

그러고서야 내게서 시선을 거뒀다.

"대체 무슨 소린지……."

선배가 중얼거리면서 물수건으로 얼굴을 닦았다.

"나 오늘, 많이 귀찮게 했지, 응? 오자키, 나 귀찮았지?"

레스토랑을 나오는데 취한 선배가 몇 번이나 혀 꼬부라진 소리로 그런 말을 하면서 흐물흐물 쓰러지는 통에 혼쭐이 났다. 나는 투덜거리면서 선배 몫까지 술값을 내고 계단을 올라갔다. 옆에서 걷는 구사리노 씨가 의외로 키가 작아, 가마 있는 데가 내려다보였다. 조그맣고 귀여운 가마였다. 최악이라고 말하던 암울한 목소리가 되살아났다. 가만히 내려다보자, 구사리노 씨가 고개를 들고는 무슨 일이냐는 듯 물었다.

"왜요?"

"구사리노 씨, 머리에 그 가마, 귀엽군요."

"오자키 씨는, 그런 데를 다 귀엽다고 하나요?"

"다음에 또 식사 같이할 수 있을까요?"

소리 내어 그렇게 말하는 순간, 나 자신도 놀랐다. 지금 그 말, 누가 한 말이지? 나도 모르게 손바닥으로 입을 막고 몇 번이나 눈을 껌벅거렸다. 나만큼이나 놀란 표정으로 구사리노 씨가 나를 올려다보았다. 예의 그 묘한 눈빛이었다.

"아, 그러니까, 다음에는 가능하면 둘이서."

"놀랐어요. 뭐, 괜찮기는 하지만."

"왜 놀랐는데요?"

"난 그냥 덤으로 나오라는 건 줄 알았거든요. 그런 줄 알았으면 더 멋 부리고 나오는 건데. 평소 차림으로 그냥 나와 버렸네."

말은 그렇게 하면서도 여전히 측은하다는 눈빛을 거두지는 않았다. 나는 침착함을 잃고 우왕좌왕하다가 순순히 고개를 끄덕이고 말았다.

"아, 죄송합니다. 실은 그런 거였는데……."

"그렇죠, 역시?"

구사리노 씨는 기쁜 듯이 웃었다. 다른 뜻 없이, 자신이 남자의 속내를 꿰뚫어 보았다는 사실을 기뻐하는 것 같았다. 나는 맥 빠진 미소로 답했다.

그리고 둘이 동시에 계단 아래를 내려다보았다. 갈지자로 걷는 선배를 화려한 여자가 부축하고 있었다.

"어째 틀린 것 같군요."

내가 어깨를 으쓱하며 중얼거리자, 구사리노 씨는 고개를 저었다.

"아니죠. 어쩌면 잘될지도 몰라요."

"네?"

"그녀는 의외로 저런 남자 좋아하거든요. 여자는 사회의 아래에서 위로 부는 바람에도 약한 면이 있으니까. 왜냐하면, 여자 자신이 약하니까."

"무슨 뜻이죠?"

의미를 알 수 없어 되물었다. 구사리노 씨는 어처구니없다는 표정을 지으며 나를 올려다보았다. 또 예의 그 눈빛이었다. 그러고는 고개를 마구 저으며 말했다.

"아무것도 아니에요."

그 몸짓도 내게는 귀엽게 보였다.

둘이서 계단을 올라가면서 나는 솔직하게 말하기로 했다. 이미 들통이 났으니까.

"사실은, 구사리노 씨 말이 맞습니다. 그런데 왠지 궁금해지는군요. 싫지 않으면 다음에는 둘이 만나 밥이나 먹었으면 하는데."

"……좋아요."

지상으로 나서자, 메마른 북풍이 옆에서 휙 불어왔다. 나도 모르게 목을 움츠리고 코트 깃을 세웠다.

목요일 밤인데 오가는 사람이 제법 많았다. 술 냄새를 풍기는 사람들 몇몇이 눈앞을 지나갔다. 레스토랑 입구에서 조금 떨어진 곳에 서 있는 키 큰 가로등이 파르스름한 빛을 지상에 뿌리고 있었다.

그 가로등에, 마르고 키가 큰 남자가 멀뚱하게 기대어 서 있었다.

긴 다리가 성가시다는 듯, 선 채로 꼬고 있었다. 검은 코트에 검은 구두. 낡아 빠진 싸구려 차림이 가로등 불빛에 어울리지 않을 만큼 헙수룩했다. 나이는 삼십 대 중반쯤이거나 좀 더 많아 보였다. 왼손은 코트 주머니에 푹 쑤셔 넣고, 야윈 오른손으로는 무료하게 담배를 피우고 있다. 가로등 불빛 아래 가느다란 담배 연기가 환상적으로 너울거렸다.

마루노우치 외곽은 거리 전체가 금연 구역이다. 나는 어이가 없었다. 모르는 것일까. 아니면 그런 사회적 규칙에는 무심한 것일까.

한참이나 그 남자를 쳐다보다가, 구사리노 씨가 얇은 코트를 입고 있어 혹시 춥지는 않을까, 하고 문득 생각했다. 목도리라도 빌려 주려고 목으로 손을 뻗는 순간, 구사리노 씨가 내 귀에 뭐라고 속삭였다.

"아……."

지금까지 살아온 인생에서 처음 들어 본다 여겨질 만큼 끈끈하게 휘감기는 달짝지근한 목소리. 소름이 끼쳤다. 그녀가 갑자기 뛰기 시작했다. 내 옆을 차가운 바람처럼 휙 지나갔다.

검은 남자가 천천히 얼굴을 들었다. 레스토랑으로 들어왔을 때의 구사리노 씨처럼 표정이 없었다. 남자는 뛰어가는 그녀를 향해 고개를 끄덕이고는 이쪽을 쳐다보았다.

뻥 뚫린 구멍 같은 검은 두 눈. 눈이 마주치는 순간 등이 오싹했다. 남자는 그저 거리의 풍경을 보듯 나를 한 번 쳐다보고는 긴 손가락에 낀 담배를 땅에 떨어뜨리고 구두코로 천천히 집요하게 비벼 댔다. 불은 이미 꺼졌을 꽁초가 남자의 구두와 땅 사이에 끼여 비명을 지르며 비틀리고 뭉개졌다. 내장이 좌르륵 빠져나온 작은 동물의 시신처럼, 갈색 담배 속이 땅 위에 무참하게 널려 있었다. 바람이 불자, 갈색 자잘한 입자들이 날아올랐다.

간신히 담배에서 발을 뗀 남자가 구사리노 씨를 바라보았다. 춥겠군, 하는 식으로 얼굴을 잔뜩 찡그리더니 낡은 코트를 벗었다. 소매가 쭉 늘어난 셔츠 하나만 입고 있었다. 감기에 걸리기 십상인 얇은 차림이었는데 남자는 아랑곳하지 않고 구사리노 씨의 어깨에 코트를 걸쳐 주었다. 구사리노 씨는 방금 전까지 우리와 술자리를 함께했다는 것마저 까맣게 잊은 듯 남자에게 몸을 기대고, 야윈 가슴에 얼굴을 파묻듯이 하고는 걸음을 내디뎠다. 그 뒷모습을 어안이 벙벙한 채 바라보고 있는데, 남자가 획 돌아보면서 잘 가라는 듯이 고개를 살짝 숙였다. 나 역시 영문도 모르면서 고개를 숙였다.

뒤늦게 계단을 올라온 선배가 고개를 쭉 내밀고 그쪽을 쳐다보면서 중얼거렸다.

"저 사람이 그 소문의 기둥서방인가. 아까 물어볼 걸 그랬지. 난 오늘 무례한 술주정뱅이니까 말이야. 어이 오자키, 자네 저 사람에게 맞았나?"

"아니요. 그런 게 아니라."

"뭐? 그런 게 아니라 뭐?"

"……저 사람이 아버지인 모양입니다."

"뭐라고?"

"그랬거든요."

"뭐라고 했는데?"

"아니……."

나는 고개를 기울이고 생각에 잠겼다.

아까 구사리노 씨는 내 옆을 토끼처럼 지나면서 어리광을 피우듯 야릇한 목소리로 속삭였다.

아버지, 라고.

어느 모로 보나 삼십 대인 그 남자를 왜 아버지라고 한 것일까. 우리 아버지와 비교하고 말 것도 없다. 우리 부장과 별 차이 없을 나이가 아닌가. 하지만 언뜻 젊어 보여도 회사에 다니는 것 같지는 않았다. 내 주위에는 좀처럼 없을 타입의 남자라 나이를 짐작하기가 쉽지 않았다.

그건 그렇다 치고, 딸이 술자리에 나갔다고 가게 밖에서 줄곧 기다리는 아버지가 과연 있을까. 이 추운 날에 언제 끝날지도 모르면서, 우리가 시답잖은 말마디를 늘어놓는 동안 하염없이 담배를 피우면서 기다렸다는 말인가. 나는 이해할 수 없었다.

그리고 무엇보다 서로에게 몸을 기대고 멀어져 가는 둘의 뒷모습에서 뭔지 모를 따뜻함이 느껴졌다. 어둠 속에서 빛나는 담뱃불 같은. 가물거리지만, 그래도 만지면 뜨거울. 그 온도의 정체는 무엇일까, 도무지 알 수 없었다. 생각하자니 등이 서늘해졌다.

그날 밤, 선배와 화려한 여자와 헤어진 후 택시를 타고 집으로 돌아왔다. 현관으로 들어서는데, 아버지와 딱 마주쳤다. 아버지는 방금 목욕을 했는지 줄무늬 잠옷 차림이었다. 평소에는 근엄하기 짝이 없는 아버지도 잠옷을 입고 있으니 어딘가 얼빠져 보였다.

"다녀왔습니다."라고 작은 소리로 말하자, 복도에서 이쪽을 돌아본 아버지가 얼굴을 찡그렸다. 내 얼굴을 보면 입에서 저절로 잔소리가 나오는 아버지다. 오늘 밤도 그렇다.

"또 술 마셨냐? 일 때문에 늦은 얼굴은 아니로구나. 딱 보면 알지."

"네. 사람도 만나고 그래야지요."

"언제까지 학생 때처럼 지낼 거냐. 너도 이제 정신을 좀 차려야지."

"네."

웃으면서 고개를 숙였다.

그 순간, 위가 찌르르 아파 왔다.

내가 일을 열심히 하든 안 하든, 아버지는 아들을 인정할 마음이 없다.

분한 감정이 가슴으로 차올라, 나는 현관에 그대로 서 있었다. 기분 좋게 마셨는데 술기운이 싹 달아나고 말았다. 그리고 불현듯, 아까 귓가에 맴돌았던 달짝지근한 목소리가 되살아났다.

'아버지.'

꿈꾸듯 했던 그 말도.

'최악이야.'

이어 측은하다는 듯이 나를 보던 구사리노 씨의 길쭉한 눈이. 그리고 낡은 코트를 걸치고 걸어가는 뒷모습이. 소스라칠 만큼 선명하게 뇌리에 되살아났다.

그들도 부모 자식인가? 부모 자식, 인가. 천천히 패배감이 밀려와 나를 옭아맸다. 그렇게 서로에게 기대어, 협수룩하고 따뜻하게. 아버지와 딸은, 아버지와 아들과는 전혀 다른 관계일까. 단벌 코트인 것 같았다. 아버지와 딸. 내 주위에 있는 다른 여자들도 아버지 얘기를 할 때면 왠지 모르게 목소리가 들뜬다. "우리 아버지는 말이죠." 하면서. 하지만, 그래도 그렇다.

"요시로, 넌 대체 생각이란 것을 하면서 사는 거냐?"

"그럼요."

밝은 목소리로 대답하면서 아버지에게 등을 보이고 현관에 주저앉았다. 구두를 벗는데, 먼 옛날 기억이 떠올랐다. 어른이 된 지금은 이렇지만 내가 어렸을 때는 아버지와 나 사이가 절대 나쁘지 않았다. 아니, 겁이 많았던 나는 아버지 옆에 있으면 푸근하고 안심할 수 있었다. 아버지는 강한 남자로서 언제나 나를 지켜 주었다. 그런데 언제부터인가, 나 역시 강한 남자가 되어야 한다는 압박을 받기 시작했다. 나는 날로 숨통이 막힐 것 같았고, 아버지는 날로 답답해했다. 그리고 아버지와 아들의 관계는 소원해지고 말았다.

멀어지는 아버지의 발소리가 등 뒤에서 들렸다.

그날은 밤하늘 색이 평소보다 한결 짙게 느껴졌다. 주책없이 감상에 빠진 나는 구사리노 하나에게 문자를 보냈다.

'오늘 즐거웠습니다. 그냥 하는 소리가 아니라 진심입니다.'

답 문자가 곧바로 올까 싶어서 휴대 전화를 손에 쥔 채 꾸벅 꾸벅 졸면서 기다렸다. 그러나 다음 날 아침이 되어서야, 변함없이 퉁명스러운 한 줄이 날아들었다.

'오자키 씨, 좀 이상한 사람이네요.'

쌀쌀맞은 반응에 실망이 컸지만, 생각해 보니 '이상한 사람'이란 말은 내 인생에서 쉬 들을 수 있는 말이 아니었다. 어떻게 이상한지 궁금했다. 구사리노 하나와 다음 만날 약속을 정하고서 안도한 것도 어쩌면 그 때문인지도 모르겠다.

하나는 등 뒤에 마치 폭풍우를 거느리고 다니는 것 같았다. 나는 일기 예보에서 태풍 소식을 들은 초등학생처럼 이제나저제나 하고 가슴이 두근거리는 불안감을 느꼈다.

다음 약속한 날이 되려면 열흘 이상을 기다려야 했다. 그사이에 12월이 되었고, 추위도 한층 더해졌다. 코트 깃을 세우고 급하게 걷다 보면 내가 내쉬는 숨이 하얗게 물들었다. 그리고 거리는 반짝거리는 크리스마스트리와 온갖 가게에서 흘러나오는 경쾌한 노래로 물들어 갔다.

구사리노 하나와 약속한 날은 유난히 날씨가 추웠다.

유라쿠초 마리온 빌딩의 대형 시계 밑에서 기다렸는데, 그녀는 무슨 생각에서인지 두 시간이나 지각을 했다. 부들부들 떨면서 몇 번이나 전화를 걸었지만, 신호는 가는데 받지 않았다. 기다리다 못해 진이 빠져 있자니, 9시가 거의 다 되어서야 훌쩍 나타났다. 유행하는 디자인이기는 한데 역시 수수한 코트와 부츠. 끝 부분만 살짝 웨이브지게 손질한 갈색 긴 머리. 오른쪽 어깨에는 브랜드 제품인 가방을 메고, 왼손에는 쇼핑백을 들고 있었다. 오다가 쇼핑을 한 모양이었다.

"약속을 까맣게 잊고 있었어요."

"그랬군요."

실망한 나는 그렇게만 대꾸했다. 여전히 멍하고 특징 없는 얼굴이었다.

하나는 배가 고프다고 중얼거리고는 고개를 숙였다. 가마는 여전히 귀여웠다.

어느 음식점이나 마지막 주문을 하기에도 빠듯한 시간이었다. 간단한 스페인 요리를 먹을 수 있는 가게가 생각나, 나는 그곳이 어떻겠느냐고 제안했다.

"좋아요."

다른 여자들과 달리 하나는 어디든 상관없다는 듯이 고개를 끄덕였다. 뭐가 먹고 싶다든지 뭘 어떻게 해 달라는 식의 요구사항이나 흥분감이 없었다. 보통 여자들이 흔히들 품는 반짝이는 욕망 같은 것이 그녀에게는 전혀 없는 듯했다.

포도주를 병으로 주문해 건배를 하고서 이따금씩 얘기를 나누었다. 오늘 밤의 구사리노 하나는 흉내 낼 옆 사람이 없어서인지, 스물세 살이라는 자기 나이보다 훨씬 어려 보였다. 왠지 모르게 불안해 보이고, 시선도 아래쪽을 향한 채 갈피를 잡지 못했다. 게다가 하는 행동마저 칠칠하지 않았다. 테이블에 한쪽 팔꿈치를 대고서 널찍한 파에야 철판 냄비에 들러붙은 노란 밥알을 포크로 계속 집적거렸다. 나보다 냄비에 관심이 더 많다는 식의 태도였다. 나는 어떻게든 얼굴을 내 쪽으로 돌리게 하려고 그녀가 반응을 보일 만한 화제를 건드려 보았다.

"지난번에 데리러 온 남자 분이, 그…… 아버지인가요?"

움찔, 가녀린 그녀의 어깨가 흔들렸다. 옳거니, 하고 생각하는데 그녀가 겁먹은 표정으로 눈을 찡그리고 나를 올려다보았다.

"그, 라니, 무슨 소리죠?"

목소리도 희미하게 떨렸다. 의도한 바와는 다른 반응에 나는 약간 당황했다. 왜 그렇게 겁을 먹는지 알 수가 없었다.

"아니 왜 저번에 말했잖아요. 최악이라고. 그런데 언뜻 보기에 아버지치고는 굉장히 젊은 것 같던데."

"……아아."

그 말에 하나는 안도하는 투였다.

"아, 그런 뜻이었군요."

"네?"

"준고는 서른아홉 살이에요. 그게 젊은 나인가?"

"서른아홉 살? 그럼, 열여섯 살에 하나 씨를 낳았다는 얘긴가요?"

서로를 껴안듯이 걸어가던 그날 밤의 부녀를 떠올리면서 나는 물었다. 그러자 하나는 어이없다는 듯 묘한 웃음을 웃었다.

"후후. 친자식이라면 그랬겠죠. 하지만 난 원래는 다케나카라고 했잖아요. 그러니까 친아버지가 아니에요. 친부모가 북쪽에서 돌아가셔서, 나를 양녀로 거둬 준 거죠. 준고는 먼 친척이에요."

'아아, 그런 거였구나.'

나는 몇 번이나 고개를 끄덕거렸다. 그렇다면 아버지를 준고라고, 이름으로 부르는 것도 이해가 간다. 하지만 그렇게 재미나게 "최악이야."라고 한 것은 왜일까.

포도주 한 모금을 천천히 넘기면서 자신과 아버지를 생각했다. 그러자 의문을 밀어내면서 패배감 비슷한 감정이 보글보글 떠올랐다.

"그러니까, 친부모 자식 간이 아니더라도 그렇게 정이 들 수 있는 걸까요?"

"오자키 씨의 아버지는 어떤데요?"

오히려 질문을 당하고 말았다. 나는 할 말이 궁했다. 하나가 또 그 눈빛으로 나를 보고 있었다.

"글쎄, 어떤지, 잘……."

침착함을 잃고 그렇게 중얼거리자 하나가 다시 파에야 냄비로 눈길을 돌리고 포크를 잡기에, 서둘러 말을 이었다.

"우리 아버지는요……."

"네?"

하나가 고개를 들었다. 또 그 눈빛이었다. 아아. 하지만 일단 얘기를 꺼냈으니까 무슨 말이든 해야 한다고 생각했다. 주의를 끌기 위해 꺼낸 화제였는데, 얘기를 시작하고 보니 끝이 없었다. 하나는 내가 말하는 내내, 측은하다는 눈빛으로 나를 빤히 쳐다보았다.

"우리 아버지는 아주 유능한 사람이거든요. 일을 하다 보면 그런 타입의 사람과 간혹 마주치게 되는데, 자신이 할 수 있는 일이니까 다른 사람도 다 할 수 있을 것이라고 생각하고서 당치도 않은 수준을 요구하는, 그런 사람. 윗사람 같으면 나도 한번 해 보겠다는 식으로 오기를 부릴지도 모르겠지만, 아버지다 보니 영 그럴 마음이 안 생겨요. 왜 그런 건지."

"미워하는 거, 아닐까요."

하나가 그렇게 장단을 맞추고는 고개를 갸웃거렸다. 긴 머리가 가슴 앞으로 흘러내렸다. 나는 자연스럽게 흘러나온 그 말이 신기해, 이 여자도 아버지를 미워하는 일이 있을까 궁금해졌다.

"그런 건가."

"잘은 모르겠지만."

"……논리적이고 옳은 말을 하기는 하는데, 뭐랄까, 아무튼 뭐가 좀 달라요. 그러니까, 따뜻함이 없다고 할까. 이렇게 생각한다는 건 비밀이지만."

"흠, 그렇군요."

"대학에 들어가서부터, 아버지와는 다른 사람이 되고 싶다, 다른 인생을 살고 싶다고 생각했어요. 그리고 균형감 있게 생활하자고."

나는 아버지에게는 균형감이 없다고 생각했다. 일과 여가. 자기 혼자만의 시간과 이성과 함께하는 시간. 사회인으로서의 품격과 멋지게 살려는 감각. 그런 균형을 생각지 않고 오로지 일에만 매진했다. 남자란 일이 전부라고 착각하고 있었다. 그래서 더욱이 나는 아버지처럼 살지 않으려 애썼다. 그런데도 집에 있다가 복도에서 어머니와 우연히 마주칠 때면 이런 끔찍한 소리를 들어야 했다.

"아이, 깜짝이야. 아버지인 줄 알았네. 어쩜 그렇게 닮았는지."

그러고는 입을 다물어 버리자 하나는 다시 파에야 냄비에 관심을 보이며 노란 밥알을 쿡쿡 쑤시기 시작했다. 손님들이 하나 둘 돌아가면서 실내가 썰렁한 적막감에 싸여 갔다.

"그런 일에 신경 안 써도 되는데. 오자키 씨, 아버지와는 피붙이잖아요."

"무슨 뜻이죠?"

"부모와 자식은 상대가 누구보다 소중하니까, 어떤 일을 해도 괜찮아요."

나는 서로를 꺼리며 늘 거리를 두고 눈싸움을 하는 꼴인 아버지와 나 자신을 떠올렸다. 그 이상 생각하고 싶지 않아, 애써 밝은 목소리로 말했다.

"하나 씨 아버지는요? 음, 그러니까 정확하게 말하면, 친척 아저씨인가?"

"음……."

하나는 고개를 들지 않고 냄비를 내려다보면서 중얼거렸다. 억양이 없는 밋밋한 목소리였다.

"우리 아버지는, 최악이고 최고예요. 내내 사이는 좋았지만. 열한 살 때부터니까, 벌써 12년을 같이 사네요. 나를 그 누구보다 소중하게 여기고 나도 아빠를 누구보다 좋아하지만, 하지만……. 난 이제 어른이잖아요. 이대로 언제까지나 함께 있고 싶지만, 한편으로는 떠나고 싶은지도 모르겠어요. 어느 쪽인지 잘 모르겠고, 어떻게 하면 떠날 수 있는지도 전혀 모르겠어요. 계기만 마련되면 아마 아빠 곁을 떠날 거예요! 하지만, 그 계기가 뭘지……. 시간이 너무 많이 흘렀어요. 방법이 없어."

하나는 다 쓸데없는 소리라는 듯 포크를 내려놓고, 천천히 고개를 들었다.

"아빠도, 오래전에 자기 엄마와 아빠를 잃었어요. 바다와, 물에서. 우린 둘 다 부모 없는 신세죠."

나로서는 그 의미를 알 수 없는 끈끈한 눈빛이었다. 혼란스러워하고 원망하는 듯한. 이때, 나보다 어린 수수한 여자의 몸에서 한참 나이가 많은 남자에게 길들어 겉늙은 여자 같은 묘한 섹시함이 풍기는 듯 보였다. 나는, 내가 괜히 그렇게 보는 거겠지, 하고 눈길을 돌렸다. 냄비 속에는 짓뭉개진 노란 밥알이 이리저리 흩어져 있었다.

장소를 옮겨 술집에서 술을 마시고 12시가 넘어서야 자리에서 일어섰다. 택시를 잡아 꽤 취한 하나를 태웠다. 달아오른 얼굴로 뒷좌석에 웅크린 모습에, 제대로 집에 갈 수 있을까 걱정스러웠다. 데려다 주었다가 아버지인지 기둥서방인지 하는 사람에게 얻어맞았다는 소문이 떠올라 잠시 망설였지만, 결국은 나도 택시에 올라탔다. 하나의 몸을 흔들며 물었다.

"집이, 어디죠?"

"강, 건너. 기타센주."

"강이라니?"

"아라 강, 건너."

"그러니까 강 건너 어디쯤?"

"구치소 있는 데. 그 근처."

운전사가 고개를 끄덕이고는 일단 출발했다. 도쿄 구치소가 아라 강 근처 어디에 있는 것은 사실이다. 저명한 인사들이 구금될 때마다 헬리콥터에서 찍은 그곳 영상이 뉴스에 흐르곤 했다. 텔레비전에서 본 황량한 광경, 같은 도쿄라 믿어지지 않을 만큼 잿빛 어두운 영상이 떠올라 나는 얼굴을 약간 찡그렸다.

"주소는?"

"됐어요. 구치소 정문 앞에서 내리면 되니까."

"위험하잖아요. 이렇게 늦은 밤에."

도심과 달라서, 이런 시간에는 다니는 사람도 없고 위험할 텐데 싶어 나는 오싹했다. 하나는 여전히 웅크린 채 키득키득 웃었다. 차창 밖 여기저기에서 화려한 불빛이 반짝이고 있었다. 그러다 도심에서 멀어지면서 적막한 밤의 어둠이 짙어 갔다. 뭐가 하얗게 빛난다 싶었는데, 눈송이였다. 부슬부슬한 가루눈이 춤추듯 흩날렸다. 바람이 센지 앞 유리창 너머에서 빙글빙글 돌다가 유리에 딱 들러붙었다.

운전사가 와이퍼를 작동시켰다.

끼익끼익, 낮게 울리는 소리.

"……위험할 거 없어요."

하나가 불쑥 말했다.

"전혀."

"정말?"

"아빠가 있으니까."

하나는 또 키득키득 웃더니, 조용해졌다. 잠이 들었는지도 모르겠다. 택시는 칠흑 같은 밤의 아라 강을 건너고 휘날리는 눈발 속을 달려, 도쿄 구치소의 정문 앞에 소리 없이 멈췄다. 사방이 어둠에 묻혀 있었다. 집인 듯한 건물의 그림자와 점점이 불이 켜져 있는 낡은 아파트가 보였다.

택시 요금을 내고 내렸다 .

— '그것' 은 숨어서 살고 있어.

느닷없이 귓가에서 물속에서 들리는 것처럼 웅웅거리는 소리가 났다. 남자의 굵고 탁한 목소리였다. 움찔하면서 몸을 움츠릴 때, 눈앞으로 누군가가 지나갔다. 당당한 체구에 양복을 입은 오십 줄 남자였다. 남자는 내 시선을 느꼈는지 천천히 몸을 돌려 꼬리가 약간 처진 눈을 번쩍 뜨고 나를 쳐다보았다. 선량한 눈빛에 이마 약간 오른쪽에 커다란 사마귀가 있었다. 지치고 얼어붙은 듯 무표정했다. 남자는 고개를 갸우뚱하고는 다시 한 번 중얼거렸다.

"'그것' 은 숨어서 살고 있어. 바로 옆에."

"넷?"

남자는 등을 돌리고 급하게 걸어갔다. 깜짝 놀라 마냥 쳐다보고 있는데, 남자의 당당한 뒷모습은 밤의 어둠에 녹아들듯 이내 사라지고 말았다.

사방을 돌아보니, 온통 가루 같은 눈발만 휘날리고 있었다.

희미한 가로등 불빛만이 구치소의 회색 벽과 낡은 아스팔트와 좌우 도로까지 뻗어 나온 잡초를 하얗게 비추고 있었다. 문득 하늘을 올려다보았을 때, 눈발이 더 세차게 몰아치면서 파르스름하게 빛나는 눈보라가 되었다. 나는 택시에서 내리는 하나를 허둥지둥 부축했다. 문이 닫히자, 택시는 휑하니 달아나 버렸다.

"어느 쪽이지?"

그렇게 묻자, 하나는 방금 전 남자가 사라진 쪽의 반대 방향을 가리켰다. 비틀거리는 하나를 부축하며 걸어가는데, 어떻게 된 일인지 아까 그 이상한 남자가 우리 옆을 지나 어슬렁어슬렁 걸어가고 있었다. 그 뒷모습을 쳐다보는데, 시야에 가로등 밑에서 있는 낯익은 그림자 하나가 어른거렸다.

그 그림자는 남자가 지나가는 것을 모르는지 아니면 관심이 없는지, 눈길 한번 주지 않았다.

오로지 천천히 다가오는 나와 하나를, 아니 하나만을 보고 있었다.

검고 낡은 코트. 여미지 않은 코트 자락이 펄럭거리고 그 아래로 얇은 셔츠가 보였다. 어깨까지 늘어진 머리카락은 일부러 그렇게 멋을 부린 것이 아니라 자라는 대로 내버려 둔 것이리라. 텁수룩한 수염. 날카로운 눈동자. 얇고 창백한 입술에는 담배를 물고 있다. 천천히 피어오르는 담배 연기가 눈보라에 뒤섞여 하얗게 빛났다.

눈보라가 우리 사이를 가로막고 있었다.

소문으로만 들었던 구사리노 하나의 '아버지'였다. 구치소의 회색 벽에 기대어 있는 모습에 도저히 그런 나이로 여겨지지 않는 나른함과 무기력함이 감돌고 있었다. 담배를 문 채 이쪽으로 성큼성큼 걸어왔다. 누가 뜨거운 손으로 심장을 꽉 움켜쥐는 듯한 공포를 느꼈다. 당장 도망치고 싶었다. 하지만 이대로 도망가면 하나는 휘청거리다 쓰러질 테고, 그렇게 되면 상황이 더 곤란해질 것 같았다. 소문 속의 누군가도 이런 상황에서 저 남자에게 얻어맞은 것일까. 바짝 다가선 남자의 얼굴이 소름 끼치도록 무서웠다. 표정이 없었다. 아니, 어쩌면 있는데 나는 본 적이 없는 표정이라 잘 모르는 것인지도 모르겠다. 담배를 물고 있는 탓에 얼굴 근육이 오른쪽에서 왼쪽으로 약간 당기는 것처럼 일그러져 있었다. 눈초리는 얼음만큼이나 차가웠다. 떨어지는 눈송이에 담배가 조금씩 젖어들었다. 젖으면서 빛나는 담배. 하나가 '준고'라고 했던 남자가 우리 앞에 서 있다. 길쭉한 다리를 쩍 벌리고 서서, 우리를 내려다보고 있다.

공포가 온몸을 휘감았다. 이러다 맞겠다는 생각도 들었지만, 그보다 머릿속에서 처음 보는 타입의 남자를 향해 경계의 종이 땡땡땡땡 울리고 있었다. 지금 무슨 생각을 하고 있는지, 이다음 무슨 짓을 할 것인지 전혀 예측할 수 없다. 나는 떨리는 목소리로 최대한 예의 바르게 말하려고 했다.

"늦게까지 데리고 다녀서, 죄송합니다."

그리고 이름과 내가 속한 부서명을 말하고서 정중하게 고개 숙였다. 남자는 담배를 문 채로 힐금 나를 보고는, 하나의 축 늘어진 얼굴을 빤히 들여다보았다.

뭐라고 다시 말을 하려는데 남자가 팔을 번쩍 올리더니 하나의 뺨을 때렸다. 가벼운 동작이었는데, 찰싹! 하는 소리가 크게 났다. 나는 너무 놀라 나도 모르게 남자를 올려다보았다.

하나가 천천히 눈을 떴다. 놀라는 기색은 없었다.

"아, 다녀왔어요."

"……눈."

남자는 그 딱 한마디를 말했다. 하나가 눈을 깜박거리며 밤하늘을 올려다보았다. 갈수록 심해지는 눈보라에 나는 몸을 떨고 있는데, 하나는 방긋 웃으면서 중얼거렸다.

"정말이네."

"……그렇지?"

"도쿄에 눈이 다 오네."

"집에 가자."

"응!"

남자는 또 코트를 벗어 하나의 어깨에 걸쳐 주었다. 보고 있는 내 몸이 얼어붙을 것처럼 얇은 셔츠를 입었는데, 아무렇지도 않다는 듯 두 개비째 담배를 물고는 눈보라에 꺼지지 않도록 야

쥐고 커다란 손바닥으로 담배와 라이터를 감쌌다. 하나는 취한 몸을 휘청거리면서도 두 손을 좍 펼치고 남자의 손바닥을 살며시 감쌌다. 남자는 미간을 찌푸리고 하나를 내려다보았다. 하나는 정겹게 미소 지었다. 라이터에 밝고 조그만 불길이 오르면서 담배에 불이 붙었다. 눈보라 속에서 주홍색 조그만 불이 빛났다. 차가운 빛. 하지만 손이 닿으면 물론 뜨거우리라.

남자—준고 씨는 하나를 거의 부둥켜안고서 걸어갔다. 어안이 벙벙한 채로 뒷모습만 바라보고 있는데, 네다섯 걸음 가서야 생각났다는 듯 남자가 돌아보았다.

"자네, 안 가나?"

지치고 쉰 목소리였다.

내가 아무 대꾸도 하지 않자, 남자가 눈을 찡그렸다. 눈 아래 자글자글 주름이 생겼다. 웃은 모양이었다.

"여기서 택시 잡기 힘들 거야. 이런 날씨에다 이런 시간에."

"네?"

어처구니가 없었다. 눈보라 속에서 가늘고 긴 손가락 사이에 낀 담뱃불이 위아래로 움직였다.

"전철이 다닐 때까지, 기다려. 우리 집에서. 얼어 죽을 거야."

"얼어 죽, 다니……."

셔츠 바람인 남자에게 그런 소리를 듣는 것 자체가 이상했다. 게다가 수단 방법 가리지 않으면 택시쯤이야 잡을 수 있으리라 생각했지만, 정체를 알 수 없는 남자가 내민 손을 뿌리치기가 오히려 두려웠다. 조금은 호기심도 있었다. 나는 두말 않고 준고 씨 쪽으로 뛰어갔다. 그리고 셋이 나란히 걸었다.

한참을 말없이 걷기만 했다. 모퉁이를 돌고 꾀죄죄한 주택가에서 오른쪽으로, 왼쪽으로, 다시 오른쪽으로. 고양이만 유난히 많았다. 눈 내리는 밤인데, 준고 씨를 볼 때마다 너저분한 도둑고양이가 몇 마리나 반가운 듯 야옹, 야옹, 하고 울어 댔다.

"……왜, 그렇게 겁먹고 있지?"

"아니, 그게……."

나는 고개를 저었다.

"그러니까, 저, 때리지 않나요?"

풋, 하고 준고 씨가 어깨를 떨며 웃었다.

"그야, 그때야, 그랬지. 하나가 싫어했으니까. 싫어하지 않잖아, 자네는. 잘 모르겠지만. 그래서 안 때린 거야. 보통, 그렇지 않은가?"

"아, 그렇군요."

"내가 잘못했군. 남자들이 하나를 멀리하지 않았나 모르겠어. 아버지가 나와서 때렸다고 말이 돌았으면 말이야."

쿡쿡, 웃을 때마다 목이 꿈틀거렸다. 주름진 피부가 약간 늘어져 있었다. 웃는 옆얼굴이 묘했다. 보는 사람의 가슴이 아리도록 애틋하면서 애교가 있었다. 두려움은 가시지 않았지만, 나는 이 묘한 남자가 싫지는 않다는 생각이 들었다.

"춥지 않나요?"

그렇게 묻자, 남자는 또 웃었다. 그리고 깃을 세운 코트 위에 목도리까지 둘둘 감은 나를 추위를 많이 타는 어린애 보듯 내려다보면서 말했다.

"북쪽에서 살았으니까."

"네?"

"거긴, 여기보다 훨씬 추웠지. 그런 데서 자랐으니까. 나나 이 녀석이나."

남자는 자신의 품에 짐처럼 안겨 끌려가고 있는 하나의 머리를 턱으로 가리켰다. 하나는 준고 씨의 깡마른 가슴에 얼굴을 파묻고, 의지가 없는 인형처럼 고개를 축 늘어뜨린 채 걷고 있었다. 예쁘게 손질한 머리가 마구 흐트러져 엉망이었지만, 표정은 행복해 보여 느낌이 좀 이상했다.

"아오모리 같은 데였나요?"

"아니, 더 먼 데."

"아, 네."

"자네 같은 도시 사람은, 한 번도 가 본 적이 없을 거야. 아무것도 없는 곳이지."

준고 씨는 담배를 쥐지 않은 손으로 부둥켜안은 하나의 몸을 어루만졌다. 손놀림이 마치 동물을 쓰다듬는 것 같았다. 이쪽에서는 보이지 않지만, 그 긴 손가락으로 얼굴을 쓰다듬고 귀를 만지작거리고 어깨와 몸을 더듬는 듯했다. 거칠면서도 익숙한 동작이었다. 하나는 준고 씨의 가슴에 얼굴을 묻은 채 아무 저항도 하지 않았다.

인간이 아니라 고양이를 쓰다듬는 듯했다. 그러고 보니 내가 어릴 때는, 우리 아버지 역시 그랬다. 나를 새끼 고양이라도 되는 것처럼 안아 올리고 머리를 쓰다듬었다. 하지만 그것은 어디까지나 어렸을 때 추억이다. 가슴속에서 그리우면서도 왠지 불쾌한 감정이 복잡하게 들끓어, 나는 고개를 숙였다.

그녀가 아까 중얼거리던 말이 귀에 되살아났다.

'계기만 마련되면 아마 아빠 곁을 떠날 거예요!'

그때 파에야 냄비 속 노란 밥알은 처참하게 뭉개져 있었다. 그리고 하나는 겉늙은 여자 같은 음란한 분위기를 풍겼다.

'하지만, 그 계기가 뭘지……. 시간이 너무 많이 흘렀어요.'

어둠 속에서 눈발을 휘날리는 차가운 바람이 불어와 내 얼굴을 스치고 지나갔다. 우리는 계속 걸었다.

"……여기."

준고 씨가 걸음을 멈추지 않은 채 손가락에 낀 담배 끝으로 한 건물을 가리키고는 그대로 계단을 올라갔다. 나도 허둥지둥 뒤를 따랐다.

나로서는 살아 본 적 없는, 아니 발조차 들이민 적 없는 낡아 쓰러져 가는 연립 주택이었다. 1층과 2층에 각각 네 개씩, 묘한 색 페인트칠을 한 문이 있었다. 콘크리트 복도에는 금이 쫙쫙 가 있고, 고물 세탁기가 버려진 대형 폐기물처럼 놓여 있었다.

준고 씨가 담배를 쥔 손으로 2층의 첫 문을 휙 열었다. 어이없게도 준고 씨는 문도 잠그지 않은 채 나온 모양이었다. 준고 씨가 들어오라고 손짓했다. 집 안으로 들어서자, 훔쳐 갈 것 하나 없는 방이 있었다. 바로 앞에 있는 부엌에는 조그맣고 너저분한 냉장고. 큰 방에는 어디서 주워 왔는지 브라운관 텔레비전이 하나. 그 위에는 장난감 같은 안테나가 기우뚱하게 놓여 있었다. 구석에는 담뱃갑과 재떨이와 롤빵 몇 개가 든 쭈글쭈글한 비닐봉지가 널려 있는 앉은뱅이 상.

위험한 장소라고 경고하듯 이상한 냄새가 코로 흘러들었다. 쌓인 쓰레기처럼, 무언가가 썩어 가는 듯 텁텁하고 시큼한, 묘한 냄새. 그런 냄새 역시 맡아 본 적이 없었지만, 익숙해지자 코가 냄새를 잊고 말았다.

준고 씨는 하나를 짐짝처럼 다다미 위에 내던지고는 재떨이에 담배를 꾹 눌러 불을 껐다. 그리고 부엌에 가서 수돗물을 콸 틀어 컵에 받아 마시고는 다시 찰랑찰랑하게 채워 상에 탁 내려놓았다.

"하나, 물."

"……네."

하나가 고개를 끄덕거렸다. 준고 씨가 창문을 등지고 창틀에 기대듯 앉자, 하나는 꿈틀꿈틀 일어나 물을 마셨다. 하나 역시 벌컥벌컥 컵을 비우고는, 턱에서 하얀 목덜미로 흘러내리는 물은 아랑곳하지 않고 준고 씨의 무릎에 머리를 올려놓았다.

그리고 모든 것이 그림에 담긴 풍경처럼 정지했다. 창가에 앉은 남자와 그 남자의 무릎을 베고 잠든 여자. 창밖에는 휘몰아치는 싸늘한 눈보라 소리. 나는 두 사람의 입에서 똑같이 튀어나왔던 '북쪽'이란 말을 곱씹었다. 북쪽, 북쪽에서 온 두 사람. 이상한 아버지와 딸.

준고 씨는 자기 무릎을 베고 자는 하나의 머리만 내려다보고 있고, 나는 반대쪽 구석에 멀거니 앉아 있었다. 방은 궁상맞다고 해야 할지, 답답하다고 해야 할지, 아무튼 그런 것들로 가득한데 두 사람은 어떻게 태연할 수 있는지, 이런 방을 처음 보는 나는 이해가 가지 않았다. 고개를 옆으로 돌리니, 안쪽에 방이 하나 더 있는 듯했다. 빠끔 열린 문틈으로 여성적인 무늬의 시트를 씌운 침대와 벽장, 봉제 인형이 보였다. 그 방이 하나의 방인 모양이었다.

하지만, 아무리 그래도…….

회사의 안내 창구에 앉아 있는 구사리노 하나는 차림새가 수수하기는 해도 인상은 반듯한 여자였다. 그 모습을 보면서, 이렇게 살벌한 집에서 살 것이라고 어떻게 상상할 수 있을까. 남자들의 호기심을 자극하는 야릇한 소문은 그녀보다 오히려 옆에 있는 화려한 여자에게 어울릴 것이라고 생각했던 때가 떠올랐다. 불 켜진 방에서 보니 준고 씨는 처음 인상보다 약간 더 늙어 보였다. 눈빛이나 행동거지는 서른일곱이라는 나이보다 젊어 보이지만, 피부는 거뭇거뭇 거칠고, 군데군데 늘어져 있었다. 전체적으로 뭐랄까, 망가진 느낌이었다.

"저."

어색함을 견딜 수 없어 말을 건네 보았다. 순간적으로 남자의 시선이 내 몸을 찔러, 오싹했다. 웃을 때는 그나마 애교가 있어 보이는데, 웃음이 가시고 나면 눈빛이 유난히 차가워진다. 정말 얼음 같았다. 처음 보는 타입의 그 얼굴에 나는 또 공포를 느꼈다. 어쩌자고 이런 곳까지 따라왔는지 나 자신도 알 수 없었다. 평소 처세에 능한 체질이니까 적당히 둘러대고 피할 수도 있었는데. 오늘 밤의 나는 대체 어떻게 된 것일까.

"뭐지?"

"저, 아까, 구치소 있는 데서 기다리고 있었는데, 그러니까, 늘 그런가요?"

"음."

"시간을 알 수 없잖아요, 언제 돌아올지. 그냥 적당한 때를 봐서 나온 건가요?"

"아니."

준고 씨는 담배를 입에 물고 불을 붙이고는 천장을 올려다보았다. 그리고 퀭한 두 눈으로 집요하게 연기를 좇았다.

"언제 돌아올지 모르니까 기다리는 거지."

"계속이오?"

"음."

창밖에서는 또 눈보라가 휭휭 몰아쳤다. 유리창을 때리는 소리가, 수많은 아이들의 손이 유리를 박박 긁어 대는 것처럼 날카롭게 울렸다. 구치소의 외벽에 기댄 채 담배를 피우면서 몇 시간이나 기다리는 남자의 모습을 상상해 보려 했지만, 내게는 무리였다. 내가 입을 꾹 다물고 말이 없자, 준고 씨의 눈 아래에 자글자글한 주름이 잡혔다. 웃은 것이다.

"갖고 싶나?"

"뭐라고요?"

준고 씨가 담배 끝으로 하나의 머리를 가리켰다. 머리가 타지 않을까 겁이 났다. 그때 등이 찌르르하면서 갖고 싶다, 는 생각이 들었다. 이상한 일이지만 무언가가 부추기고 있었다.

준고 씨는 눈을 찌푸리고서 억지스러운 미소를 띠고 나를 보았다. 웃고 있지만 웃고 있지 않은, 얼어붙을 듯 차가우면서 무언가에 불같이 화를 내고 있는 표정. 그는 담배를 물고서 크게 숨을 들이쉬고는 회색 연기를 천천히, 한숨처럼 토해 냈다.

"주지. 언제든."

"……."

"부모 자식이라고 해서 언제까지 이렇게 같이 살 수 있는 건 아니니까."

그리고 준고 씨는 내게서 눈을 돌렸다.

담배를 쥐지 않은 손으로 하나의 머리카락을 만지작거린다. 그 익숙한 손놀림이 점차 난폭해지는데, 정도를 잘 알고 있는지 하나를 깨우지는 않았다. 원래 친척이라서 그런지 두 사람의 얼굴 골격이 어딘가 모르게 비슷했다. 말 없는 두 사람의 모습이 신기하게도 고즈넉한 하나의 풍경으로 보였다.

하나의 손이 어느 틈엔가 준고 씨의 야위어 뼈가 불거진 무릎을 꽉 부여잡고 있었다. 얽혀 있는 두 사람의 몸은 애처로울 정도로 야위었고, 피차 한없이 지쳐 있는 암울한 기운으로 가득했다.

'이런 그림을 본 적이 있는데.'

나는 대학 시절에 나호코와 함께 보러 간 그림 전시회를 떠올렸다. 원래는 따로 심겨 있던 가늘고 처량한 두 나무가 화분을 너무 가까이 놓아둔 탓에 가지가 서로 뒤엉키면서 한 나무처럼 위로 뻗어 있는 그림이었다. 가지치기를 하지 않아 불필요한 가지와 꽃과 열매가 그대로 달려 있는 나무는 그 피로감에 바짝 말라 있었다. 어느 쪽이 어느 쪽을 받쳐 주고 있는지, 서로를 필요로 하는지 아니면 폐만 끼칠 뿐인지 알 수 없었다. 정말 그로테스크한 정경이었다. 나는 그 그림이 뭐가 좋은지 잘 모르겠는데, 나호코는 마음에 드는지 한참이나 그 앞에 서 있었다.

뒤엉킨 채 거기에 있을 뿐인 하나와 준고 씨를 바라보다가, 궁금하던 것을 물었다.

"준고 씨는, 무슨 일을?"

"일? 안 해."

"안 해요?"

되묻자, 준고 씨가 웃었다. 놀라는 내 모습이 우스웠던 모양이다. 담배를 쥔 손이 떨려, 금방이라도 재가 다다미에 떨어질 것 같았다. 준고 씨가 어깨를 파르르 떨면서 말했다.

"북쪽에 있을 때는 공무원 비슷한 일을 했지."

"네?"

"자네, 놀랄 일이 많은 인생이로군. 툭하면 네? 네? 네?"

내 흉내를 내고는 또 어깨를 떨며 웃었다. 하지만 나쁜 의도는 없는 듯했다. 그리고 웃으면 신기할 정도로 그 얼굴에 정감이 어렸다. 두려움을 몰아낼 만큼 매력적이었다.

"공무원, 이라고요?"

"그래. 여기 와서는 손쉬운 일을 하면서 하루벌이를 했지. 이 녀석이 대학을 졸업할 때까지는 여러 가지로 쓸 데도 많았고 하니까, 내가 일할 수밖에 없었지."

"네, 그렇겠죠."

"단기 대학이었으니까, 2년 만에 졸업한 후로는 이 녀석이 제

몫을 해 주어서. 그래서 교대."

"교대요?"

눈을 부릅뜨고 되물었다. 준고 씨는 눈을 번쩍 뜨고 눈알을 빙글빙글 돌리면서 장난스럽게 내 흉내를 냈다.

"그래, 교대. 내가 많이 지쳐 있었거든. 지쳤어, 그래서."

"아무리 그래도, 여자잖아요."

"그래도 교대는 교대야."

준고 씨가 그렇게 중얼거리자, 잠자는 하나가 몸을 꿈틀거리며 더욱 매달리듯 무릎을 팔로 휘감았다.

"하나가 먹을거리를 사다 놓지. 빵이나 뭐 그런 거 말이야. 그리고 담뱃값도 주고. 천 엔짜리를 여기다……."

준고 씨가 꽁초가 수북한 재떨이를 들어 보였다. 재떨이 밑에다 둔다는 뜻인 모양이었다.

'어떤 일을 해도 괜찮아요.'

하나가 아까 중얼거렸던 말이 가슴에 되살아났다.

'부모와 자식은 상대가 누구보다 소중하니까.'

불안이 가슴으로 퍼져 나갔다. 작은 소리로 또 물었다.

"그럼, 매일 뭘 하면서 지내죠?"

내 눈짓을 흉내 내느라 준고 씨가 또 눈알을 빙글 돌렸다. 그리고 담배를 문 그의 시선이 잠시 허공을 맴돌다 내 등 뒤에서 멈췄다. 아까부터 내가 기대어 있는 색 바랜 벽장을 보고 있다는 것을 알았다.

퀭한 눈이었다.

"……매일, 후회."

그렇게 중얼거리고 준고 씨는 담배를 힘껏 빨고는 한숨 섞인 회색 연기를 길고 가느다랗게 토해 냈다.

유리창이 흩뿌리는 눈보라에 밀려 안쪽으로 움푹 들어간 것처럼 보였다. 나도 눈을 감았다.

밤. 불을 끄고, 잘 곳이 없어 바닥에 웅크린 채 눈을 감았다. 어둠 속에서 휴대 전화를 꺼내 첫 전철 시간을 확인했다. 나호코에게서 문자가 와 있었다. 늘 그렇지만, 적당히 안부나 묻는 답 문자를 보내기로 했다.

그러다 문득 생각이 나서 '그 전시회에서 본 이상한 그림, 기억나?'란 질문도 덧붙였다. 전화기를 덮고 잠을 청하려 눈을 감는데, 어둠 속에서 무언가가 빛났다. 준고 씨가 피우는 담배의 불이었다. 만지면 뜨거운, 멀고 아주 작은 열. 나는 눈을 감았다.

그 순간, 방에 배어 있는 이상한 냄새가 한결 심해진 듯했다. 눈을 떠 보니, 창가에서 준고 씨와 하나가 얼굴을 맞대고 웃으며 속삭이고 있었다. 즐겁게 미소 짓는 옆얼굴을 보자 암울한 흥분감이 가슴을 스쳤다. 잠시 후, 방은 다시 조용해졌다. 화장실에 가려고 일어나 장지문을 열었다. 방향을 잘못 가늠해, 벽장문을 연 듯했다. 피식 혼자 웃으면서 문을 닫으려다, 어둠 속에서 무언가와 눈이 마주친 듯한 기분이 들었다.

그것은, 꿈이었을까.

그런 곳에, 사람이 있을 리 없지 않은가.

내가 본 것은 그날 밤 구치소 앞에서 택시를 내릴 때 스쳐 지나간 남자였다. 이마에 사마귀가 있고, 당당한 체구에 양복 차림을 한 오십 줄의 남자. 그가 벽장 속에서 고뇌에 찬 얼굴을 일그러뜨리고 눈을 부릅뜬 채 앉아 있었다. 몸 전체가 마치 물을 뒤집어쓴 것처럼 빛났고, 부릅뜬 눈은 이쪽을 보고 있는 것 같았지만 나를 보는 것이 아니라 텅 빈 허공을 쳐다보고 있었다. 나는 이끌리듯 천천히 손을 내밀었다. 양복의 옷깃을 만졌다고 여겼는데, 미끈하고 싸늘한 감촉이 느껴졌다. 나는 그제야 그 남자의 몸이 물에 젖은 것이 아니라 비닐 같은 것에 싸여 있다는 것을 알았다.

희미하게 냄새가 풍겼다. 먼지 냄새처럼 텁텁하면서도 시큼한, 썩어 가는 쓰레기 같은 묘한 냄새.

— '그것'은 숨어서 살고 있어.

혼자 중얼거리는 그 이상한 소리가 되살아났다.

나는 소리 나지 않게 벽장문을 닫았다. 잠이 덜 깬 상태에서 어쩔 줄 몰라 마냥 서 있었다. 아까 구치소 근처에서 스쳐 지나갔던 남자가 지금 이 벽장에 있을 리 없지 않은가. 게다가 준고 씨와 얘기하는 동안에도 이 집 안에 다른 사람의 기척은 없었다.

'이건 꿈이야, 불길한 꿈을 꾼 거야.'

나는 그렇게 생각하면서 나도 모르게 다시 잠이 들었다.

마침내 어두운 밤이 묵직한 천을 걷어 내듯 천천히 밝아 왔다. 눈을 뜨니, 두 사람은 창가에서 뒤엉킨 채 아직도 잠에 빠져 있었다. 벽장문을 열고 새벽녘에 본 것이 꿈이었다는 것을 확인하고 싶었지만 그럴 용기가 없어 올렸던 팔을 다시 내렸다. 현관문은 잠겨 있지 않았다.

어슴푸레한 하늘 아래, 나는 마디마디가 쑤시는 몸을 이끌고 정체 모를 집을 나왔다. 아침의 메마르고 싸늘한 공기에 재치기가 몇 번이나 나왔다. 사방으로 금이 좍좍 간 아스팔트 위에서 어린 도둑고양이 한 마리가 털을 핥고 있었다. 평소에는 그런 일이 없는데, 나는 충동적으로 걸음을 멈췄다. 고양이가 무심한 눈빛으로 이쪽을 돌아보았다.

살며시 오른손을 내밀어 보았다. 고양이는 재빨리 몸을 날려 골목으로 뛰어 내 시야에서 사라졌다. 여자는 몰라도 나는 동물이 좋아하는 타입은 아닌 듯했다. 서운해하면서 다시 걸음을 옮겼다.

한참이나 길을 헤매다 겨우 역에 도착해 첫 전철을 탔다. 아침에 귀가하는 학생과 직업을 알 수 없는 지저분한 남녀 몇 명이 타고 있을 뿐, 차 안은 텅 비어 있었다. 따뜻한 공기가 나를 감쌌다.

좌석에 앉아 조그맣게 한숨을 쉬고 있는데, 잠에서 깨어난 나호코에게서 문자가 왔다. 나는 문자를 읽으면서 "아아." 하고 신음했다.

그 뒤엉킨 나무 두 그루 그림의 제목은 '체인 갱'이었다.

쇠사슬로 묶인 두 죄수라는 뜻이다. 서로 연결되어 있기 때문에 어느 쪽이나 상대로부터 벗어날 수 없다. 뒤엉킨 채 비쩍 마르고 지쳐 간다. 그런데도 끈질기게 가지를 뻗는다. 전철이 움직이면서 구치소의 회색 벽이 멀어졌다. 나는 앉은 채 선잠에 빠졌다. 이번에는 꿈을 꾸지 않았다.

그것이 12월 초순, 눈보라가 몰아친 이튿날 아침의 일이었다. 그러고서 연말까지 나는 몇 번이나 구사리노 하나와 밖에서 밥을 먹었다. 하나가 여전히 약속 시간을 지키지 않아 나는 추위를 견디며 기다려야 했지만, 그런 시간이 1시간 반에서 1시간으로 조금씩 짧아졌다. 그래서 그런 여자려니 하고 신경 쓰지 않기로 했다. 누구에게든 결점은 있다. 일일이 눈에 쌍심지를 켜고 화를 내면 여자와 즐겁게 사귈 수 없다.

하나에게 넌지시 크리스마스에 뭘 할 건지 물어보았다.

"집에 가죠."

짧은 대답이 돌아왔다. 나는 흐음, 하고 고개를 끄덕이면서 조금은 실망하는 한편 안도했다. 기분이 묘했다. 하나도 신경이 쓰였지만, 나호코와 야스다 과장 사이를 오가면서 시간을 안배하기가 쉽지 않으리라 여겼기 때문이다.

야스다 과장과는 이브 날 이른 저녁을 함께했다. 회사를 나서기 전에 화장을 고쳤는지, 입술이 무르익은 과일처럼 빨갰다. 야스다 과장이 테이블 너머에서 나를 빤히 쳐다보았다.

"오자키 군은 연하 같지가 않다니까. 어리광을 부려도 받아주잖아. 너그러운 건가."

그녀가 식사하던 손길을 멈추고 불쑥 말했다.

"에이, 그럴 리가요."

나는 별생각 없이 그렇게 말하고는 고개를 저었다.

회사에서 보는 야스다 과장은 머리가 잘 돌아가고 냉철하지만 늘 조금씩 무리를 하는 사람이었다. 정도껏 하면 좋을 텐데, 적당한 선에서 늘 한 걸음 더 나가려고 애쓴다. 최선을 다하자는 게 그녀의 입버릇이다. 부하 직원들이 뒤에서 흉내 낼 정도로 그 말을 수없이 되풀이한다.

사실 나는 그녀를 요령이 부족한 사람이라고 생각한다. 적당한 선에서 그만두면 좋을 텐데, 좀 더 편하게 살아도 되는데, 일이 인생의 전부가 아닌데, 하고. 그러니까 야스다 씨는 균형 감각이 좀 없는 사람이다. 우리 아버지처럼.

이 사람의 그런 면을 좋게 여기지는 않는다. 하지만 누구에게

나 결점은 있다.

"난, 레이코 씨를 존경하고 있어요. 일하는 여자는 용감하니까."

"어머나, 그래? 난 늘 무리하고 있는 건데."

"그런 점도 좋잖아요."

나는 적당히 대꾸했다. 왜 이 사람이 나를 예뻐하는지, 실은 나 자신도 잘 몰랐다. 조금씩 관심이 엷어지는 것을 느끼고 있었다. 처음에는 연상의 일 잘하는 여자에게 답답함과 존경이 뒤섞인 복잡한 감정을 품었었다. 그래서 약한 구석을 보일 때마다 점차 시큰둥해지는 것이다.

야스다 씨와 일찌감치 헤어진 후에는 나호코와 만나기로 한 장소로 서둘러 갔다.

하지만 나호코를 만나는 동안 마음은 이내 하나에게로 달려갔다. 지금쯤 하나는 뭘 하고 있을까. 나호코는 기분이 그다지 좋지 않았다. 요즘은 늘 그랬다.

"전시회 보러 갔을 즈음에 우리 즐거웠지?"

"그런가?"

"응. 난, 그 체인 갱이란 그림, 굉장히 마음에 들었었는데. 요시로 씨도 기억하고 있어서, 좀 놀랐어."

"네가 유독 열심히 보고 있기에."

"그때는 참 좋았는데."

술잔에 눈길을 떨어뜨리고 나호코가 중얼거렸다. 나는 대답하지 않고 창밖에서 반짝거리는 불빛을 멍하니 바라보았다. 늘 애인이 몇 명 있었다. 그중에 나호코는 가장 오래 사귄 진짜 애인이었다. 그런데 사회인이 된 후로는, 애쓰지 않으면 그녀가 소중한 사람이라는 것을 잊곤 했다. 노력하고 있는데도 윤곽이 점점 희미해지고, 정체를 알 수 없는 부담감만 점점 늘어났다.

나호코는 턱을 괴고서 빈 접시를 멍하니 내려다보았다.

"요시로 씨, 나 그 그림 보면서, 이렇게 누군가와 서로 몸을 기대고 살아갈 수 있으면 좋겠다고 생각했어. 그때는 아직 젊었고 세상 물정도 잘 몰랐지만, 뭐랄까, 운명적이면서도 왠지 불길한 느낌도 들고, 그래서 동경했어."

"흠, 그랬어?"

"이거, 어른이 된 여자가 할 생각이 아닌가? 우리 엄마도 여자의 자립이란 말을 하는데, 하지만 나는 자립하고 싶지 않을 때도 있어. 어떤 사람과 늘 함께 있으면서, 퇴폐적인 삶을 살고 싶다는……."

나호코는 턱을 괸 채, 시답잖은 소리라는 듯 중얼거렸다. 뜻밖이었다. 몇 년을 사귀고 있는데, 이런 얘기는 한 적이 없었기 때문이었다.

"하지만 내 인생에 그런 특별한 일은 없겠지, 아마. 딱히 좋은 일도, 딱히 나쁜 일도."

"나는, 안 되는 거야?"

깊이 생각지 않고 그렇게 물었다. 나호코가 퍼뜩 고개를 들고는 놀란 눈빛으로 나를 쳐다보았다. 그리고 눈을 약간 찡그리고서 피식 맥없는 약자의 웃음을 웃었다.

"요시로 씨는……, 번듯한 사람이잖아. 요시로 씨가 어떻게 퇴폐적인 인생을 살 수 있겠어, 말도 안 되지."

"그건 또 무슨 소리야?"

"그렇잖아."

뒤엉킨 나무 그림을 떠올리고 있는데, 나호코가 일어나 화장실로 갔다. 문득, 하나는 지금 뭘 하고 있을까, 하는 생각이 스쳤다. 하나는 지금 어디에 있을까. 화장실에서 돌아온 나호코가 하나로 변해 있는 장면을 상상했다. 그리고 그런 생각을 하는 자신에게 놀랐다.

요즘 나는 용의주도하게 굴기만 하면 순조롭게 풀릴 모든 일에 좀 싫증이 났는지도 모르겠다.

하나는, 지금, 어디에서, 뭘 하고 있을까.

오늘 밤도 그 묘한 냄새가 떠다니는 방에서 그 남자와 함께 지내고 있을까.

그런 생각만 했다.

도쿄 구치소 근처에 있는 다 낡아 쓰러져 가는 연립 주택에 사는 체인 갱, 젊은 아버지와 딸은 오늘 밤도 뒤엉킨 채 서로를 어쩌지 못하고 있는지도 모른다. 만지면 뜨거울, 그 불길.

내게 하나는, 뭐랄까, 정말 미지의 존재였다. 그런 생각을 하면 역시, 태풍 전야의 어린아이처럼 가슴이 두근거리는 불안을 느낀다.

돌아오는 길, 택시에서 내려 집으로 들어가려다가 이웃집 화단에서 놀고 있는 고양이 한 마리를 보았다. 어느 집에선가 키우는 고양이일 테지만, 이 부근에서 고양이를 보는 것은 흔치 않은 일이다. 기타센주의 골목에서 본 도둑고양이와 달리 털에도 윤기가 자르르하고 사람에게 익숙한 모습이었지만, 도망칠까 봐 겁이 나서 손을 내밀 수 없었다. 고양이는 잠시 나를 올려다보더니, 주인인 듯한 남자의 목소리가 나자 귀를 쫑긋 하며 돌아보고는 반가운 듯 밤의 어둠 속으로 사라졌다.

일 년을 마무리하느라 분주한 세밑. 적당히 게으름을 피우고는 있지만, 그래도 바빠서 점심시간의 미팅에도 친구들 모임에도 빠지는 일이 잦았다. 피로가 조금씩 쌓여 갔지만 회사에서는 반듯하게, 피로감이 드러나지 않게 주의했다.

저녁때, 안내 창구 앞을 잰걸음으로 지나가면서 하나에게 슬쩍 인사했다. 처음에는 그렇게 모르는 척하더니, 요즘은 친근한 미소가 돌아온다. 그럴 때마다 나는 안도했다.

틈이 있을 때는 걸음을 멈추고 두세 마디 말을 건네기도 한다.

"준고 씨는 어떻게 지내요?"

그날, 하나는 이상하다는 듯이 웃었다.

"어, 왜 웃어요?"

"이상하잖아요. 준고 씨를 왜 물어요? 왜요, 좋아해요?"

"아니……."

나는 머리를 긁적거렸다.

별 뜻 없다고 대답하고 싶은데, 입에서 튀어나오려는 말이 '무서워요.' 라는 것을 알고는 이내 말을 삼켰다.

무서워요.

그렇다.

좋아할 리가.

역시 나는 그 정체 모를 남자가 무섭고, 좋기보다는 싫었다. 하지만 나는 싫어하는 상대와도 잘 지낼 수 있다. 아버지와도 표면적으로는 별문제 없이 살고 있다. 나는, 훌륭한 인간이다.

생긋 웃는 하나의 얼굴을 내려다보자니, 슬프기도 하고 괜히 짜증스럽기도 한 이상한 기분이 들었다. 점차 친숙해지면서, 자연스럽게 웃어 주는 얼굴이 반갑기도 하면서 왠지 조금은 무서운 것이다.

"오자키 씨."

돌아서서 가볍게 걸음을 내딛는데, 화려한 여자가 짜랑짜랑한 목소리로 불렀다. 돌아보니 하나와 둘이서 웃고 있었다.

"오늘 밤, 비 온대요. 여기요, 우산."

"접는 우산 갖고 있는데. 그래도 감사합니다."

"그래요? 일기 예보 들으니까, 밤늦게부터 내일 아침까지 폭풍우라는데요."

"정말요? 야, 이거 짜증스럽네."

웃으면서 대답하자, 하나도 방긋 웃으면서 고개를 끄덕였다.

"그렇죠. 정말 짜증스럽죠."

빌딩을 나서자, 차가운 겨울바람이 휭 불어왔다. 빌딩 사이 골목에 고양이가 한 마리 있었다. 털빛도 그리 나쁘지 않았다. 동물을 좋아하는 여사원들이 먹이를 주는지, 사람을 무서워하는 기색이 별로 없었다.

나는 조용히 걸음을 멈췄다. 고양이가 이쪽을 보았다.

야옹, 어리광을 피우듯 우는 소리.

"……하나. 하나."

유혹하듯 달짝지근한 그 울음소리에 등을 떠밀려, 나는 여자의 이름을 중얼거리면서 조심조심 한 손을 내밀었다.

멀리서 천둥소리가 울렸다. 비구름이 조금씩 몰려오고 있는 것이다.

— '그것'은 숨어서 살고 있어.

귓가에서 울렸던 그 수수께끼 같은 중얼거림을 떠올리면서 나는 고양이의 머리를 몇 번이나 쓰다듬었다. 멀리서 또 천둥소리가 희미하게 울렸다.

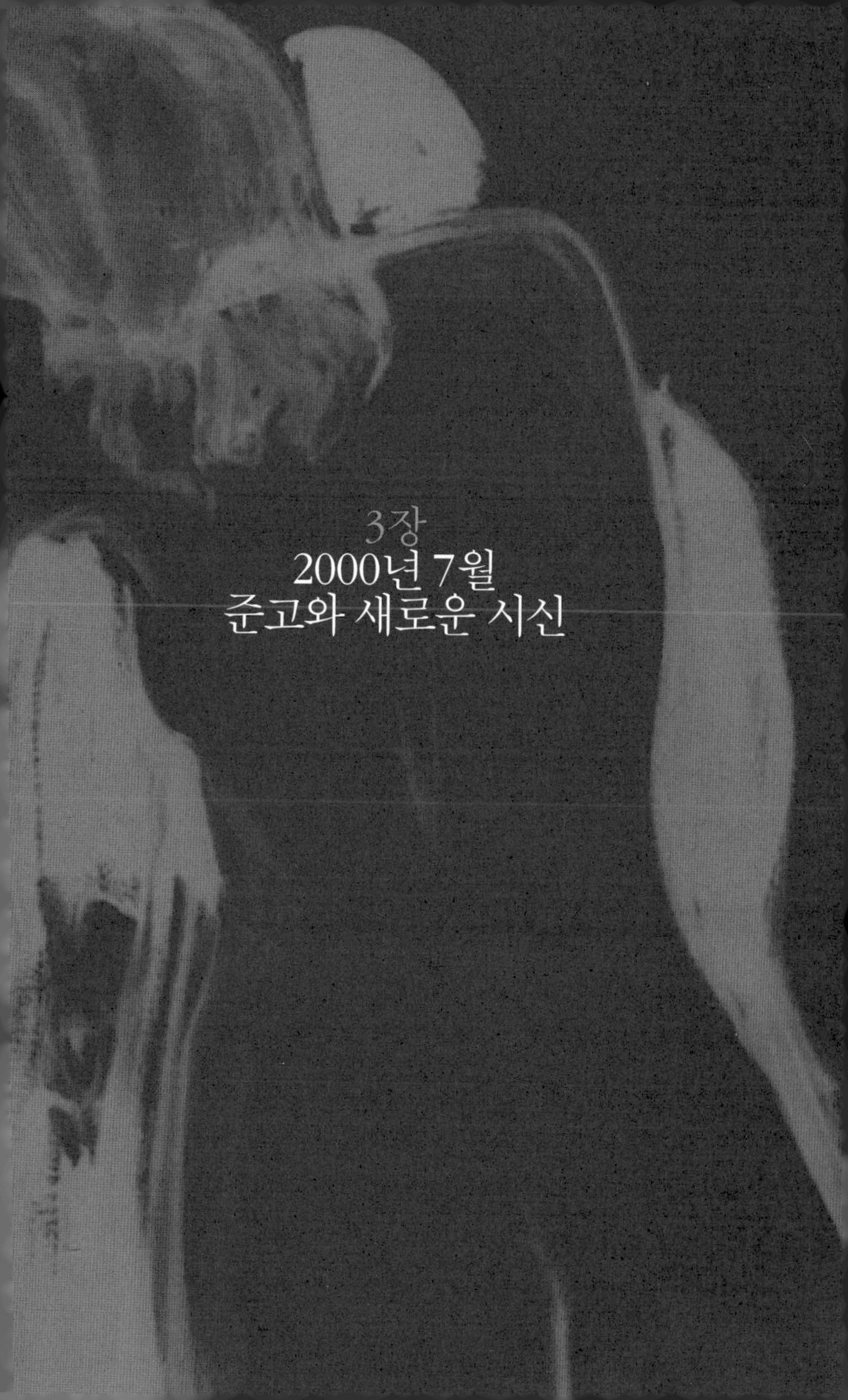

3장
2000년 7월
준고와 새로운 시선

이제, 어떻게 되든 상관없다. 한 번이든 두 번이든 마찬가지다. 그렇게 생각하면서 몸을 돌리는 동시에 부엌칼을 내리꽂았다. 다오카가 놀라 눈을 희번덕거리며 나를 올려다보았다. 동시에 따악, 하는 딱딱한 느낌이 전해졌다. 칼이 갈비뼈에 부딪친 것이었다. 칼을 빼내고 각도를 바꿔 다시 찔렀다. 다오카는 자신의 배를 내려다보고는 짧은 비명을 질렀다. 마치 여자처럼, 가냘픈 목소리. 웃음이 나왔다. 웃으면서 힘주어 잡은 칼을 시계 방향으로 비틀었다. 그러자 내 손을 물리치려는 듯 한 손을 뻗은 다오카가 몸을 푸르르 떨고는 부엌 바닥에 그대로 쓰러졌다.

저녁 시간.

창밖에서는 매미가 울고 있었다.

그리고, 여름 햇살이 천천히 기울어가고 있었다.

그날.

아침부터 그야말로 여름날이었다. 도쿄로 이사 온 지 반년 남짓한 그때, 아다치 구에 있는 낡은 연립 주택은 후덥지근한 열기로 차 있었다. 몸이 축 늘어지도록 더웠다. 여름 이불 속에서 천천히 눈을 뜨자, 천장의 나뭇결이 평소보다 낮게 보이면서 묘한 압박감을 느꼈다. 나는 신음을 내지르며 머리맡에 있는 담배로 손을 뻗었다.

일어나 갑에서 한 개비, 담배를 꺼냈다. 웃통을 벗은 가슴팍에 땀이 배어 있었다. 두 사람 몫의 땀을 흠뻑 빨아들인 이불은 묵직하고 눅눅했다. 다다미 위에 놓인 검은 플라스틱 쓰레기통에 담배꽁초와 화장지가 수북이 쌓여 있었다. 담배를 쥔 오른손 집게손가락과 가운뎃손가락을 천천히 입술에 갖다 대자, 손가락 끝에서 여자 냄새가 났다. 불을 붙이니 담배 연기에 섞여 어젯밤의 잔향 같은 냄새가 점차 엷어졌다.

"하라주쿠에 가고 싶어."

이불 속에서 웅얼거리는 소리가 들렸다. 담배를 문 채 이불을 살며시 들쳐 보았다. 하나가 엎드려 뭐라고 중얼거리고 있었다. 드러난 허리께에 하나의 뜨거운 숨결이 닿았다.

"일어났어?"

"응. 아빠, 나, 여름 방학 때 하라주쿠. 친구하고 약속."

"여름 방학, 언제?"

"오늘이 7월 21일이지? 종업식이 내일 모레니까, 곧바로."

이불에서 얼굴만 내밀고 졸린 눈으로 나를 올려다보았다. 길쭉한 눈. 붉은 입술. 북쪽에서 자란 하나의 피부가 눈처럼 하얗고 촉촉한 물기를 품고 있어서, 몸이 축 늘어질 정도로 열기가 가득한 방에는 어울리지 않았다.

"응, 아빠!"

"왜. 꼭 그런 때만 아빠, 아빠 하고 불러 대더라."

"쇼핑할 거란 말이야. 용돈."

"얼마나 필요한데?"

눈을 가늘게 뜬 하나의 입가에 웃음이 번졌다.

"음, 옷가게도 있고, ……연예인이 하는 가게도 있어. 치마가 사천 엔 정도. 셔츠는 천오백 엔 정도, 그리고 또……."

잠시 공백이 있었다.

담배를 다 피운 나는 머리맡에 놓인 깡통에 꽁초를 던졌다. 하나가 내 그런 동작을 졸린 눈으로 쳐다보았다.

"음, 팔천 엔 정도."

"그래?"

"……."

힐금 내려다보니, 하나는 베개에 턱을 괴고서 나를 빤히 올려다보고 있었다.

"왜 그렇게 보는데?"

"남자도 같이 갈 건데. 샘나?"

"아니."

"……."

하나는 말이 없었다. 하얗고 조그만 얼굴에 길고 검은 머리가 늘어져 있다. 창밖에서 매미가 울기 시작했다. 후끈후끈한 열기가 방을 뒤덮고 있었다.

"그만, 일어나."

이불을 휙 걷어 냈다. 낯익은 내 몸과 하나의 촉촉하고 하얀 몸이 드러났다. 땀에 젖은 유방이 눅눅한 요 위에 부드럽게 널브러져 있었다. 이불 속에서 땀과 체액이 뒤범벅된, 짓무른 밤의 공기가 흘러나왔다. 성가시고, 홍겨운. 한밤의 나른한 기분이 천천히 돌아왔다. 떨쳐내려고 알몸인 채로 벌떡 일어나자, 하나가 발치에서 몸을 뒤로 젖히며 기지개를 켰다. 검붉은 목구멍 속까지 보였다.

전기밥솥이 밥을 짓는 동안 된장국을 끓이고 생선을 구웠다. 반찬을 만들어 하나의 빨갛고 조그만 도시락에 담는다. 집은 들어서면 바로 부엌이 있고, 그 안쪽에 큰 방, 또 안쪽에 작은 방이 있다. 침실로 쓰는 작은 방에 가서 창틀에 이불을 널었다. 요는 큰 방 창틀에 널었다. 현관을 나가 복도에 있는 이조식 세탁기에 시트를 집어넣고 스위치를 돌렸다. 담배를 문 채 방으로 돌아오자, 하나가 샤워를 하고 나오는 참이었다. 얇은 팬티에

탱크톱만 걸친 모습에 하얀 발이 물에 젖은 듯 촉촉하게 빛났다. 가슴 언저리까지 내려오는 머리를 브러시로 빗고 있다. 눈을 몇 번이나 깜박거린다. 아직도 졸린 표정이다.

이번에는 내가 욕실로 들어가 거울 앞에서 수염을 깎았다. 모퉁이가 녹슨 뿌연 거울에 얼굴이 비쳤다. 서른네 살. 이십 대였을 때보다 살이 빠진 듯하다. 지난 반년 동안 계속 바깥에서 일을 했기 때문인지 북쪽에서 살았을 때보다 살이 많이 탔다. 셰이빙 로션을 바르고 두 손으로 볼을 몇 번 두드렸다. 짧게 자른 머리에 왼손을 대고 오른 손가락으로 대충 빗는다. 문틀에 부딪치지 않게 허리를 구부리고 부엌으로 나오자 싱크대 앞에서 하나가 속옷 차림으로 이를 닦고 있었다. 고개를 돌려 나를 빤히 올려다본다. 아침인데 눈동자는 나락처럼 검은색이다.

나는 큰 방 창틀에 널어놓은 요에 몸을 기대고 담배를 피웠다. 살며시 눈을 감는다. 아침 햇살을 받고 따끈해진 요에서 숨이 컥 막히도록 여자 냄새가 피어올랐다. 반년 전만 해도 하나의 몸에서 이런 냄새가 나지 않았다. 북쪽에서 살 때는 시원한 물처럼 상큼했다. 이를 다 닦은 하나가 방으로 들어왔다. 옷걸이에 걸어 문틀에 걸어 놓은 교복을 내린다. 치마를 입고 나를 돌아보며, 뭐라고 묻는 것처럼 고개를 갸웃거린다.

턱으로 벽장을 가리키자, 하나는 고개를 끄덕이고는 벽장문을 열었다. 빨아서 개어 놓은 교복 블라우스를 꺼내 서둘러 입는다. 빨간 타이를 매고, 다다미 위에 앉아 왼발부터 감색 양말을 신는다. 이제 여고생 차림 완성이다. 나는 배를 잡고 웃음을 터뜨렸다. 하나가 또 고개를 갸웃거렸다.

"왜, 준고?"

웃음이 그치지 않았다. 나는 눈물이 찔끔 나오도록 계속 웃었다. 하나는 다다미 위에 털썩 앉아, 정말 속상하다는 듯 뾰로통해 있었다.

"만날 웃기만 하고."

"아니, 너무 단정해서."

"그럼 어떻게 해. 할 수 없잖아, 고등학생인데."

하나가 어이없다는 듯 중얼거렸을 때, 창밖에서 야옹, 하는 조그만 소리가 났다. 아침인데 벌써부터 번쩍거리는 햇살 아래에서, 갈색 도둑고양이 한 마리가 이쪽을 올려다보고 있었다. 나는 일어나 냉장고에서 어묵 한 개를 꺼내 창밖으로 살짝 떨어뜨렸다. 요 위에 턱을 괴고서, 살금살금 다가와 얼른 물고 달아나는 고양이를 바라보았다. 하나가 옆으로 다가와 요에 얼굴을 묻고서 함께 창밖을 내다보았다. 눈이 마주치자, 아쉬운 빛을 띤 얼굴이 천천히 다가왔다.

키스를 하자, 희미한 치약 냄새가 났다. 밤기운은 어느새 사라지고 없었다.

현관을 나서 낡은 계단을 뛰어 내려가는 하나의 뒷모습을 보면서 문을 잠갔다. 열쇠는 내가 가지고 있는 것 하나뿐이다. 하나보다 늘 내가 먼저 돌아오기 때문에 하나에게는 열쇠가 필요 없었다. 한여름 아침의 뜨거운 햇살에 피부가 지글지글 타 들어갈 듯했다. 관자놀이에 돋은 땀이 턱을 타고 흘러, 금이 간 콘크리트 바닥에 뚝 떨어졌다.

계단의 찌그러진 양철 지붕에 머리가 부딪치지 않게 몸을 구부리고 내려가는데, 하나가 책가방을 가슴에 껴안은 채 부신 눈을 찡그리고 이쪽을 올려다보며 기다리고 있었다. 하양과 감색이 섞여 있는 도립 고등학교의 교복은 깔끔하게 아무런 장식이 없다. 하나 뒤에 서 있는 오토바이에 손을 얹자, 하나는 오토바이 뒷부분의 짙은 파란색 상자에 몸을 기댔다.

"지각하겠다."

"안 해, 아직은 여유 있으니까."

하나가 고개를 갸우뚱하고, 나른하게 웃었다.

"준고랑 같이 나서면 오히려 이른걸, 뭐. 천천히 걸어가도 수업 시작 10분 전에는 교실에 도착하니까."

"하라주쿠, 라고?"

"응?"

"아니. 여기서도……."

오토바이를 끌고 마당을 나가 길에서 올라탔다. 시동을 걸고

헬멧을 쓰려고 들어 올리는데, 어슬렁어슬렁 다가온 하나가 말했다.

"응. 여기서도 친구들, 잘 사귀고 있으니까."

"……."

"하지만, 눈에 띄지 않게 하고 있어. 내 얘기는 원래 잘 하지도 않고. 그러니까……."

"그래."

"그러니까, 괜찮아."

눅진눅진한 아스팔트에서 피어오르는 열기가 길가에 서 있는 우리를 쪄 죽일 것 같았다. 아직은 몸이 도쿄의 이 더위, 회색 배기가스가 몰고 오는 도시의 건조한 여름에 길들지 않은 것이다. 하나는 아무렇지도 않은지 강렬한 햇살 속에서도 미소 짓고 있다.

"하지만, 나는."

"하지만 뭐?"

"준고랑 있는 시간이 많아져서 더 좋아. 지금은 북쪽에 살 때처럼 며칠씩 안 들어오는 일이 없잖아. 매일 같이 있을 수 있잖아."

"속 편한 소리 하고 있구나."

"응. 그래도 계속 같이 있을 수 있다는 게 꿈만 같아. 앞으로는 계속 이렇겠지?"

"네가 시집을 갈 때까지는 그렇겠지."

하품을 하면서 말하자, 하나는 진짜 화를 내면서 나를 노려보았다.

"안 갈 거야."

"설마, 갈 거면서."

"안 가요. 난, 절대, 뼈가……."

"……뼈?"

"아니, 아무것도 아니야."

하려던 말을 삼키고 하나는 방긋 웃었다. 걸어갈 때는 저 밑에 있는 하나의 조그만 얼굴이 오토바이 뒤에 탄 지금은 내 얼굴과 같은 높이에 있었다. 고개를 옆으로 기울이고 가련하게 웃는 것은 어렸을 때부터 그러던 버릇이다.

"다녀오겠습니다."

하나는 기운차게, 그러나 속삭이는 목소리로 말하고는 성큼성큼 걸어갔다.

플리츠스커트가 묵직하게 흔들렸다.

저만치에서 하나가 천천히 돌아보았다. 내가 보고 있다는 것을 확인하고는 안심이라는 듯 고개를 끄덕거렸다. 그리고 다시 걸어가더니, 한참을 가서는 휙 돌아보았다.

나를 보는 얼굴이 웃고 있지 않았다. 1초를 다투듯 허겁지겁 뛰어 돌아왔다.

"왜?"

"아빠, 괜찮아?"

"뭐가?"

하나는 무언가를 살피듯 내 얼굴을 들여다보았다. 헬멧을 쓰고 있어서 색유리 너머로 보이는 얼굴이 부옇다. 목소리도 멀어진 탓에 하나가 속삭이는 소리가 마치 미적지근한 물속에서 듣는 것처럼 울렸다.

쨍쨍 내리쬐는 햇볕에 땀이 등을 타고 흘러내렸다.

"아니, 아무것도 아니야."

하나는 여전히 걱정스럽다는 듯 이쪽을 보면서 천천히 고개를 저었다.

"아빠, 오늘 나, 빨리 올게."

"천천히 와도 돼. 동아리 활동도 시작되었고, 친구들하고 얘기도 하고 그래야지."

"아니, 빨리 오고 싶어. 동아리 활동 끝나면 바로 올 거야."

하나는 재삼 확인하듯, 바로란 말을 몇 번이나 했다. 그러고는 몸을 돌려 뛰어갔다. 매미 소리가 후덥지근한 공간에 울려퍼졌다. 나는 액셀러레이터를 밟았다. 뛰어가는 하나를 앞질러, 거울 속에서 하나의 가녀린 몸이 순식간에 멀어지는 것을 보면서 골목을 돌아 큰길로 나갔다.

도쿄 구치소의 영원히 끝나지 않을 듯 긴 회색 벽을 왼쪽으로 보면서 도로를 달렸다. 그 벽 너머에는 낡은 건물이 몇 동 서 있다. 어색할 정도로 사람의 기척이 없고, 거무칙칙하고 묵직한 공기만 충만한 공간. 그래서 날씨는 화창한데도 구치소 주변은 검은 구름으로 뒤덮여 있는 듯했다.

이 길을 오갈 때마다 늘 생각한다. 잡히는 것, 에 대해. 생각지 말자, 생각지 않으면 불길한 일도 일어나지 않을 것이라 여기면서 오늘도 속도를 올린다. 여름인데도 색이 어두운 가로수 잎 하나가 앞길을 가로막듯 팔랑팔랑 떨어졌다.

우에노 역까지 달려가 속도를 줄였다. 주말에는 가족끼리 나들이 나온 사람과 여행객이 많아 달리기가 쉽지 않은데, 오늘 아침은 길도 한산하고 역 앞 공기도 느긋했다. 나는 우에노 공원 옆 가로수 길에 오토바이를 세우고 엔진을 껐다. 그리고 마침 그늘이 진 낮은 돌담에 걸터앉았다. 대기를 하는 것이다.

매앰맴거리는 매미 울음소리와 나뭇잎이 살랑살랑 흔들리는 소리. 공원에서 비둘기 똥인지 뭔지 모를 동물의 냄새가 솔솔 풍겨 나왔다. 가지런히 손질된 철쭉에 겹겹이 걸쳐 있는 거미집이 아른아른하게 빛났다.

할 일이 없어서 페트병을 꺼내 물을 마셨다. 이곳에서 처음 대기를 시작한 이른 봄에는 가로수에 잎이 달려 있지 않았는데, 지금은 한여름의 쨍쨍한 햇살 아래에 무성한 초록이 아치를 그리고 있다.

"……에그, 또 저런 데 앉아 있네."

등 뒤에서 컬컬한 목소리가 들렸다. 입술 한끝을 비죽 올리고 웃으면서 돌아보았다. 하얀 머리를 한데 묶고 때가 꼬질꼬질한 육십 줄 여자가 비틀거리며 다가오고 있었다. 우에노 공원에는 나이가 지긋한 노숙자들이 많다. 이곳에서 대기를 시작한 후로 그들과 얼굴을 트고 지내는 사이가 되었다.

"매일 이런 데나 나와 앉아서. 아직 한창 젊은데 말이야."

"그게 아니라……"

"번듯하게 생긴 남자가 말이야."

"그러니까, 이게 일이라니까요."

나는 도로가에 세워 둔 오토바이를 가리켰다.

"여기서 일이 들어오기를 기다리는 거예요. 지난번에 설명했잖아요."

"딱하기는."

"참 나, 말이죠, 할머니."

햇살이 조금씩 강렬해지면서 나뭇잎 사이로 번쩍번쩍 빛나기 시작했다. 오토바이 후미에 설치한 짙은 파란색 상자에 열기가 고여 점차 뜨거워졌다.

상자에는 하얀색 글자로 회사 이름과 전화번호가 적혀 있다. 북쪽에 살 때는, 이런 일이 벌이가 될 줄은 상상도 못했다. 하지만 도쿄 사람들은 모두가 바쁘고 거칠게 사는 탓인지 꽤 쓰임새가 많은 장사다. 퀵 서비스. 지금 내가 하고 있는 일이다. 간다에 있는 회사가 주문을 받아 도내 각처에서 대기하고 있는 라이더의 휴대 전화로 연락을 취한다. 라이더는 지시받은 장소에 가서 서류 등을 받아 지정된 장소에 배달한다. 도내에는 우편으로 보내자니 시간이 급박한 서류와 물건들이 넘치도록 많았다. 우리들 라이더는 하루에 열 번에서 열다섯 번 정도 배달을 한다. 실적급으로 수당을 받고 계절에 따라 일거리도 쏠쏠해서, 도쿄에 와서 처음 했던 잡지 배달 일보다는 실수입이 많았다.

노숙자들 몇 명이 꾀어들었다. 담배를 한 개비씩 주자, 고맙다는 말 한마디 없이 무뚝뚝하게 고개만 끄덕이고는 내 라이터를 차례로 돌려 가며 불을 붙이고 피우기 시작한다. 할머니에게는 목사탕을 주었다. 한 할아버지가 놀려 댔다.

"이 사람이 올 때마다 슬금슬금 다가온다니까. 어지간히 마음에 든 모양이지."

"측은해서 그러지."

"아직은 여자인 게지."

웃으면서 나도 농담으로 응수하는데 가슴 주머니에서 휴대 전화가 울렸다. 회사였다. 일어나 전화를 받으니, 오늘의 첫 번째 배달 지시였다. 주소를 확인하고 지도를 꺼냈다. 아직은 도쿄의 구석구석까지 파악하지 못했다. 가는 길을 대충 머릿속에 그리고서 오토바이에 올랐다.

디자인 사무실에서 출판사로, 건축 사무실에서 하청 업체로. 대부분의 의뢰가 몇 번 가 본 적 있는 장소로 가는 것이어서 큰 어려움은 없었다. 일단 배달을 하고 나면 그 장소에서 가까운 길에 오토바이를 세워 놓고 대기하면서 다음 연락을 기다렸다. 시간이 흐르면서 더위가 점점 심해져, 길에서 대기하는 것보다 달리는 편이 훨씬 시원했다.

저녁때가 되어 회사로 들어갔다. 간다의 낡은 주상 빌딩에 있는 사무실은 사무원 하나와 전화 담당 둘이 늘 지키고 있다. 싸구려 철제 책상에는 항상 서류가 수북이 쌓여 있다. 전화 담당은 둘 다 노인이고, 사무원만 사십 대 깡마른 여자다.

문을 열자, 사무원이 이쪽을 올려다보면서 미소 지었다. 오늘은 마침 마흔이 넘은 동료 라이더 두 명도 와 있었다.

"어머나, 구사리노 씨."

"안녕하세요."

"웬일이에요?"

"지난주 급료 때문에. 좀 일찍 받을 수 없나 해서."

"갑자기 그런다고 금방 내줄 수 있는 게 아니잖아요. 무슨 일 있어요?"

"딸이 옷을 산다고 해서."

문 안으로 들어서면서 중얼거리자, 사무원이 웃음을 터뜨렸다. 책상 앞에 놓인, 키 큰 내게는 너무 작아 어설픈 철제 파이프

의자에 앉아 다리를 꼬았다. 사무원이 여전히 웃으면서 말했다.

"우리 집에도 딸이 있지만, 그럴 때는 딱 부러지게 한마디 해야죠. 그런 돈 없다고 말이에요. 자식들이 용돈이다 휴대 전화 요금이다 하고 삼사만 엔씩 쓰면 살림이 어떻게 되겠어요."

"아니, 삼사만 엔이 아니라."

"그럼, 얼마요?"

"팔천 엔."

사무원이 느닷없이 심각한 표정을 짓더니 몸을 앞으로 쑥 내밀고는 내 주머니에 손을 집어넣었다. 꺼낸 지갑을 들여다보면서 어이가 없다는 듯 중얼거렸다.

"에게, 삼천 엔. 왜 이렇게 돈이 없어요."

"저금을 하니까. 대학에도 보내야 하고."

"쯧쯧. 아니, 여기 오기 전에는 뭘 했기에. 돈도 없으면서 여유는 잔뜩 부리고. 이렇게 우아한 가난뱅이, 난 처음 본다니까."

"……급료."

"알았어요, 알았어. 어떻게 해 볼 테니까."

사무원이 웃으면서 몇 번이나 손을 살랑살랑 흔들었다. 나는 고맙다는 뜻으로 고개를 끄덕거렸다. 구석 자리에서 경마 신문을 보고 있던 동료 라이더가 힐금힐금 이쪽을 보았다.

"딸이 몇 살이지?"

한 라이더가 심드렁하게 물었다.

“열여덟.”

“……열여덟인데, 당신 딸 맞아?”

“네.”

“그럼, 당신은 몇 살이고?”

“서른넷.”

둘이 동시에 경마 신문을 내려놓았다.

“아니 그럼, 몇 살 때 만들었다는 거야?”

“열여섯이죠. 계산상으로는.”

나는 적당히 대답했다.

“그렇게 캐묻지들 말아요. 이런 남자에게는 그럴 만한 사연이 다 있는 법이니까.”

사무원이 한 손을 흔들면서 말했다.

“이런 남자라니, 어떤 남자게?”

“글쎄. ……왠지, 그래 보인다는 거죠.”

“그래도 궁금하잖아. 이 사람, 자세도 반듯하고 말이야. 일도 척척 빨리 잘하는데, 어딘가 모르게 좀 칠칠치 못하고. 전에는 대체 무슨 일을 했을까 싶어서.”

“신경 딱 끄라니까요.”

“아니, 아까는 자기가 신경을 썼으면서.”

“천만의 말씀.”

사무원은 내 급료를 계산해서 서류를 작성하고는, 누런 봉투에 동전과 지폐를 함께 집어넣었다.

"여기 있어요, 지난주 것. 여기에 도장."

도장 같은 것은 갖고 다니지 않는 탓에 엄지손가락을 인주에 꾹 눌렀다. 축축하고 끈끈한 감촉이 느껴지면서 손가락 끝이 빨갛게 물들었다. 가리키는 곳에 엄지손가락을 대고 누르자, 사무원이 고개를 끄덕였다. 그리고 손을 내리려는데, 내 손목을 살짝 잡았다. 메마른 손이었다.

화장지로 손가락에 묻은 인주를 닦기 시작한다. 꼼꼼하게 몇 번이나 비벼 댄다.

라이더 하나가 서류 더미에 묻혀 있는 조그만 텔레비전을 켰다. 텔레비전 소리에 지워진 사무원의 목소리는 내게만 들렸다.

"구사리노 씨, 또……."

"뭐요?"

"또, 여자 냄새가 나네."

"그래요?"

"늘 난다니까. 조심해요. 한창 민감할 나이의 딸이 있으니까. 불쌍하잖아, 자꾸 이러면."

"그런 거 아닙니다."

"말이지, 열여덟이면 아주 미묘한 때라고요. 우리 딸도 같은 또래인데, 아직은 어린애다 싶어도 이 정도로 심하면 알아차리지."

"이 정도?"

"여자 냄새, 지독하다니까. 처음 여기 왔을 때부터 심했어요. 개는 개의, 고양이는 고양이의, 여자는 여자의 냄새를 아는 법이라고요. 아버지에게서 이렇게 냄새가 나면 심정이 복잡할 거야. 그 또래 여자 아이들은 결벽을 떠니까."

"아, 그렇군요."

"그렇다니까. 구사리노 씨는 처음부터 심했어."

사무원은 내 손가락을 끝없이 만지고 또 만졌다. 살며시 손을 빼내자, 꿈에서 깨어난 것처럼 나를 올려다보며 느릿느릿 화장지를 쓰레기통에 버렸다. 나는 담배를 물고 불을 붙였다. 코끝에 손가락을 대자, 역시 하나 냄새가 나는 것 같았다.

손가락에 딸의 냄새가 짙게 배어, 아무리 씻어도 지워지지 않는다.

주머니에 급료 봉투를 쑤셔 넣고, 때마침 들어온 의뢰를 그 자리에서 받아 사무실을 나왔다. 배달을 끝내고 우에노로 돌아갔다. 뒷골목 재래시장에서 시장을 봐 오토바이 뒤쪽에 설치된 상자에 담고 달렸다.

기타센주의 집에 도착할 즈음, 여름 햇살이 기울기 시작했다. 오토바이를 세워 놓은 후 시장 본 주머니를 들고 계단을 올라갔다. 방으로 들어가 윗도리를 벗고서 휴대 전화를 휙 던졌는데,

오는 도중에 문자가 들어온 모양이었다. 다시 손을 뻗어 들여다 보니 수신 메시지에 '고마치'란 이름이 있었다. 나중에 봐도 되겠지, 하고서 식료품을 먼저 냉장고에 집어넣었다.

텔레비전을 켜니 저녁 뉴스 시간이었다. 살인 사건과 정치가들의 부정부패, 행방불명된 아이에 관한 뉴스가 잇따라 흘러나왔다. 부엌으로 가니 텔레비전 소리가 잘 들리지 않았다. 수도꼭지를 틀어 쌀을 씻었다. 생선을 도마에 올려놓고 부엌칼로 배를 갈랐다. 검붉은 내장이 미끄러져 나와 도마 위에서 꿈틀거렸다. 싱크대 속에 있는 음식 찌꺼기 통에 버리자 주르륵 겹치고 겹치면서 어둠 속으로 가라앉았다.

벌써 반년 가까이 지났다. 나는 지금의 생활에 잘 적응하고 있다. 그전에 살았던 북쪽에서는 딸이 내가 돌아오기를 기다렸다. 지금은 반대다. 매일 열심히 일하고 돌아와서도 부엌에서 식사 준비를 한다. 부엌일은 긴 세월 습관적으로 하던 것이지만, 기도 같은 일면도 있다. 아무 일도 생기지 않기를. 시간이 평화롭게 흘러가기를. 그렇게 생각하면서 반찬을 만든다.

밖에서 현관문을 두드리는 소리가 들렸다.

한 번.

두 번.

그리고, 조심스럽게 두드리던 태도를 거두고 커다랗게 세 번, 네 번.

나는 수도를 잠그고 손을 씻은 후 현관으로 나갔다. 외벽이 얇아 밖에 서 있는 남자의 기척이 부엌 안으로 전해졌다. 남자의 실루엣이 부엌의 뿌연 유리창에 비쳐 있었다. 가벼운 철제문을 천천히 열자, 나이 오십 줄에 체구가 당당한 남자가 서 있었다.

후줄근한 양복.

오래 써서 낡은 회색 우산.

이마에는 커다란 사마귀.

치켜뜨고 이쪽을 올려다보는 눈초리, 탁한 눈빛.

"……다오카 씨."

나는 그의 이름을 중얼거렸다. 아차 싶었다. 마음의 준비가 되어 있지 않았다. 북쪽에서 이곳까지 찾아오는 사람이 있을 줄은 생각지도 못했다. 거의 반년 만에 만나는 다오카 씨는 진흙이 묻은 구두를 신고 있었다. 혈색도 좋지 않고, 몹시 피곤한 기색이었다.

"들어가도 되겠나."

그렇게 말하고는, 대답을 듣지 않은 채 성급하게 구두를 벗었다.

"어떻게 도쿄에. 무슨 볼일이, 있었습니까?"

재빨리 큰 방을 돌아보며, 거리낄 만한 것이 없는지 확인했다. 그리고 침착하게 부엌으로 돌아와 다시 반찬을 만들기 시작했다. 다오카 씨는 집 안을 휘 돌아본 후에 부엌으로 왔다.

"준고 군이 대체 어디로 간 것인지, 이상해서 말이야."

"아, 네. 그렇게 신경을 써 주다니, 뜻밖이로군요."

돌아보고, 눈가에 주름이 질 정도로 웃으면서 대답했다. 다오카 씨는 별다른 표정의 변화를 보이지 않았다.

"하나의 친척에게 물어보아도, 어디로 갔는지 아무것도 모른다면서 고개를 젓기에 놀라서 말이야. 하기야 경기가 나빠서 공장을 처분해야 할 지경이니, 준고 군 걱정을 할 때가 아니겠지만. 그래서 고마치 씨에게 물어보았더니, 근처에 산다고 해서 더 놀랐지."

"도쿄로 올라올 때, 이쪽에는 아는 사람이 없는 터라 그 사람에게 연락했지요."

"그건 그렇고, 군이 구치소 옆에 자리를 잡다니 무슨 생각인지 모르겠군. 어처구니가 없어."

"어쩌다 보니 그렇게 된 것이죠."

다오카는 반찬을 만드는 내 모습을 빤히 쳐다보고 있었다. 나는 웃음을 거두고, 힐끔 다오카를 돌아보고는 물었다.

"우산은 왜 들고 다니십니까?"

말투가 싸늘했다.

"일기 예보에서 도쿄에 오늘 밤부터 내일까지 큰비가 온다고 하던데. 태풍이 다가오고 있다고. 자네는 몰랐나?"

"아……, 이쪽에 온 후로는 날씨에 별 신경을 안 써서, 몰랐습니다."

다오카는 놀랍다는 듯 나를 보았다. 그리고 반찬을 만드는 내 손으로 눈길을 옮겼다.

"꽤나 부지런하군. 여전해."

"배에서 늘 하던 일인데요, 뭐."

"그런데, 하나는 어떻게 지내나?"

"학교에 다닙니다. 도립 고등학교요."

"그래, 별다른 문제는 없고?"

"……친구도 생겼고, 취주악부에 들어서 동아리 활동도 하고. 그런대로 재미나게 지내고 있습니다."

"준고 군, 자네 얼굴이 많이 변했군."

갑작스러운 말에 나는 놀라며 돌아보았다. 말없이 내려다보자, 다오카는 딱하다는 눈빛으로 나를 올려다보았다. 이마에 돋은 사마귀가 땀에 푹 젖어 있었다. 낡은 흰 와이셔츠에 싸구려 넥타이를 반듯하게 맸는데, 매듭이 유난히 반듯한 것이 꼼꼼한 성격을 보여 주는 듯했다.

"얼굴이요? 내 얼굴이?"

"음. 그래, 지금은 무슨 일을 하고 있나?"

"아무래도 돈이 필요하니까. 퀵 서비스라고 아십니까?"

"그런 일로 벌이가 되나?"

"실적급이라서 그런대로 괜찮습니다. 물론, 북쪽에서 공무원

노릇 하면서 살 때에 비하면 아무런 보장이 없으니까 남는 게 없지만요."

그리고 변명을 하듯 덧붙였다.

"……마음은 편합니다."

다오카는 찔릴 듯 날카로운 눈빛으로 나를 빤히 쳐다보았다. 그러고는 고개를 좌우로 흔들었다.

"준고 군, 반년 만에 보란 듯이 떠돌이의 얼굴이 되었군. 하루 벌어 하루 사는, 딱 그런 얼굴이야. 그 사람이 어떤 생활을 하는지는 얼굴만 봐도 알 수 있지. 굳이 물어보지 않아도 말이야. 지금까지 지겹도록 많은 사람들의 얼굴을 봐 왔으니 그런 정도는 알아볼 자신이 있네. 준고, 어르신이 했던 말, 기억하고 있나?"

몸집이 자그마한 노인의 모습이 뇌리에 스쳤다. 심장이 쿵쿵 울렸다. 애써 자연스럽게 싱크대 쪽으로 몸을 돌렸다. 손등과 손톱에 들러붙은 생선 비늘이 전구의 불빛에 반투명으로 빛났다.

"어르신이 내게 뭐라고 했던가요?"

"자네에게 뭐랬더라, 이러지 않았나. 타지 사람처럼 되지 말라고. 남자로 태어났으니까, 떠돌이처럼 이리저리 헤매 다니지 말고 태어난 고장의 사람이 되라고 말이야. 부양가족도 있고 하니. 보안부 젊은 사람들 가운데, 내가 보기에는 자네가 가장 떠돌이에 가까운 타입이었어. 그런데, 정말 많이 변했군. 반년밖에 지나지 않았는데 말이야."

오늘 아침에 수염을 깎으면서 거울 속으로 들여다보았던 내 얼굴을 떠올렸다. 아까는 살이 좀 빠지고 많이 탔다는 느낌밖에 없었다. 피식 웃으면서 말했다.

"나는 잘 모르겠는데요."

"그야 그렇겠지. 사람은 자기 얼굴에 대해서는 잘 모르는 법이니까."

"어르신이 정말 그런 말을 했습니까?"

"죽기 얼마 전에 그랬지. 모임에서 말이야, 자네도 그 자리에 있었을 텐데. 아니, 그렇게 걱정을 끼쳐 드리고, 본인은 까맣게 잊어버렸단 말인가?"

다오카는 줄곧 내 바로 뒤에 서 있었다. 뒷덜미가 뜨끔뜨끔했다. 밝은 목소리로, 넌지시 물어보았다.

"다들, 잘 있지요?"

"여전하지. 다들 잘 있네. 누구였더라, 보안부 젊은이 중에 아이가 태어난 이도 있는데. 하기야 그런 평화로운 얘기는 내 일과는 무관하지. 하는 일이 형사다 보니, 내가 기억하는 것이라야 나쁜 사건뿐 아니겠나."

"그야, 어쩔 수 없죠, 뭐."

"그 동네 사람들은 젊은이나 노인이나 모두 어르신을 의지했는데 말이야. 그렇게 좋은 사람을, 더구나 노인을 누가 죽였는지 도무지 모르겠단 말일세. 반년이 다 지나가는데, 아직도 모르겠어. 하지만 누군가가 죽였어. 어떤 철면피가. 준고 군, 자네는 왜 갑자기 그곳을 떠났나?"

"도시 생활을, 한번 해 보고 싶었습니다. 오래전부터요."

조심스럽게, 낮은 목소리로 대답했다.

"거짓말 말게. 자네는 어디에 있으나 마찬가지일 텐데. 하나도 아마 북쪽에 있고 싶어 했을 테고. 하나는 타고난 성품이 소박해서, 도시로 못 나가서 엉덩이를 들썩대는 그런 여자 아이가 아니지."

손질한 생선을 쟁반에 옮겼다. 도마와 칼을 씻고, 냄비를 불에 올려놓았다. 창밖에서는 매미가 울고 있었다. 나는 큰 방 벽에 걸려 있는 시계를 슬쩍 보았다. 도넛 가게에서 사은품으로 받은 시계가 옆으로 삐딱하게 걸려 있었다. 다행이다. 6시가 되려면 아직은 여유가 있다. 하나가 돌아오기 전에 무슨 수를 써서든 다오카를 돌려보내고 싶었다. 다오카를 보면 하나는 겁에 질릴 것이다. 겨우 평온한 생활을 되찾았는데. 그렇게 생각하자 마음이 급해졌다.

"그런데, 무슨 일로 오셨죠? 별 상관이야 없지만."

감정 없는 목소리로 물었다.

"얼굴을 보러 왔지."

"반년 동안에 얼마나 변했는지, 일부러 확인하게요?"

애써 가벼운 말투로 되물으면서, 나는 고개를 뒤로 돌렸다.

다오카 씨의 얼굴을 똑바로 쳐다보았다. 사마귀 언저리에서 콧잔등으로 땀이 기름처럼 흘러내리고 있었다. 분노와 초조함이 뒤섞인 얼굴이 전체적으로 일그러져 있었다. 무슨 말을 하고 싶은데 말이 잘 나오지 않는 듯, 다오카 씨는 한참이나 나를 말없이 올려다만 보았다.

"많은 사람을……."

다오카 씨가 겨우 입을 열었다. 낮게 웅얼거리는 목소리였다.

"나는, 살면서 많은 사람을 봐 왔어. 우선은 사건에 관계된 사람들의 얼굴을 하나하나 보고, 그다음 그 가운데서 한 얼굴을 걸러 내지. 내가 찾는 사람, 즉 범죄를 저지른 사람을 말이야. 그러다 보니까, 척 보면 어느 얼굴이 '그 얼굴'인지 감이 오게 되더군. 하지만 얼굴을 보고 감을 잡았다고 해 봐야 증거가 없으면 안 되지. 증거는 그다음에 찾아내지만 말이야. 뭘 잘 모르는 인간은 이런 소리를 하지. 살인이란 사소한 계기로 선을 넘어 버린 범죄에 불과하므로 어떤 사람의 인생에든 일어날 수 있는 일이다, 하고 말이야. 하지만 나는 그런 소리는 믿지 않아. 무슨 일이 있어도, 아무리 불합리한 상황에 처해도, 사람을 죽이지 않는 인간도 있거든. 아니, 오히려 그쪽이 대부분이지. 왜냐하면 인간은 인간을 죽여서는 안 되니까 말이야. 선을 넘느냐 마느냐, 그것은 결국 그 인간이 사회적인 존재이냐 아니냐에 달려 있지. 지금은 그렇게 생각하네. 젊었을 때는 생각이 좀 달랐지만."

"……."

"그 선을 넘는 인간들은 우리와는 근본이 다른 거야. 아닌가?"

"그런가요?"

나도 모르게 되묻고 말았다. 뜻밖이라고 생각한 탓인지, 목소리가 다소 높아졌다.

"음."

다오카 씨는 고개를 끄덕였다.

"'그것'은 숨어서 살고 있지."

"네?"

"'그것'은, 살인자는, 사회적인 존재인 우리들 속에 숨어 살고 있어. 자신을 위해서 태연하게 사람을 죽일 수 있는, 그런 인간이. 겉보기는 어엿한 인간이지만, 한 껍질 벗겨 내면 돼지 같은 인간이지. 자신을 위해서만 살고, 자신과 자신의 육친만 사랑하는 이기적이고 반사회적인, 양심조차 없는 괴물이지. 평소에는 조용하고 아주 선량한 모습을 하고 있지만, 무슨 일이 생기면 가면을 벗어던지고 본래 얼굴을 드러내. 내 눈은 '그것'을 가려낼 수 있어."

"……."

"그 동네에, 어르신을 남몰래 죽이고 뻔뻔하게 나다닌 철면

피가 있었어. 그렇게 좋은 사람이 남의 원한을 살 리가 없지. 그 인간이 어르신을 죽인 이유는 나도 모르지. 하지만, 늘 평화롭고 고요한 그 북쪽 동네에, 그 조그만 동네에 있었어. '그것'이 숨어서 살고 있었던 거야. 그리고 그날, 어르신에게 손을 댔지."

"……그런 사람은, 없었던 것 같은데요. 적어도 내가 알기로는. 게다가 내가 아는 사람이 범인이라면, 어쩌다 실수로 그렇게 된 거 아닐까요?"

"아니지. 실수란 절대 있을 수 없어. 사람은 사람을 죽이지 않으니까. 그런데 태연하게 그럴 수 있으니까 괴물이라는 거야."

다오카 씨는 거듭 그렇게 말했다.

"육친밖에 사랑하지 못하는 인간은, 결국 자신 외에는 아무도 사랑하지 못하지. 이기적이고 반사회적인 그들은 돼지처럼 살아갈 수밖에 없어. 먹는 것도, 돼지 먹이지."

내뱉듯이 중얼거리는 말. 힐금 보니, 증오심에 뒤틀린 얼굴로 내 손을 빤히 내려다보고 있었다.

"그 인간에게 죗값을 치르게 하고 싶네."

불현듯 목소리에 싸늘한 미소가 담겼다.

"나는, 뭍을 지키는 경찰이니까 말이지……."

다오카가 이상한 말을 중얼거렸다. 말꼬리가 억누른 웃음에 약간 떨렸다.

"네?"

"아니, 아무것도 아니야. 준고……."

나는 싱크대 쪽으로 몸을 돌리고, 된장국에 넣을 채소를 씻기 시작했다. 내 얼굴이 무표정하다는 것을 나도 알 수 있었다. 다오카는 내 등을 올려다보며 계속 말했다.

"준고 군, 이거, 기억나나?"

등 뒤에서 다오카가 조심스럽게 뭔가를 내밀었다. 무를 씻으면서 슬쩍 돌아보니, 그것은 은빛 네모난 카메라였다. 금방 알아보았지만, 나는 잠시 생각하는 척했다.

"……어르신의 카메라인가요? 그렇다면 본 적이 있는데요."

"유품 중에 이게 있었어. 요즘 들어, 왠지 마음에 걸리더군. 스물한 장이 찍혔던데, 혹시 이 필름에 뭐가 찍혀 있지 않을까 하고 말이야."

"그럼, 현상을 해 보면 알 수 있겠군요."

"그렇겠지. 그런데 그 전에 확인하고 싶었어. 만약 어떤 결정적인 게 찍혀 있다면, 내가 '그것'이라고 감 잡은 인간의 얼굴을 다시 한번 보고서, 확신을 한 연후에 보고 싶었지."

"이상하군요."

"그 사건은 동기가 분명치 않아. 게다가, 아무도 본 사람이 없지. 그저 북쪽 바다에 시신이 떠 있었을 뿐이야. 그리고 살인자로 보이는 얼굴이 하나 있었지. 증거는 없었지만, 그대로 사건을 끝낼 수는 없었어. 나도 어르신께 도움을 많이 받은 사람이거든. 그분에게 면목이 없질 않나."

나는 무를 썰기 시작했다. 음식 찌꺼기 통에서 생선 비린내가 올라왔다. 한여름의 열기에 음식 찌꺼기가 순식간에 썩어 간다.

국물이 담긴 냄비에 무를 집어넣었다.

"그 인간의 얼굴을 좀 자세히 보려고 했는데, 그 직전에 훌쩍 사라지고 말았어. 친구에게도 친척에게도 말 한마디 없이, 그야말로 눈이 녹아 버리듯 봄이 되기 전에 사라져버렸지. 지난 반년 동안 많이 망설였는데, 그래도 여전히 마음에 걸리더군. 그 얼굴이 보고 싶었어. 죄가 새겨져 있는 그 얼굴이 말이야. 그래서 휴가를 받아 도쿄로 왔지. 가족에게는 아무 말 않고 자비를 털어서 말이야. 난 '그것'을 다시 한번 보고 싶었어."

"……."

"살인자의 얼굴을."

"……보니까, 어떤가요?"

낮은 소리로 묻자, 다오카는 코웃음을 쳤다.

국이 보글보글 끓기 시작했다. 텔레비전 소리가 희미하게 들렸다. 나는 히죽히죽 웃으면서 자신의 얼굴을 가리켰다. 다오카는 맥없이 고개를 저었다.

"엉터리 수작 부리지 말게. 이제 그만둬, 준고. 나는 오래전부터 알고 있었어."

"……."

"잔재주 피우지 말라고. 난 다 알고 있으니까."

다오카는 카메라를 냄비 옆에 내려놓았다. 탁! 하는 커다란 소리가 울렸다. 은색으로 빛나는 카메라 표면에 일그러진 내 얼굴이 비쳤다. 안색이 창백하고 입술을 떨고 있었다. 시야가 좁아졌다. 공기가 엷게 느껴지고, 신경이 파들파들 떨면서 곤두섰다. 그 긴장감을 견딜 수 없었다. 바닥이 흔들리고, 눈앞이 어질어질했다.

어쩐 일인지, 먼 옛날에 돌아가신 부모님의 얼굴이 뇌리를 스쳤다. 지금은 기억조차 희미한, 북쪽 바다가 삼켜 버린 아버지의 거뭇거뭇한 얼굴. 그리고 병에 시달려 쇠약해진 어머니. 아주 순간적인 일이었다. 그리고 다시 시야에 김이 모락모락 오르는 냄비와 내 얼굴이 비친 은색 카메라가 잡혔다. 공기가 엷어, 몸이 오싹했다.

다오카가 낮은 목소리로 물었다.

"준고, 하나는, 돌아오려면 아직 멀었나?"

"네?"

"자네 딸의 얼굴을 보고 가야지."

부엌칼을 꽉 잡았다.

……안 돼. 다 발각되고 말았어.

이제, 어떻게 되든 상관없다. 한 번이든 두 번이든 마찬가지다. 그렇게 생각하면서 몸을 돌리는 동시에 부엌칼을 내리꽂았다. 다오카가 놀라 눈을 희번덕거리며 나를 올려다보았다. 동시에 따악, 하는 딱딱한 느낌이 전해졌다. 칼이 갈비뼈에 부딪친 것이었다. 칼을 빼내고 각도를 바꿔 다시 찔렀다. 다오카는 자신의 배를 내려다보고는 짧은 비명을 질렀다. 마치 여자처럼, 가냘픈 목소리. 웃음이 나왔다. 웃으면서 힘주어 잡은 칼을 시계 방향으로 비틀었다. 그러자 내 손을 물리치려는 듯 한 손을 뻗은 다오카가 몸을 푸르르 떨고는 부엌 바닥에 그대로 쓰러졌다.

손을 놓자, 칼이 땀에 젖은 내 손에 딱 달라붙어 있다가 아쉽다는 듯 다오카의 몸과 함께 바닥으로 나뒹굴었다. 내려다보니, 놀라 눈을 부릅뜬 다오카가 이쪽을 다시 한번 보려고 눈동자를 굴렸다. 그러다 마침내 성난 표정을 한 채로 움직임을 멈췄다. 창밖에서는 매미가 울고 있었다. 한여름 햇살이 천천히 기울어 큰 방을 노랗게 물들였다. 그대로 켜져 있는 텔레비전에서는 광고가 흘렀다.

매미가 한결 높은 소리로 매앰맴 울어 댔다.

이마에서 흘러내린 땀이 턱을 타고 바닥으로 톡, 떨어졌다.

바깥 계단에서 경쾌한 발소리가 들렸다. 깡충깡충 뛰어오르듯 콘크리트를 치던 소리가 현관 앞에서 멈췄다.

"다녀왔어요."

하나의 목소리가 들렸다.

현관문이 열렸다. 발랄하게 인사하며 신발을 벗기 시작한다. 교복 치마가 너울거리고, 땀에 젖어 등에 딱 달라붙은 블라우스가 저녁 햇살에 눈부시게 빛났다.

"준고, 25일날 불꽃놀이 한대. 저기, 아라 강 강둑에서 아주 잘 보인다는데. 불꽃놀이, 불꽃놀이. 동아리에서 2학년만 전부 모여서 같이 가자고 하는데, 난 아빠랑 같이 볼 거라고 하고 왔어. 그리고……."

몸을 구부릴 때 얼굴 위로 쏟아져 내린 머리카락을 천천히 끌어 올린다.

"도쿄에서는 불꽃놀이를 일년에 한 번만 하는 게 아니래. 여기저기서, 몇 번이나 한대. 무슨 일이든 돌이킬 수 있는 것 같아, 도쿄에서는……."

하나가 벗은 신발을 가지런히 모아 놓고 얼굴을 들었다.

그리고 다오카를 보았다.

우뚝 서 있는 나와 지금 막 죽은 남자를 번갈아 보았다. 하나는 짧고 작은 비명을 지르고는 내게로 달려왔다.

얼굴을 가슴에 묻고 팔을 돌려 등을 꽉 껴안았다. 어린애 같은 몸짓이었다. 야들야들한 감촉이 느껴지고, 그리고 처량한 목소리가 흘러나왔다.

"아빠……."

"지금 막, 벌어진 일이야."

"아빠……, 미안해. 오늘, 더 빨리 왔으면 좋았을 텐데. 그러려고 했는데, 동아리 활동 끝나고 친구들이랑 수다 떨다가 조금 늦었어. 같이 있었으면 좋았을 텐데."

나는 고개를 저었다. 매달려 있는 하나의 머리에 손을 올려놓고, 쓰다듬었다. 조그만 머리가 물에 젖은 작은 새처럼 파르르 떨고 있었다.

"아니, 그럼 붙잡혔을 거야."

"뭐?"

"네가 범인이라는 거, 다오카 씨는 알고 있었어."

하나의 몸이 움찔, 한 번 흔들렸다.

창밖에서, 매미 울음소리가 뚝 멈췄다. 활짝 열린 창문으로 뜨뜻한 바람이 불어들었다. 다오카에게서인지 싱크대에 버린 생선 내장에선지, 비릿한 피 냄새가 올라왔다.

텔레비전에서는 뉴스가 계속 흘러나오고 있다.

하나가 천천히 얼굴을 들었다. 나를 올려다보며 겁에 질린 듯 눈썹을 찡그린다. 눈동자는 탁하고, 입술은 핏기가 없었다. 뻥 뚫린 구멍처럼 어두운 눈이 두 개, 아무런 표정 없이 그저 이쪽을 향하고 있다. 분노도 슬픔도 초조함도 아무것도 없는 그저 구멍 같은 것이.

그 눈을 보면서 내 눈 역시 같은 색으로 물들기 시작하는 것을 느꼈다. 발치에 쓰러져 있는 시신. 몸의 중심에서 힘이 빠져

나가, 이제 두 번 다시 일어설 수 없을 것 같았다.

"너는 오시오 할아버지를 죽였고, 나는 다오카 씨를 죽였구나. 이제 우린 똑같은 사람이야."

그렇게 중얼거리자, 탁한 두 개의 눈에서 눈물이 주르륵 흘러내렸다. 그리고 하나는 기쁜 듯이 웃으면서 중얼거렸다.

"응, 그래. 아빠랑 나는 같은 사람이야."

창밖에서, 좌악좌악 비가 내리기 시작했다. 하나가 비틀거리며 걸어갔다. 다오카의 시체를 넘어 큰 방 창문을 닫았다. 갑자기 어두워져, 불을 켰다. 비릿한 피 냄새가 방 안으로 번졌다.

시체를 성큼 넘어가, 현관에 놓여 있는 다오카의 우산을 획 걷어찼다. 싸구려 우산이 가운데가 아프다는 듯 구부러지면서 바닥에 탁 쓰러졌다.

'왜 온 거야!'

끓어오르는 분노에 다오카의 시신을 툭 걷어찼다. 죽은 몸이 물컹했다. 묵직한 쌀가마니를 장난삼아 걷어차는 기분이었다.

"……이제, 어떡하지."

하나가 큰 방에서 이쪽을 보다가, 험상궂은 얼굴로 쓰러져 있는 다오카를 내려다보았다. 그리고 시신에 혐오감을 느끼듯 눈썹을 잔뜩 찡그렸다. 그리고 다시 나를 올려다보며 맥없이 웃고는 고개를 저었다.

"휴가를 내서 왔다고 했어. 북쪽 사람들은 아무도 여기 왔다는 것을 모를 거야."

"그럼, 숨길까?"

하나가 벽장에 들어 있는 짐을 꺼내 작은 방으로 옮기기 시작했다. 다오카의 몸을 이불을 보관하는 커다란 비닐로 둘둘 싸서 밀폐한 다음 다시 눅눅한 겨울 이불을 둘둘 감아 벽장에 밀어 넣었다. 이마에 난 사마귀가 아직도 젖어 있는 듯했다. 눈은 부릅뜬 채, 우리를 경멸하듯 이죽거리는 표정이었다.

그러고는 문을 탁 닫고, 큰 방 한가운데 주저앉았다. 하나는 내 다리를 베고 누워 꼼짝하지 않았다.

내던진 휴대 전화로 손을 뻗었다. 고마치의 메시지를 들었다.

'고마치예요. 잘 있어요? ……아까, 다오카 씨가 불쑥 나타나서, 하나에 대해서 집요하게 묻기에, 주소를 가르쳐 주었는데…….'

그리고 짧은 침묵이 있었다.

'무슨 일인지는 모르겠지만, 애당초 그런 애를 맡지 않았으면 일이 이렇게 성가시게 되지는 않았을 텐데. 아무튼, 나와는 이제 관계없는 일이니까. 그럼, 잘 있어요.'

전화기를 내던지고, 다리에 뒤엉키듯 들러붙어 누워 있는 하나의 어깨에 살며시 손을 올려놓았다. 하나는 나를 올려다보며 소리 없이 미소 지었다. 나도 바닥에 쓰러져 누웠다. 그러자 하나가 내 몸을 덮쳤다. 여자 냄새가 코를 찔렀다. 흉측한 욕망이 또 꿈틀거렸다. 창밖에서는 천둥이 우르릉거리고, 빗발도 점점 굵어졌다.

그날 이후로 날씨가 점점 나빠졌다. 훅훅 열기가 끼치는 하늘 저편에서 비구름이 몰려왔다가 지나가기를 몇 번이나 되풀이 했다. 나는 평소대로 일하러 나갔고, 하나 역시 평소대로 동아리 활동을 하러 학교에 갔다. 몸이 점점 무거워져 아침에 일하러 나가는 것도 고통스러웠다. 밤이 되면 숨을 쉬는 것조차 버거운 심정인데, 하나에게는 큰 변화가 없는 듯이 보였다.

살이 썩어 가는 냄새가 희미하게 풍기는데, 무슨 조화인지 벽장 안에만 냉기가 고여 있는 듯한 느낌도 들었다. 닷새째 밤, 벽장문을 조심스럽게 열어 보았다. 어두컴컴한 벽장 속에서 비닐에 싸인 다오카의 시체가 마치 미라처럼 싸늘하게 빛나고 있었다. 부릅뜬 눈 역시, 여전히 이쪽을 경멸하는 듯 탁한 빛을 발하고 있었다. 썩는 냄새에 코가 짓무를 듯했다. 벽장문을 꼭꼭 닫았는데도, 북쪽 바다에서 얼음이라도 떠 내려온 것처럼 싸늘한 냉기가 벽장 안에서 흘러나오는 듯했다.

환영이겠지.

"준고."

작은 방에서 하나가 나를 불렀다.

어깨를 축 늘어뜨린 채 돌아보았다. 하나는 작은 방에 깔린 이불 속에서 이쪽을 보고 있었다. 조그맣고 하얀 얼굴이 뽀얗게 떠 있다. 큰 방의 앉은뱅이 상에는 아까 먹고 난 그릇이 그대로 널려 있었다.

그리고 옷을 벗고, 이불 속에서 긴 시간 하나와 뒤엉켜 있었다. 비가 내리는 탓에 밤이 되자 더욱 눅눅해진 한여름의 후덥지근한 공기가 열기를 띤 피부에 휘감겼다. 요가 미처 빨아들이지 못한 땀이 시트에 고여 끈적거렸다. 땀인지 체액인지 모를 액체로 뒤범벅이 된 채 뒹굴었다. 하나는 짐승 같은 소리를 질러 댔다. 이곳은 도쿄, 근처에는 아는 사람 하나 없다. 하나의 입을 막을 필요도 없고, 너덜너덜하도록 망가져도 상관없을 것 같았다. 나도 짐승처럼 날뛰었다. 거친 애무에도 하나의 가녀린 몸은 움츠러들지 않았다. 욕망이 나락으로 떨어지듯 한없이 탐욕스럽게 가지를 뻗었다. 하나 역시 그런 나에게 끝없이 매달렸다. 나와 하나는 이미 서로의 몸을 너무도 잘 알고 있어, 어디에 뭐가 숨어 있는지 몰라 끈질기게 탐색해야 할 필요가 없었다. 얼마 전까지는 아직 어린아이에 늘 수동적이었는데, 지난 반년 동안 하나의 육체는 거짓말처럼 숙달되었다. 마치 자신과 나이 차가 그리 없는 여자와 사랑을 나누고 있는 듯했다. 그래서 아침마다, 도립 고등학교의 교복을 입은 하나의 모습을 보고 허탈하게 웃었던 것이다.

그날 밤에는 아무리 뒤엉키고 발버둥을 쳐도 만족할 수 없어,

끝없이 계속했다. 따로 떨어진 몸이 하나가 되지 못하는 것을 하나의 몸이 용납하지 않았다. 결국은 지치고 말았지만, 어느 쪽도 그만두지 않았다. 채워도 채워도 채워지지 않는 허기를 그래도 채우려고 포기하지 않았다. 창밖에서 커다란 소리가 났다. 둘이 동시에 올려다보았다. 밤하늘에 선명한 불꽃이 떠오른 참이었다.

"아."

하나가 감탄하며 몸을 이은 채로 창문 쪽으로 손을 뻗는다. 가느다란 두 팔은 땀으로 번들거리고, 조그만 손바닥은 내 탓에 끈적거렸다.

"오늘, 불꽃놀이 하는 날이었네."

"아……."

덜그럭덜그럭, 창문을 열었다. 마침, 밤하늘에 또 하나의 불꽃이 알록달록하게 떠올랐다. 하나는 어린애 같은 표정을 지으며 웃었다.

"헤헤."

"뭐가 우스워."

"아빠, 참 예쁘다."

땀이 찬 요에서 몸을 일으킨 하나가 내 몸을 꼭 껴안았다. 가슴과 가슴 사이에서 서로의 땀이 뒤섞였다. 그렇게 껴안은 채, 창밖에서 하늘로 오르는 불꽃을 보았다. 점차 시간 간격이 짧아지면서, 펑펑거리는 소리와 함께 무수한 빛이 밤하늘을 수놓았다. 그러다 점차 싫증이 나 다시 서로의 몸으로 마음이 돌아갔다. 하나가 자지러지는 소리를 질렀다. 멀리서 폭죽을 쏘아 올리는 소리가 계속 울렸다.

"기억나? 우리가 불꽃놀이 하는 거 처음으로 같이 봤을 때. 내가 아빠의 딸이 된 날. 난, 아빠만 계속 보고 있었어. 또 웃는다. 아빠는 만날 웃기만 하더라."

"그런가?"

"응, 그래."

몸에서 생명력이 어딘가로 빠져나가는 듯한 기분이었다. 망가지고 있다는 것을 알았지만 도저히 그만둘 수가 없었다. 한참이 지나자 폭죽 소리가 잇따라 요란하게 울리더니 잠잠해졌다. 그 후에도 하나와 뒤엉켜 있었다. 더는 무리라고, 포기하듯 움직임을 멈춘 나는 땀내가 풍풍 풍기는 이불에 축 늘어졌다. 하나가 연체동물처럼 흐물흐물, 내 팔과 팔 사이로 쏙 파고들었다. 조그만 머리를 한 팔로 감싸 안고 천천히 쓰다듬었다. 하나는 우는 것인지 웃는 것인지 모를 이상한 소리를 내면서 내 가슴에 얼굴을 비벼 댔다.

창밖이 고요해졌다. 군청색으로 물든 밤하늘은 방금 전까지의 광란이 거짓말이었던 것처럼 어두웠다. 저 멀리에, 한쪽으로 기운 파르스름한 초승달이 보였다. 그 달을 올려다보고 있는데,

하나가 품속에서 꿈틀거리며 중얼거렸다.

"아빠, 나 내일, 하라주쿠."

"그래."

"남자 애랑 갈 건데. 질투 안 해?"

"질투는, 이런 바보."

하나가 키들키들 어깨를 떨며 웃었다.

손바닥에서 힘을 빼고 하나의 검은 머리를 쓰다듬었다. 매끈한 머리를 몇 번이고, 몇 번이고. 그리고 등으로 손을 내려 견갑골에서 엉덩이까지, 천천히. 하나는 말없이, 나른한 듯 눈을 감았다. 거칠었던 숨소리도 점차 잦아들었다. 가슴 앞에 있는 하나의 손을 꼭 쥐었다. 하나가 감은 눈을 파르르 떨었다.

나도 눈을 감았다. 기도하듯, 이마와 이마를 맞댄다. 아무리 몸을 섞어도 넘어설 수 없는 것을, 서로의 피부의 벽을, 조금은 넘어선 듯한 기분이 든다. 한순간의 환영. 하나의 숨결이 달큼해진다. 눈을 감은 채 입술을 찾아 포갠다. 혀를 휘감자, 하나가 딸꾹, 하고 딸꾹질을 했다.

"울지 마."

"……난."

"왜, 뭐가?"

"……난 아빠가, 너무 좋아서."

눈을 떴다. 하나가 내 얼굴을 빤히 들여다보고 있었다. 캄캄한 나락 같은 두 눈에서 흐르는 눈물이 시트로 떨어져, 물큰한 땀과 체액의 바다에 섞였다.

"그래, 나도 좋아해."

"난, 뼈가 돼서도 아빠랑 절대 헤어지지 않을 거야. ……준 고."

"뼈?"

"응."

하나는 울면서 고개를 기울이고는 애써 미소를 지었다. 서로의 하반신을 아직도 비벼 대고 있지만, 이제는 힘이 다 빠져 움직일 수 없는 탓에 흉내만 내는 셈이다. 큰 방에서 아까 먹고는 내버려 둔 음식들이 열기와 습기에 상하기 시작해 시큼한 냄새를 풍기고 있다. 하나는 몇 번이나 내 이름을 불렀다. 지금까지 이런 일은 없었는데. 이렇게까지 몸을 섞지 않으면, 하나가 되려고 바동대지 않으면, 두 몸이 점점 멀어질 것 같은 공포가 밀려왔다. 따로 떨어진 두 개의 유빙을 타고 해류에 떠내려가 조금씩 거리가 벌어지듯, 멀어진다. 조금씩. 잃는다. 그러고 싶지 않은데. 나는 지쳐서 움직이지 않는 몸으로 하나를 집요하게 애무했다.

마침내 밤이 깊어 가면서 방에 고인 열기도 조금씩 온도가 내려갔다. 서로의 몸도 마르면서 열과 습기가 달아났다. 이불도, 흠뻑 머금었던 땀이 썰물처럼 빠져나가 구겨진 시트의 주름 사이에만 끈끈한 물기가 남아 있었다.

잠이 든 하나의 입에서 숨소리가 희미하게 흘러나왔다. 옛날에 그랬듯이 내 팔을 베고 잠든 그 얼굴을 물끄러미, 한참이나 바라보았다. 방금 전까지의 노련하던 움직임이 마치 거짓말 같았다. 빨간 입술을 살짝 벌리고 자는 얼굴이 처음 만났을 때와 똑같은 어린애였다. 나는 살며시 팔을 빼내 머리맡에 있는 담배로 손을 뻗었다. 일어나, 열려 있는 창문에 등을 대고 몸을 한껏 뒤로 젖혀 밤하늘을 올려다본다. 갑에서 담배 한 개비를 꺼냈다. 자잘한 소금 결정 같은 것이 오른손의 집게손가락과 가운뎃손가락을 빙 둘러싸고 있었다. 딸의 몸속을 몇 번이나 헤집었던 손가락에 묻은 체액이 마르면서 결정이 된 것이다. 그 두 손가락 사이에 담배를 끼우고 입을 갖다 대었다. 하나의 몸 냄새가 짙게 풍겼다.

씻어도, 이 냄새는 지워지지 않는다.

손가락에 딸이 살고 있다.

다다미 위에 아무렇게나 떨어져 있는 라이터를 주워 담배에 불을 붙였다. 알몸인 채로 다리를 쭉 뻗고 담배를 피운다. 밤하늘을 보면서 연기를 토해 내는데 귀에 뜨끈한 숨이 훅 끼쳤다. 잠들었던 하나가 어느 틈에 일어나, 내 옆으로 기어온 것이다.

탱글탱글하지만 아직은 어설픈 젖가슴이 바닥을 향해 늘어져 있었다. 하나는 내 옆에 앉아, 조그만 어린애처럼 무릎을 껴안고 야윈 알몸을 잔뜩 움츠렸다. 몸은 다 말라 있었다.

말없이 그 옆얼굴을 내려다보자, 하나는 담배를 피우고 있는 내 손가락을 서글픈 눈빛으로 쳐다보았다. 나는 담배를 입에 물고서 한 모금 피우고 다시 무릎 위로 내려놓는다. 그 움직임을 잠시 바라보다가, 내 손가락을 가리켰다.

"빛나네."

"네 거야."

"응."

고개를 끄덕이고는 천천히 옆으로 기울이고, 희미하게 웃었다.

"아빠, 이거, 나."

손가락에 말라붙은 소금 결정 같은 것을 가리키며, 하나가 속삭였다.

나는 미간을 찌푸리며 또 담배를 입에 물었다.

"무슨 소리지?"

"이게 나라고."

"하나?"

희미하게, 어리광을 피우듯 미소를 띠고 하나가 중얼거렸다. 창으로, 습기와 배기가스 같은 도시의 냄새를 품은 뜨끈한 밤바람이 불어들었다. 하나가 갑자기, 몸에서 기운이 쭉 빠져나간 것처럼 내 어깨에 기댔다. 살의 무게가 느껴졌다. 지금까지는 느껴 본 적 없을 만큼 묵직하게. 하나가 잦아드는 목소리로 중얼거렸다.

"그, 빛나는 게 나야. 나란 여자 자체. 피의 인형. 아빠, 잊지 마."

"뭘?"

하나의 목소리가 점차 사그라졌다. 웅얼웅얼, 중얼거린다. 내 벗은 가슴에, 하나의 촉촉한 숨이 닿았다.

"우리가 사랑을 나눴다는 거."

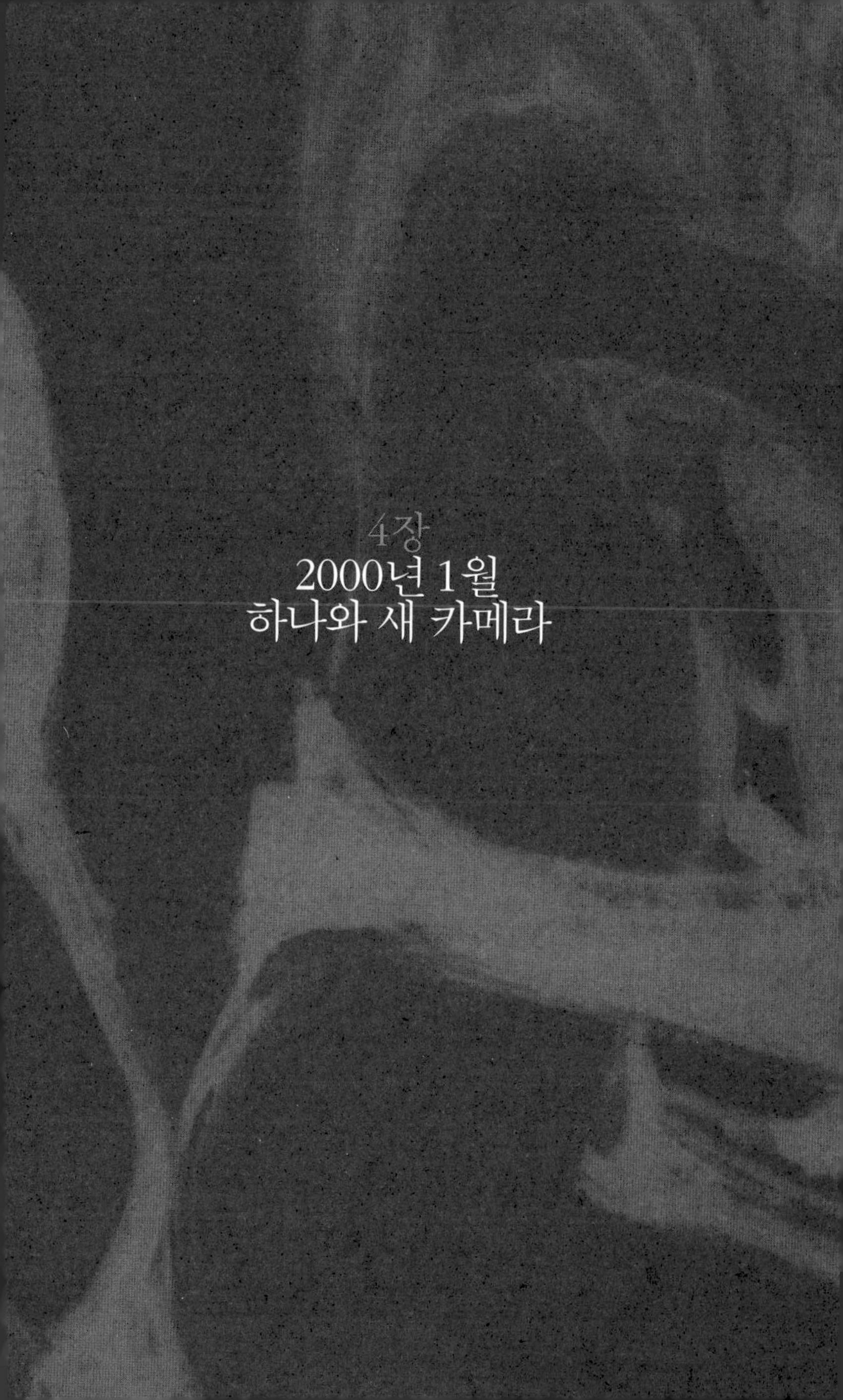

4장
2000년 1월
하나와 새 카메라

새해가 되자, 눈발이 더 차가워졌다.

벨 소리에 정신을 차릴 때까지, 나는 창가 자리에 턱을 괴고 앉아 위에서 아래로 하염없이 떨어지는 눈만 바라보고 있었다. 교실 안은 난로가 활활 타오르고 있어 후끈할 정도로 더운데, 창밖은 온통 눈으로 덮인 회색 경치이고 그 너머로는 얼어붙은 한겨울의 오호츠크 해가 펼쳐진다. 거뭇거뭇하게 일렁이는 파도.

"하나."

친구가 부르는데도 나는 돌아보지 않고, 대답 대신 오른손에 쥐고 있는 샤프펜슬만 슬쩍 들어 보였다. 수업이 끝난 후의 고등학생은 자유롭다. 멍한 시선은 창밖, 검은 얼음 같은 바다를 향해 있다.

"하나!"

친구가 내 땋은 머리를 잡아당겼다. 귀찮은 듯 돌아보니 쇼코가 나를 보고 있었다.

"동아리 활동 하러 가야지."

그렇게 속삭이고는 내 머리를 다시 한번 잡아당겼다.

"알았어."

"만날 창밖만 본다니까."

"무지 추울 것 같다, 밖이."

중얼거리면서 일어나는데, 교복 치마 속에 밑단을 걷어 올리고 입은 운동복이 거치적거렸다. 코트를 껴입고 헝겊 가방을 들었다. 겨울이 되면 꼭 발등이 트고, 튼 자리가 부어 걷기가 불편하다. 나는 후끈한 열기가 고여 있는 교실에서 다시 한번 창밖을 돌아보았다.

사방이 눈 덮인 풍경.

거뭇거뭇한 바다 위로 하얀 벌레 떼처럼 끝없이 내리는 눈.

눈에 가려 해안에 정박해 있을 해상보안부의 순시선이 잘 보이지 않는다. 나는 눈을 한껏 찡그렸다.

'아빠, 많이 춥겠다.'

그런 생각을 했더니, 코끝이 찡하면서 눈물이 날 것 같았다. 둘이서만 서로를 의지하고 살아온 탓인지, 나는 간혹 아빠를 나라고 착각하곤 한다. 그럴 때면 내가 완전히 사라지고, 단박에 마음속이 아빠로 차오른다.

상상 속의 추위에 푸르르 몸을 떠는데 친구가 또 불렀다.

"빨리 가자. 1학년이 늦었다고 선배가 짜증 부릴 거야."

"응."

"안 그래도 하나는 지각한 적 많잖아. 같이 가자니까."

나는 고개를 끄덕이고 복도로 나섰다. 창문과 함께 아빠의 기척이 멀어져, 조금은 쓸쓸하고 슬펐다.

나, 구사리노 하나는 이제 열여덟 살이 되었다. 초등학교 4학년까지는 홋카이도의 남서쪽 해안에 있는 조그만 섬에 살았다. 부모 형제를 한꺼번에 잃었다. 거품 경제가 꺼진 후, 홋카이도 여기저기로 흩어진 친척 가운데 그나마 경제적으로 여유가 있는 구사리노 준고가 나를 맡아 주었다. 나는 그때 일을 마치 어제처럼 기억하는데, 실은 그럭저럭 6년 반이나 지났다. 아직도 어린애인 줄만 알았는데, 벌써 고등학생이 된 것이다.

그때 준고는 스물일곱 살에 독신이었다. 독신자는 보안부 숙사에 들어갈 수 없기 때문에 원룸에서 살고 있었다. 부양가족이 생긴 덕분에 숙사에 들어가게 되었다고, 말은 그렇게 했지만 사실은 굉장히 힘들었을 것이다. 하지만 서로를 거의 다 알고 지낼 정도로 조그만 동네였다. 사람들은 느닷없이 어린 여자 아이를 키우게 된 독신 남자를 측은하게 여기며 기꺼이 도와주었다. 모두들 힘을 모아 나를 애지중지 키워 주었다. 나와 준고는 언제나, 사람들의 걱정과 관심 속에 있었다.

내가 지금 살고 있는 곳은 홋카이도의 북동쪽, 아바시리 시에서 해안을 따라 북쪽으로 뻗어 있는 허허벌판에 덩그러니 자리한 몸베쓰라는 동네다. 우리는 이 조그만 동네를 울타리 삼아, 그리고 이 동네에 포근히 감싸여 둘이 함께 살고 있다.

한 시간 남짓 만에 동아리 활동이 끝났다. 학교를 옮긴 후로 늘 같이 다니는 친구 쇼코를 따라 얼떨결에 들어간 취주악부. 어떤 악기를 하면 좋을지 몰라 망설이고 있는데 담당 선생님이 플루트를 권했다. 나는 몸이 가녀린 편이라 무겁거나 힘이 필요한 악기는 무리일 것 같아서, 선생님이 권유하는 대로 플루트로 정했다. 쇼코는 트럼펫을 골랐다. 요즘에야 겨우 제소리가 난다면서 쇼코는 웃었다.

겨울의 몸베쓰는 해가 일찍 떨어진다. 1월이 되자 눈이 더욱 무겁고 차가워졌다. 지붕이 비스듬한 집들에서 도로로 떨어진 눈이 회색 담처럼 쌓여 갔다. 돌아올 때는 쇼코와, 같은 취주악부인 아키라와 셋이 얼어붙은 길을 미끄러지지 않게 조심조심 걸었다.

학교는 해안 근처에 있다. 하얀 조개껍데기가 깔려 있는 보도는 여름이면 햇살을 반사해서 예쁘지만, 지금은 눈 속에 묻혀 밟을 때마다 뽀드득뽀드득 희미한 소리만 난다. 길가에 있는 집

처마에는 딱딱하게 얼어붙은 고드름이 주렁주렁 달려 있다. 지붕 위로 튀어나온 네모난 굴뚝에서 옅은 회색 연기가 낮은 겨울 하늘을 향해 뭉글뭉글 피어오르고 있다.

셋이서 잎이 다 떨어져 앙상한 자작나무 가로수 길을 천천히 걸어갔다.

홋카이도의 몸베쓰 시는 인구 3만의 정말 조그만 동네다. 백화점도 극장도 없다. 몇 년 전까지 있던 조그만 역도 국철이 민영화되고 사용 인구가 줄어드는 바람에 폐쇄되고 말았다. 낡은 목제 역사는 지금은 버스 터미널로 이용되고 있다. 동네에서 어디론가 갈 때에는 모두들 그곳에서 버스를 탄다. 주말이면 편도 두 시간이나 걸리는 아사히카와로 놀러 가는 일도 있다. 아빠가 당직을 서는 주말에는 나도 친구들과 함께 쇼핑을 하러 외출하곤 한다.

해안가 집들의 주차장에는 자동차가 아니라 보트가 들어 있다. 겨울에는 유빙에 갇힐 우려가 있기 때문에 조그만 배는 바다로 나갈 수 없지만, 여름에는 드라이브를 하는 감각으로 보트를 타곤 한다.

휭, 하고 눈발 섞인 바람이 지나갔다. 추워서 목을 잔뜩 움츠렸더니 아키라가 웃으면서 말했다.

"그렇게 추워?"

흰곰처럼 북슬북슬한 귀마개를 하고 있어서 목소리가 잘 들리지 않았다.

"뭐?"

뭐라고 했는지 되묻자, 아키라가 또 중얼거렸다.

"항상 바다 쪽을 돌아보면서 걷는다고. 이상한 버릇이라고."

"내가, 그랬나?"

"중학교 때부터, 항상. 지금도 그렇고."

"……너는 그렇게 사소한 걸, 어떻게 아니?"

되물었더니, 아키라가 살짝 얼굴을 붉혔다.

해안에서 비스듬히 올라가는 큰길. 해안을 낀 좁은 평지에 시청과 구민 회관과 지방 재판소가 모여 있다. 검푸르게 일렁이는 오호츠크 해와 나무가 빽빽하게 자란 산으로 둘러싸인 이 동네. 해안에서 높은 지대로 올라가면 주택가와 공원이 있다.

"잘 가."

아키라가 손을 흔들고 모퉁이를 돌아 부자촌으로 사라지자, 쇼코가 두툼한 장갑을 낀 두 손을 비비면서 비밀 얘기를 하듯 속삭였다.

"아키라, 너를 좋아해서 그러는 거야."

"뭐? 얘는, 그럴 리가 있니."

"아마 그럴걸. 너는 어떤데?"

"어떠냐니, 뭐가?"

쇼코는 뭐가 좋은지 싱글벙글이었다. 나는 뭐라고 대답하면 좋을지 몰라, 할 말을 생각했다. 그리고 또 바다 쪽을 돌아보고는, 아, 아키라가 아까 한 말이 이거였구나, 하고 생각했다.

순시선이 정박해 있는 해안 쪽을, 마치 누군가의 보이지 않는 커다란 팔에 안겨 끌려가듯 바라보고 있다. 퍼뜩 정신을 차리고 보면 늘 그렇다.

"무슨 소리야, 쇼코?"

아키라의 성은 오시오. 오시오 집안은 예로부터 이 일대는 물론 삿포로에도 땅이 많은 부자이고, 아키라는 그 집안의 손자다. 내가 이곳에 처음 왔을 때만 해도 오시오 할아버지 하면 큰 갑부였다. 지금은 불경기 때문에 그 정도는 아니지만, 그래도 무슨 일이 생기면 너도나도 의지할 만큼 동네 어른들 사이에서는 덕망이 있는 사람이다.

쇼코는 걸으면서 열심히 조잘거렸다. 쇼코는 중학교 때부터 연애 얘기를 좋아했다. 성격이 밝고 생긴 것도 깜찍해서 인기는 많은데, 아직 누구와 사귄 적은 없다. 쇼코는 자신보다 어려 보이는 나를 툭하면 놀려 댄다. 하지만 차분하고 조용한 성격인 내게는 이 명랑한 수다쟁이 친구가 더없이 즐거운 상대였다.

"나, 얼른 결혼하고 싶다. 진학해서 삿포로나 도시로 가는 것보다는 그게 낫지 않겠니?"

"아니, 벌써 졸업한 다음 얘기를 하는 거야, 성급하게?"

"왜 웃어? 그럼, 하나 너는 결혼하고 싶지 않니?"

"난, 절대 결혼 안 할 거야."

그렇게 딱 잘라 말했더니, 쇼코는 이상하다는 표정을 지었다.

"왜? 아빠가 걱정할 텐데. 힘들게 키워 놓았는데, 시집도 가지 않으면……."

"그래도, 난……, 내가, 뼈가 되면, 그때."

"뭐, 뼈? 무슨 소리야?"

"아니, 아무것도 아니야."

언덕길을 올라가는 도중에 쇼코와 헤어졌다. 쇼코네 집은 낙농업을 하고 있다. 목초지 옆에 있는, 체육관처럼 커다란 단층집에 대가족이 왁자지껄하게 살고 있다. 몇 번 놀러 갔었는데, 증조할아버지에서 쇼코의 조카인 갓난아기까지 한데 살고 있어서 깜짝 놀랐다. 그래서 쇼코는 가족에 익숙하다.

바다 쪽을 몇 번이나 돌아보면서 혼자 언덕길을 올라갔다. 우리 집은 언덕의 제일 꼭대기에 있다. 안 그래도 지대가 높은데, 그중에서도 가장 높은 곳에 있는 공무원용 숙사다. 걸어가는데 목덜미가 싸늘해지면서 코트 속까지 한기가 스며들었다. 나는 장갑을 낀 채로, 땋은 머리에 묶은 하얀 리본을 풀었다. 등까지 내려오는 단단하게 땋은 검은 머리를 손가락으로 풀고 머리를 좌우로 흔들었다. 리본이 곱은 손에서 휘리릭 바람을 타고 날아갔다. 올려다보는데, 눅눅한 겨울바람에 검은 머리카락이 의지를 지닌 듯 제멋대로 흩날리며 얼굴을 가리고 말았다.

멀리서, 누군가가 리본을 줍는 것이 보였다. 땅딸막한 남자 어른의 실루엣. 두 손으로 흐트러진 머리를 끌어 올리고 눈을 찡그리며 보았다. 하얀 눈 저 너머에 다오카 아저씨가 서 있었다.

다오카 아저씨는 7년 전부터 몸베쓰 경찰서에 근무하고 있다. 나이는 쉰 정도이다. 그전에는 도시에 살았다고 하는데, 나는 잘 모른다. 오시오 할아버지—아키라의 할아버지이고 그 집안의 큰 어른인—의 주선으로 몸베쓰에 왔다는 얘기를 어디선가 들은 것 같기도 하다. 얼굴이 험상궂게 생겨서 그냥 보기만 해도 무서운데, 이마에 커다란 사마귀가 나 있어 그곳만 웃겼다.

돌려 달라는 뜻으로 손을 내밀자, 천천히 이쪽으로 다가와 리본을 건넸다.

"안녕하세요."

"어이구, 이거 꽤 어른스러워졌구나, 하나."

"……."

왠지 말투가 좀 징그러워 나는 대답하지 않았다. 어른 남자의 말투는 때로 거북하다. 내가 아무 말이 없자 다오카 아저씨는 민망한 듯 피식 웃었다. 그러고는 코트 주머니에 손을 넣고 몸을 움츠리며 화제를 돌렸다.

"준고 씨는, 집에 있냐?"

나는 고개를 마구 저었다. 얼굴 주위에서 머리카락이 너울거렸다.

"아니요. 오늘은 없어요."

"또? 참, 난감한 사람이로군."

"그게 아니라, 어젯밤까지는 있었는데, 전화가 걸려 와서요. 긴급 호출이래요. 그래서 한밤중에 급하게 나갔어요. 도중에……."

"도중?"

"아, 아니에요."

나는 고개를 숙였다.

"로스케가 어쩌고저쩌고하는 소리가 들리던데."

"아, 로스케!"

다오카 아저씨는 씁쓸하게 웃으면서 고개를 끄덕거렸다.

로스케란 몸베쓰 항에 수시로 드나드는 러시아 선원들을 이르는 말이다. 동네 사람들은 언제부터인가 그들을 무서워했다. 10년 전부터 일본 영해에서는 잡을 수 없는 게를 사들이기 위해 어항에서 거래를 시작한 모양인데, 얼음처럼 무표정한 얼굴에 알 수 없는 말로 얘기하는 그들에게서 뭔지 모를 불길함을 느끼는 것이다.

"어째 아침부터 어항이 시끌시끌하다 했지. 해상보안부가 뭍에서도 분주하게 돌아다니고, 바다 쪽에서는 보안관이 밤새 진을 치고 있다가 아침이 되자마자 로스케 배에 올라가서 검사를 하더군. 절도품인 오토바이와 자전거를 혼슈로 싣고 가서 러시아로 대량 반입하려고 했다나 봐. 밀고가 들어왔지."

"아, 그런가요."

나는 고개를 끄덕였다.

갑자기 바람이 몰아쳤다.

나의 양아버지 구사리노 준고는 몸베쓰 해상보안부에 근무하고 있다. 보안부에는 육지에서 업무를 보는 사람과 순시선으로 출근해서 해상 순찰을 도는 사람이 있다. 준고는 바다 전문 해상 보안관이다. 순시선에는 24시간 누군가가 항상 대기하고 있어야 한다. 준고는 한 달에 몇 번씩 당직 때문에 집을 비우고, 겨울에는 유빙을 순찰하기 위해 순시선을 타고 북방 영토 근처까지 가기 때문에 며칠씩 집을 떠나 있는 날도 많다.

그런 날, 나는 많이 외롭다.

언덕길에서, 정박해 있는 회색 순시선을 내려다보았다.

"감기 걸리지 않게 조심하거라."

다오카 아저씨는 그렇게 말하고는 언덕길을 천천히 내려갔다.

언덕길을 끝까지 올라 겨우 숙사에 도착했다. 버스를 타고 올 수도 있지만, 동네 인구가 계속 줄어들어 버스는 가뭄에 콩 나듯이 어쩌다 한 대 다닐 뿐이다. 그래서 바다를 바라보며 늘 걸어 다닌다. 학생들이 집으로 돌아가는 시간에는 버스가 콩나물시루처럼 복잡한 탓도 있다.

천장이 낮고 옆으로 긴 단층 건물인 공무원 숙사 한 동에는 다섯 세대가 살고 있다. 검붉은 양철 지붕과 초록색 페인트칠을 한 길쭉한 문이 그 표지이다. 주변에는 초목이 울창하게 자라 있지만, 한겨울인 지금은 비스듬한 지붕에서 떨어진 눈에 사방이 에워싸여 있다. 실내는 널찍한 부엌과 거실이 있고, 침실로 사용할 수 있는 아주 조그만 방만 있는 단순한 구조지만 아담하고 편안하다.

나는 목에서 목걸이를 꺼내 가느다란 줄 끝에 달려 있는 열쇠로 문을 열었다. 써늘한 방으로 들어가 곱은 손으로 불을 켰다. 어젯밤 늦게 허둥지둥 뛰어나간 준고의 기척이 아직은 희미하게 남아 있었다. 부엌 테이블에 빈 커피 캔이 놓여 있었다. 천천히 장갑을 벗고 테이블로 다가갔다. 땋은 자국이 구불구불하게 나 있는 머리가 얼굴 쪽으로 축 늘어졌다.

빈 캔으로 손을 뻗었다. 싸늘한 감촉에 놀라면서 살며시 쥐어 보았다. 두 손으로 감싸듯이 들어 올려 입술을 대었더니, 달콤하면서도 씁쓸한 커피 향이 입 안에 퍼졌다.

그렇게, 꼼짝 않고 한참을 있다가 빈 캔을 쥔 채로 이리저리 다니며 난방을 켰다. 가스스토브를 켜고, 바닥의 전기 난방도 틀어 놓았다.

'아빠가 목욕을 할지도 모르지.'

그렇게 생각하면서 끓이기만 하면 되도록 욕조에 물을 받았다. 그러고서도 마냥 기다리는 게 견딜 수 없어, 빈 캔을 쥔 채로 문을 열고 밖으로 뛰쳐나갔다.

"어이쿠!"

놀라는 노인의 목소리가 났다. 나도 허둥대며 걸음을 멈췄다.

아키라의 할아버지가 서 있었다. 귀까지 가린 털모자에 두툼한 목도리. 그렇게 무장한 모습에 은색 조그만 카메라를 들고서, 숙사 앞에 있는 조팝나무의 회색 가지로 렌즈를 향한 채 이쪽을 돌아보았다. 나도 모르게 키득 웃음이 나왔다.

"안녕하세요!"

"그래, 하나로구나. 현관에서 뛰어나와서, 깜짝 놀랐다."

오시오 할아버지도 웃었다. 눈 아래 주름이 자글자글하게 쭈그러들었다.

내가 어렸을 때, 할아버지는 삿포로와 아사히카와에 음식점을 몇 군데나 거느린 사장이었다. 늘 지폐가 두둑하게 들어 있는 지갑을 주머니에 넣고 다니는, 표정이 엄한 할아버지라는 인상이 짙었다. 그런데 2년 전, 홋카이도 타쿠쇼쿠 은행이 도산하면서 홋카이도 전체의 경기가 활기를 잃었을 때 가게를 전부 처분하고 말았다. 그 후 할아버지는 사업에서 손을 떼고 한가로이 지내고 있다. 요즘은 젊었을 때부터 하고 싶었다는 사진에 푹 빠져, 입으로는 초보자가 괜히 폼만 잡는다고 하면서도 매일 신이 나서 몸베쓰의 풍경을 필름에 담고 있다.

오시오 할아버지는 조팝나무 가지를 향해 셔터를 몇 번 누르고는 뽀드득뽀드득 눈을 밟으며 숙사에서 멀어졌다.

나는 숙사 앞에 있는 키 낮고 부스러진 벽돌담에 앉았다.

눈을 쓱쓱 치우고 앉자 콘크리트의 차가운 기운이 온몸으로 퍼졌다.

가만히 바다를 내려다보았다.

여기서는 겨울의 오호츠크 해가 저 멀리까지 보인다.

거뭇거뭇한 바다, 부서지는 파도가 얼음 가루처럼 하얗고, 한없이 어둡고 묵직하고 신비로운 바다. 유빙의 도래를 알리는 하얀 띠가 수평선 언저리에 부옇게 떠 있었다. 얼어 가는 바다는 셔벗처럼 전체가 눅진하다. 이 고장에서는 그런 바다를 '겨울잠을 청하는 바다'라고 한다. 적막하고 거대한 풍경. 나는 어렸을 때부터 내내 바다를 보면서 자랐다. 몸베쓰에 와서도 그렇다.

나는 북쪽의 이 바다를 좋아한다.

싸늘한 커피 캔을 꼭 쥔 채 나는 그곳에 앉아 있었다. 해가 기울어 갔다. 바람을 타고 눈발에 섞인 바다 냄새가 언덕길을 달려 올라왔다. 나는 하염없이 그곳에 앉아 있었다. 이 해안까지 오려면 아직도 한참이 걸릴 저 먼 유빙의 하얀 띠와, 묵직하게 빛나면서 얼어 가는 바다를 바라보고 있었다. 한 시간쯤 지나자, 공기가 따끔따끔하게 느껴졌다. 뼛속까지 얼어붙을 듯 추운데도 숨이 탁 막히도록 따뜻한 방에는 들어가고 싶지 않았다.

아빠가 언제 돌아올지는 몰라도.

기다리고 싶어서, 기다렸다.

때로 언덕길을 올라오는 사람이 있었지만, 아빠가 아니었다. 한참이 지나 퇴근하는 사람들과 학생들에 섞여, 얼굴을 아는 해상보안부 사람들이 드문드문 주차장 쪽에서 나타나 언덕길을 올라왔다. 준고도 이제 곧 올 거라고 생각하자 가슴이 따스해졌다. 너무 기뻐서 오히려 슬픈 심정이었다.

머리카락이 바람에 날려 둥실 떠오른다. 북쪽 바다의 냄새가 머리카락과 피부, 혼의 저 깊은 곳까지 스며드는 듯했다.

아빠가 돌아오기를 기다린다.

카메라를 한 손에 든 오시오 할아버지가 또 지나갔다. 나를 보고는 놀란 듯 눈을 번쩍 뜨고서 눈을 밟으며 천천히 다가와 말을 건넸다.

"하나야, 감기 걸리겠구나. 왜 밖에 있는 거냐?"

어린아이에게 말하듯 걱정스러운 목소리였다.

할아버지는 어렸을 때부터 나를 알고 있지만, 내가 어른이 되어 가고 있다는 것은 모른다. 나는 몸을 쭉 펴면서 되바라지게 말했다.

"감기 같은 거 안 걸려요. 이렇게 젊은걸요."

할아버지는 잘 자란 아기 사슴을 바라보듯 눈을 가늘게 뜨고서, 듬직하다는 듯 쳐다보았다.

"하하하하, 그렇구나. 아참, 하나야, 우리 아키라 만났니?"

"동아리 활동, 같이 하잖아요."

"그래."

내가 이곳으로 온 후, 오시오 할아버지는 준고에게 우리 손자며느리 삼게 나를 달라는 말을 농담 삼아 몇 번 한 적이 있다. 그 일로 준고가 놀릴 때마다 나는 토라져서 결혼은 절대 안 한다고 대답했다. 왜 진심으로 하는 말을 알아듣지 못하는지 정말 답답했지만, 준고는 내 대답을 들을 때마다 담배에 불을 붙이며, 믿을 수 없다는 표정으로 웃곤 했다.

할아버지는 나이를 많이 먹은 탓에, 주위에 있는 젊은 사람들이 행복하기만 바라게 된 것이라고 생각한다. 누구와 누구를 그렇게 손쉽게 맺어 놓고는, 행복한 미래일 것이라고 착각한다. 그런 게 늙는 것인지도 모르겠다. 나이를 먹으면서 쇠약해졌기 때문에 친절한 마음 역시 약해졌는지도 모르겠다.

나는 잠자코 바다만 내려다보았다.

"준고 군은 요즘 잘 지내고 있지?"

"네."

고개를 힘차게 끄덕였다.

바람이 또 몰아쳤다.

"전, 우리 아빠를 굉장히 좋아해요."

"그것 참 다행이로구나. 그래도 처음에는 저걸 어쩌나 싶었다. 먼 친, 척…….”

오시오 할아버지는 잠시 말을 끊었다가 강조하듯 다시 이었다.

“먼 친척 아이를 데려오겠다고 하더니, 정말 데려와서 말이야.”

“네.”

“그 사람이 하는 일이 그렇다 보니까 집을 비우는 일이 많잖니. 가족을 잃은 지 얼마 안 된 너를 혼자 남겨 놓고 며칠씩이나 집에 들어오지를 않으니, 얼마나 가슴이 조마조마하던지.”

“저는, 아무렇지도 않았는데요.”

“그러냐? 그래도 그 사람, 나쁜 사람은 아닌데, 현실에 뿌리를 내리지 않는 떠돌이 같은 구석이 있어서 말이야. 어렸을 때부터 봐 와서 아는데, 옛날부터 좀 제멋대로였어.”

“남자가 다 그렇잖아요.”

내가 어른 같은 말투로 말하자, 할아버지는 깜짝 놀라 눈을 크게 뜨더니 흥미롭다는 듯 웃었다. 나는 속이 상해서 고개를 숙이고 말았다.

“……뭐가 그렇게 우스운데요?”

“아니, 남자는 다 그렇다는 말 때문에. 하나에게 한 방 먹었구나.”

“아아, 아빠다…….”

그 순간, 내 입에서 한숨 같은 소리가 흘러나왔다. 오시오 할아버지도 언덕 아래를 내려다보았다.

"어디?"

그렇게 묻고는 안 보인다는 듯이 온 얼굴에 주름이 잡히도록 눈을 찡그렸다.

지붕이 기우뚱한 버스 정거장에 색깔이 칙칙한 조그만 버스가 서 있었다. 주차장 쪽에서 훌쩍 나타난 준고가, 목을 잔뜩 움츠리고 천천히 버스에서 내리는 사람들 사이에 섞였다.

보통 사람들보다 한 뼘이나 키가 크고 호리호리하게 야위었다. 검은색 다운재킷 아래로 길쭉한 다리가 그림자처럼 뻗어 있다. 한 번 멈춰 섰다가 이쪽을 향해 다시 걷기 시작한다. 짧게 자른 머리가 눅눅한 바람에 무늬를 그리듯 흔들린다.

준고가 이쪽을 올려다보았다. 눈이 마주쳤다. 나는 행복했다.

준고는 한 손에 슈퍼마켓의 묵직한 비닐 주머니를 들고 있었다. 다시 걸음을 멈추고, 주머니에서 담배를 꺼낸다. 한 손으로 담배를 입에 물고는 불을 붙이고, 한 모금 빨아들이자 다시 걷는다. 언덕길을 올라오는 내내 눈을 치뜨고 나를 쳐다본다는 것을 나는 알고 있다. 하지만 오시오 할아버지는 알아차리지 못했다.

한 걸음 한 걸음, 천천히 아빠가 다가오고 있다.

약간 퀭한 눈. 얼굴 생김은 반듯한데 어딘가 모르게 지쳐 있는 표정. 준고는 지금 서른네 살이다. 처음 만났을 때는 곱게 생긴 남자였는데, 이미 젊지 않은 지금은 분위기도 많이 변했다.

숙사로 다가온 아빠가 미소 짓고 있다는 것을 알았다. 어제 아침에 깎은 수염이 조금 자랐고 피부에도 철야의 피로감이 어려 있다. 이마는 기름이 번져 번들거리는데 볼은 푸석푸석하다. 입에 문 담배를 깨물듯이 얼굴 한쪽을 뒤틀면서 말했다.

"사탕, 먹을래!"

"응!"

나는 벽돌담에서 뛰어내려 눈을 차면서 준고에게 달려갔다. 준고는 비닐 주머니에 손을 집어넣어 막대사탕을 꺼내서는 한참을 물끄러미 쳐다보았다. 그리고 나를 내려다보더니, 또 한쪽 볼을 씰쭉거리며 씩 웃었다. 갑자기 내 입에 칼이라도 꽂듯 사탕을 쑤셔 넣는다. 다행히 입을 짝 벌리고 있어서, 사탕은 아빠가 원하는 대로 내 입 안에 쏙 들어온다. 혀로 휘감고 살살 핥는다. 준고는 막대를 그대로 쥔 채 관찰하듯 눈을 가늘게 뜨고서 나를 내려다보았다. 그리고 천천히 눈을 감고 막대에서 손을 떼었다. 물고 있는 담배에 그 손을 대고는 미간을 찌푸리고 한숨과 함께 연기를 토해 냈다. 무척 피곤해 보였다. 걱정스러워 아빠를 열심히 올려다보았다. 마침내 준고가 꿈에서 깨어나듯 눈을 떴다. 나를 내려다보는 눈가에 주름이 잡혀 있었다.

"……다녀왔다, 하나."

목소리는 낮고, 달콤했다.

"응, 어서 와 준고."

그다음 순간 준고가 내 등 뒤로 날카로운 시선을 던졌다. 우리를 바라보고 있는 오시오 할아버지를 그때야 알아본 듯했다.

눈초리와 말투가 변했다. 또 담배 연기를 토하면서 엄하게 꾸짖듯 말한다.

"군것질, 너무 하지 마라. 저녁밥 못 먹겠다."

"아빠는. 지금 아빠가 사탕 줬잖아."

"그건 그거고. 아무튼, 들어가서 저녁 준비 하자."

힐금힐금 오시오 할아버지를 보면서 눈을 밟고 걷는다. 슬그머니 고개를 숙이고 지나간다.

"학교는? 오늘 아침, 설마 지각한 거 아니겠지?"

"아니. 3학기는 짧으니까, 이제 곧 시험이야. 얼마나 열심히 공부하고 있는데."

"그러니."

"그리고, 동아리 활동도 했어. 그래서 아까 막 집에 온 거였어. 그리고 음, 아빠……."

찰칵!

셔터를 누르는 소리가 났다. 플래시가 하얗게 빛났다.

둘이 동시에 걸음을 멈췄다. 언뜻, 눈길이 마주쳤다. 불안해서 올려다보자, 준고는 담배를 문 채로 괜찮다는 듯 고개를 끄덕였다. 안심하고, 용기를 내어 나도 천진한 미소를 지었다. 준고와 함께 할아버지 있는 쪽을 돌아보았다.

은색 카메라에 눈을 대고 이쪽을 향해 있는 오시오 할아버지의 입가가 벙긋 벌어졌다.

"둘 다, 웃어요!"

나와 준고는, 어쩔 수 없지, 하는 마음으로 머쓱해하면서 화사한 미소를 지었다.

준고는 입에서 담배를 떼어 짜증스럽다는 듯 눈 속에 휙 내던졌다. 빨간 불이 눈에 묻히면서 쉭, 하는 소리를 냈다. 조금 전까지 빨갛게 타오르던 담뱃불이 순식간에 시커멓게 변했다. 준고가 피곤해서 짜증을 부리는 것이다. 웃고는 있지만 사실은 기분이 별로 좋지 않다는 것을 나는 안다.

둘이 나란히 서서 은색 카메라를 쳐다보았다. 동시에 맑은 미소가 깊어진다.

"할아버지, 예쁘게 찍어 주셔야 돼요."

웃으면서 그렇게 말하고는, 마음속으로 기도했다.

행복한 딸로 보이기를. 그 은색 카메라에 아무것도 찍히지 않기를.

오시오 할아버지가 셔터를 누르면서 노래하듯 중얼거렸다.

"웃어요. 웃으라니까……."

플래시가 또 번쩍 빛났다.

바다 반대쪽, 울창하고 험악한 산으로 해가 떨어지면서 어둠이 한층 짙어졌다. 겨울의 몸베쓰는 날이 금방 저문다. 오시오 할아버지는 손을 흔들며, 하늘에서 하얀 벌레가 떼를 지어 떨어지는 것처럼 눈발이 휘날리는 어둠 속으로 멀어졌다. 그 뒷모습을 바라보는 준고의 옆얼굴을 올려다보았다. 그 얼굴에 이미 웃음은 없었다. 불어 터질 듯한 짜증과 암울한 빛만 있을 뿐이었다.

손을 잡고 숙사를 향해 다시 걸었다. 나는 싸늘한 목걸이에 매달려 있는 열쇠로 문을 열었다.

"저녁은?"

"우선 쌀을 씻어야지."

"아빠, 왠지 졸린 것 같다."

이웃 사람들에게 다 들리게, 조잘조잘 얘기하면서 현관으로 들어섰다.

북쪽 사람들은 한기를 차단하기 위해 창문이나 문을 꼭꼭 닫는다. 집을 지을 때도 외벽을 최대한 두껍게 한다. 묵직한 문을 닫자 바람 소리조차 들리지 않았다. 집 안으로 차가운 고요함이 흘러든다. 밖에 있는 것과 분리되어 둘만 남은 느낌이었다.

불을 켜려고 곱은 손을 뻗는데, 준고가 뒤에서 꼭 껴안았다. 위쪽에서 커다란 그림자가 몸을 뒤덮듯 무겁게. 그리고 긴 팔을 뻗어, 스위치를 누르려는 내 손을 눅눅한 손바닥으로 감쌌다. 핀으로 고정한 것처럼 내 손이 허공에서 움직임을 멈췄다.

나는 꼼짝하지 않았다. 행복해서, 움직일 수 없었다.

아빠는 기분이 좋지 않을 때면 어린아이가 인형을 껴안듯 나를 힘껏 껴안는다.

"몸이 차갑다."

귓가에서 낮은 목소리가 울렸다.

"추운데, 밖에서 기다리지 않아도 돼."

"아빠, 간지러워."

그렇게 중얼거리자, 귀에 닿는 숨결이 흔들렸다. 준고가 웃은 것이다.

"그래, 간지러워?"

품에 안긴 채 살그머니 몸을 돌려 가슴에 얼굴을 묻었다. 깡마른 아빠는 가슴팍이 딱딱하다. 그 딱딱한 가슴에서는 늘 비나 안개 같은 눅눅한 냄새가 난다. 남자에게는 저마다 다른 체취가 있는 것이리라. 이 냄새 없이는 한시도 살 수 없을 것 같아, 같이 있는데도 왠지 외로워진다.

서로를 꼭 껴안고 있는데, 준고가 심술궂게 중얼거렸다.

"간지럽다는 것은 아직 어린애란 증거지."

그리고 내 이마에 차가운 입술을 꾹 한 번 누르고는 몸을 떼었다. 신발을 벗고 집 안으로 들어갔다. 아까 난방을 켜 놓고 나간 덕분에 후끈할 정도로 더웠다. 따끈따끈한 바닥이 얼어붙은 발바닥을 녹인다. 튼 데가 따스해지면서 조금 간지러웠다.

준고는 부엌에서 장봐 온 것들을 냉장고에 넣기 시작했다. 나는 거실 바닥에 절퍼덕 앉았다. 구석에 소파가 있고, 그 반대쪽에 조그만 텔레비전이 있다. 그리고 한가운데는, 아무것도 담겨 있지 않은 커다란 접시처럼 텅 빈 공간. 바닥이 따뜻해서 앉아 있다 보니 허리 부근까지 노근노근해졌다.

부엌에서 돌아본 준고가 씩 웃었다. 한쪽 볼만 약간 일그러졌다.

나는 고개를 옆으로 살짝 기울이고, 먹이를 기다리는 강아지처럼 얌전하게 기다렸다.

준고가 성큼성큼 다가와 옆에 앉았다. 그 눈에 이글거리는 욕망이 보여, 나는 방긋 웃었다. 긴 팔이 뻗쳐 와 내 턱을 부드럽게 감싼다. 나는 눈을 감았다. 익숙한 손놀림으로 교복 윗도리를 벗기고, 붉은색 타이를 풀어내고, 블라우스 단추를 하나씩 푼다. 옷자락이 스치는 소리에 짓눌리듯 기쁘면서도 허전한 감정이 밀려온다.

소리는 내지 않는다. 삼중 새시인 창문을 꼭 닫았지만 내벽이 얇아 때로는 옆집에서 나는 소리가 들리곤 한다. 양쪽 집에는 해상보안부 사람과 그 가족들이 살고 있다. 그리고 이 조그만 동네 사람들은 서로를 거의 다 알고 지낸다. 나는 아랫입술을 꼭 깨물고 꾹 참는 표정을 짓는다. 안쪽 작은 방에 침대가 있기는 하지만 삐걱거리는 소리가 나기 때문에 사용하지 않는다.

아빠는 교복과 속옷을 전부 벗겨 알몸이 된 나를 거실 바닥에 살며시 눕힌다. 그리고 일어나 가는 눈을 뜨고서 가만히 내려다본다. 아빠는 키가 커서 그렇게 내려다보면, 길고 가는 팔을 접시 위로 뻗고서 어른용 포크와 나이프로 식사를 하려는 것처럼 보인다. 마침내 아빠도 옷을 벗기 시작한다. 창백한 내 피부색과 달리 아빠는 피부가 가무잡잡하다. 조금은 지쳐 탄력을 잃은 피부. 그 피부를 볼 때마다 나는 갓 태어난 아기처럼 하얀 내 피부가 싫어진다. 아빠와 몸을 섞어 나도 아빠처럼 되고 싶다고 생각한다.

살며시 손을 내밀자, 아빠가 씩 웃으면서 꼭 잡는다. 알몸이 된 아빠가 내 옆에 무릎 꿇는다. 기도하듯. 긴 시간. 손대지 않는다. 그리고 마침내 뜻을 굳힌 듯 천천히 내 몸을 덮는다. 아빠의 커다란 그림자에 눈앞이 어둠처럼 캄캄해진다. 아빠의 카랑카랑 마른 입술과 내 조그만 입술이 겹친다. 등뼈가 스르륵 녹아 버릴 것 같다. 혀가 살아 있는 생선처럼 미끄덩, 안까지 들어온다. 숨에서도 침에서도 비릿한 냄새가 난다.

화상을 입을 만큼 뜨거운 아빠의 몸.

아아.

나는 눈을 감는다.

아빠의 혀가 내 몸 여기저기를 기어 다닌다. 간지러워 웃음이 나온다. 아래쪽으로 가면 갈수록 간지러워 웃음이 터져 나온다. 웃는 소리를 내지 않으려 애쓰면, 아빠는 조금은 한심하다는 표정을 짓고는 내 아랫배에서 고개를 든다.

"어린애!"

"……아빠는."

"간지러운 곳이 바로 감각이 예민한 곳이니까, 금방 기분이 좋아질 거야."

"후후후."

"웃지 마."

조그만 부삽으로 구덩이를 파서 무언가를 찾아내듯 끈질기게, 아빠는 내 몸 여기저기를 만지고 핥고, 때로 거칠게 손으로 움켜쥐기도 하고 손가락을 집어넣기도 한다. 아빠가 좋아하니까, 나도 함께 내 몸 어딘가에 준비되어 있을 여자를 열심히 찾기 시작한다. 이런 시간이 무척 길다. 때로는 장난을 치는 것 같기도 하고 심각하기도 한 이런 시간이 매일 되풀이되고 있다. 그때마다 나는 잘 모르겠지만 아빠는 무척 흥분하기 때문에 행복했다. 아무리 찾아도 없을 때나 내가 웃으면서 몸을 움츠릴 때도 아빠는 절대 지치거나 포기하지 않는다. 그래서 나는 마치, 거실 바닥에 펼쳐 놓은 한여름의 파릇파릇한 낙원 같은 기분이다. 아빠에게 전부 바친다.

한참이 지나 싫증도 나고 잠도 쏟아질 즈음, 아빠는 간신히 몸을 일으킨다. 또 기도하듯 잠시 바닥에 무릎을 꿇고서, 발목을 잡고 나를 천천히 벌린다. 그리고 눈을 감고 미간을 찡그린 채 내 안으로 깊이 가라앉는다. 여기서부터는 나도 알 수 있다. 어딘가 나도 모르는 장소에서 흘러넘치는 것이 있고, 그래서 나는 "어린애가 아니야." 하고 외치고 싶어진다. 달콤하고, 두렵고, 끈끈하고, 뭐가 뭔지 알 수 없어진다. 검은 바다에 빠져 푸근하게 가라앉는 기분으로 아빠와 손을 마주 잡는다. 아빠의 얼굴이 흔들린다. 파도에 흔들리는 것처럼. 아아, 하고 신음 소리가 새어 나오면 아빠의 커다란 손바닥이 입을 막는다.

아주 오래전에 시작된 일이다.

이곳에 왔을 때부터 나는 줄곧 아빠 품에 안겨 있었다.

아무에게도 말하지 않았다. 친한 친구에게도. 다른 친척에게도. 선생님에게도. 아무에게도. 만약 이 일이 알려지면 아빠가 잡혀갈 수도 있다고 생각했다. 누구에게 얘기하고 싶다거나 누구든 알아주었으면 좋겠다고 생각한 적은 한 번도 없다. 소중한 일은 아무에게도 알리고 싶지 않았다.

열한 살 때부터 내내.

아빠와 나는 단둘이었다.

아빠가 두 팔로 내 몸을 껴안고 일으켰다. 하반신으로 준고를 꽉 조이듯 매달려, 단단히 얽힌 채 서로를 쳐다본다. 준고가 두 손으로 내 젖가슴을 만지작거리면서 어리광을 피우는 표정을 짓는다. 그리고 천천히 입을 벌린다. 이렇게 아주 간혹, 서로에게 단단히 얽혀 있을 때면 나와 준고는 어느 쪽이 보호자이고 어느 쪽이 아이인지, 알 수가 없게 된다. 준고라는 사람은 남에게 어리광을 피울 줄 모른다. 애교가 있고 기분파라서 심드렁한 표정을 짓고 있어도 주위 사람들은 좋아하지만 사실은 아무에게도 마음을 터놓지 않는다. 진심으로 어리광을 피우는 일도 없다. 지금처럼 아무도 모르게 얽혀 있을 때만 변하는 준고를 이해할 수 없지만, 그러면서도 이루 말할 수 없이 애틋한 느낌이 든다.

입을 크게 벌리고 촉촉하게 젖은 눈으로 애원하니까, 나도 입술을 벌리고 캄캄한 나락 같은 준고의 입 속에 하얀 침을 떨어뜨린다. 준고는 갓난아기가 젖을 삼키듯, 그것을 꿀꺽 삼켰다. 더 달라는 눈빛에, 입 안에서 침을 모아 또 한 덩어리 나락으로 떨어뜨렸다. 내 안에서 준고가 더욱 딱딱해졌다. 나는 기뻐서, 방긋 미소 짓는다. 눈을 반짝이며, 더, 더, 더 달라고 아빠가 몸을 앞으로 쑥 내민다. 시신 같은 그 눈동자의 어둠에, 미소 짓고 있던 내 마음이 파르르 떤다. 용기를 내어, 달라는 대로 나락에 침을 떨어뜨렸다. 두려웠지만, 그를 거역하고 싶지 않았다. 욕망의 의미는 잘 몰라도, 갈증을 덜어 주고 싶었다. 침을 모아 떨어뜨리고, 그 침을 꿀꺽 삼킬 때마다 아빠의 몸속에 내가 쌓여 나는 아빠가 된다. 그런 생각을 하면 나 자신의 하얗고 매끄러운 어린 피부가 또 싫어지고, 아빠의 메마르고 푸석푸석 늙어가는 피부가 눈부셨다. 아빠와 더 오래 함께이고 싶었다. 살과

살이 뒤섞이고 서로의 혼까지 녹아들어, 이대로 한 사람이 되어 버리면 더없이 행복할 텐데, 하고 생각한다.

"아빠, 오늘은 참 기네."

"어제, 도중에 나갔으니까."

"맞아. 긴급 호출이었지."

"여운이 가시지 않았어. 잠을 못 자서. 아, 피곤하다."

준고가 웃으면서 나를 꼭 끌어안았다. 한 팔로 내 허리를 안고 움직이면서 이음매를 더 깊이 엮었다.

부드럽게 이마에 입맞춤하고서, 굶주린 듯 더욱 세게 끌어안는다. 내 가장 깊은 곳에 아빠 몸의 끝이 닿아, 배 속에서 찌르르한 울림이 번졌다. 아아. 이제 더는 깊이, 더는 도저히 엮일 수 없다.

나는 준고의 어깨에 머리를 툭 떨어뜨리고, 달콤하게 속삭였다.

"아빠……."

다음 날 아침, 해안까지 유빙이 밀려왔다.

준고가 몸을 흔들어, 나른하고 몽롱한 잠 속에서 눈을 떴다. 작은 방에 있는 1인용 침대는 준고가 나를 데려오기 전부터 사용하던 것이다. 우리는 그 위에서 이불과 담요를 덮고 뒤엉켜 잔다. 어느 것이 어느 쪽의 몸인지 알 수 없을 정도로 엉킨 속에서 아빠의 팔이 쑥 나와 내 머리를 살며시 흔들었다.

"일어나. 아침이야."

잠이 덜 깨 몽롱했지만, 준고가 먼저 일어나 침대에서 나가는 기척을 느끼고 나도 움찔움찔 몸을 일으켰다. 커튼이 닫혀 있는 창문 너머에서 쏟아지는 하얀 햇살이 거실 바닥에 물결처럼 너울거렸다. 어떤 예감이 들어서 나는 벌떡 일어나 침대에서 내려왔다. 잠옷이 엉망진창으로 구겨져 있었다. 휘청휘청 창가로 다가가 커튼을 열었다. 준고는 담배에 불을 붙여 느긋하게 한 모금 빨고는 텔레비전 리모컨을 들었다.

커튼을 열었더니 창문 하나 가득, 마치 스크린처럼 하얗고 차가운 빛이 넘실거렸다.

높은 지대에 있는 이 숙사에서 저 멀리 내려다보이는 오호츠크 해. 어제만 해도 없었던 파르스름한 평야가 해안 일대에서 눈부시게 빛났다. 싸한 겨울이 한층 기운을 더하고, 시베리아에서 막 도착해 아직은 딱딱하게 얼어붙지 않은 얼음 덩어리가 파도와 함께 출렁거리고 있었다.

유빙이 해안으로 밀려온 첫날.

수평선 저 멀리 띠가 보여서 여기까지 오려면 아직 멀었다고 생각했는데, 하룻밤 사이에 해안을 뒤덮고 말았다. 그러고 보니 새벽녘에 땅이 울리듯, 괴물이 포효하듯 묵직한 소리가 들렸던 것 같다. 바람에 밀려온 얼음 덩어리가 서로 부딪치며 아우성을 쳤던 것이다.

멀리 떼 지어 나는 갈매기가 보였다. 끼룩끼룩 울어 대는 짧은 합창 소리가 여기까지 들리는 듯했다.

텔레비전에서 일기 예보를 하고 있었다.

준고는 나른하게 소파에 앉아 눈을 잔뜩 찡그리고서, 이 지역 최저 기온과 유빙 접안을 알리는 아나운서의 목소리를 듣고 있었다. 담배를 비벼 끄고, 연기를 뿜어내면서 일어선다. 욕실로 들어가는 뒷모습이 보이고, 잠시 후 전기면도기로 수염을 깎는 소리가 들렸다.

실망한 나는 커튼을 닫고, 잠옷 차림으로 우뚝 선 채 케이블 방송을 보았다. 오늘 아침 일찍 해안에 도착한 유빙이 이대로 딱딱하게 얼어붙으면서 2월 하순까지 해안을 뒤덮게 될 것이다. 해상보안부의 순시선과 저인망 어선 이외의 배는 운항할 수 없기 때문에 어선들은 대부분 봄이 올 때까지 휴식을 취한다. 몇 년 전, 해류를 타고 떠내려가는 것도 모르고 유빙 위에서 때늦은 신년회를 즐기던 도시 여행자들이 순시선에 간신히 구조된 사건이 있었다. 그래서 뉴스에서도 유빙에 오르지 말라는, 이 고장 사람들에게는 너무나 당연한 일을 거듭 당부하고 있다.

옷까지 갈아입은 준고가 욕실에서 나왔다. 구깃구깃한 잠옷 차림으로 망연히 텔레비전을 보고 있는 나를 보더니, 어서 들어가라고 한쪽 눈썹을 치켜올렸다. 나는 고개를 끄덕이고 눈을 비비면서 준고를 스쳐 지나 욕실로 들어갔다. 금이 쫙쫙 간 갈색 타일로 덮여 있는 욕실에서 세수를 하고 머리를 빗었다. 거울에 아직도 잠이 덜 깬 내 모습이 비쳤다. 빗으로 가르마를 낸 검은 머리를 단단히 땋고서 가느다란 리본으로 묶자 얌전한 열여덟 살짜리 여학생이 되었다. 친구인 쇼코는 눈썹을 깎고 다듬어 펜슬로 그리고, 입술에는 립스틱을 살짝 바르기도 하지만 나는 눈썹에는 손을 대지 않는다. 색이 엷은 립글로스를 갖고 다니면서 간혹 바르는 정도이다.

침실로 뛰어가 문틀에 걸어 놓은 교복을 내렸다. 교복을 입고 보타이를 반듯하게 맸다. 부엌에 가 보니 준고는 컵에 우유를 따르고 있었다. 토스터에서 노릇노릇하게 구워진 식빵 두 쪽이 톡 튀어나왔다. 준고는 접시에 스크램블드에그를 덜어 놓고, 커다란 숟가락으로 식빵에 딸기잼을 바르기 시작했다. 멍하게 보고 있었더니, 앉으라고 눈짓했다. 테이블에 턱을 괴고 그런 아빠를 뚫어져라 쳐다보았다.

아빠가 지금 무슨 생각을 하고 있는지는 모른다.

아빠는 그저 고개 숙인 채 빵에 잼을 바르고 있다.

잼을 다 바른 식빵을 내 접시에 내려놓고, 먹으라는 듯 힐금 본다. 고개를 숙이고 손을 앞으로 내민다. 아빠가 자기 몫의 식빵에 잼을 바르기 시작한다.

커다란 숟가락으로 떠낸 잼이 뚝뚝 떨어지는 핏방울처럼 빨갛게 빛나고 있다. 무턱대고 아무렇게나 바르니까 숟가락이 빵을 파고들어 구멍이 뚫렸다. 그리로 피가 배어 나오는 것처럼 보였다.

준고는 숟가락을 내던지고 성가시다는 몸짓으로 턱을 괴었다. 그리고 갑자가 입을 쩍 벌리더니, 핏빛으로 빨갛게 물든 구멍 뚫린 빵을 한입 가득 베어 물었다.

일기 예보 전문 채널에서는 뉴스가 계속 이어졌다. 직업상 준고는 날씨의 변화에 민감하다. 다음 주부터 날씨가 흐려지면서 눈과 바람이 강해질 전망이라며 주의를 당부하는 아나운서의 목소리가 들렸다. 나는 조그맣게 중얼거렸다.

"준고, 태풍이 온대."

"응, 그래."

"……오늘, 쉬는 날이지?"

"응, 하지만."

빵을 씹으면서 준고가 이쪽으로 고개를 돌렸다. 턱을 괴고 있는 탓에 비스듬히 기운 몸에 놀리는 눈빛으로 나를 내려다보았다.

"유빙이 왔으니까."

"순시?"

"응. 왜 그렇게 외로운 표정을 짓는 거야?"

그런 말을 듣는 순간 정말 외로워져, 하마터면 울 뻔했다. 준고가 다시 무슨 말을 하려는데 거실에서 전화벨이 울렸다. 준고가 일어나 수화기를 들었다.

"구사리노입니다. ……네, 알겠습니다."

전화를 끊더니 곧바로 어디다 전화를 건다.

"구사리노입니다. 집합 명령, 네. 열흘 정도."

짧게 말을 전하고는 이내 전화를 끊었다.

돌아서서, 우유 컵을 한 손에 든 채 풀이 죽어 있는 나를 보고는 슬쩍 웃는다. 다가와 머리에 살며시 손바닥을 올려놓았다. 그리고 자애로운 손길로 몇 번이나 머리를 쓰다듬는다.

"그런 표정, 짓지 마."

"응."

"어렸을 때는 아무렇지도 않았잖아."

"크면서 점점 외로워졌어."

"엇!"

준고가 내 턱을 약간 들어 올리면서 흥미롭다는 듯 내려다보았다.

"왜?"

"지금, 그 얼굴, 어른스러운데."

"정말?"

"응. ……이제 다시 어린애로 돌아왔다."

나는 속이 상했다. 준고는 쓸쓸한 미소를 띠고 가만히 나를 내려다보았다.

우유 컵을 테이블에 내려놓는데, 준고가 내 입술을 향해 손을 쑥 내밀었다. 끈적한 감촉이 느껴졌다. 잼이 묻어 있는 것이다. 피처럼 빨간 딸기잼. 살짝 입을 벌리자, 길고 울퉁불퉁한 집게 손가락이 헤집고 들어왔다. 슬그머니 올려다보았더니, 어두운 빛이 감도는 준고의 두 눈이 내 몸을 핥듯이 쳐다보고 있었다. 아직 덜 자란 내 어린 부분이 겁을 먹고 떨었다. 겁에 질린 어린애 같은 두려움과 몸속이 녹아내리는 듯한 기쁨이 뒤섞인 묘한 감정이 나를 감쌌다. 아빠의 손가락을 혀로 휘감고 쪽쪽 빠는데, 준고의 눈초리가 매서워졌다. 그리고 내 앞에 무릎을 꿇고 마치 신에게 기도라도 하듯 무겁게 침묵한 후, 낮은 목소리로 뭐라 중얼거렸다.

"어……."

준고가 교복을 입은 내 가슴에 얼굴을 묻었다. 아빠의 검붉은 혀가 가느다란 진홍색 보타이 위를 살아 있는 생물처럼 기어 다녔다. 침에 젖은 부분이 아빠의 혀와 비슷한 검붉은색으로 물들었다.

얼굴을 든 준고와 마주 보았다. 괴로워 신음하듯 아빠가 입을 쩍 벌렸다. 얼굴을 살짝 기울이고 침에 젖은 아빠의 입술에 내 입술을 맞추고 혀를 휘감는데, 무언가가 번쩍 빛났다.

유빙과는 다른, 순간적인 빛. 잠시 후, 놀라 움츠린 귀에 희미한 셔터 소리가 울렸다.

찰칵.

나와 준고는 동시에 창문 쪽을 돌아보았다.

"앗!"

짧은 비명과 함께 한숨이 새어 나왔다.

꼭 닫혀 있어야 할 커튼이 조금 열려 있었다. 아까 유빙을 보려고 열었다가 다시 닫으면서 구석까지 꼭 닫지 않았다는 생각이 났다. 창문 너머에 사람의 그림자가 스쳐 지나간 듯했다. 웅크린 채 어쩔 줄 몰라 서로를 쳐다만 보는데, 사람의 그림자가 천천히 멀어졌다. 준고가 리모컨을 집어 텔레비전을 껐다. 그러자 창밖에서, 눈을 밟으면서 걸어가는 희미한 발소리가 울렸다.

나와 아빠는 얼굴을 마주 보았다.

"지금……, 오시오 할아버지였나, 아빠."

떨리는 목소리로 내가 먼저 말했다.

"유빙이, 도착했으니까……."

준고가 중얼거리면서 일어섰다.

"할아버지가 아침 일찍부터, 사진을 찍으려고 돌아다닐 수도 있지."

준고는 찡그린 얼굴을 천천히 기울였다.

나는 창문으로 달려가 커튼을 획 열었다. 밖에는 이미, 아무도 없었다. 멀리서, 거대한 유리 같은 유빙이 아침 햇살을 반사하며 눈부시게 출렁거릴 뿐이었다.

집합 명령이 떨어진 준고는 당장 순시선으로 가야 했다. 비상 사태가 발생하면 해상보안부는 전원이 배를 타고 바다로 나가는 것이 통례이다. 그래서 의무적으로 휴대 전화는 통화 가능한 상태로 늘 켜 놓아야 하고 곧바로 돌아올 수 없는 곳에는 가지 못한다. 휴대 전화가 없던 시절에는 수시로 배에 전화를 걸어서 지금 있는 장소와 전화번호를 보고해야 했다고 준고의 상사 아저씨에게 들은 적이 있다. 정박 중인 화물선을 검사하고 전복된 어선을 구조하기 위한 호출인 경우에는 하루나 이틀 만에 돌아오지만, 유빙 순시는 그렇지 않다. 아주 멀리까지 북상하기 때문에 일주일 정도는 뭍을 떠나 있게 된다. 그렇게 먼 바다로 나가면 전파가 닿지 않아 휴대 전화도 아무 소용이 없다. 그동안 나는 준고의 목소리조차 들을 수 없다.

허둥지둥 아빠가 나가고 나자, 나는 숙사에 홀로 남았다.

학교에 가려고 느릿느릿 현관을 나서는데, 마침 쇼코가 나를 데리러 언덕길을 올라와 주었다. 유빙이 도착했다는 소식에 혼자 남았을 나를 배려해 준 것이다.

"애는, 또 그렇게 풀이 죽었구나."

내 얼굴을 보자마자 쇼코가 놀려 댔다. 아빠가 집을 비우기 때문에 기운이 없는 것이라고. 두툼한 귀마개에 털모자, 목도리,

그리고 치마 밑에는 걷어 올린 체육복까지 껴입은 중무장한 모습으로 둘이 나란히 눈길을 걸었다. 언덕길 중간에서 아키라도 기다리고 있었다. 쇼코가 나와 있으라고 한 모양이었다.

아키라의 하얗고 차분한 얼굴을 보는 순간, 내 마음이 얼어붙었다. 처음으로 친구인 아키라가 무섭다는 생각이 들었다. 얌전하고 친절한 아이지만, 그 옆얼굴은 오시오 할아버지를 쏙 빼닮았다. 눈이 부신 듯 찡그리고 이쪽을 올려다보며, 두꺼운 장갑을 낀 손을 두 번 흔들었다.

"하나가 기운이 하나도 없어. 봐, 이렇게 풀이 죽었잖아."

쇼코가 웃으면서 나를 가리키자, 아키라는 푸훗, 하고 웃었다.

"또 일주일이나 혼자 있어야 되잖아. 오늘 아침에 할아버지가 하나에게 저녁 먹으러 오라고 하라고, 몇 번이나 말씀하시던지. 올래, 오늘?"

나는 잔뜩 긴장하고서, 고개를 저었다. 겁먹은 표정이었는지, 아키라가 이상하다는 듯 나를 들여다보았다. 나란히 언덕길을 걸으면서 말했다.

"난, 혼자서 아빠 오는 거 기다리는 게 좋아."

"너 참, 이상하다!"

쇼코가 끼어들었다.

"우리 할아버지가 그러시던데. 하나가 어제도 숙사 밖에서 아저씨, 아, 아빠 오는 거 기다리고 있었다고. 외로움을 많이 타는 아이로 자랐다고 걱정하시더라."

"그러니?"

"우리 할아버지, 아이들을 좋아하시거든. 이 동네에 처음 왔을 때부터 하나 너도 많이 보살펴 주셨잖아. 내게도 하나 얘기 많이 하셔. 집안일도 도와주고, 학교에서도 친구가 되어 주라고. 솔직히, 그거 잔소리 아니니. 말 안 해도 우린 친군데."

아키라는 괜한 간섭이라는 듯 말하며 웃었다. 온화하게 웃는 모습 역시 오시오 할아버지를 쏙 빼닮았다. 나는 눈길을 돌리면서 애매하게 고개만 끄덕였다.

"오늘 아침에도 유빙 사진 찍는다면서 나가셨는데, 아마 숙사 쪽에도 가셨을 거야. 사진을 좋아하시는 것은 사실이지만, 그걸 빌미 삼아 하나가 어떻게 지내나 보러 가신 게 아닐까. 심심해하지는 않는지, 밥은 제대로 먹는지 말이야."

"나는 아직 젊어서 감기 같은 거 안 걸린다고 했더니, 듬직하게 보셨어."

나는 그렇게 중얼거렸다.

언덕길은 내려갈 때는 금방이다. 얘기하면서 걷다 보니 바로 해안에 도착했다. 눈부신 아침 햇살에 반짝거리는 유빙은 아직 딱딱하게 얼어붙은 상태는 아니었다. 군데군데 얼음이 겹쳐 산처럼 툭 튀어나와 있고, 나머지는 넓적한 연잎 모양을 한 채 파도 위에 얇게 떠 있었다. 얼음 사이사이로 검은 수면이 보였다.

이런 얼음들이 머지않아 바람과 조류의 힘에 밀려 뭉치면서 10미터 정도 높이의 얼음 언덕이 섞인 파르스름한 빙판이 된다. 그리고 뭍에서는 수면이 거의 보이지 않고 파도 소리도 사라지는 대신 바람에 유빙이 흔들리고 쩍쩍 갈라지는 날카로운 소리가 울린다. 그 소리는 때로는 금속이 부딪치는 것처럼, 때로는 어떤 동물이 우는 것처럼 다양하게 들린다.

그러면 하얀 해안선이 저 멀리까지 이어지면서 어디까지가 뭍이고 어디서부터가 바다인지 모를 정도로 그 경계가 애매해진다.

어디까지가 뭍이고 어디서부터가 바다인지.

우리로서는 도저히 선을 그을 수 없다.

무슨 일이든, 그렇다.

하얗게 물든 해안선에 순시선이 회색 덩어리처럼 떠 있었다. 국기와 해상보안부의 깃발이, 휘몰아치는 겨울바람에 정신없이 펄럭거렸다. 파르스름한 얼음에 서서히 갇혀 가는 바다가 너무도 거대하고 두려워서, 순시선이 마치 장난감처럼 허술하고 불안하게 보였다.

불안이 가슴 가득 번지면서, 준고의 목소리가 듣고 싶어 누구에게든 매달리고 싶은 심정이었다. 하지만 아직은 휴대 전화를 받을 수 있는 곳에 있다 해도 일단 배에 오른 후에는 일을 방해할 수 없다. 순시선이 좌우로 휘청 흔들린다 싶더니, 마침내 소리 없이 해안을 떠나기 시작했다. 말없이 바라보았다. 파랗게 빛나는 거대한 바다에 삼켜지듯, 장난감 같은 배가 흔들흔들 멀어져 갔다. 이제 두 번 다시 돌아올 수 없을 것처럼, 신비롭고 고요함으로 가득한 풍경이었다.

아빠가, 가 버렸어.

나는 바다를 등지고 친구와 함께 교문으로 들어섰다. 그때 갑자기, 가방 속에서 휴대 전화가 울렸다. 얘기를 하면서 천천히 걸어온 탓에 지각하기 일보 직전이었다. 장갑을 앞니로 물어 잡아당겼다. 창백하게 곱은 손으로 휴대 전화를 쥐었다. 쇼코와 아키라는 교실을 향해 힘껏 뛰어갔다.

휴대 전화에서 아빠의 거친 목소리가 들렸다. 통화 상태가 좋지 않아, 목소리가 저세상에서 들리는 것처럼 멀고 낮았다.

"하나, 다녀올게……."

"응, 아빠 조심해……."

전화 속에서 분주하게 움직이는 발소리와 보안관들의 얘기 소리가 들렸다.

"하나……."

준고가 다시 이름을 부르는데 지글지글 잡음이 나면서 전화가 툭 끊겼다. 학교 벨이 울리기 시작했다. 나는 휴대 전화를 손에 그대로 쥔 채 신발장으로 걸어가 느릿느릿 실내화로 갈아 신었다.

공포가 가슴속에 똬리를 틀고 있었다. 오늘 아침, 희미하게 들렸던 셔터 소리가 잊히지 않았다. 나는 지각을 할 것 같은데도 뛸 수가 없어 1층 복도를 휘청휘청 걸었다. 쇼코가 후다닥 돌아왔다.

"정신 못 차리는 학생이 있군! 빨리 뛰어!"

쇼코는 내 손을 잡고 계단을 껑충껑충 뛰어 올라갔다. 나는 키득키득 웃으면서 몸속에 차오르는 공포에 맞섰다.

그날 아침부터 수은주는 언덕길을 굴러 떨어지는 기세로 뚝 떨어졌다. 눈은 무겁게 쌓여 가고 경치는 단박에 암울한 회색으로 변했다.

나는 혼자서 아침을 먹고 학교에 갔다. 창가 자리에서 턱을 괴고 점점 넓어지는 얼음 바다를 바라보았다. 해안으로 모여든 유빙은 한겨울의 맥없는 햇살을 반사하면서 불과 며칠 사이에 딱딱하게 굳었다. 얼음과 얼음 사이로 보이던 검은 수면은 자취를 감추고 표면이 매끈하고 파르스름한 벌판으로 변모하기 시작했다. 얼음 뚜껑을 덮은 바다는 바다 냄새마저 잃어 갔다. 얼음 사이로 대형선이 지나간 자리만 군데군데, 짐승이 다니는 길처럼 뻥 뚫려 있었고 그 아래로 보이는 바다는 한결 어두웠다.

턱을 괸 채 수업을 들으며, 망연히 바다만 바라보는 날들이 이어졌다. 얼음이 바다 위를 빈틈없이 메워 가면서, 내 결심 역시 하얗고 차갑게, 그리고 소리 없이 굳어 갔다.

걸을 수 있을 정도로 얼음이 굳는 날을 기다렸다.

오호츠크 해의 끄트머리까지 북상한 순시선에 휴대 전화의 전파는 이미 닿지 않았다. 얼어붙은 극한의 바다를 향해 점점 멀어지는 배를 상상하면 불안하고 마음이 정처 없이 흔들렸다. 수업은 듣는 둥 마는 둥 했지만, 수업이 끝나면 동아리 활동은 착실하게 했다. 난로를 두 개나 켜 놓아 후덥지근한 음악실에 앉으면, 창문 너머로 흩날리는 눈과 그 너머에 있는 바다가 교실에서보다 잘 보였다. 플루트를 들어 입술을 대고, 봄에 있을 고시엔 예선의 응원용 곡을 연습했다. 악보를 보면서 어설픈 소리를 냈다. 같은 악기를 부는 2학년 선배가 가끔 상황을 살피러 다가왔다. 교단 쪽에서 트럼펫 소리가 커다랗게 울렸다. 쇼코가 악기에서 입을 떼고 웃으면서 말했다.

"드디어, 소리가 났다!"

그리고 같이 트럼펫을 부는 아이들끼리 모여 즐겁게 수다를 떤다.

나는 일어섰다. 무릎 위에서 플루트가 툭 떨어졌다.

"왜, 무슨 일 있어?"

선배가 물었다.

"속이 좀 안 좋아요. 조금 더 연습하다가, 먼저 갈게요."

창밖을 돌아보았다. 얼음 벌판이 손짓하듯 반짝이고 있었다.

주말까지 아무 일도 없었다. 일요일 아침, 먹을 것이 없어 할 수 없이 장을 보러 나갔다. 평소에 당직을 할 때는 준고가 먹을 것을 준비해 놓고 나간다. 하지만 이번에는 다급하게 떠났다. 근처에 사는 사람들이 신경을 써서 뭐든 갖다 주기는 했지만, 냉장고 안이 금세 비어 버리고 말았다.

해안에 있는 슈퍼마켓 주차장에서 아키라의 할아버지와 마주쳤다. 주차장은 역사였던 목조 건물 바로 옆에 있다. 할아버지는 지금은 버스 터미널로 사용하는 건물에서 천천히 걸어 나오는 길이었다. 나는 화들짝 놀라 그 모습을 쳐다보았다. 할아버지는 얼굴 전체가 자글자글한 주름으로 가득한 데다 윤기도 없고, 몸도 전보다 조금 말라 보였다. 어쩐 일인지 며칠 사이에 10년은 늙어 보였다.

"오, 하나야."

부르는 소리에 나는 걸음을 멈췄다.

둘 다 서로에게 다가가지 않고 잠시 서 있었다. 갈매기가 머리 위를 낮게 날면서 끼룩끼룩 울었다. 눈발이 조금씩 흩날렸다. 날씨가 좋아서 유빙에 반사되는 바다 쪽 햇살이 눈부셨다. 얼음이 부딪치면서 나는 소리가 끼익, 끼익 하고 희미하게 들렸다.

오시오 할아버지는 부신 눈을 찡그리고 나를 보더니, 각오를 했다는 듯 천천히 내게 다가왔다.

"안녕하세요."

"그래. 마침 네 일로 어제 아사히카와에 갔었다. 아침 첫차로 지금 막 돌아오는 길이야."

"제 일요?"

할아버지가 눈길을 피했다. 갑자기 왜 이렇게 늙어 버렸는지 의아할 정도로 주초에 만났을 때와는 다른 모습이었다. 걸음을 떼는 할아버지를 따라 나도 걸었다. 비틀거리는 걸음걸이에 나도 모르게 손을 뻗어 팔을 잡아 주었다. 내 손이 몸에 닿자, 할아버지는 몸을 움찔하며 놀랐다. 마치 오물이라도 묻은 것처럼, 주름진 볼이 일그러졌다. 나도 놀라서 손을 떼었다.

나는 도망치듯 걸음을 서둘렀다. 해안 쪽으로 마구 걸었다.

……따라오고 있겠지.

불안해서 슬쩍 뒤돌아보았다. 오시오 할아버지는 비틀거리며 부지런히 따라오고 있었다. 안심한 나는 걸음을 약간 늦췄다. 할아버지 때문에 걱정거리가 생겼지만, 여기서 만났으니까 마침 잘됐다고 생각했다.

"네가 어렸을 때는."

할아버지가 불쑥, 말을 꺼냈다. 발음이 또렷했다. 나는 돌아보며 어렸을 때는 뭐요? 하고 묻듯이 고개를 갸웃했다. 할아버지가 커다란 목소리로 말을 이어 나갔다.

"그때는 타쿠쇼쿠 은행도 잘나갔지. 나는 스스키노에 가게가 여러 채 있었고, 아사히카와에도 세 채나 있었어. 거품 경제 시절이었지. 그 후에 경기가 점점 나빠지면서 타쿠쇼쿠 은행이 넘어가자, 회사들이 맥없이 나가자빠졌어. 젊은 사람들의 취직난은 심각해지고, 물론 나도 힘든 시절이었지. ……그래, 기억나는구나. 널 처음 만났을 때 말이야."

나와 오시오 할아버지는 어느새 나란히 걷고 있었다. 어깨와 어깨 사이에 써늘한 거리가 있었다. 아까 놀라는 바람에 상처 입은 나는 할아버지의 비틀거리는 걸음걸이에 신경이 쓰이는데도 손을 내밀 용기가 없었다. 고개를 숙인 채, 입술을 깨물었다.

머리 위로 검은 날개를 활짝 편 참수리가 천천히 날아갔다. 하늘은 엷은 회색이고, 구름 사이로 빛나는 아침 햇살이 쏟아졌다.

해안에 도착했다. 얼음벌판이 한없이 펼쳐져 있었다. 단단하게 굳어 어디가 눈 쌓인 육지이고 어디가 바다인지 경계가 애매했다. 얼음이 햇살을 반사하며 반짝거려, 마치 이 세상이 아닌 듯 눈부셨다.

"기억하고 있을지 모르겠다만, 임시 피난소로 지정된 체육관에서 넌 혼자, 입을 꼭 다물고 조그만 몸을 바들바들 떨고 있었지. 그때가 처음이었어. 정말 추웠을 거야. 무섭기도 했을 테고. 가족 가운데 혼자만 살아남았으니까. 그런 너를 보니까, 눈물이 절로 나오더구나. 남에게 무턱대고 친절을 베풀 수 있는 시기가 아니었지만 말이야. 스스키노에 있는 가게는 경영난 때문에 빚만 늘어 가고 있는데, 손을 놓자니 하나도 남는 게 없어서 그럴 수도 없었지. 네 엄마 아빠와는 그저 알고 지내는 사이일 뿐 친분은 그다지 없었어. 그런데도, 어린 네가 가엾고 불쌍해서 말이야. 그래, 그 후로 난 조금은 남을 생각할 줄 아는 인간이 되었지."

고개를 푹 숙인 나를 할아버지가 불렀다.

"하나야……."

지금까지는 들어 본 적이 없을 만큼 서먹서먹한 목소리였다.

나는 바다와 육지의 경계를 지나 휘청거리는 몸으로 얼음 위에 섰다. 유빙은 딱딱하고, 얼굴이 비칠 만큼 하얗게 빛나고 있었다.

"얘야, 위험하다."

할아버지가 걱정스러운 목소리로 중얼거렸다. 돌아보니, 그 역시 휘청거리는 걸음으로 따라오고 있었다. 잡아 주려고 손을 뻗었다가 왠지 민망해 그만두었다. 천천히 내려가는 내 손을 쳐다보던 할아버지의 표정이 갑자기 굳었다.

"그 남자, 준고는……."

말투가 조금 달라졌다. 끓어오르는 분노를 억누르듯, 어둡고 떨리는 목소리였다. 발밑에서 유빙이 끼익, 끼익 하며 울부짖었다. 마치 발밑에 검은 바다라는 괴물이 숨어 있고, 그 괴물이 가끔씩 포효하는 것처럼. 신발 바닥에서 써늘한 냉기가 올라와 나도 모르게 몸을 부들부들 떨었다.

저 낮은 목소리는, 준고에게 화가 났기 때문일까.

"너를 맡아 키우게 된 그 남자도, 옛날부터 잘 알고 있었어. 그 사람도 어렸을 때부터 봐 왔지."

"네……."

"조금은 널 닮기도 했고 말이야. 하나야, 그 사람의 아버지는, 이 바다에서 게도 잡히고 물고기도 풍성하게 잡혔을 시절에 어부였어. 살림도 그런대로 괜찮았고. 바람기가 있어서 많은 여자들을 울리기는 했지만 말이야. 그런데 북방 영토 부근까지 갔다가 태풍을 만나서 배가 전복되는 바람에 어이없이 죽고 말았지. 시신도 거두지 못했으니까, 바다의 사내가 북쪽 바다로 자취를 감춘 셈이었어. 준고는 당시 초등학생이었다. 엄마는 그때부터 엄격해졌어. 사라진 아비 몫을 자신이 다하려는 것처럼 말이야. 일은 참 부지런히 했다. 그런데, 아들에게는 엄격했어. 준고는 안 그래도 아버지를 잃었는데, 자상한 엄마까지 잃은 셈이었지. 아버지 같은 엄마 밑에서 꼼짝 못하고 살았어. 그런데도 어른이 되더니 굳이 북쪽 바다로 나가는 일을 택하더구나. 아버지가 죽은 바다로 말이야. 거대하고, 어둡고, 끔찍한 바다야. 엄마 같지 않은 엄마가 된 그 사람도, 준고가 고등학교를 졸업할 무렵에 죽었다. 그때, 잠시 친척 집에 가 있었지. 엄마의 건강이 나빠져서, 네 부모네 집에 말이다. 지금 네 나이 정도나 아마 조금 아래였을 거야. 그게 네가 태어나기 얼마 전 일이다."

"할아버지, 위험해요."

"어이쿠."

내가 발치를 보면서 중얼거리자, 하마터면 미끄러질 뻔했던 할아버지가 장난스럽게 웃으면서 얼음 위에 발을 꽉 디뎠다.

유빙 위에는 아무도 없었다. 일요일인 데다 이른 아침이어서 그런지 해안에도 사람은 없고, 햇살과 얼음벌판이 이 세상이 아닌 곳처럼 새하얗게 빛날 뿐이었다. 괴물을 숨기고 있는 거대한 바다는 가슴이 두근거릴 만큼 고요했다. 차가운 바람이 휭휭 불고, 입에서는 하얀 김이 새어 나왔다. 유빙 위에 서 있자니 더욱 쓸쓸하고 불안했다. 사람에게 자연만이 줄 수 있는 쓸쓸함이었다.

무섭지 않아, 하고 나는 생각했다. 바다에 숨어 있는 괴물을, 나는 잘 알고 있다. 옛날에 그 괴물에게 당한 일이 있었다. 그리고 그 괴물 덕분에 목숨을 건진 일도 있었다.

하지만 나 자신은 괴물이 아니라 그저 사람이었다. 그래서, 다시 발을 내딛자 불안한 나머지 정신이 아득해졌다.

'내가 할 수 있을지, 잘 모르겠어.'

갈매기가 날개를 펄럭이며 날아갔다. 끼룩, 끼룩.

"하나야, 네 얘기를 들었을 때 말이다."

오시오 할아버지의 목소리는 여전히 분노에 떨고 있었다.

"네……."

"나는 걱정스러웠다. 안 그래도 결손 가정에서 자라 가족이란 것을 모르는 사람인데, 아이를 키울 수 있을까 하고 말이야. 난 준고에게 직접 들었어. 그 사람, 히죽히죽 웃었다. 아, 그래. 너를 데리고 올 때 얘기야. 옛날의, 그 책임 때문인가, 하고. ……그 사람이 만사를 그렇게 생각하는 사람이었나, 하고 말이다. 그때, 그 사람 나이 스물일곱이었어. 경제적으로는 안정되어 있었지만, 해상보안관이니 집을 비울 때가 많았지. 게다가 좀 유별한 사내였어."

"……그렇군요."

"걱정이 많았다. 그런데, 잘하고 있다고 생각했어. 그런 줄 알았다."

"맞아요……."

"그리고 얼마 후에 고마치 씨가 이곳을 떠났다. 대체 어떻게 된 일인가 했지. 기억나니? 그 아이, 준고와 결혼할 생각이었던 걸로 아는데. 너도 귀여워했고. 그런데 어느 날 갑자기 떠났어. 준고도 고마치 씨를 내버려 두었어. 뒤쫓지 않은 거야. 난 그저, 준고도 아버지를 닮아 바람기가 있나 보다, 단지 그 정도로만 생각했다. 그 정도로만……."

거기서 말을 끊었다.

마지막 말에서 오시오 할아버지의 분노가 사라졌다는 것을 나는 알아차렸다. 대신, 슬프고 안타까워 견디지 못하는 울림이 그 자리를 메웠다.

나는 고개를 숙였다. 너무도 부끄러워, 한기 속에 있는데도 등이 뜨끈하고 땀으로 눅눅해지는 기분이었다. 할아버지는 눈을 치뜨고, 그런 내 표정을 관찰하고 있었다. 나는 뒷걸음질을 치며 얼음 위에서 딸꾹, 하고 한 번 딸꾹질을 했다. 어금니를 악물고 참았다.

할아버지의 목소리가 점점 슬픔에 잠겨들었다.

"난……, 어렸을 때부터, 그 사람이 무슨 생각을 하는지 잘 몰랐어. 늘 오리무중이었지. 조금은 겁이 나기도 했고. 뭐라고 설명을 할 수도 없는 일이었으니까. 다 큰 어른이 그런 애매한 일을 가지고 반대를 하는 것도 꺼려지고 말이야. 그런데, 내 직감을 따랐어야 했어. 타쿠쇼쿠 은행 때도 예감은 있었는데, 설마 하다 대응이 늦었지. 가게를 하나 둘 내놓으면서 내가 어리석었다고 얼마나 후회했는지 모른다. 하나야……."

유빙이 마치 저세상에서 반짝이는 빛처럼 하얗게 빛났다.

"너를 그런 사람에게 맡기는 게 아니었어."

"그렇지 않아요."

"내 책임이다. 어린애는 아무것도 선택할 수 없지. 그래, 어린애는 아무것도 모르니까 말이야."

"아니에요. 그렇지 않아요, 할아버지……."

"아니다, 그렇지가 않아."

"알아요, 저. 선택한 거예요, 제가."

"넌 아무것도 모른다. 넌, 아직도 어린애야."

내가 걸어가자 오시오 할아버지가 또 따라왔다. 나는 할아버지를 등지고 걸어가면서도 그 휘청거리는 걸음걸이가 마음에 걸려 몇 번이나 돌아보았다. 육지에서 보면 시베리아까지 이어져 있을 듯한데 여기서는 얼음벌판과 검은 바다의 경계가 분명했다. 아직 굳지 않은 작은 유빙이 수도 없이 파도에 떠다녔다. 검은 바다에 숨어 사는 끔찍한 괴물의 울음소리 같은 소리도 더 크고 날카로웠다. 그곳은 육지도 바다도 아닌, 불가사의한 장소였다. 나는 걸음을 서둘렀다. 바다로. 바다로. 점점 다가갔다.

'이제 조금만 더.'

마침내 유빙이 끝나고 거뭇거뭇 차가운 수면이 보이는 곳까지 갔다. 나는 걸음을 멈췄다. 오시오 할아버지는 얼음 위에서 구를 듯 걸음을 서두는 내가 걱정스러운지 숨을 헉헉거리며 뒤쫓아 와 내 어깨에 조심조심 손을 얹었다. 이제 그만 가라, 더는 아무 데도 가면 안 돼. 힘을 한껏 주고 내 어깨를 잡은 손바닥에 그런 뜻이 서려 있었다.

나는 또 어금니를 악물고 견뎠다.

'어쩌지…….'

주저하는 마음도 없지는 않았다. 어깨를 잡은 손은 노인이라 여겨지지 않을 만큼 억셌다. 나는 그 손이 내 심장을 꽉 움켜쥔 듯한 공포감에 몸을 바짝 웅크렸다.

"어젯밤에, 아사히카와에 갔었다."

"네……."

"네 친척이 거기 있어서 말이야. 사정은 일절 묻지 말고, 고등학교를 졸업할 때까지 너를 좀 맡아 달라고 부탁하고 왔다. 왜 그 깡통 공장을 하는 아버지 쪽 사촌 말이다. 제사 때 너를 만난 적이 있다고 하더구나. 공장이 잘 돌아가는 것 같지는 않아 보였어. 하지만 내가 지원하겠다고 했더니, 그럼 좋다고 했다. 가족이 많아 시끌벅적하기는 해도 온기가 있는 가정이더구나. 가족이란 그래야 하는 거야. 내가 이 두 눈으로 확인하고 왔으니까, 그러니까 너는 안심해라."

"……."

"그리고, 고등학교를 졸업하고 대학에 가고 싶다면 내가 또 도와주마. 그 대신 사회인이 된 후에 반드시 갚도록 해라. 어른이 되면 남들처럼 평범하게 시집을 가고. 몸베쓰에는 두 번 다시 돌아오지 마라."

바람이 몰아쳤다. 끼익, 끼익. 유빙이 맥없는 소리를 내며 흔들렸다. 검은 바다에 출렁출렁 파도가 일었다. 얼어붙은 해초가 파도 사이에서 이리저리 떠다녔다.

이제 손자 얘기는 하지 않는군, 하고 생각했다. 나는 예쁘게 고이 자란 어린 사슴이 아니었다. 그래서 오시오 할아버지도 아키라를 거론하지 않는 것이다. 또 바람이 휭 불어와 목도리가 춤을 추었다. 신발 속으로 얼음의 차가운 기운이 스며들었다.

사방 2미터 정도의 조그만 유빙으로 슬쩍 발을 뻗었다. 얼음 뗏목 같은 그곳으로 조심조심, 풀쩍 뛰었다. 그리고 돌아보았다.

"아니, 저런! 하나!"

오시오 할아버지가 다급하게 외쳤다. 조그만 어린애를 걱정하는 목소리로. 자신이 늙은이라는 것을 까맣게 잊고는 나를 따라 훌쩍 유빙으로 건너뛰어 와, 있는 힘을 다해 내 팔을 잡았다.

그리고 어금니를 악문 채 말이 없는 내 얼굴을 들여다보았다.

"그 사람은, 당분간은 돌아오지 않을 거다. 제 아비가 사라진, 저 먼 북쪽 바다에서 헤매고 있을 테니까. 그러니, 지금이다. 하루빨리, 떠나거라. 남자와 여자의 인연이란, 질기고 또 질긴 것이다. 나도 다 안다. 그러니, 간단한 짐만 싸서 당장 떠나거라. 네가 어디로 갔는지는 그 사람에게 절대 알리지 않으마. 너도 악몽 같았을 거야. 알아들었지, 하나야?"

"할아버지, 저는요……."

"그리고, 호적도 파내거라. 원래 성으로 돌아가. 아사히카와에 있는 친척도 성이 다케나카니까. 깨끗하게 잊어라, 하나야. 다 잊어, 그런 일은."

"호적, 을요?"

"그래. 그렇게 하거라. 그게 가장 좋은 방법이야."

어금니를 더 꽉 깨물었다. 나는 신발 속에서 기어오르는 냉기와, 바다 밑에 사는 끔찍한 괴물의 기척을 느꼈다. 차갑게 휘몰아치는 바람이 현실감을 잃었다.

고개를 들었을 때, 이미 결심하고 있었다.

……죽여 버려.

나는 할아버지의 몸을 휙 밀쳐 내면서, 마치 어린 수사슴이라도 된 것처럼 조그만 유빙에서 얼음벌판으로 폴짝 뛰었다. 차가운 바람이 휭 불어와 내 머리카락이 날렸다. 당황한 할아버지가 이쪽으로 뛰려고 발을 뻗었다. 나는 그 몸을 한기에 곱은 발로 세 번, 힘껏 걷어찼다. 세 번 다 가볍고 메마른 감촉이 느껴졌다. 오시오 할아버지는 그저 힘없는 노인에 불과했다. 이제는 조금도 무섭지 않았다. 할아버지가 쪼글쪼글하게 주름진 손을 버둥거리며 내 목도리를 잡으려고 했다. 나는 그 얼굴을 주먹으로 힘껏 쳤다.

눈도 뜨지 못할 정도로 세찬 바람이 몰아쳤다. 할아버지를 태운 조그만 유빙이 둥실둥실, 얼음벌판에서 멀어져 갔다.

할아버지는 입을 쩍 벌린 채 이쪽을 보고 있었다. 옛날에, 무슨 생각을 하고 있는지 몰라 준고를 두려워했던 것처럼, 지금은 나를 두려워하고 있을까. 하지만 그 얼굴에는 여전히 어린애를 걱정하고 불안해하는 빛이 역력했다. 주름투성이 얼굴을 일그러뜨리며, 혐오스러울 정도로 슬프게 나를 쳐다보고 있었다.

"하나야, 이러면 안 된다."

"호적은 절대 바꾸지 않을 거야."

"하나야, 안 돼. 그건 절대 안 돼. 너는 아직 모른다."

"나는 아무와도 결혼하지 않을 거야. 호적도 바꾸지 않을 거고. 어른이 되어서도, 구사리노란 성으로 남아 있을 거야. 아무도 날 막을 수 없어. 뼈가 된 후에도 나는 준고와 함께 있을 거야."

"너는, 모른다니까……."

유빙이 떠내려간다.

자신의 목숨이 위태롭다는 생각은 없는 것일까. 할아버지는 살려 달라는 말은 하지 않았다. 있는 목청을 다해, 같은 말만 되풀이했다.

"너는, 너는……."

"입 닥쳐."

낮게 중얼거렸다.

나는 아빠 곁을 절대 떠나지 않는다.

그러니까, 결혼도 하지 않는다.

이 얘기는 아무에게도 하지 않았지만.

오래전, 내게도 부모와 형제가 있었다. 그 사람들 모두 내가 열한 살 때 죽었다. 그리고 지금은 조그만 섬의 한 무덤에서 올

망졸망 잠자고 있다. 혼자 살아남은 나는 먼 친척인 구사리노 준고의 양녀가 되었다. 그러니까 만약 지금 내가 죽으면, 나는 우리 부모가 아니라 준고네 집안 묘지에 묻히게 된다.

몇 년 전 제사 때 그런 법적인 사실을 알았다. 그때 친척 가운데 한 사람이 가르쳐 주었다. 내가 고개를 푹 숙인 채 말이 없자, 그 친척은 어쩔 줄 몰라 하며 이렇게 위로했다.

"에그, 가여워라. 슬픈 일이지. 내가 어쩌자고 이런 소리를 했나 모르겠구나. 하지만, 하나 너는 어차피 여자니까, 결혼하면 남편 쪽 무덤에 묻힐 거야."

사실 나는 슬퍼서가 아니라, 너무도 기뻐서, 나도 모르게 웃음이 번져 가는 얼굴을 가리려고 고개를 숙이고 있었다.

나와 준고는 이미 가족이 되었으니까, 죽어 뼈가 되어서도 절대 헤어지지 않는다. 어른이 되어서도 결혼만 하지 않으면 영원히 함께 있을 수 있다. 나는 아빠를 좋아한다. 오직 그 사람 곁에 오래오래 있고 싶다는 생각밖에 없었다. 그래서 너무 기뻐, 고개를 숙였던 것이다.

멀어지는 유빙 위에서 오시오 할아버지가 고함을 질러 댔다. 분노에 치를 떨며 노려보는 나를 향해, 목이 터져라 외쳤다.

"하나야, 하나야. 넌, 아직 몰라. 너와 그 남자는……."

나는 얼음벌판에 서서 할아버지를 냉정하게 쏘아보았다. 저 세상 빛처럼 하얀 햇살에 싸여 할아버지가 조금씩 조금씩 검은 바다로 떠내려가고 있었다. 바람에 떠밀린 유빙이 끼익, 끼익 하고 짐승처럼 울부짖었다.

먼 기억이 천천히 뇌리에 되살아났다. 나는 살며시 눈을 찌푸렸다. 내가 이곳으로 온 지 얼마 되지 않았을 때였다. 어느 밤, 준고가 내 앞에서 알몸으로 고개를 푹 숙인 채 중얼거렸던 말.

—어…….

그 나지막하고 달콤한 목소리. 초등학생이었던 내 앞에 기도하듯 엎드린 준고는 몇 번이나 그렇게 중얼거렸다. 어른이 내 앞에서 그렇게 하기는 처음이었다. 놀랐지만, 그 진짜 의미는 금방 알 수 있었다.

지금도 때로 단둘이 있을 때면 준고는 그 말을 중얼거린다. 그럴 때, 우리 둘의 입장은 어느 쪽이 보호자고 어느 쪽이 어린애인지, 마술처럼 휘리릭 뒤바뀐다. 그 생각을 하면 기쁘고 허망해서, 나도 모르게 음산한 미소를 띠곤 했다.

그것이 내 아버지.

내 남자다.

내 표정에 오시오 할아버지는, "아아." 하고 신음했다. 그러고는, 밤 깊은 산길에서 만난 짐승을 올려다보듯, 두려움에 찬 눈빛으로 나를 쳐다보았다.

"설마, 알고 있었냐……. 알면서, 알면서 그런 더러운 짓을, 계속했다는 말이냐……."

"알고 있었어."

"너는……."

"친부모 자식이죠. 준고와 나."

"아, 너……."

"먼 친척이 아니었어. 그 사람이 진짜 내 아빠. 벌써부터 알고 있었어."

"알면서, 그런 망측한 짓을. 네가!"

"우릴, 그냥 내버려 둬."

망측한 짓을 하는 것은 부모 자식이기 때문일지도 모른다고 생각했지만, 그 말은 입 밖으로 나오지 않았다. 매일 밤, 딸의 살을 어루만져 더럽히기 전에 무릎을 꿇고 기도하듯 고개 숙이는 준고의 어두운 옆얼굴이 떠올랐다. 기도 같은. 우리의. 그 의식.

딸은, 아버지의 부정한 신이다.

입을 쩍 벌리고 아연실색한 채, 할아버지가 이쪽을 보고 있었다. 바람이 점점 강해졌다. 조금씩 떠내려가던 유빙은, 이제는 고함을 지르지 않으면 서로의 목소리가 들리지 않을 정도로 멀어졌다. 점차 작아지는 할아버지의 모습을 보면서 참고 견뎠던 눈물을 쏟아냈다. 끼익, 끼익. 발밑에서는 괴물이 여전히 울부짖고 있다. 어금니에서 힘이 빠져나갔다. 곱은 손이 파르르 떨렸다. 커다란 참수리가 머리 위로 날아갔다. 머리카락이 바람에 미친 듯이 휘날렸다. 분노에 온몸이 부들부들 떨렸다.

"부……."

나는 외쳤다.

아무에게도 한 적 없는 말을.

누군가 알아주기를 바란 적도 없는 것을.

하얀 빛에 싸여, 목이 찢어져라 외쳤다.

짐승처럼.

"부모 자식 사이에, 해서는 안 되는 일이, 이 세상에 어디 있어!"

짐승처럼.

"누구보다 소중한데!"

짐승처럼.

"우린 피붙이라고! 다른 사람과는 달라! 해서 안 되는 일이 어딨어. 아버지와 딸 사이에!"

오시오 할아버지도 외쳤다. 확신에 찬, 혼신의 힘을 다한 말이었다.

"있다!"

"입 닥쳐!"

"너는 아직 어린애라서 모르는 거야! 세상에는 해서는 안 되는 일이 있어! 넘어서는 안 되는 선도 있고! 그건 신이 결정한 거다!"

얼음벌판과 검고 차가운 바다. 그 경계에 서서 나는 울었다.

발밑에 하염없이 펼쳐진, 끔찍한 괴물 같은 자연의 힘을 느끼면서. 검고 불길한 바다를 향해, 제발 나를 도와주세요, 저 사람을 죽여 주세요, 하고 기도하면서. 하얀 벌판과 검은 바다의 경계에 서서 분노의 눈물을 하염없이 흘렸다.

어디까지가 육지이고, 어디부터가 바다인가.

그 경계는 멀리서는 알 수 없겠지만, 이 세상과 저세상을 가르는 장소.

어디까지가 이 세상이고 어디부터가 저세상인가.

선을 긋는 것은, 우리 인간에게는 어려운 일.

무슨 일이든, 그렇다.

오시오 할아버지를 태운 조그만 유빙이 한겨울의 검은 바다를 향해, 저승길을 떠나는 나룻배처럼 흔들흔들 멀어져 갔다. 할아버지도 어린애처럼 몸을 떨며 울고 있었다. 울면서 목이 터져라 외치는 소리가 나를 칭칭 옭아맬 듯, 노인네의 목소리라 여겨지지 않을 만큼 힘차게 울렸다.

"세상에는, 절대, 해서는 안 되는 일이 있다! 어린애는 몰라도, 어른은 본을 보여야 돼. 그 남자나 너나, 가족이란 걸 모른다. 가족이란, 굳이 그런 짓을 하지 않아도, 함께 있을 수 있는 거야. 그건, 인간이 할 짓이 아니다! 난 봤어! 그건, 짐승이나 할 짓이야! 너는, 나쁜 애가 아니다. 그러니까, 잊어야 돼. 악몽이었다 여기고, 몸베쓰에는 절대 돌아오면 안 돼! 너는 내 손자, 아키라의 신붓감이라 여겼던 아이다. 불쌍한, 아이야…….
너는, 너……, 하나야!"

할아버지의 목소리가 더는 들리지 않았다. 한참을, 멀어져 가는 서로의 모습을 바라만 보았다. 할아버지가 이제 힘이 다했다는 듯 조그만 유빙 위에 털썩 주저앉았다.

"아니야."

나는 중얼거렸다.

―가족이란…….

발밑에 있는 괴물이 또 울부짖었다.

―굳이 그런 짓을 하지 않아도.

참수리가 검은 날개를 펄럭거리며 날아갔다. 커다란 그림자가 순간적으로 내 몸을 덮고 지나갔다.

―함께 있을 수 있는 거야…….

바람에 휘날리는 머리카락이 마치 전혀 다른 생물인 것처럼 어둡게 꿈틀거렸다.

나는 입속으로 몇 번이나 중얼거렸다.

"아니야. 아니야. 그렇지 않아. 아니야……."

어깨를 떨며 노려보고 있는데, 오시오 할아버지가 눈을 부릅뜨고서 나를 쳐다보았다. 그러고는 갑자기, 분노에 사로잡힌 내게 넋이라도 잃은 듯 기괴한 표정을 지었다. 혼이 빠져나간 것처럼 멍한 그 표정은 내가 태어나서 처음 보는 것이었다. 그리고 부들부들 떨면서 가방에 손을 집어넣는 것이 보였다. 은색으로 빛나는 무언가를 꺼냈다. 그것이 아침 햇살을 반사하며 번쩍 빛났다.

찰칵, 찰칵.

너무 멀어 들리지 않아야 할 소리가, 악몽 같은 셔터 소리가, 또 귀에 울렸다. 할아버지가 이쪽으로 카메라를 향하고 있었다. 그리고 얼음벌판에서 은색 카메라를 똑바로 쳐다보는 나를, 찍었다. 몇 장이나, 몇 장이나. 할아버지는 울고 있는 나를, 찍었다. 무엇에 홀린 사람처럼, 정신없이 셔터를 눌렀다. 그리고 팔을 축 늘어뜨리더니 무너지듯 앞으로 푹 쓰러졌다. 힘을 다 잃고 떠내려간다. 얼음벌판이 한없이, 한없이 밝게 빛났다.

나는 몸을 돌려 뛰기 시작했다.

뒤돌아보지 않고, 뭍을 향해, 뛰었다.

돌아오는 길.

한겨울 바다로 떠내려가는 조그만 유빙 위에서 얼어 갈 오시오 할아버지를 생각하니, 가여워 웃음이 끓어올랐다.

슈퍼마켓에 들르지 않고 곧장 주차장을 가로질렀다. 로스케가 다섯 명 정도, 슈퍼의 회색 벽에 기대어 뭐라고 떠들어 대고 있었다. 그중 한 사람이 이쪽을 힐금 보고는, 별 관심 없다는 듯 이내 눈길을 돌렸다.

조그만 책방 앞을 지나는데, 마침 아키라가 친구들과 함께 나오고 있었다. 이쪽을 보고는 하얀 이가 다 드러나도록 활짝 웃었다. 손에 든 비닐 주머니 속에 들어 있는 잡지와 CD가 밖으로 비쳐 보였다. 책방에 미리 주문을 해 두면 발매 후 며칠 정도 지나 받아 볼 수 있다. 친한 친구인데도 아키라가 남자 친구들과 함께 있을 때면 왠지 멀게 느껴진다. 나는 고개만 끄덕이고는 책방 앞을 지나갔다.

다리가 후들후들 떨렸다. 언덕길을 올라가려다 마침 정거장에 선 버스를 탔다. 멀지 않은 거리인데, 숨이 막힐 정도로 떨려서 걸어 올라가기가 힘들었다. 오한이 들고 온몸이 부들부들 떨렸다. 숙사 정거장에 도착하자마자 후다닥 버스에서 내렸다. 숙사로 뛰어 들어가 불을 켜고 난방을 켰다. 코트도 벗지 않고 목도리도 그대로 한 채로, 거실 한가운데 접시처럼 비어 있는 곳에 털퍼덕 주저앉았다.

어두운 욕망이, 흐르는 전류에 감전된 것처럼 내 몸속의 여자를 뒤흔들었다.

매일 밤, 흥분한 아빠가 기도하듯 고개를 숙인 후에 지칠 줄 모르고 찾았던 것이 바로 이것인지도 모르겠다. 아직은 미숙한 내 몸. 그 깊은 곳에서 아빠에게 안기고 싶어 어쩔 줄 모르는, 달짝지근하면서도 숨 막히는 아픔을 느꼈다. 몸속부터 뜨거워지면서 흐물흐물 녹아내리고, 아빠의 날카로운 이빨이 마구 찢어발긴 피투성이 시신이 되어 머리끝에서 발끝까지 남김없이 먹히고 싶은, 그런 흥분감에 온몸이 저릿저릿했다. 나는 그 흥분감을 견디면서 꼼짝 않고 앉아 있었다.

흥분은 죽음과 비슷했다.

나는, 몰랐다.

무릎을 껴안고 몸을 바짝 웅크리고 앉아 있었다.

얼음처럼 차가운 머리카락이 볼을 꾹 눌렀다.

욕망의 무게와 그 어둠에 놀라 떨던 몸이, 잠시 후에는 환희로 차오르기 시작했다. 나는 나를 낳은 여자와 이 몸이 옛날에는 탯줄로 이어져 있었다는 사실이 실감도 나지 않고 믿기지도 않았다. 하지만 아빠와 나는, 다리 사이에 뻗어난 검고 끔찍한 뿌리로 한데 얽혀 있다고 느꼈다. 다리와 다리 사이에서, 그 아침에 먹은 잼처럼 끈끈하고 따스한 것이 흐르기 시작했다.

일기 예보에서 예고했던 것처럼, 그다음 주가 되자 겨울 태풍이 몰아쳤다. 눈발이 섞인 돌풍이 며칠이나 동네를 뒤덮었다. 학교도 휴교를 해 나는 하루 종일 집에서 지냈다.

오시오 할아버지가 실종되었다는 뉴스가 동네를 휩쓴 가운데, 몸베쓰 경찰과 이 고장 사람들이 폭풍우를 무릅쓰고 수색에 나섰다. 아사히카와에서 출발한 시점부터 행동 경로를 더듬고, 산으로도 수많은 사람이 올라간 모양이었다. 지금까지도 노인들이 산에서 길을 잃어 행방불명되는 일이 종종 있었다. 그럴 때마다 공공 기관과 청년 단체 사람들이 총동원되었다. 준고도 간혹 동원되어 밤중에 산을 오른 일이 있었다. 하지만 이번에는 온 산을 샅샅이 뒤져도 오시오 할아버지의 흔적을 찾을 수 없어, 어디서 조난을 당해 눈 속에 파묻힌 것은 아닐까 하고 다들 걱정했다.

준고를 태운 순시선이 냉장실에 대형 유실물 하나를 싣고서 몸베쓰 항으로 돌아온 것은 그 주의 중반이었다.

나는 순시선에서 몸베쓰 경찰서로 무전이 들어왔다는 소식을 다오카 아저씨에게 들었다. 준고를 맞기 위해 언덕길을 내려가는 도중에 우연히 마주친 그가 그렇게 가르쳐 준 것이다. 다오카 아저씨도 길을 서두르고 있었다.

"지금 돌아오고 있다는구나. 하나도 할아버지 걱정을 많이 했을 테지."

아저씨는 딱하다는 듯이 그렇게 중얼거리며 내 얼굴을 쳐다보았다.

나는 오시오 할아버지의 귀여움을 받는 고아였다. 그래서 동네 사람들도 덩달아 신경을 많이 써 주었다.

"괜찮다. 어르신 없어도 네게는 이 동네 사람들이 있으니까."

아저씨는 불안해할 것 없다는 듯이 그렇게 말하고는 또 나를 빤히 쳐다보았다.

불현듯 다오카 아저씨의 눈빛이 흔들렸다. 유령이라도 본 것처럼, 의심스러운 듯 의아해하고, 그러면서 겁에 질린 듯 눈을 찌푸렸다. 그러고는 당황한 듯이 고개를 천천히 기울였다.

"돌아오다니, 뭐가요?"

"……아."

다오카 아저씨는 고개를 끄덕였다.

"오시오 할아버지가 바다에서 발견되었다는구나. 이런 날씨에 대체 무슨 영문인지……. 유빙 위에서 딱딱하게 얼어붙어 있었대. 순시선이 발견해서, 일단 시신을 수습해 냉장실에 보관했다는구나. 할아버지가 따뜻한 선내에서 부패하지 말라고 말이야."

언덕길 위에서 나는 물끄러미 바다를 바라보았다. 태풍은 지나갔지만 눈발은 아직도 미친 듯이 휘날렸다. 바다 전체가 부옇고 황량했다. 시야 한가득 펼쳐진 거대하고, 넓고, 끔찍한 이 바다. 괴물이 사는 바다.

마침내 회색 순시선이 얼음 바다를 헤치며 천천히 항구로 들어왔다. 배는 무사히 돌아온 것이 신기하리만큼 작고, 장난감처럼 허술해 보였다. 다오카 아저씨는 언덕길을 서둘러 내려갔고, 나는 그 자리에 홀로 남았다.

그날, 밤늦게 준고가 집에 돌아왔다. 오시오 할아버지의 시신을 인계하고 상황을 검토하는 데 시간이 많이 걸렸다고 한다.

해상보안부는 전에 없이 바쁜 듯했다.

밤늦게야 밖에서 숙사의 문을 여는 소리가 났다. 홍차를 마시려고 부엌에서 물을 끓이던 나는 천천히 가스레인지를 껐다. 돌아가는 손잡이를 쳐다보고 있는데, 문이 열리면서 준고의 얼굴이 쑥 나타났다.

많이 피곤하려나, 하고 걱정했는데 그래 보이지는 않았다. 안색도 그런대로 괜찮았다. 짐을 내려놓고 신발을 벗으면서 가라앉은 목소리로 물었다.

"밥, 먹었어?"

"……아니."

"뭐, 만들어 줄까?"

"배, 안 고파."

현관에 가서 준고가 벗은 신발을 가지런히 놓았다. 담배를 물고 불을 붙인 준고가 한 모금 깊이 빨아들이고, 가늘게 연기를 토해 냈다. 미간을 찡그리고 다시 한 모금. 그리고 나를 내려다보고는, 한쪽 볼을 일그러뜨리며 웃었다.

"난감하더군. 냉장실 문을 열 때마다 할아버지와 마주쳐야 했으니."

나는 기운 없이 고개를 끄덕거렸다.

순시선에서 일하는 사람에는 세 종류가 있다. 주로 조종을 담당하는 항해사, 엔진 정비 등 기계를 맡는 기관사, 사무를 담당

하는 주계사. 준고는 주계사였다. 지금은 주계사 일 가운데 요리를 담당하고 있기 때문에 하루에 세 번, 30명 남짓한 보안관의 식사를 준비한다. 중학교에 다닐 때, 순시선 내부를 견학한 일이 있다. 반듯반듯하게 정리된 조리실 건너편에 있는 대형 냉장실에도 들어가 보았다. 대량의 식료품이 정연하게 쌓여 있는 냉장실 안은 냉기 때문에 한겨울만큼이나 추웠다.

양파와 감자, 통조림, 냉동육과 함께 보관되어 있는 오시오 할아버지의 얼어붙은 몸을 상상했다.

"좀 묘한 표정을 하고 죽었더군."

"내가 죽였어."

겁이 나서, 얼굴을 볼 수 없었다. 나는 고개 숙인 채 준고에게 다가가, 만지고 싶어 참을 수 없었던 그 몸에 살며시 손을 내밀었다. 손이 등에 닿았다. 바깥의 한기를 머금은 그대로여서 몹시 차가웠다. 조심조심 팔도 만졌다. 그리고 가슴에 얼굴을 묻고, 비처럼 눅눅한 준고의 냄새를 맡았다. 따뜻했다. 나는 준고의 살아 있는 뜨거운 몸을 확인하듯 얼굴을 묻었다.

준고가 몸을 무너뜨리듯 소파에 앉았다. 손가락 사이에 담배를 끼운 채로 나를 쳐다보았다. 그 발치에 엎드리듯 앉아 나는 말했다.

"아빠……."

자신의 너무도 어린 목소리에 놀랐다. 준고는 얼굴을 찡그리고 담배를 껐다. 내 얼굴을 들여다보며, 눈을 뜬 채로, 안심하라는 듯 가볍게 내 입술에 입술을 맞췄다.

"혼자 두고 가서 미안해."

그렇게 중얼거리는 목소리가 아주 가까이서 들렸다. 내 긴장과 불안이 서서히 녹아내렸다.

"할아버지가 뭐라고 하던?"

"아사히카와에 있는 친척 집에 가라고 했어. 준고는 두 번 다시 만나지 말라고."

"……공연한 소리를 했구나."

"해서는 안 되는 일이래. 짐승……이나 하는 짓이랬어."

그렇게 중얼거리고 나자, 오시오 할아버지를 내버려 두고 돌아왔을 때 내 몸에 움튼 암울한 욕망이 되살아났다. 나는 준고의 발치에 엎드린 채 떨면서 두 손을 뻗었다. 허리띠를 풀어내려고 하자, 아빠가 놀란 표정을 지으며 내 얼굴을 들여다보았다.

"왜 그러지?"

"아빠가, 갖고 싶어."

눈발이 유리창을 때리는 소리가 몇 번 들렸다. 밤이 깊어지면서 날씨가 다시 험악해지는 듯했다. 준고의 깡마른 몸에서 두 다리가 너무 길어 거치적거린다는 듯이 뻗어 나와 있었다. 셔츠를 끌어 올렸다. 배꼽 아래서부터 피부가 거뭇거뭇해지고 털도 조금씩 많아졌다. 거기에 얼굴을 대자 얼음처럼 차갑게 굳어 있던 마음이 사르르 녹아내렸다. 숨을 크게 들이쉬었다. 목에서 휴, 하는 조그만 소리가 울렸다. 기도하듯 엎드려 눈을 감았다. 속눈썹이 파르르 떨렸다. 조심조심 혀를 내밀었다. 혀끝이 거기에 닿았다. 아빠는 따스하고, 딱딱했다. 다시 혀를 떼고 울음을 터뜨리기 직전처럼 흐느끼자 아빠의 커다란 두 손바닥이 갑자기 머리를 감싸 안았다. 그리고 조금은 거칠게 내 머리를 자신의 몸에 묻었다. 차가운 물에 잠길 때처럼, 나는 숨을 한 번 크게 들이쉬고 아빠의 몸에 잠겼다. 아빠가 늘 내게 그러는 것처럼 부드럽게 애무하고 싶었는데, 미숙한 나는 물에 빠져 허우적거리는 기분이었다. 머리 위에서 아빠의 달짝지근한 숨이 느껴졌다. 손바닥으로 부드럽게 내 머리를 쓰다듬는다. 눈물이 흘러나왔다. 그러면 안 된다고 외치는 오시오 할아버지의 목소리와 끼룩끼룩 처량하게 울어 대던 갈매기 소리가 귓속에 되살아났다. 나는 따스하고 딱딱한 아빠에게 매달린 채, 허우적대지 않으려 애썼다. 떨리는 팔을 뻗어 준고의 허리뼈와 가슴을 만지면서 열기를 확인했다. 우리는 살아 있고, 우리는 따뜻하다. 거실 바닥에서 얼어붙은 유빙 같은 차가움이 슬금슬금 밀려오는 듯했다. 내게는 머리 위에서 울리는 준고의 낮고 달콤한 숨소리밖에 기댈 곳이 없었다.

그 주의 끄트머리에 오시오 할아버지의 장례식이 있었다. 그렇게 땅도 많고 홋카이도 재계에서는 유명한 사람인데도, 사업에서 손을 뗀 후다 보니 문상객이 별로 많지 않았다. 그래서 동네에 하나뿐인 장례식장에서 치러진 장례식은 친인척들만 모인 조촐한 자리가 되었다.

사람들은 삼삼오오 모여 누구누구는 어르신에게 이런저런 신세를 졌다느니, 오시오 씨 하면 한때는 정말 잘나갔다느니 하며 옛날부터 나도는 얘기를 했다.

"어르신도 젊었을 때는 여자들 꽤나 울렸지. 몹쓸 짓도 하고 말이야."

연배가 지긋한 남자들은 농담을 하듯, 그렇게 오시오 할아버지를 추억했다. 나는 고개를 약간 기울이고, 사방에서 들려오는 소리에 귀를 쫑긋 세웠다. 그래도 저런 얘기들에는 그 선이 그어져 있겠지, 하고 생각하면서. 해도 괜찮은 일과, 해서는 절대 안 되는 일. 신이 정했다는 그 선. 사람의 도리.

"어르신이 대체 누구에게 당했을까."

누군가가 그렇게 중얼거리자, 실내가 숙연해졌다. 처음에는 다들 사진을 찍기 위해 유빙을 탔다가 떠내려간 모양이라고 여겼는데, 얼굴과 몸에서 희미한 타박상의 흔적이 발견되었던 것이다.

"로스케 아니겠어. 그날, 몇 명이 있었거든. 이제 북쪽으로 가버려 조사할 길은 없지만."

누가 또 그렇게 씁쓸히 중얼거렸다.

화장터에서, 준고와 나란히 서서 겨울 하늘로 올라가는 가느다란 연기를 바라보았다. 내 친척은 한 명도 오지 않았기 때문에, 장례식 내내 준고 옆에 붙어 있었다. 문득 발소리가 들려 돌아보았더니, 다오카 아저씨가 다가오고 있었다. 아저씨가 벌레라도 씹은 듯한 표정으로 우리 옆에 섰다.

"안녕하세요."

인사를 하면서 고개를 숙였는데, 나 자신도 놀랄 만큼 불안한 목소리였다.

다오카 아저씨는 지친 얼굴로 고개를 끄덕였다.

"……어떤 놈이 그런 짓을 했는지 모르겠군."

"네."

"큰 사건은 아니지만, 난, 영 꺼림칙하군. 어르신 같은 사람에게 그런 짓을 할 사람이 있다니, 도무지 믿기지가 않아. 사업을 할 때라면 또 몰라도, 손을 뗀 지가 오랜데 말이야. 모르겠어."

"……."

"말이야, 불의의 죽음을 당한 사람의 혼은 어디로 갈까. 준고 군, 어떻게 생각하나?"

"어디, 요?"

준고는 담배에 불을 붙이면서 씁쓸하게 웃었다.

"잘 모르겠는데요, 다오카 씨."

"죽은 그 장소에서 마냥 헤매고 있을지도 모르지. 마지막 순간에 했던 생각을 하고 또 하면서 얼음 바다 위를 헤매고 있을 거야. 어르신이 그렇게 되다니, 생각만 해도 끔찍하군. 정말 좋은 분이었는데. 어떻게든 편히 잠들 수 있으면 좋겠는데."

"범인을 잡으면, 편히 잠드실 수 있지 않을까요."

별 관심 없다는 듯이 준고가 중얼거렸다.

하늘 저 위에서 갈매기가 울었다. 연기는, 이 세상에 아직도 미련이 남았다는 듯 천천히 올라갔다. 준고는 그 연기를 장례에 참례한 여느 사람과도 다른 표정으로 망연히 올려다보고 있었다. 슬퍼하거나 분해하는 것도 아니고, 그렇다고 아쉬워하는 표정도 아니었다.

다오카 아저씨는 그런 준고의 옆얼굴을 잠자코 물끄러미 바라보았다. 그러고는 목소리를 낮춰 속삭이듯 물었다.

"준고 군은…… 어르신과 별 탈 없이 지냈나?"

"그런 걸, 왜 묻죠?"

"아니……, 어르신이 요즘 자네 일로 상심이 깊었던 것 같다고, 누가 그런 소리를 해서 말이지. 무슨 일 때문인지는 모르겠네만."

"그런가요?"

"하지만 그때 준고 자네는 바다에 있지 않았나. 설마 순시선에 어르신을 태우고 나가서 바다에 내던지지는 않았을 테니까.

하기야 자네는 그깟 정도, 태연하게 해치울 사람이겠지만."

준고가 정말 웃기는 소리라는 듯 가칠하게 웃었다. 담배 연기가 흔들렸다.

"그만 하시죠, 다오카 씨. 난 소심한 사람입니다, 그런 짓을 어떻게."

"용의주도한 면은 없으니까, 무슨 짓을 저지른다면 갑자기 그러겠지. 자네는 충동적인 사내야. ……하하, 그런 얼굴로 보지 말게나. 그냥 말해 본 것뿐이니까. 그건 그렇고, 이제 어째야 하나."

다오카 아저씨가 고개를 갸우뚱했다. 옆에 나도 있다는 것을 그때야 새삼 안 것 같았다. 아이 앞에서 할 얘기가 아니었다는 듯이 얼굴을 찡그리고는, 한 손으로 미안하다는 포즈를 취했다. 그러고는 몇 발짝 걸어가다가, 갑자기 되돌아와 내 얼굴을 바로 코앞에서 들여다보았다.

두 눈과, 이마에 난 커다란 사마귀가 바로 내 앞에 있었다. 나는 깜짝 놀라 뒷걸음질을 쳤다. 다오카 아저씨는 아무 말도 하지 않은 채, 뚫어져라 나를 쳐다보았다.

잠시, 침묵이 있었다.

유령이나 못 볼 것을 본 것처럼, 그러나 제 눈을 믿을 수 없다는 듯 묘한 눈초리였다.

왠지 모르지만 기분이 굉장히 이상했다. 나는 준고의 몸 뒤로 돌아가 내 몸을 가렸다. 준고가 담배를 피우면서 무의식적으로 한 손을 뻗어 내 머리를 마구 쓰다듬었다.

다오카 아저씨가 다시 걸어갔다. 그러다 저만치에서, 아무래도 신경에 거슬린다는 듯이 이쪽을 다시 돌아보았다.

장례식에는 도쿄에서 온 고마치 씨도 있었다. 이 고장에서는 팔지 않는 세련된 디자인의 검은 상복을 입고 있었다. 그녀가 우아하게 코트를 벗자 주위의 분위기가 화사해졌다. 원래 예쁜 여자였다. 그런데 3년 만에 보는 고마치 씨는 놀랄 정도로 체형이 변해 있었다. 날씬하고 개미허리 같았던 몸에 투실투실 살이 붙어 있었다. 뚱뚱한 정도는 아니지만 턱과 목덜미도 겹칠 만큼 살이 올라 있었다.

그녀가 검은 머리카락을 끌어 올리면서 이쪽으로 다가왔다. 나를 힐금 보고서, 준고에게 무덤덤하게 말을 건넸다.

"오랜만이네."

"……그래."

고마치 씨를 좋아하지 않는 나는 조금 떨어져 서 있었다.

둘의 말소리가 드문드문 들렸다.

"도쿄는, 어때?"

"아는 사람이 거의 없으니까 편하지, 뭐. 지금 기타센주라는 곳에 살고 있어. 큰 도시다 보니까 사람이 워낙 많아서 나 하나쯤 그냥 묻혀 버리지, 뭐. 가끔은 내가 누군지도 모르겠어."

피곤한지, 고마치 씨는 목소리가 약간 쉬어 있었다.

오시오 할아버지의 뼈를 모두 같이 주웠다. 남은 재는 유족의 희망에 따라 나중에 오호츠크 해에 뿌리게 되었다. 해상보안부에서 특별히 선처해 주어, 먼 바다로 나가 유빙이 끝나는 곳에서 재를 뿌린 듯했다. 바다와 뭍 사이. 사람의 도리와 짐승의 후안무치가 갈리는 곳. 선악의 피안. 할아버지의 혼이 영원히 그곳을 떠돌지도 모르겠다고 생각했다. 그 무언가에 홀린 것처럼 망연한, 기괴한 표정으로 셔터를 누르면서. 여기가 선, 신이 정한 선이라고 외치면서, 살이 에이는 한겨울의 아침 속을 영원히 떠돌아다닐지도 모른다고.

그 환영을, 마음속에 봉인했다.

몸베쓰의 바다는 그 겨울 최저 기온을 맞았다.

·

그 후 나와 준고는 봄이 되기를 기다리지 않고 몸베쓰를 떠났다.

준고가 딸을 위해서는 환경을 바꿔야 한다고 생각했기 때문이다. 하루하루 야위어 가는 나를 잠자코 흥미롭게 지켜보기만 하는가 싶었는데, 어느 날 혼자서 결정해 버렸다.

해상보안부에는 휴직원을 냈다. 도쿄에 사는 고마치 씨에게 연락을 취해, 보증인이 없어도 되는 싼 집을 구해 달라고 부탁했다. 공무원 숙사에 비치되어 있는 가구나 전자 제품을 제외하니 우리 부녀의 짐은 정말 보잘것없었다. 그거나마 상자에 담아 먼저 고마치 씨에게 보내고 나자 집 안에 휑한 어둠만 남았다. 차까지 팔아 버리자, 이 동네에 준고의 것이라고는 아무것도 없었다.

아빠는 나를 위해, 북쪽 바다의 사나이이기를 포기한 것이다.

알고 있었다.

그 바다 어딘가에 가라앉아 아직까지도 발견되지 않은 준고의 아버지를 생각했다. 오시오 할아버지가 말했던 것처럼, 준고는 바다에 사로잡힌 사내의 한 명이었다. 태어나면서부터 줄곧, 거뭇거뭇 거대하고 인간도 배도 삼켜 버리는 바다를 보고 자란 사람이다. 그리고 어른이 되자 자신도 순시선을 타고 바다로 나갔다. 준고는 이 고장 바다의 사나이였다.

나도 이곳을 떠나기가 두려웠다. 우리 둘 다, 북쪽의 메마른 땅에서 태어나 검푸른 바다를 보며 자란 인간이었다. 우리는 이 바다 곁에서 살고 죽을 것이라고, 당연히 그렇게 여겼다.

그런데, 이곳에서 살기가 힘들었다. 그날, 겨울 바다에 숨어 있던 괴물은 끼, 끼 애처롭게 울다가는 밤만 되면 목 놓아 나를 불렀다. 무서워서 잠을 잘 수가 없었다. 준고의 깡마른 몸에 매달려 조그맣게 비명을 지르다가 새벽에야 겨우 잠드는 나날이 시작되었다. 그래서 떠나자는 아빠의 제안에 나는 두말 없이 고개를 끄덕였다.

학교가 봄 방학을 하기 직전인 2월 말이었다. 준고와 나는 동네 사람 아무에게도 말하지 않은 채 숙사를 나섰다. 몸베쓰의 버스 터미널에서 버스를 타고 1시간 반을 달려 옆 동네인 엔가루에 가서, 엔가루 역에서 특급 열차를 타고 삿포로로 향한다. 삿포로까지는 4시간이 걸린다. 그리고 삿포로에서 다시 도쿄로 가는 것이다. 그날 아침, 첫 버스를 타려고 짐을 들고 숙사를 나선 참에 나는 준고와 손을 마주 잡은 채 휴대 전화를 꺼냈다.

"……친구에게 걸려고?"

"응, 쇼코. 잘 있으라는 말은 해야지."

그렇게 중얼거리자, 준고가 슬쩍 웃었다.

이른 아침이어서 쇼코는 잠이 덜 깬 목소리였다.

"왜?"

뭐라고 말하면 좋을지 몰랐다.

"응, 나, 이사 가. 아무 말 안 해서, 미안해."

"뭐? 언제?"

"지금."

"뭐라고?"

"쇼코, 고마웠어. 그리고 아키라에게도, 잘 있으라고 전해줘."

"아키라? 어, 응. 그런데, 하나!"

"쇼코, 아키라, 잘 부탁해."

"부탁하다니……. 그러니까 내가 뭐래. 걔, 너 좋아한다니까. 틀림없어."

쇼코는 또 연애 얘기를 꺼냈다. 그 밝은 목소리에, 나도 조금은 웃을 수 있었다. 하늘을 올려다보니, 아침인데도 해 질 녘처럼 잿빛이었다. 차가운 바람이 불어와 볼을 살며시 스치고 지나갔다.

나는 친구에게 지금까지 아무 말도 하지 않았다. 하지만 지금은 전화니까, 말할 수 있을지도 모르겠다. 느닷없이 말이 튀어나왔다. 자신이 하는 말이라 여겨지지 않을 만큼 솔직한 말이.

"쇼코, 난, 더러운 애야. 친구인데, 지금까지 아무 말 안 해서 미안해. 숨기고 있었어. 난, 더러운 애라서, 그러니까, 아키라 같은 내 또래 남자 애랑은 같이 서 있을 수도 없어. 미안해서."

내쉬는 숨이 유난히 하얬다. 나는 밀려오는 추위에 나도 모르게 목을 움츠렸다.

"하나……."

쇼코는 이제야 잠이 깨는지 심각하게, 그러나 불안정하게 떨리는 목소리로 말했다.

"네가 더러운 애라니, 대체 무슨 뜻이니?"

마법이 풀린 것처럼, 이제 더는 말이 나오지 않았다.

"나, 하나가 뭔가를 숨기고 있다고 늘 생각했어. 항상 얌전하고 말이 없지만, 그건 원래 성격이 아니라고 말이야. 더 밝고 쾌활한 애가 아닐까 하고. 언제부터, 왜 그런 생각을 하게 되었는지는 나도 모르겠지만."

"그랬구나……."

"그런데도 늘 아무 말이 없고, 눈에 띄지 않으려고 애쓰는 게 이상했어. 아무튼, 더러운 애라는 게 무슨 뜻이야?"

"아니, 그러니까……."

쇼코의 목소리가 바뀌었다. 낮고, 조심스럽게.

"혹시 너, 로스케가 너에게 무슨 나쁜 짓 했니? 그런 애들이 간혹 있대. 말은 안 하지만, 그런 소문이 돈 적이 있거든. 하지만 하나, 만약 몸에 어떤 불행한 일이 있었다 해도, 마음까지 더러워진 것은 아니잖아. 여자는, 그런 게 아니니까. 아키라도, 지금은 몰라도 어른이 되면 이해해 줄 거야. 그러니까."

"마음, 이."

나는 거기서 말을 끊었다. 잡고 있는 아빠의 손이 뜨거웠다. 이 델 것처럼 뜨거운 열기가 없으면 한시도 살 수 없다. 내 몸과 마음은 넘쳐흘러 썩어날 정도로 아빠로 가득 차 있었다.

내게는 이 이상 아무것도 들어갈 수 없다. 더는.

"아니야. 마음이, 더러운 거야. 나는 쇼코나 아키라가 생각하는 그런 애가 아니야. 미안해. 벌써 오래전부터, 나는."

유출된 기름 덩어리로 덮인 바다처럼, 오래전부터 내 마음은 오염되어 있었다. 처음으로, 친구가 알아주었으면, 하고 생각했다. 내가 어떤 인간인지. 왜, 어떻게 오염되었는지. 다르게 살 수는 없었는지. 하지만. 어떤 말로 어떻게 설명해도 쇼코는 이해하지 못하리란 생각도 들었다. 나는 바다에 가라앉은 어린애처럼, 마음 깊은 곳에 자신을 숨기고 살아왔다.

나를 아는 사람은, 아빠뿐. 나를, 더럽힌, 아버지뿐.

쇼코는 내내, 아키라가 나를 좋아한다고 상상했다. 하지만 나는 은근히, 그런 게 아니라 쇼코가 아키라를 좋아하는 것이 아닐까, 하고 생각했다. 사실이 어떤지는 잘 모른다. 나는 줄곧 아빠만 보고 있었기 때문에, 주변 일에 대해서는 어이없을 정도로 둔했다. 그리고 시간은 얼마든지 있다고 생각했으니까, 쇼코와는 더 큰 후에 언제라도 얘기할 수 있을 것이라고 생각했다. 하지만, 시간은 이제 없다. 지금 이 북쪽 땅을 떠나면 두 친구는 어떤 어른으로 성장할까. 앞으로 영영, 알 수 없으리라. 그런 생각을 하자, 너무도 허전하고 외로워, 아빠의 손을 꼭 잡았다. 아빠가 부드럽게 애무하듯 집게손가락으로 내 손바닥을 살살 긁어 주었다. 등골이 오싹해지는 짧은 쾌감이 내 몸을 훑고 지나갔다. 나는 공포에 숨을 삼켰다.

아빠에게서 벗어날 수 없다.

사람을 죽이고 났더니, 아빠가 내 신이 되고 말았다.

"……미안해."

그렇게 중얼거리고는 얼른 전화를 끊었다. 오염되지 않은 쇼코까지 더럽힐 것 같아, 더는 아무 말도 할 수 없었다. 언덕길을 다 내려가자 버스 터미널이 보였다. 길 양쪽 공터에 회색으로 물든 눈이 수북하게 쌓여 있었다.

아빠와 나는 손을 잡고서 천천히 걸었다. 휴대 전화를 눈 쌓인 공터에 던져 버렸다. 그때, 전화벨이 울리기 시작했다. 등 뒤에서 울리는 벨 소리를 들으며 계속 걸었다. 나도 집게손가락으로 아빠의 손바닥을 허망하게 애무했다. 내 애무는 어린애의 몸짓. 마음처럼 잘은 되지 않는다. 아빠가 한쪽 볼을 실쭉거리며 희미하게 웃었다. 어깨에 멘 가방이 무거웠다. 그렇게 생각하는 순간, 아빠가 갑자기 걸음을 멈췄다.

"왜?"

아빠가 나를 내려다보았다.

그러고는 말없이 내 가방을 어깨에서 내려 자신의 등에 멨다. 마음까지 이어져 있는 것 같았다. 그리고 아빠는 눈초리를 축 늘어뜨리며 또 미소 지었다. 눈 아래가 자글자글하게 주름 진 아빠의 부드러운 미소. 손을 뻗어 내 목도리를 단단히 매어 준다. 그리고 손등으로 내 차가운 볼을 쓰다듬었다.

눈물이 한 줄기, 볼을 타고 흘러내렸다.

멀리서 휴대 전화가 끈질기게 울리다가, 결국은 그 소리마저 끊겼다.

아빠와, 언젠가 헤어지게 될지도 모른다는 생각만 해도 흐르는 눈물이 멈추지 않았다. 아빠가 몸을 구부리고 검붉은 혀로, 내 볼에 흐르는 눈물을 부드럽게 핥았다. 깨끗하게 빼앗아 갔다. 아빠는 내 모든 것을 빼앗는다. 서로의 손가락을 꽉 끼고 눈속을 나란히 걸었다. 아빠가 눈물을 핥아 줄 때, 내 몸에 불이 붙었다. 나도 준고의 몸에서 분비되는 무언가를 핥고 싶었다. 아무리 더러워도 준고의 몸에서 흐르는 것이면. 완전히 변해 버리고 싶었다. 이 지경이 되었는데도, 그래도 아직 부족했다. 나는 뼈가 되어서도 헤어지지 않을 것이라고, 몇 번을 생각하면서 준고를 잡은 손에 힘을 꽉 주었다. 준고도 내 손을 꽉 잡았다. 끈끈하고 억센 힘으로.

지금까지는 다른 여자가 그렇게 거슬리지 않았다. 준고가 누구와 어떤 식으로 밤을 지내든 상관없었다. 나는 여자가 아니라 딸이었으니까. 하지만 지금, 아침 안개 속을 꿈처럼 허우적허우적 걸어가는 지금, 나는 절대 다른 여자에게 양보할 수 없다고 생각한다. 준고는 내 아빠. 내 남자. 다른 여자에게 손대면, 아빠를 죽인다.

모퉁이를 돌자 바다가 훤히 보였다. 하얀 바다에 가늘고 검푸른 줄이 몇 개나 뻗어 있었다. 마치 하얀 대형 캔버스에 파란 물감으로 그려 놓은 앙상한 나무 같았다. 뭍에서 바다로 부는 바람이 서서히 강도를 잃어 가는 얼음벌판을 조금씩 갈라놓는 계절이 온 것이다. 겨울의 끝이 머지않았다. 갈가리 찢긴 유빙은 마침내 바람에 떠밀려 천천히 해안을 떠나간다.

이제 곧 봄이 온다. 오호츠크 해에 서글픈 봄이, 뒤늦게.

하지만 그 봄을 볼 수는 없으리라.

이대로 살아가면 결국은 어떻게 될까 하고 생각하자, 슬펐다. 내가 아무리, 결혼은 안 한다, 평생 함께 살 것이라고 해도 준고는 믿지 않았다. 언젠가는 자신의 곁을 떠날 것이라고 생각하는 것일까. 아니면 준고 자신이 언젠가, 어디론가 사라질 생각인가. 앞일을 전혀 알 수 없어 마음속을 헤집고 찾아보았지만, 있는 것은 지금뿐이었다. 역시 나는 아직 어린애인지도 모르겠다.

앞으로 어떻게 될지는 전혀 모르겠지만, 만약 지금 죽는다면 여기서 시간이 멈춘다, 고 생각했다. 마음이 단단하게 이어져 있는 지금 죽으면, 차갑고 외로운 뼈가 되어서도, 그 후에 북쪽 땅과는 거리가 먼, 한없이 먼 메마른 땅에 다시 태어나도 또다시 이 사람을 만나지 않을까, 하고 생각했다.

다시 태어나도, 다시 태어나도.

몇 번이든, 몇 번이든 나는 아빠의 딸로 태어나고 싶었다.

호리호리하고 키가 큰 검은 그림자처럼 준고는 내 옆을 걷고 있었다. 흔들리는 그 옆얼굴을 올려다보면서, 죽일까, 이 사람을 죽여 버릴까, 하고 생각했다. 아무에게도 아빠를 주고 싶지 않았다. 영원히 함께 있고 싶었다. 절대 헤어지고 싶지 않았다.

내 침울한 얼굴을 보고서 준고가 깜짝 놀랐는지 눈을 부릅떴다. 그리고 안심하라는 듯, 씩 장난스럽게 웃었다.

……아아.

그 얼굴이 내 기분을 바꿔 놓았다. 왠지 아빠는 무척이나 살고 싶어 하는 것처럼 보였다. 아빠가 바다와, 태어나 자란 동네까지 버리면서 그 먼 곳에 가려는 것은, 살고 싶기 때문인지도 모른다.

"치, 아빠는 만날 웃기만 하고."

"글쎄, 그런가?"

"아빠는, 늘 그렇더라."

"그래?"

"응……."

죽일 수 없다. 역시 죽일 수 없다고 생각하면서 나도 장난스럽게 씩 웃었다. 준고도 히죽히죽 웃었다.

앞으로도 이 사람과 늘 함께 살아야 하나, 하고 생각했더니 신기하게도 눈물이 뚝 그쳤다.

가야 한다.

도망쳐야 한다.

살기 위해서는.

버스 터미널에 도착했다. 아침 첫 버스라 손님이 거의 없었다. 운전사는 오시오 할아버지와 비슷한 연배의 남자였다. 우리가 버스에 오르자 조그만 소리로 인사를 건넸다.

"어서 와요."

"안녕하세요."

아빠는 아무 말도 하지 않았다. 우리는 먼지와 기름에 전 냄새로 가득한 버스 제일 뒷자리에 조용히 앉았다. 준고는 긴 다리를 통로로 뻗고 몸을 등받이에 기댔다. 검은 코트에 검은 구두. 그리고 어두운 눈동자. 아빠에게서 죽음의 신 같은 밤 냄새가 났다.

"아빠."

나는 준고를 불렀다.

너저분한 문이 삐걱거리며 닫혔다. 버스가 덜컹, 출발했다.

어깨에 기대어 눈을 감고서, 어리광을 피우듯 나는 몇 번이나 아빠를 불렀다.

"아빠. 아빠."

"응?"

준고가 목쉰 소리로 나지막하게 대답했다.

손을 꼭 잡고, 우리는 흔들리는 버스에 몸을 맡겼다. 창밖 가득 파르스름한 유빙이 떠 있는 검은 바다가 펼쳐졌다. 마지막 보는 몸베쓰의 썰렁한 길거리가 부옇게 번졌다.

나는 얼굴을 들어 준고를 올려다보았다. 그리고 또 어리광을 피우듯 살며시 입술을 벌렸다. 준고가 몸을 쑥 내밀고 내 목구멍 속을 들여다보았다. 검게 빛나는 눈동자가 핥듯이 나를 내려다본다. 부탁이야, 하고 눈으로 애원하자, 아빠는 놀라는 표정을 지었다. 그리고 자신도 입을 벌리고, 내 목구멍 속 깊은 곳을 향해 하얀 침을 천천히 떨어뜨렸다. 끈끈하게 늘어진 그것을, 나는 꿀꺽 삼켰다. 바로 얼마 전까지, 이런 주림이 있다는 것을 몰랐다. 더. 더. 더 많이. 더 줘. 당신을.

숨을 내쉬자, 아빠는 눈가에 주름을 모으고 쓸쓸하게 미소 지었다. 그리고 몇 번이나, 몇 번이나 내 입에 침을 떨어뜨렸다. 나는 그때마다 꿀꺽꿀꺽 삼키면서, 마음으로 차오르는 죽음처럼 암울한 흥분을 느꼈다. 이것이, 아빠의 욕망의 정체일까 하고 생각했다. 하얀 거품 덩어리가 또 내 목으로 흘러든다. 꿀꺽, 하고 삼키자 혀 위에서 아빠가 끈적거렸다.

이 한 방울에 마법이 걸려 있어서, 아빠 그 자체가 되고 싶었다. 그러면 언제든 함께일 수 있다. 주리지 않아도 된다. 도망치지 않아도 된다.

내 남자.

내 남자.

아빠.

5장
1996년 3월
고마치와 잔잔함

그 아이를 처음 봤을 때부터 왠지 느낌이 불길했다. 처음이란 3년 전 여름, 준고가 섬에서 그 아이를 데려왔을 때다. 해안에 있는 수산물 가공 공장에서 본 적이 있는, 죽은 지 한참 된 생선의 탁하면서도 싸늘한 눈. 그 아이의 눈에는 그런 무엇이 있었고, 그것은 남자들이 흔히 불쌍하다느니 무력하다느니 하고 생각하는 것과는 전혀 다른 종류였다. 하지만 그렇게 느끼는 사람은 나뿐인 듯했다. 어른스럽지 못할 수도 있지만, 나는 그 아이가 몹시 싫었다.

온통 하얀 눈으로 뒤덮인 몸베쓰의 겨울 경치는 그저 적막하고 쓸쓸할 뿐이다. 3월에 들어서면 쌓인 눈이 조금씩 부드러워지면서 햇살이 비칠 때마다 금방이라도 녹아내릴 듯 투명하게 빛난다.

그날, 잠에서 깨어나 보니 날씨는 화창하고 바람도 잔잔했다. 바깥 세계가 고요한 밝음으로 가득했다. 나는 세수를 하고 옷을 든든하게 껴입고, 누구랑 마주칠지 모르니까 화장까지 꼼꼼하게 하고서 현관을 나섰다.

"준이 데리고 산책!"

부엌에서 엄마가 부르는 소리에 나는 그렇게 외쳤다. 세모 모양 뾰족한 지붕에서 떨어진 눈이 1층짜리 단독 주택을 하얀 담처럼 빙 두르고 있었다. 산책이라는 소리에 개집에서 준이 고개를 내밀고 신이 나서 몇 번이나 껑충거렸다. 목줄을 잡고 밖으로 나갔다.

우리 집은 해변에 있는 작은 도시 몸베쓰에서 단독 주택만 모여 있는 이른바 '부자촌' 한구석에 있다. 내쉬는 숨이 하얗게 얼어붙을 정도로 공기가 싸늘했지만, 그래도 걸어가면서 나처럼 강아지를 데리고 산책하는 아주머니, 아저씨와 더러 마주쳤다.

"아이고, 고마치 아니냐."

그들이 반갑게 인사를 건넬 때마다 은행에서 창구 업무를 하며 단련된 미소로 고개를 끄덕였다.

"아니, 아직 시집 안 갔어?"

늘 그렇지만, 그날 아침에도 웃음과 함께 그런 인사치레를 들었다. 나는 환하게, 그러나 약간 힘이 들어간 미소로 그들을 대했다. 눈을 밟으면서 언덕길을 내려가 해변으로 걸어갔다.

몸베쓰의 겨울은 정말 춥다. 지금도 기억나는데, 삿포로에서 하숙을 하면서 단기 대학에 다닐 때는 겨울을 보내기가 한결 수

월하다고 느꼈다. 이곳으로 다시 돌아와 취직을 한 첫 겨울, 아, 겨울은 역시 이런 거였어, 싫다, 싫어, 하고 생각했다. 아마 온 바다에 얼음 카펫이 깔리기 때문일 것이다. 바다에 떠 있는 유빙을 훑으면서 달려온 바람이 높은 지대를 지날 때면, 마치 피부가 갈가리 찢겨 나갈 것처럼 매서웠다. 견딜 수 없이 추워 잔인하다는 느낌마저 들었다.

오늘 아침은 그나마 바람이 잔잔해서 다행이다. 게다가 3월 들어서부터는 눈도 조금씩 녹으면서 한결 부드러워졌다. 끈질겼던 겨울이 이제 끝나 가고 있는 것이다.

아무튼 겨울에는 온 사방이 하얗다. 눈으로 뒤덮인 들판은 하얀 천을 씌워 놓은 것 같고, 하늘도 파란색이 아니라 부연 하양이다. 하늘과 들판의 경계가 어디인지 모를 정도다. 날씨가 나빠지면 하늘만 어두운 잿빛이 된다. 바다 역시 유빙에 뒤덮여 한없이 하얗다. 하늘과 들판과 바다가, 똑같이 차갑게 얼어붙는다.

해변 길로 들어서자, 봄이 가까워지면서 깨지기 시작한 유빙이 거뭇거뭇한 바다 위에 떠 있는 것이 보였다. 오호츠크 해의 냉혹한 겨울의 끝. 준의 목줄을 꼭 쥐고 바지런히 걸어가는데, 보도 한쪽에 우두커니 앉아 있는 조그만 사람이 보였다. 나도 모르게 얼굴을 찡그렸다.

하얀 옷을 입은 그 사람은 마치 죽은 사람을 앉혀 놓은 것처럼 축 늘어져, 하염없이 바다를 바라보고 있었다. 천천히 움직이는가 싶더니, 어깨를 푸르르 떨면서 움츠리고는 분홍색 장갑 낀 두 손으로 하얀 볼을 비비기 시작했다. 같은 분홍색 귀마개와 운동화. 하얀 다운재킷에 무릎까지 오는 체크무늬 치마. 고개를 약간 기울이고 바다를 쳐다보고 있다.

"하나!"

할 수 없이 말을 건넸다. 하나는 눈이 부시다는 듯 찡그리면서 돌아보았다. 원래가 무뚝뚝한 아이다 보니, 나를 보고서도 그저 웃는 것처럼 빨간 입술을 슬쩍 움직일 뿐이었다.

'어린애답지 못하게, 귀여운 구석이 하나도 없다니까.'

그런 심술궂은 생각을 하고 있는데, 하나가 갑자기 이쪽으로 뛰기 시작했다. 아동용 운동화를 신은 발이 눈길을 꾹꾹 밟으며 뛰는가 싶었는데, 휘청 흔들리더니 앞으로 폭 고꾸라졌다. 피식 웃음이 나왔지만, 얼른 다가가 일으켜 줄 마음은 없었다.

천천히 다가가자, 하나는 제 힘으로 일어나 창피한 듯 고개 숙이고는 눈이 묻은 무릎을 툭툭 털었다. 나는 잠자코 냉정한 눈으로 내려다보았다. 납작한 어린애의 가슴. 머리는 크고 몸에도 아직 곡선이 없어 영락없는 초등학생의 체형이다. 그런데 손발만 쑥쑥 자라는 시기인지 체크무늬 치마 아래로 드러나 보이는 다리는 부러질 듯 가늘고 어린 사슴처럼 쭉 뻗었다. 머쓱하게 웃으면서 나를 올려다본다. 나도 허둥지둥 미소로 답했다.

길쭉한 눈에 빨간 입술. 꽁꽁 땋은 검은 머리. 가느다란 리본은, 하양. 제 손으로 묶었는지 제대로 묶여 있지 않다. 저런, 하고 생각했지만, 고쳐 묶어 주고 싶은 생각은 없었다. 아직도 젖 냄새를 풍길 듯 분위기는 어린애인데, 깊은 빛이 감도는 눈동자만 일찌감치 어른이 된 것처럼 보였다. 이 또래 여자 애에 대해서는 잘 모르겠다. 내게도 그런 시절이 분명히 있었을 텐데. 어른 취급을 해도 되는 것인지, 아직 아무것도 모르는 철부지라 여겨야 하는지. 정체 모를 것을 앞에 둔 거북함에 마음이 슬며시 떨렸다.

"아침부터, 그런 데서 뭐 하고 있었니?"

"바다를 보고 있었어요. 안녕하세요, 고마치 언니."

"그래. 바다? 그런데 준고 씨는?"

"어제, 안 돌아왔어요."

하나는 혀 짧은 목소리로, 아무렇지 않게 대답했다. 하나가 그 말의 의미를 아직 모른다는 증거였다.

나도 모르게 쯧, 하고 혀를 찼다.

준고가 이 아이를 데려왔을 때, 처음에는 잘 대해 주자고 생각했다. 여자로서 준고 같은 남자와 사귀는 것이 쉽지는 않았다. 무뚝뚝하면서도 때로 한없이 자상한 그 사람을 좋아하는 것까지는 간단한 일이었다. 그런데 어이가 없어 웃음이 나올 정도로 늘 다른 여자의 그림자가 어른거렸다. 굳이 숨기려고 하지도 않았다. 화를 내고 따지면 귀찮다고 그만 끝내자고 할 것 같아 두려웠다. 그런 남자가 오직 한 사람을, 무심히 사랑할 수 있을까. 그래서 늘 채워지지 않는 답답한 심정으로 마치 참기 내기를 하는 것처럼 시간만 지겹게 흘러갔다.

지금은 사귄 지 5년이나 되어 거의 익숙해지고 말았지만, 하나를 데리고 올 즈음의 나는 여전히 그를 둘러싼 여러 가지 일과 악전고투하고 있었다. 조금이라도 유리해질 수 있는 일이라면 물불을 가리지 않았다.

그런데 이 아이는 아무도 싫어하지는 않았지만, 그렇다고 고분고분 따르지도 않았다. 좋아하고 싫어하는 사람이 분명한 준고와는 반대로 좋아하지도 싫어하지도 않았다. 마치 죽어 있는 사람처럼.

어제 돌아오지 않았다면 준고는 또 다른 여자에게 간 것이리라. 씁쓸한 심정에 입을 다문 내 얼굴을 하나는 아무 감정 없는 눈으로 관심 없다는 듯 올려다보았다.

"……흐음."

"뭐?"

"거기, 예쁘네. 고마치 언니의, 거기."

눈두덩을 가리키며, 어린애처럼 헤헤, 하고 웃는다. 당황하면서, 아이섀도를 말하는가 보군, 하고 생각한다. 오렌지 계열 아이섀도 세 가지를 엷게 펴 발라 명암을 주었다. 눈이 밝기는, 역시 여자는 여자로군, 하고 생각하자 웃음이 나왔다. 천진한 하나가 어리석게 느껴져 오히려 즐거웠다.

"하나에게는 아직 이르지. 초등학생이잖아."

경쾌한 목소리로 말했다.

"치, 내달이면 중학생이에요."

살짝 토라진 모양이다. 준이를 건성건성 쓰다듬고 있다. 내가 어린아이에게 관심이 없는 만큼이나 하나도 개 따위 생물에게는 아무 흥미가 없는 듯했다. 준이 오히려 관심을 보인다. 하나의 냄새를 킁킁 맡으면서 반갑다고 꼬리를 흔들어 댔다.

"어머, 이제 초등학교 졸업하는 거야? 그럼 몇 살 되는 거지?"

"열네 살이오."

통통한 볼이 막 짜낸 우유의 표면처럼 뽀얗고, 살결도 어린애 특유의 매끄러움을 아직 잃지 않았다. 긴 속눈썹에 조그만 눈송이가 내려앉았다. 준에게서 고개를 돌려 쓸쓸한 표정으로 다시 바다 쪽을 본다. 옆얼굴이 너무 여려서, 걸음을 내딛자마자 아까처럼 또 미끄러질 것만 같아 불안했다.

"고마치 언니, 바다가 참 예쁘다."

"그런가? 난 늘 봐서 그런지 잘 모르겠는데. 이런 시골에 있으려니까, 정말 아무 재미도 없다. 이런 데서 나이 먹고, 그러다 죽는 건가, 하고 생각하면 바다를 볼 때마다 우울해져."

"……."

하나는 이상하다는 듯이 나를 올려다보고는 다시 바다로 시선을 돌렸다.

이른 아침의 바다에는 안개가 자욱하게 끼어 있어 모든 것이 환영 같았다. 수면과 공기의 온도 차가 심한 아침에 아주 가끔, 유빙이 떠 있는 바다에서 김 같은 하얀 연기가 피어오르는 일이 있다. 겨울이 끝나 가는 지금, 물러져 여기저기 갈라지고 깨진 유빙이 아이스커피에 떠 있는 자잘한 얼음처럼 검은 바다에 둥둥 떠 있다. 그렇게 잔 유빙이 떠 있는 바다에서 어둡고 무거운 수증기가 모락모락 피어오르는 것이다. 빨려 들어갈 듯 고요한데도 바다가 소름 끼치는 비명을 지르며 떨고 있는 것처럼 보인다.

창백한 피부에, 검은 머리. 하얀 다운재킷을 입은 하나가 멍하게 바다를 바라보고 있는 풍경과 오호츠크 해를 함께 바라보자니 왠지 서글프고, 그리다 만 수묵화를 보는 기분이었다. 바다는 천천히 일렁거리면서 소리 없이 외치듯 차가운 수증기만 피워 올리고 있었다.

하나는 아주 조용했다.

"바다 안개."

혀 짧은 소리로 중얼거렸다.

"……지진이 일어난 후 같다. 그때, 이렇게 집이 불타고, 동네에서는 연기가 피어올랐는데."

나는 오싹해서, 나도 모르게 숨을 삼켰다.

관심이 없는 탓인지 평소에는 잊고 사는데, 이 아이가 지진 때문에 부모 형제를 잃은 고아라는 것이 새삼 생각났다. 불쌍한 애니까 잘해 줘야 한다는 양심의 가책과 그래도 왠지 싫고 불길한 느낌이 든다는 두 가지 감정이 내 안에서 분명하게 갈라지는 느낌이었다.

"추우니까, 얼른 집에 들어가."

간신히 찾아낸 말이 입에서 튀어나왔다. 뭐라 대답이 없어, 그 옆얼굴을 들여다보았다.

하나는 웃고 있었다. 무색의 불길 같은 안개가 한없이 피어오르는 바다를 쳐다보면서 뭐가 좋은지, 방긋거리고 있었다. 제 입으로 지진 얘기를 꺼냈으면서, 왜 웃는지 알 수 없었다. 늘 어른들에게 보이는 맥없이 미소 띤 얼굴과는 전혀 다른 얼굴이었다. 이래서, 싫다. 이 아이는 왠지 불길하다. 죽은 물고기처럼 탁하고 어딘가 모르게 징글징글한 이 느낌. 자신의 앞날을 맡기려는 소중한 남자 옆에 이렇게 이상한 애가 있는 것이 싫었다.

깨진 유빙을 더 자잘하게 부수려는 듯 바다 안개 너머에서 태양이 떠올랐다. 싸늘하고 붉은 아침 햇살에 수면이 반짝이기 시작했다. 안개도 햇살을 받아 검붉게 물들었다. 바다가 저세상에서 되살아난 차가운 불길을 분출하고 있는 것 같았다.

나는 도망치듯 얼른 해변 길을 떠났다. 준이 아쉽다는 듯 하나에게 꼬리를 흔들었다. 하나가 준의 등을 살짝 어루만졌다.

20미터 정도 걸어간 후에 슬며시 돌아보았다. 하나도 마침 반대 방향으로 종종거리고 걸어가는 참이었다. 환영 속의 불기둥 같은 조그만 등이 음산한 아침 햇살 속으로 빨려 들어가, 활활 타오르듯 사라졌다.

집으로 돌아와 준의 목줄을 개집에 다시 묶었다.

집에서 사는 것은 여러 가지로 편하다. 엄마가 준비해 놓은 아침을 먹고, 도시락을 들고 출근한다. 구청에 다니는 아빠는 나보다 30분 정도 출근이 늦다. 신문을 들척이고 있는 아빠에게 인사를 하고, 엄마에게는 준의 아침을 부탁하고 밖으로 나갔다. 미리 시동을 걸어 둔 덕분에 차 안이 따뜻했다. 눈길을 달려 출근했다.

나는 고향에서 고등학교를 졸업하고 친한 친구 몇 명과 삿포로에 있는 2년제 단기 대학으로 진학했다. 경기가 좋았을 때라 도시에서 지낸 2년은 정말 즐거웠다. 매일이 축제 같았다. 할 일이 없어 따분한 날은 거의 하루도 없었다. 졸업한 후, 친구들은 대부분 삿포로에서 취직했다. 한 명은 더 넓은 도시로 가고 싶다고 도쿄로 떠났다. 나는 맏딸이라서 고향으로 돌아왔고, 아빠의 권유를 따라 타쿠쇼쿠 은행 몸베쓰 지점에 취직했다. 경기가 내리막길로 들어서기 전이라, 은행은 이상적인 일자리였다. 그때는 사태가 이렇게 되리라고는 상상도 못했다. 나만이 아니다. 아빠도 엄마도 친척들도. 홋카이도 사람들 모두 마찬가지였다. 타쿠쇼쿠 은행은 홋카이도 사람 모두의 은행, 그 창구는 만인이 사랑하는 일자리였다.

은행 뒤에 있는 직원 전용 주차장에 차를 세우고, 뒷문으로 들어갔다.

"안녕하세요!"

목소리만 기운차게 인사하면서 출근 카드를 찍었다. 그리고 천천히 유니폼을 갈아입었다.

예금 담당 창구에서 일한 지 벌써 5년이다. 원래 창구 업무는 신입 사원이 하는 것이고, 중견이 될수록 자리가 뒷벽을 향해 물러나는 것이 보통이지만, 나는 줄곧 창구 업무만 맡고 있다. 내 입으로 말하기는 뭣하지만, 반듯하게 생긴 데다 날씬해서 그런대로 봐줄 만하니까 계속 창구 업무를 시키는 것이라고 생각한다. 하기야 이제 내 나이 스물다섯이 되었으니까, 더 오래 계속되지는 않겠지만.

활기 없는 조회가 끝나고 창구에 앉았는데도, 어딘가 모르게 침침하고 쇠락한 분위기는 바뀌지 않았다. 타쿠쇼쿠 은행은 홋카이도에서 가장 큰 은행이다. 몇 년 전까지만 해도 광고에 유명한 연예인이 등장할 정도였다. 그런데 넘쳐 나는 자금을 과도하게 대출로 돌린 타격이 컸다. 거품 경제가 꺼지면서 빠져나간 돈이 회수되지 않은 탓에 불량 채권이 급증했다. 그런 일이 모두 내가 취직한 후에 벌어졌다. 요즘은 은행이 넘어갈 것이라는 소문까지 무성하다. 그런 은행에 다니는 탓에 길을 걷다가도 동네 사람들의 불평과 근심 걱정에 찬 소리를 들어야 하니, 늘 마음이 무겁다.

"고마치 씨."

뒷자리의 여선배가 불렀다. 웃는 얼굴로 돌아보았다.

"고무도장, 여기다 놓아야지. 지난번에도 주의를 줬을 텐데."

짜증스러운 목소리로 잔소리를 한다.

"죄송합니다."

미간에 힘을 주고 애써 미소를 지으며 고개를 숙였다. 도쿄로 떠난 친구는 지금 뭘 하고 있을까, 전화라도 한번 해 봐야지. 또 알아, 재미난 일이 있는지, 하고 생각하면서 일을 계속했다.

오후 늦게 몸베쓰 경찰서의 다오카 씨가 찾아와 예금은 하지 않고 떠들기만 하다 갔다. 다오카 씨는 도시에 있는 경찰서에 근무하다가 3년 전에 몸베쓰 경찰서로 전근한 이른바 외부인이었다. 아무래도 불경기 탓에 빚에 쪼들려 옴짝달싹 못하는 신세가 되었던 모양이다. 오시오 할아버지—우리 본가 쪽 사람으로, 이런저런 일을 잘 보살펴 주는 덕에 동네 사람들이 어르신, 어르신 하며 무척 따른다—와 옛날부터 아는 사이라, 그 연줄로 몸베쓰에 온 듯했다. 다오카 씨는 사람이 그래서인지, 온 지 3년 만에 아주 오래전부터 살았던 것처럼 이 조그만 동네의 공동체에 자연스럽게 섞여들었다.

딱히 손님도 없어서, 다오카 씨와 창구 너머로 한참이나 이런 저런 얘기를 나눴다.

"미인의 얼굴이 보고 싶어서 왔지."

다오카 씨의 거리낌 없는 농담이 뒷자리에 있는 선배에게 들리지 않을까 조금 걱정스러웠다. 불안과 초조함의 불똥이 고인 물처럼 은행 안에 꽉 차 있어, 아주 사소한 빌미만 있어도 하루에 몇 번씩이나 폭발한다.

유리창 너머로, 서 있는 사람의 호리호리한 그림자가 보였다. 검은 코트를 입은 젊은 남자가 몸을 움츠리고 이쪽을 들여다보고 있다. 가벼운 미소를 띠고 한 손을 들어 신호를 보낸다. 구사리노 준고였다. 준수하게 생겼지만 웃지 않으면 인상이 약간 험악하다. 길고 가는 다리. 눈초리는 매섭지만 입매는 야무지지 못한 대신 달콤하다. 어젯밤 외박을 했다는 생각에 화가 나서 가슴이 뜨끔뜨끔 아팠다. 그런데도 눈길이 마주치자 반가움도 밀려와, 후 하고 씁쓸한 한숨을 쉬었다.

다오카 씨가 돌아보았다.

"어이구, 애인이 오셨군."

그렇게 놀리는 목소리가 실내에 울렸다. '시끄러워요!' 하는 뜻으로 눈짓하자 다오카 씨도 아차 싶은지 눈을 크게 떴다. 그 사이에 준고는 몸을 돌려, 휘청거리는 걸음으로 멀어졌다. 걸음을 내디딜 때마다 검은 코트 자락이 불미한 생물의 꼬리처럼 좌우로 흔들렸다.

"그런데, 이제 슬슬 때가 된 거 아닌가, 고마치 씨."

"슬슬, 뭐가요?"

다오카 씨 말고는 모든 사람이 내 기분을 눈치 채고 있다. 다오카 씨의 목소리가 공연히 크게 울린다. 도시에서 온 사람은 활기차고 싹싹하기는 해도 만사를 분명하게 말하는 통에 거북하다.

"사귄 지 얼마나 되었지? 고마치 씨야 물론 미인이지만, 이제 나이가 제법 됐잖아. 슬슬 결혼을 해야지. 준고 그 사람, 대체 무슨 생각을 하는 것인지. 일은 확실하게 하는데, 늘 어슬렁거리는 게. 어르신도 걱정이 크셔. 그리고 그 사람, 부양가족이 있는 몸이잖아."

"……."

"혹시, 고마치 씨, 하나에게 미움받고 있는 거 아닌가. 그 사람, 하나에게는 영 맥을 못 추니까 말이야."

"형사 아저씨가 그렇게 추궁하니까, 난감하네요."

농담처럼 말하자, 다오카 씨는 내 기분 따위는 전혀 모르는 채 뭐라고 또 말을 꺼냈다.

"고마치 씨, 셔터 내려야지. 벌써 세 신데."

뒷자리에서 선배가 구원의 손길을 뻗치듯 큰 소리로 말하면서 내 어깨를 가볍게 톡 쳤다.

"네."

대답하고 일어나면서 나는 다오카 씨에게 억지를 부렸다.

"미움을 받다니, 무슨 말씀을요. 오늘 아침에도 강아지 데리고 산책하다가 우연히 만났는데. 신나게 수다까지 떨었는걸요."

"오호, 뭐라고?"

"그 아이, 화장에 관심이 있나 봐요. 이것저것 묻더라니까요. 아직 어려도, 여자는 여자인 거죠."

"그래, 하나가 벌써? 하하하하. 재미있군."

다오카 씨는 그렇게 말하면서 너털웃음을 웃었다. 또 금방 오시오 할아버지를 찾아가 보고하면서 둘이 웃겠지, 하고 생각하자 마음이 무거워졌다. 다오카 씨는 마치 그 궁상맞은 고아의 팬 같다. 이 동네 남자들은 왜 하나같이 그 하잘것없는 아이를 애지중지하는 것일까. 애정은 넘치는데, 넘치는 애정을 쏟아 부을 상대를 찾지 못한 끈끈하고 따스한 남자들. 다오카 씨가 나가고 나자 안도의 한숨이 나왔다. 셔터를 내리는데, 선배가 중얼거렸다.

"경찰은 정말 한가한가 보다. 이래저래 30분이나 눌러 있었어."

"……미인하고 얘기를 하고 싶었나 보죠."

그렇게 토해 내듯 말하자, 선배는 소리 없이 싸늘하게 웃었다. 창밖에서는 뚝뚝 떨어져 나간 유빙이 바다를 가르며, 저녁 햇살 아래 쓸쓸한 회색으로 떠 있었다.

전표 집계 작업이 끝났다.

"딱 떨어지네요!"

선배가 그렇게 외치자, 모두들 큰 소리로 "네!" 하고 응수했다. 벽시계를 올려다보니, 5시 조금 전이었다. 전표와 회계 서류를 정리하고 나서 얼른 탈의실로 갔다. 유니폼을 벗어 던지자 뻑적지근하던 어깨가 좀 가벼워지면서, 정체된 공기에 휘감겨 있는 듯하던 기분에서 벗어나 숨쉬기도 편해졌다.

이제 그만 결혼하고 일을 관두고 싶다.

왜 대학을 졸업하고 삿포로에 남지 않았을까.

요즘은 내내 그런 상반된 생각만 하고 있다. 지금 생활이 그때 상상했던 생활과 거리가 먼 것은 어느 시점에서 선택을 잘못한 탓이다, 고향으로 돌아와 취직을 할 것이 아니라 도시 생활을 선택하는 약간의 용기가 있었더라면 좀 더 빛나는 인생을 살 수 있었을 텐데, 하고. 지금이라도 늦지 않다. 아직 이십 대다. 도시로 나가기만 하면 즐거운 일이 기다리고 있을 것 같은 생각도 든다. 그런데 이 잔잔함이 문제다. 이 체념의 잔잔함이. 왜 이렇게 아무 바람도 불지 않는 것일까. 지겹다.

얼른 옷을 입고 뒷문으로 나갔다. 주차장은 사방이 눈의 벽으로 에워싸여 있지만, 타이어가 몇 번이나 오간 자리는 눈이 녹아 흙탕과 배기가스의 검댕이 범벅된 채 시커멓다. 겨울이 끝나갈 무렵이면 흙탕이 유난히 많이 튀어 온 동네가 시커멓게 더러워진다. 이런 시기에는 북쪽의 겨울이 아름답다는 말이 순 거짓말이라고 생각한다. 해가 길어져 아직 한낮의 밝음이 남아 있는 하늘에서 살랑살랑 가는 눈송이가 뿌렸다. 치마에 흙탕이 튀지 않도록 조심하면서 차에 올라 사람 키보다 높게 치솟은 눈의 벽을 따라 달렸다.

은행과 시청, 재판소가 한데 모여 있는 길을 지나, 바다를 등지고 비스듬한 언덕길을 올라갔다. 차가운 바다와 험난한 산 사이에 낀 좁은 평야. 동네에서 한 발짝 나서면 한없이 이어지는 황량한 땅밖에 없는, 이 하찮은 고장.

봄 방학 시즌이라서 그런지, 대학생인 듯한 여행자들이 요란한 엔진 소리를 내며 몇 차례나 앞질러 갔다. 봄이나 여름이 되면, 관광객의 발길이 거의 없는 이 동네에도 손님이 찾아든다. 홋카이도를 횡단하는 젊은이들이 오토바이의 굉음을 울리며 통과하는 것이다. 준고를 만나기로 한 산기슭 조그만 찻집 주차장에 차를 세웠다. 번쩍거리는 도시 번호판을 단 오토바이가 몇 대 서 있었다. 어쩌면 여행자용 가이드북 한구석에 이 찻집 주소가 실려 있는지도 모르겠다.

딸랑딸랑.

문을 열자, 종이 처량하게 울렸다. 어두컴컴하고 먼지 냄새

나는 찻집에는 목제 카운터 자리와 테이블 자리가 있다. 테이블로 사용하는 망가진 인베이더 게임기가 있고, 기우뚱한 갈색 박스에는 옛날에 인기가 많았던 만화 시리즈가 빽빽이 꽂혀 있다. 바로 앞자리에 오토바이의 주인인 듯한 젊은 남자 셋이 앉아서, 추위에 언 몸을 움츠리고 커피를 마시고 있었다. 문 안으로 들어선 나를 돌아보고는 엇! 하면서 놀라고는 환한 표정으로 서로를 마주 보았다.

카운터 안에서 찻집 아저씨가 얼굴을 내밀고 웃으면서 안쪽 자리를 턱으로 가리켰다. 앞니 빠진 이가 드러나 보였다. 나는 젊은 이들에게 살짝 미소 짓고는 안쪽 자리로 걸어갔다. 가장 안쪽에 단골들만 모여 앉는 6인석 테이블이 있다. 밝게 빛나는 램프 아래 이십 대 남자 대여섯 명이 엉거주춤한 자세로 앉아 있었다. 이 동네 사람 아니랄까 봐 세련된 구석이라고는 눈곱만큼도 없는 차림에 썰렁한 분위기. 이 고장 사람 특유의 조금은 암울하고 무거운 눈동자에 늘 바닷바람을 쐬어서 가무잡잡하고 거친 피부.

"……왜 이렇게 늦었어."

낮은 목소리가 들리고, 남자들 속에 묻혀 있던 준고가 담배를 문 채 천천히 몸을 일으켰다. 남자들끼리 뭐가 그리 재미있을까 싶지만, 준고는 고등학생 시절부터 이 찻집의 단골이었다. 지금 함께 있는 남자들도 고등학교 시절 친구다. 찻집 아저씨 역시 고등학교 선배라는 소리를 들은 적이 있다. 나는 준고—당시에는 선배라고 불렀다—보다 두 살 아래라서 고등학교 시절의 아저씨는 어땠는지 잘 모르지만, 이 자리에 모여 있는 남자들에 대해서는 오래전부터 잘 알고 있다.

"어, 고마치 왔어."

선배 하나가 만화를 보다가 고개를 들어 나를 보았다. 지금은 본가의 수산 가공 공장에서 일하고 있는 사람이다.

"네."

내가 대답하자, "어."라고 대꾸하고는 또 고개를 푹 숙였다. 다른 남자들은 작은 소리로 시시닥거리면서 저들만의 얘깃거리에 흥이 나 있었다. 준고도 몸을 숙이더니 키들키들, 덩달아 웃고는 담배를 재떨이에 대고 원래 모습이 남아 있지 않을 정도로 집요하게 비벼 껐다. 담배를 그렇게 끄는 것은 준고의 버릇이다. 그리고 천천히 엉덩이를 들었다.

준고는 키가 크다. 여자치고는 키가 큰 나도 그 옆에 서면 한참을 올려다봐야 한다. 허우대는 멀끔한 사내라, 앞 테이블에 앉은 젊은이들이 나와 준고를 번갈아 보고는, 흐음 하면서 고개를 끄덕였다. 이 시골 동네에서 나와 준고는 나름 눈에 띄는, 이른바 선남선녀라 할 수 있다. 2년 전까지는 그 점을 자랑스럽게 여겼다. 하지만 준고가 바람을 피울 때마다 분노하고 괴로워하고 울분을 삭이고 자존심이 꺾이다 보니, 지금의 이 잔잔함이 찾아왔다.

바람이 불지 않는다. 변화가 없다. 막연하지만 뭘 원하는 것 같은데, 그게 무엇인지 모른다. 그렇고 그런 나날들.

창밖에 서 있는 준고의 차를 물끄러미 바라보았다.

"어디, 갔다 왔어?"

신경 쓰지 않는다. 일일이 고민하지 않는다. 늘 그렇게 마음먹지만, 그의 차에 잔뜩 들러붙어 있는 흙탕이 눈에 거슬렸다. 시내만 달려 가지고는 저렇게 더러워지지 않는다. 멀리 사는 여자를 만나러 갔다 온 것일까.

"어, 아사히카와."

"아사히카와?"

목소리가 날카로워졌다.

"그럼, 선배. 먼저 갑니다."

준고는 나 따위는 아랑곳하지 않고, 나른한 목소리로 아저씨에게 인사하고는 얼른 걸음을 떼었다.

"어, 그래."

아저씨 역시 나른하게 고개를 끄덕였다. 안쪽 테이블에서 처자식이 있는 선배가 중얼거리는 소리가 들렸다.

"그럼, 나도 그만 가 볼까."

고등학생 시절이나 다름없이 끼리끼리 모여 시간을 죽이고 있지만, 그들 나이도 벌써 스물일고여덟이다. 이 아무 변화도 없는 무료한 나날, 야망과는 거리가 먼 무미건조한 날들에 나는 답답함을 느꼈다. 어딘가에 좀 더 다른 생활이 있을 텐데. 찻집을 나서려고 젊은 여행객들 옆을 지나는데, 희미한 도시 냄새가 코끝을 스쳤다. 나도 모르게 고개를 돌렸다가 그들 중 한 명과 눈이 마주쳤다. 순간적으로 공범 사이 같은 묘한 분위기가 생겨났다. 누구든, 나를, 이곳에서 데려가 주면 좋을 텐데. 체념과 함께 고개를 돌리고 준고를 따라 가게를 나갔다.

"쇼핑."

준고가 중얼거렸다. 멍하게 있다가, 대답이 늦었다. 퍼뜩 정신을 차리고, 얼른 되물었다.

"쇼핑? 아사히카와에서? 왜, 내 거?"

"아니."

준고는 마지막 물음에만 짧게 대답하고서 차에 올라탔다. 내 차는 주차장에 그냥 내버려 둔 채 그의 차 조수석에 올랐다. 달짝지근한 우유 같은 냄새가 났다. 하나가 탔었다는 것을 알고는 슬며시 부아가 치밀었다.

바닷가에 있는 먹자골목에서 가볍게 식사를 했다. 5년이나 사귀고 있으니 얘기할 거리도 별로 없고, 이렇게 만나서도 아무런 대화 없이 각자 자기 생각에 몰두하는 시간이 많다. 나는 집에서 살고, 준고는 원룸에서 혼자 살았기 때문에 처음 한동안은 내가 준고의 집에 드나들었다. 그런데 2년 반 전에 그 아이를 데려와 해상보안부 숙사로 이사한 후부터는 집으로 나를 부르지 않았다.

"그야, 아이 교육에 좋지 않으니까 그렇겠지."

친구들은 그렇게 말하지만, 나로서는 당연한 권리를 빼앗긴 것 같아 짜증스러웠다. 오늘 밤에도 술집에서 가볍게 저녁을 먹고는 동네 어귀에 덩그마니 서 있는 싸구려 호텔에서 미래가 보이지 않는 시간을 보냈다. 미적지근한 정열에 몸을 맡기고서.

나는 고등학교에 입학하면서 구사리노 준고를 만났다. 준고는 2년 선배였고, 교내에서 제법 눈에 띄는 존재였다. 키가 크고, 약간 불량기가 있지만 그게 전부는 아니었다. 묘한 분위기가 있었다. 친구들과 함께 있을 때는 명랑하게 굴었지만, 혼자 있을 때면 간혹 그 옆얼굴에 싸늘한 그늘이 어려 있었다. 물론 혼자 있는 것을 본 적은 거의 없다. 동아리 활동도 전혀 하지 않고, 점심시간이든 수업이 끝난 후든 교복을 삐딱하게 입은 남녀 그룹에 끼여 운동장 한구석에서 담배를 피우거나 시답잖은 얘기를 하면서 키들거리고 웃었다.

구사리노 선배는 초등학교 4학년 때, 어부였던 아버지가 바다에서 돌아가셨다. 그때부터 우리 친척인 오시오 할아버지가 모자의 뒤를 많이 돌봐 주었다고 한다. 중학교 때 어머니마저 병으로 쓰러지는 바람에 선배는 먼 친척 집에 신세를 지게 되었는데, 그곳에서 무슨 문제를 일으켜 반년 만에 다시 몸베쓰로 돌아온 모양이었다. 무슨 일이 있었는지는 아무도 모르지만, 그때도 오시오 할아버지가 많이 도와주었다고 한다. 그 때문인지 복도에서 조심조심 말을 걸었을 때도 처음에는 의아해하더니, 오시오 할아버지의 친척이냐면서 후배인데도 이내 친절하게 대해 주었다.

어렴풋한 동경만 품은 채 1년이 금방 지나갔다. 겨울이 끝나갈 무렵 구사리노 선배의 어머니가 끝내 돌아가셨다. 그러고는 학교에도 잘 나오지 않은 채 그대로 졸업하고 말았다. 할아버지에게 물어보았더니, 졸업하면 교토로 갈 모양이더라고 가르쳐 주었다. 교토에 있는 해상 보안 학교에서 2년간 공부할 계획인 듯했다.

"그 불량스럽던 선배가 그런 직장에 들어가기 위해 학교에 다니다니, 신기하네."

"그야, 어머니를 안심시키기 위해서 원서를 낸 거겠지……."

그때 할아버지와 그런 대화를 나눴었다.

마침내 2년이 지나 내가 고등학교를 졸업하고 삿포로로 갈 즈음, 선배가 몸베쓰로 다시 돌아왔다. 대학을 졸업하고 내가 고향으로 돌아온 것은 아버지의 엄명이 있었기 때문이기도 하지만 멋지고 자유로워 보였던 구사리노 선배도 돌아왔으니까 괜찮을 것이라는 든든한 마음이 있었기 때문인지도 모르겠다.

취직을 한 후 나는 구사리노 선배와 친하게 지내는 데 성공했고, 마침내 사귀기 시작했다. 조그만 동네에서 주위 사람들 대부분이 일찌감치 결혼을 했기 때문에, 우리도 곧 그렇게 될 것이라고 쉽게 생각했다. 동네 사람들도 준고와 나의 관계를 알기 때문에 새삼스럽게 혼담을 들이미는 이도 없었다.

싸구려 호텔에서는 도로를 오가는 차 소리가 잘 들렸다.

오토바이 몇 대가 굉음을 울리며 지나갔다. 창문에 번쩍거리는 라이트 불빛이 비쳐 순간적으로 눈앞이 어찔했다.

준고가 샤워를 하는 동안, 가방을 몰래 열어 안을 살펴보았다. 다른 여자의 흔적에 시달리면서부터, 만날 때마다 준고를 관찰하고 증거를 잡으려고 가방과 지갑을 일일이 뒤져 보는 버릇이 붙고 말았다. 마음속에서 불쾌한 불길이 소리 없이 타오르고 있었다. 아사히카와에 있는 백화점 포장지가 보였다. 조그맣고 네모난 상자. 포장지가 뜯기지 않게 조심조심 펼쳐 보았더니, 빨간 벨벳 상자가 얼굴을 내밀었다. 살짝 열었다. 조그만 다이아몬드 피어스가 들어 있었다. 칫, 또 새 여자가 생긴 거야. 상자를 원래대로 다시 싸 놓고서, 다리를 꼬고 침대에 걸터앉아 마음속으로 중얼거렸다.

"이 정도야 아무것도 아니지, 뭐."

샤워를 하고 나온 준고가 미간을 찡그리며 담배를 입에 물고는 내게 등을 보인 채 불을 붙였다. 연기를 깊이 빨아들였다가 후, 하고 소리를 내면서 길게 토해 낸다.

고등학생 시절에 혼자 있을 때면 보였던 무표정하고 싸늘한 옆얼굴과 똑같은 얼굴이었다. 옆에 있는데, 무슨 생각을 하는지 알 수가 없었다. 처음 사귀기 시작했을 때는 달짝지근한 분위기가 강했는데, 점차 나와 있을 때도 이런 얼굴을 하는 일이 많아졌다.

싫증이 난 것일까. 아니면 말은 하지 않아도, 이제 우리도 슬슬, 하고 생각하고 있는 것일까.

"오늘 아침에, 하나 만났어."

다오카 씨에게 들은 소리가 마음에 걸렸는지, 나도 모르게 관심을 끌려고 하나 얘기를 꺼냈다. 담배를 입에 문 채로 준고가 이쪽을 돌아보았다. 내가 방에 있다는 것이 이제야 생각났다는 듯, 이상한 표정으로 눈을 찡그리며 나를 쳐다보았다. 그러고는 고개를 약간 옆으로 기울였다. 그러자, 준고가 하나와 무척 닮아 보였다. 친척이니까 그럴 수도 있겠지만, 그래도 때로는 의아할 정도로 두 사람이 비슷한 몸짓을 한다.

"하나를?"

"응."

나는 애써 웃었다. 준고는 점점 더 이상하다는 듯한 표정을 지었다.

"아침에, 준이 데리고 산책하러 나갔다가, 해변 길에서 만났어. 바다를 보고 있다던데. 참 이상한 애야. 바다 보는 게, 뭐가 그렇게 재밌다고."

"그 아이는……, 바다에서 온 애야."

담배 연기가 흔들렸다. 준고가 담배를 문 채로 웅얼웅얼 말했다. 별 관심이 없는 나는 눈길을 돌리고, 먼지 낀 보라색 벽지를 의미 없이 바라보았다. 군데군데 벗겨져 누런 벽이 그로테스크하게 드러나 있었다.

준고가 후, 하고 담배 연기를 토해 냈다.

그 눈이 죽은 물고기처럼 탁하게 빛나는 하나의 눈과 너무 닮은 것 같아서 나도 모르게 외면하고 말았다. 텔레비전을 켜려고 손을 뻗었다. 중얼거리는 준고의 목소리가 독백 같은 울림으로 귀에 파고들었다.

"하나는, 바다에서 왔어. 바다에서, 바다에서 내게로 돌아온 거야."

"……돌아왔다고? 그게 무슨 소리야?"

"원래, 내 것이었어. 그 아이, 전부가. 다 내 거야."

돌아보려 했는데, 등 뒤에 묵직하게 고여 있는 공기의 어둠에 고개가 말을 듣지 않았다. 나는 옛날부터 잘 알고 있는 구사리노 선배를 등진 채, 빠르게 내뱉었다.

"무슨 소리야, 그게? 아니 그보다, 감기 걸리지 않게 조심해야지. 옷도 얇게 입고 어정거리고 있던데. 어린애가."

등 뒤에서 준고가, 풋, 하고 낮게 웃었다. 벽에 비친 그의 긴 그림자가 유령처럼 흔들렸다.

올해는 눈이 눈 깜짝할 사이에 녹아 버렸다. 3월이 어느덧 끝나 갈 즈음, 사람 키만 하던 눈의 벽이 흐물흐물 녹아내리더니 흙탕과 뒤섞여 온 길이 추적거렸다. 세차를 해도 소용이 없어, 아랫부분에 흙탕을 잔뜩 묻힌 채 차를 모는 수밖에 없었다.

그날 밤, 부자촌 한가운데에 있는 본가에서 오랜만에 모임이 있었다. 나는 저녁때 우리 부모를 차에 태우고 집을 나섰다. 요즘 경기에 온통 신경이 쏠려 있는 아버지는 불안해서 견딜 수 없다는 듯이 내게 물었다.

"고마치야, 너희 은행도 위태위태하냐?"

엄마는 무릎에 올려놓은 게 그라탱의 맛에만 지나칠 정도로 신경을 곤두세웠다.

"아이들도 많은데, 좋아라 하겠지?"

그렇게 몇 번이나 묻기에 나는 적당히 맞장구를 쳐 주었다.

본가에 사람들이 모일 때 늘 사용하는, 정원이 내다보이는 널따란 마루방에 벌써부터 남자들이 모여 앉아 게와 다시마와 어묵을 안주로 청주를 홀짝거리고 있었다. 오시오 할아버지는 이런 모임을 좋아해서, 무슨 일이 있다 싶으면 남자들을 불러 모아 술잔을 기울이며 문젯거리, 고민거리를 들어 주고 의논 상대가 되어 주곤 했다. 동네 사람 전체가 서로에 대해 잘 알고 또 서로를 잘 도와 마치 대가족 같았고, 그 중심에 늘 '어르신'이 있었다. 아버지는 이 동네의 그런 점이 북쪽 땅을 일궜던 개척자 시절부터 내려온 풍습이라고 말하지만, 나로서는 이해하기가 어려웠다. 오시오 할아버지는 친척이나 시의원 등의 동네 사람 말고도 경찰이나 해상보안부 사람까지 모임에 종종 불렀다. 그들 중 일부는 이곳으로 전근 온, 이른바 외부 사람이었다. 아버지는 그들과도 술잔을 돌리면서 친분을 쌓아, 무슨 일이 생기면 도움을 받을 수 있도록 하는 것이라고 했다.

여자들은 부엌에 모여 안주를 준비하고 술을 데우느라 분주했다. 나도 아버지를 마루방에 남겨 놓고 엄마와 함께 부엌으로 갔다. 엄마가 그라탱을 꺼내 놓자, 여자들이 입을 모아 감탄사를 늘어놓았다.

"우리 아키라에게 맛 좀 보라고 해야겠네. 얘야, 아키라!"

본가의 젊은 안주인이 초등학생인 아들을 큰 소리로 불렀다.

"엄마는, 나 지금 친구들이랑 게임하고 있단 말이야."

한 남자 애가 다가와 투덜거렸다. 얼굴이 제법 영리해 보였다.

"알았으니까, 한 입만 맛봐. ……친구들이랑? 하나도 같이 놀고 있지?"

"하나는 아직 안 왔어."

"그러니. 그럼 구사리노 씨도 아직 안 왔겠네. ……어때?"

"맛있어요."

아키라는 한 입 먹고는 모두를 향해 깍듯하게 고개를 숙이고 아이들이 모여 있는 안쪽 방으로 뛰어갔다.

"아유, 듬직해라. 역시 맏아들이라 다르네."

누군가 그렇게 말하자, 젊은 부인은 기쁜 듯이 소리 나게 웃었다.

"올 봄이면 중학생인데 듬직할 만도 하지. 마냥 어린애인 줄만 알았는데 말이야."

"고마치, 술 따끈하게 데워졌다. 마루방에 좀 들고 가. 곱상하게, 알았지?"

"아무렴, 미인이 들고 가야 아저씨들도 좋아하지. 다들 예쁜 여자라면 사족을 못 쓰니까. 그래, 음식은 고마치가 나르는 게 좋겠어."

엄마에게 쟁반을 건네받은 나는 방긋 웃으면서 부엌을 나갔다.

"고마치도 슬슬 결혼을 해야지."

"올해 몇 살이더라?"

등 뒤에서 그렇게 쑥덕거리는 소리가 들렸다. 마루방에서는 얼근하게 취한 아저씨들이 안주를 먹으면서 왁자지껄하게 얘기하고 있었다. 요즘 경기와 동네 사람들 사이에 떠도는 소문. 내가 다가가자, 주전국회(住專國會. 1996년 1월 주택 금융 전문 회사의 불량 채권 처리를 위해 6,850억 엔의 공적 자금 투입을 심의한 국회를 이름—옮긴이) 얘기를 하고 있던 아저씨가 타쿠쇼쿠 은행의 적자 결산에 대해 조금 격한 목소리로 물었다.

"저야 창구에만 있는데, 어떻게 알겠어요."

"그야 그렇지. 여자에게 물어봐야, 뭘 알겠어."

다행히 다른 아저씨가 두둔해 주었다. 시집은 언제 가느냐는 소리를 하기 전에 방실방실 웃으면서 자리에서 슬쩍 일어나, 쟁반을 한 손에 들고 어두컴컴한 툇마루로 나갔다.

바깥 공기를 마시려고 툇마루에서 심호흡을 했다. 날이 저물어 가고 있었다. 군청색 하늘이 바다를 향해 축 늘어지듯 망막하게 펼쳐져 있었다. 본가의 정원에서 한눈에 내려다보이는 바다 경치가 정말 장관이었다.

심호흡을 하는 순간, 겨울의 끝과 봄의 시작 사이의 한순간 동네를 가득 채우는 역한 냄새를 한껏 들이마시고 말았다. 이 계절, 바다를 뚜껑처럼 덮고 있던 유빙이 갈라지고 깨지면서 해안을 떠나 러시아로 돌아가기 시작하면 동시에 바다가 열린다. 뚜껑이 열린 바다와 가공 공장에서 버리는 생선 대가리와 내장 냄새가 뒤섞여 비릿한 악취를 풍긴다. 바람은 놀라우리만큼 잔잔하다. 겨울도 봄도 아닌, 그저 잔잔하기만 한 이 계절. 이런 때가 해마다 찾아온다. 바람이 살랑만 불어도, 미지근하고 눅눅한 노인의 손바닥이 살을 더듬는 것처럼 징그러운 느낌에 온몸이 오싹한다.

아아, 지겹다. 쟁반을 한 손에 든 채 얼굴을 찡그리는데, 언덕길을 올라오는 두 사람이 보였다.

키가 크고 호리호리한 실루엣의 젊은 남자. 걸음을 내디딜 때마다 검은 윗도리가 그림자처럼 너펄거린다. 그 옆에는 그의 허리쯤밖에 오지 않는 자그마한 어린애가 있다. 땋아 내린 검은 머리와 길쭉하고 적막한 눈. 하얀 점퍼에 소박한 꽃무늬 치마를 입은 차림으로 약간 고개를 숙이고 걷고 있다. 손을 꼭 잡은 두 사람은 정처 없이 떠도는 가난한 나그네처럼 딱히 서두르는 기색 없이 흔들흔들 언덕길을 올라왔다.

준고와 그 아이다.

아이의 걸음에 맞춰 평소와 전혀 다른 느릿한 걸음으로 준고가 다가왔다. 하나를 내려다보는 옆얼굴에는 조금도 그답지 않은, 맥 하나 없는 묘한 미소가 어려 있었다. 하나가 준고를 올려다보며 생긋 웃었다. 준고가 일부러 걸음을 멈추고서, 아이의 머리를 마구 쓰다듬었다. 하나가 고개를 약간 갸웃하며 준고를 쳐다본다. 옆얼굴이, 마치 몰아치는 폭풍우로부터 꼭 지켜 주지 않으면 안 될 것처럼 연약하고 창백했다.

준고가 담배에 불을 붙이려 했다. 그때 미적지근한 바람이 불면서 짧은 앞머리가 너울거렸다. 하나가 발돋움을 하고서 두 손을 뻗어 담배를 감싸 불을 지켰다. 준고는 깊이 한 모금 빨고서 정말 귀엽다는 듯이 하나의 머리를 부드럽게 쓰다듬었다.

"둘이 잘 지내고 있는 것 같구나."

귓가에서 나는 소리에 나는 화들짝 놀랐다. 둘을 쏘아보는 내 눈초리를 보지는 않았을까 싶어 당황했지만, 옆에 선 오시오 할아버지는 내 얼굴 따위는 보고 있지 않았다. 동네에서 제일가는 수완가이며 사업가다운 빈틈없는 얼굴에 웬일로 흐뭇한 미소가 감돌고 있었다. 평소와 다른 온화한 표정이 마치 마음씨 너그러운 할아버지처럼 보여 다시 한번 놀라고 말았다.

"남자 홑몸으로 잘 키우고 있군."

다른 아저씨도 다가와 중얼거렸다. 나는 씁쓸하게 웃으면서 고개를 끄덕였다.

"저 아이 아버지가 태풍 때문에 죽었을 때가 어제 일처럼 생생해."

"네? 하나의 아버지가요?"

"아니지. 준고 군, 준고 군의 아버지 말이야. 난 그전부터 그 사람을 잘 알고 있었어. 그래, 이래저래 골치 아픈 사람이었지. 그렇죠, 어르신?"

할아버지도 기억이 난다는 듯이 허망하게 웃었다.

"그랬지. 술도 많이 마시고, 마누라도 많이 울렸어. 그래도 아들 사랑은 끔찍했지."

"맞습니다. 아들도 어부로 만들겠다면서 어렸을 때부터 바다로 데리고 나갔죠. 다짜고짜 바다에 내던졌는데도 준고 군, 낄낄거리며 웃고. 장난꾸러기였죠. 그 아비에 그 아들 아니랄까 봐, 애교가 있는 게 딱 닮았어요."

"그래, 그 아비는 훌륭한 어부였지."

"네, 바다의 사내였죠. ……그런데 갑자기, 몰아치는 태풍에 배가 침몰하는 바람에 동료들과 함께……. 아까운 사람을 잃었지. 그때 뉴스에도 나왔지만, 우리도 온 힘을 다해 찾았고, 해상보안부도 온 바다를 샅샅이 훑었지만, 끝까지 배도 사람도 발견하지 못했어. 준고 군은 어머니와 둘이서 며칠이나 바다 앞에서 넋이 빠져 있었어. 마누라가 아주 얌전하고 친절한 사람이었는데, 남편을 먼저 보내더니 갑자기 아들에게 엄격해졌지."

"그랬군요."

나는 쟁반을 껴안고 선 채로 조그맣게 대꾸했다.

"타고나기를 아주 성실한 사람이었으니까."

할아버지가 그렇게 중얼거렸다.

아주 옛날, 그러니까 막 고등학교에 올라갔을 때, 구사리노 선배와 그의 어머니인 듯한 여자를 딱 한 번 본 일이 있다. 시립병원 앞에 있는 조그만 공원에서, 구사리노 선배가 휠체어에 탄 반백의 머리에 비쩍 마른 여자와 함께 있었다. 여자는 미간을 잔뜩 찌푸린 험한 표정을 하고서 성난 목소리로 계속 고함을 질러 댔다. 구사리노 선배는 아무 말 없이 휠체어만 밀었다. 그러고 한참이 지나, 그가 고등학교를 졸업하기 직전에 어머니가 돌아가셨다는 소리를 들었다. 그때, 그 비쩍 마르고 고함을 질러대던 여자가 바로 그의 어머니였나 보다고 생각했다.

"성실한 사람이다 보니, 홀몸으로도 아들을 잘 키워 보겠다고 아버지 역할까지 하려 든 거겠지. 아들이 참 측은했지. 어머니 사랑을 그렇게 못 받고 자란 아들도 없을 거야. 아버지가 엄격한 게 그나마 낫지. 우리도 도와줄 수 있는 일은 도와주려고 애를 많이 썼는데…….”

할아버지가 느릿느릿 중얼거렸다. 아저씨는 가늘게 뜬 눈으로 천천히 다가오는 준고와 하나를 쳐다보았다.

“그래도 준고 군이 저 친척 아이를 잘 키우고 있군요. 너무 엄격하게 굴지도 않고, 잘 돌봐 주는 것 같습니다. 간혹 아이 혼자 두고 집을 비우는 것이 걱정이지만. 그거야, 하는 일이 그러니, 어쩔 수가 없겠지요.”

“그렇지.”

“왜 그때, 하나 에미가 임신을 했을 때, 준고 군이 저 아이 부모님 집에 한동안 있었지요. 어머니가 병으로 쓰러졌을 때, 그 집에 신세를 졌지 않았습니까. 그래서 하나에게 더 애착을 갖는지도 모르겠군요.”

“…….”

오시오 할아버지는 그 말에는 아무 대답도 하지 않고, 굳은 표정을 아저씨에게 보이지 않으려는 듯 고개를 숙였다. 그 침묵이 이상해, 나는 할아버지의 얼굴을 슬쩍 들여다보았다. 그때, 할아버지가 힘이 들어간 목소리로 불쑥 말했다.

“……저 아이는, 만약 준고 군에게 부족한 점이 있으면, 우리가 힘을 모아 키우면 돼. 어이구, 왔구나. 하나야, 어서 와라! 어서 와!"

언덕길을 다 오른 두 사람이 정원으로 들어섰다. 오시오 할아버지는 눈가를 축 늘어뜨리고 반가운 목소리로 하나를 불렀다. 하나는 불안하게 준고의 옆얼굴을 올려다보았다. 가 보라는 듯 준고가 꼭 잡은 손을 풀고 하나의 머리를 툭 밀었다. 그 순간, 하나가 기운차게 뛰어 할아버지 앞으로 오더니 혀 짧은 소리로 인사를 했다.

"안녕하셨어요."

할아버지는 사랑스러워 깨물어 주고 싶다는 듯이 하나의 머리를 몇 번이나 쓰다듬었다. 나는 하나의 옆얼굴만 냉정하게 관찰하고 있었다. 하나는 할아버지가 머리를 쓰다듬는 동안 고행을 견디는 것처럼 입을 꼭 다문 채 고개를 숙이고 있었다. 할아버지는 주름 진 손바닥으로 하나의 어린 기운을 빨아들이듯 한없이 머리를 쓰다듬었다. 그러고는 주름이 자글자글하고 메마른 입술을 하나의 귀에 대고 쉰 목소리로 말했다.

"안에 있는 방으로 들어가 보거라. 아키라가 친구들과 놀고 있어. 과자도 많이 준비해 놓았다."

하나는 고개를 까딱 숙였다. 준고가 그 등을 살며시 밀자, 툇마루 밑에 조그만 신발을 벗어 놓고 복도를 종종거리며 걸어갔다.

오시오 할아버지와 아저씨가 하나 뒤를 따라 아이들 방까지 가면서 큰 소리로 외쳤다.

"얘들아, 하나가 왔다!"

"다 같이 재미나게 놀아라!"

그 순간, 왁자지껄하던 소리가 뚝 그쳤다. 그리고 친구인 듯한 여자 애가 복도로 뛰어나와 하나의 팔을 끌었다.

"우리 같이 게임하자!"

하나는 여자 애가 잡아끄는 대로, 마치 무게가 없는 껍질뿐인 인형처럼 휘청거리며 방 안으로 모습을 감췄다. 변함없이 할아버지든 아이들이든, 누구에게나 순종적이었다. 벌써 오래전에 죽은 사람처럼.

툇마루에 나와 준고만 남았다. 담배를 다 피운 준고는 복도 끝, 아이들이 모여 노는 방에서 새어 나오는 밝은 빛을 망연히 바라보았다. 꿈을 꾸는 듯, 그러나 어딘가 모르게 무기력해 보이는 묘한 눈빛. 마루방에서 해상보안부 남자들이 술에 취한 벌건 눈을 하고 준고를 불렀다.

"어이, 구사리노! 자네 이거 말이야……."

누군가가 만들어 온 듯한 음식을 가리키며 주절주절 말했다.

"네, 뭔데요?"

준고가 대답하면서 신발을 벗고 마루방으로 올라갔다. 준고는 해상보안부 순시선에서 음식을 담당하고 있다.

"이거 말이야, 우리 배에서도 좀 만들어 봐. 난 옛날부터 이런 걸 좋아했거든."

상사가 그렇게 말하고는 건배도 하는 둥 마는 둥 음식으로 젓가락을 내밀었다.

"아, 만들 수 있습니다."

"정말? 그거 잘됐군. 그런데 말이야, 자네 이거 만들 줄 알면, 마누라도 다 필요 없다니까."

"그럼요, 필요 없죠."

준고가 거침없이 웃었다. 술잔에 청주를 따라 건배를 한다. 찻집에서 친구들과 어울려 놀 때와는 전혀 다른 사람처럼 싹싹한 미소를 띠고 침착하게 직장 동료들과 술잔을 기울이고 있다.

"마누라는 필요 없다?"

"네. 딸만 있으면, 충분합니다. 정말로. 좀 이상한가요?"

"아니, 우리 친척 중에 아직 못 가고 있는 아이가 있어서 갖다 안기려고 했는데 말이야."

"못 가고 있는 사람, 필요 없습니다."

"나를 닮아서, 잘생겼다고."

"닮았으면 더 필요 없죠. 그 얼굴에 여자라니. 어이, 안 그래?"

"뭐, 무슨 얘긴데?"

대화의 고리가 점점 퍼져 나가면서, 준고가 남자들 사이에 묻혀 어디에 있는지조차 알 수 없어졌다. 말소리가 시끌벅적하게 울리는 가운데, 준고의 목소리가 간혹 내 귀에 날아들었다.

"가족이란 게 뭔지, 도무지 모르겠단 말입니다. 대체 가족이 뭡니까?"

나이가 지긋한 아저씨들이 이런저런 가정 얘기를 시작했다. 나는 여기저기 흩어져 있는 그릇을 모아 쟁반에 담았다. 또 준고의 목소리가 들렸다.

"더 원하든지, 이제 그만 필요 없든지, 그 두 가지밖에 없어요. 난……. 싫증도 금방 나고……."

무슨 소리인지 마음에 걸려 귀를 쫑긋 세웠지만, 남자들의 얘기 소리에 가려 더는 들리지 않았다.

쟁반을 들고 얼른 부엌으로 돌아갔다. 냄비 속을 휘젓고 있던 엄마가 버럭 화를 내었다.

"어디서 그렇게 시간을 끌다 오는 거니, 너는?"

나는 어깨를 으쓱했다. 또 쟁반에 음식과 술이 수북하게 담겼다.

마루방으로 돌아가니, 한구석에 나이가 지긋한 아저씨들끼리 모여 술잔을 주거니 받거니 하고 있었다. 주로 불경기와 범죄 얘기를 나누고 있는 듯했다. 다오카 씨가 도시에서도 외국인 범죄가 늘어나고 있다고 격앙된 목소리로 말하자 아저씨들이 얼굴을 찌푸리고 몇 번이나 고개를 끄덕였다.

"요즘은 몸베쓰에도 외부 사람들이 많이 들락거려서 말이야. 그리고 로스케는 대개 질이 나쁘잖나. 생선 팔려고 왔다가 무슨 짓을 하고 갈지 알 수가 없으니. 도둑질을 하거나 노인네나 여자들에게 몹쓸 짓을 하고서도 배 타고 휙 가 버리면 잡을 수도 없고 말이야."

"로스케도 그렇지만, 휴가철이면 벌떼족이 시끄러워서 말이야. 벌떼족도 무슨 짓을 할지 알 수가 있어야지."

아저씨들은 오토바이를 타고 홋카이도를 달리는 젊은 여행자들을 붕붕 시끄럽다고 해서 벌떼족이라 불렀다. 나는 음식을 내려놓고, 한두 마디 대화에 끼어들었다가, 방긋방긋 웃으면서 일어섰다. 나 자신은 도시에서 생활한 경험이 있기 때문에 아저씨들처럼 외부 사람을 경계하는 마음은 없었다. 로스케와도 술집에서 마주치면 짧은 말이나마 즐겁게 나눌 수 있고, 도시에서 온 관광객들과도 때로 허물없이 대화하곤 했다. 이 조그만 동네 남자들은 자신의 여자를 지키려는 의무감이 너무 강한 나머지 외부 사람을 지나치게 경계한다. 그 반면, 한번 받아들인 사람의 인생에 대해서는 모두들 철저하게 책임지려 한다. 무슨 사연이 있었겠지만, 아무튼 빚 때문에 도시에서 내려온 다오카 씨도 동네 사람으로 받아들인 후에는 아무도 나쁘게 말하지 않고, 무슨 일이 생기면 두둔해 주려는 분위기가 농후했다.

그렇게 작지만 따스한 개척자들의 자손으로 뭉쳐진 공동체에, 다오카 씨와 비슷한 시기에 발을 들여놓은 사람이 바로 그 묘한 아이였다.

준고가 어느 틈에 없어졌다 했더니, 툇마루 구석에서 담배를 피우고 있었다. 옆에 놓여 있는 빈 맥주 캔을 재떨이 삼는 듯했다. 소리 없이, 아무도 모르게, 그리고 아주 자연스럽게 다가가 기댔다는 듯이, 옆에 하나의 조그만 등이 있었다. 쟁반을 한 손에 든 채 기둥에 기대어, 두 사람의 야윈 뒷모습을 쳐다보았다.

서로 아무 말이 없는 듯했다. 하나는 행복한 표정으로 눈을 가늘게 뜨고 말없이 주스를 마시고 있었다.

귀를 기울이자, 멀리서 울리는 파도 소리처럼 하나의 가녀린 목소리가 들려왔다.

"교복 말이지, 몸이 쑥쑥 크니까 큰 사이즈로 사래, 선생님이."

"세일러복?"

"응. 아빠 다닌 중학교지?"

"생각해 보니 그러네."

"아빠도, 스탠드칼라 교복 입었어?"

"물론, 입었지."

"이상해. 어른인데."

"지금은 어른이지만 옛날에는 어렸잖아. 그리고 칼라를 개조했었어. 안감에 빨간색 용 모양 자수. 아빠가 좀 불량소년이었거든."

하나가 까르륵거리고 웃었다. 저 아이가 저렇게도 웃나 싶어, 나는 신기했다. 줄곧 죽은 사람 같다고 생각했는데, 준고가 옆에 있으면 쓰윽 되살아나 다시 삐거덕거리며 움직이는 것인지도 모르겠다. 공동체에서 받아들여 어른과 아이들의 관심 속에 자라고 있지만, 하나는 우리들이 어떻게 하든 거부하지 않고 그냥 내버려 둘 뿐이다. 준고 역시 지금은 침착한 모습으로 여기 있지만, 실은 동료든 누구든 별로 상관하지 않는지도 모른다. 저 두 사람은 참 많이 닮았다. 마치 진짜 아버지와 딸처럼. 형제처럼. 서로에게 서로만, 양딸만, 양아버지만 있으면 된다는 배타적인 서늘한 분위기를, 문득 느꼈다.

그런데 왜 다들 알아차리지 못하는 것일까. 태생이 너그러운 사람들은 타인의 냉정함을 못 느끼는지도 모르겠다. 바깥의 적만 경계하느라 안에 이물질이 섞여 있는 줄은 생각도 못하는 것이다. 모두들.

술자리가 누군가의 목소리에 흥이 잔뜩 올랐다. 술기운이 돌면서 밤이 점차 활기를 띠기 시작했다. 누군가, 옛날 유행가를 부르기 시작했다. 나는 멍하니 그 노랫가락에 귀를 기울이고 있었다.

"이거, 맛없어."

하나가 그렇게 중얼거리면서 준고에게 혀를 내밀어 보였다. 달빛 아래, 빨간 입술에서 분홍색 촉촉한 혀가 쏙 튀어나와 손짓하듯 빛났다. 혀 위에 조그만 알사탕이 있었다. 하나는 얼굴을 찡그리고 길쭉한 눈을 어렴풋이 반만 뜨고 있었다.

"맛없어?"

"써. 녹차 사탕이야."

"맛이 없을 리가 없지. 어르신이 준 건데."

"……."

"어디."

준고가 하나의 조그만 입을 들여다보며 자신의 혀를 내밀었다. 하나와 달리 칙칙한 색에 메마른 빛을 지닌, 유독 긴 혀였다. 쟁반을 껴안고 어리둥절하게 보고 있는 내 눈앞에서 두 사람의 혀가 뒤엉켰다. 사뭇 익숙한 놀림으로 서로의 혀를 휘감고, 맛보고 있다. 그러다 하나가 빨고 있던 사탕이 준고의 입속에서 사라지고, 하나는 아무 일도 없었던 것처럼 입을 다물었다. 그리고 조그만 두 손으로 주스를 들고 꿀꺽꿀꺽 마셨다. 준고는 담배에 불을 붙이면서 말했다.

"쓴 정도는 아닌데, 뭘."

"그래도 맛없잖아."

"어른의 맛."

"피, 아니야."

하나는 진짜로 토라졌다.

잠시 담배를 피우면서 준고는 옆에 앉아 있는 하나의 옆얼굴을 바라보았다. 골격이 닮은 것인지, 둘의 뒷모습이 풍기는 분위기가 신기할 정도로 비슷했다. 마치 하나가 준고의 축소판 같았다. 이렇게 보니 얼굴의 옆선도 비슷하다. 준고가 다른 사탕을 집어 입에 휙 던져 넣었다.

"이건 맛있는데."

"정말?"

"우유 맛."

"아!"

하나가 아양을 부리듯 입을 벌렸다. 창백한 피부에 검은 머리. 나는 차림새도 하얗고 소박한 데다 늘 얌전한 하나를 눈과 검은 바다로 덮인 이 동네 경치만큼이나 하잘것없는 아이라 여겼다. 늘 그리다 만 수묵화처럼 부옇고 축축하다고. 그런데 입술만 빨갛게, 저세상에서 차갑게 타오르는 불길 같았다. 벌린 입에서 분홍색으로 빛나는 혀가 쏙 나온다. 아이의 혀가 저렇게 끈끈하고 촉촉한 것일까. 미소를 띠고 있는 탓에 준고의 가뭇가뭇한 옆얼굴이 약간 일그러졌다.

'딸만 있으면, 충분합니다. 정말로.'

'가족이란 게 뭔지, 도무지 모르겠단 말입니다.'

방금 전에 들었던 그의 목소리가 귓속에서 불길하게 되살아났다.

'더 원하든지, 이제 그만 필요 없든지, 그 두 가지밖에 없어요. 난…….'

딸을 더 원하듯, 혀가 미끈미끈 휘감기는가 싶더니 하얀 사탕이 딸의 입속으로 옮겨 갔다.

"아, 달다."

"어린애 맛."

"……아니야."

나는 움찔하면서 한 걸음 뒤로 물러났다. 초등학교 6학년짜리 어린애와 스물아홉 살이나 된 남자의 그런 모습이 왠지 징글징글했다. 하나와 희롱하는 준고가 전혀 모르는 낯선 남자 같았다. 뭔가 알 것 같은데, 내 안의 상식이 그런 생각은 하지 말라고 자신을 나무랐다.

준고가 흠칫 돌아보았다. 서 있는 나를 보고는, 누가 본다고 난처할 광경은 아니라는 듯 눈가에 주름이 잡히도록 씩 웃고는 다시 눈길을 돌렸다. 나는 휘청거리는 걸음으로 마루방으로 들어갔다.

"어, 고마치 아니냐."

오시오 할아버지에게 붙잡혀, 이런저런 얘기를 하다가 부엌으로 돌아갔다.

겨우 술상을 다 본 여자들이 저마다 자리를 차지하고 앉아 술자리를 벌여 놓고 있었다. 장소는 비록 부엌이지만, 내가는 음식에서 좋은 부분을 슬쩍슬쩍 남겨 둔 덕분에 꽤 호사스러웠다.

"아, 아줌마들, 나빴다."

아이들이 몰려와 투덜거린다.

"어머, 난 아줌마가 아니지!"

그렇게 말하며 웃자, 하나 또래 여자 애가 웃으면서 혀를 쏙 내밀었다.

"아차. 미안, 언니!"

어린애의 혀였다. 색도 없고 건전하고 끈끈하지 않은. 그럼, 아까 그 혀는 뭐지? 나는 겉으로는 웃었지만 가슴이 술렁거려 바늘방석에 앉아 있는 기분이었다.

젓가락으로 음식을 집어 먹기 시작한 순간, 폭발할 듯한 식욕을 느꼈다.

체형을 유지하기 위해 고등학교 때부터 계속 다이어트를 하고 있었다. 특히 몸베쓰에 돌아와서는 차만 타고 다니지 걷지를 않으니까 전보다 살이 찌기 쉬웠다. 조심하느라 조금만 먹는 습관이 들어 있었는데, 한번 먹기 시작했더니 아무것이나 다 맛있고 마음의 갈증이 해소되는 것 같아 정신없이 먹어 댔다.

마루방에서 남자들이 껄껄거리고 웃고 떠들고 한탄하는 낮은 소리가 울렸다. 마치 촉촉하고 따스한 생물처럼, 남자들은 오늘 밤도 하나가 되어 있었다.

4월이 되자 그렇게 삭막한 잿빛으로 물들어 있던 경치가 한낱 거짓이었던 것처럼 녹아내리더니 땅에서 선명한 초록색 머위가 쏙쏙 고개를 내밀었다. 조개껍데기가 깔려 있는 해변 길은 걸을 때마다 사락사락 마른 소리를 냈다. 주말의 해 저물 녘, 나는 도쿄에 있는 친구에게서 온 편지를 한 손에 들고, 바닷가 조그만 공원에 있었다. 아무도 없는 곳에서 나 혼자 읽고 싶어서였다.

공원의 나무 아래 몸을 숨기듯 놓여 있는 기우뚱한 철제 벤치에 앉았다. 캔 홍차를 마시면서 초콜릿을 우물거렸다. 요즘은 식욕이 부쩍 늘어서, 밥이든 간식이든 나 자신도 놀랄 만큼 많이 먹고 있다. 봉투를 뜯으면서 문득 바다 쪽을 보았다. 검푸른 파도가 천천히 밀려왔다 밀려가고, 거의 녹은 유빙 몇 덩이가 군데군데 떠 있었다. 파도에 흔들릴 때마다 차르르 차르르 하는 적막한 소리가 났다.

봉투 속에는 친구가 시작했다는 조그만 잡화점 사진도 들어 있었다. 경기가 좋을 때 같으면 궁상맞은 가게라고 핀잔을 늘어놓았을지도 모르겠지만, 지금의 내게는 즐겁고 미래가 있는 장소로 보여 부러웠다.

'고마치 너와는 속내를 잘 아는 사이니까, 가게 일을 거들어 주면 큰 도움이 될 거야. 웬만하면 도쿄로 오지 않을래.'

그런 내용이었다. 나는 한숨을 쉬면서 편지에서 고개를 들었다.

아, 어쩌지.

이 잔잔함이 문제다. 바람 잔 이른 봄 특유의 냄새가 조그만 동네를 뒤덮고 있었다. 결단을 내릴 기력조차 없다. 그런 생각을 하는데, 불현듯 냄새가 심해진 듯한 느낌에 나는 얼굴을 찡그렸다. 바로 옆에 이 냄새를 풍기는 누군가가 숨어 있기 때문에 내 주위에 늘 미적지근하고 텁텁한 공기가 맴도는 것이다. 그런 기분이 들었다. 나무 아래 벤치에서 퍼뜩 고개를 들었다. 때마침 천천히 걸어오는 준고가 보였다. 검은 윗도리에, 입에는 담배를 물고 있었다. 요즘 그를 만나는 횟수가 줄었다는 생각이 났다. 말을 걸려고, 편지와 사진을 얼른 가방에 집어넣었다. 일어서려는데, 발로 담배를 비벼 끄는 준고 옆에 하나의 모습이 있었다. 말을 걸기가 망설여졌다. 결국 벤치에 다시 앉고 말았다. 며칠 전 모임이 있던 밤, 둘의 친밀했던 모습이 이끼 낀 바위라도 되듯 가슴을 묵직하게 짓누르고 있었다.

"어……."

준고가 뭐라고 중얼거리는 소리가 들렸다.

걸음을 멈추고, 하나가 눈부신 것이라도 보듯 그를 올려다보았다.

그대로 한동안, 둘은 선 채로 서로의 얼굴을 가만히 쳐다보았다.

하나가 봄의 화사한 햇살이 쏟아지는 벤치에 달랑 올라앉았다. 그리고 조그만 두 손을 무릎 위에 가지런히 올려놓았다. 고개를 갸우뚱하고 희미하게 미소 짓고는, 다리를 덜렁거리면서 준고를 빤히 올려다보았다.

준고가, 그 발치에 무릎을 꿇었다.

공원에는 아무도 없었다. 초콜릿을 한 손에 쥔 나 혼자, 나무 아래서 남몰래 두 사람의 모습을 지켜보고 있었다. 일어설 수도 말을 걸 수도 없는 나는 어쩔 수 없이 앉은 채로 준고를 쳐다보았다. 그것은 내게는 한 번도 보인 적 없는, 나쁜 짓을 하다 붙잡힌 어린애처럼 암울한 옆얼굴이었다. 기도하듯 고개 숙이고, 파르르 어깨를 떠는가 싶더니 준고가 갑자기 하나의 무릎에 얼굴을 묻었다.

"엄……."

초콜릿이 손바닥에서 녹아내렸다. 뜨끈한 열기에 볼까지 화끈 달아올랐다. 부드러워진 초콜릿이 물컹하게 뭉개졌다.

준고는 하나의 무릎에서 고개를 들더니 이번에는 그 밋밋한 가슴에 얼굴을 묻었다. 하나는 가련한 표정을 띤 채 빨간 입술을 꼭 다물고 아무 말이 없었다. 준고는 하나의 가녀리고 조그만 몸을 꼭 끌어안고서, 이번에는 분명하게 속삭였다.

"엄마……."

하나의 적막한 미소가 한결 깊어졌다.

벌써 10년 전 일이다. 내가 이 공원에서 그 광경을 본 것이. 구사리노 선배는 한 여자가 탄 휠체어를 밀고 있었다. 비쩍 마른 몸에 얼굴 생김도 끔찍한 여자는 화를 내며 마구 고함을 질러 댔다. 그 험악하고 어두운 무표정. 그러고 보니, 구사리노 선배가 혼자 있을 때의 옆얼굴과 무척 닮았던 것 같다.

그로부터 벌써 10년이 흘렀다.

그렇다. 그것도 이 공원에서 일었던 일이다.

그리고 지금, 구사리노 선배는 열네 살짜리 가녀린 친척 여자애를 가슴에 끌어안고서 몇 번이나 엄마를 부르고 있다. 엄마를 부를 때마다 하나의 얼굴에 미소가 깊어졌다. 도저히 어린애 같지 않은 포용력으로 엄마를 부르며 매달리는 양아버지의 머리를 위에서 아래로 부드럽게 쓰다듬는 하나. 나는 손안에서 녹아내리는 초콜릿을 땅에 내던졌다. 어느 쪽이 어른이고, 어느 쪽이 애인 거야? 어머니의 자애로운 미소를 띤, 어린 여자 애. 그것은 나로서는 처음 보는 기괴한 광경이었다. 더는 알고 싶지 않았다. 생각하고 싶지도 않았다. 나는 아무것도 이해할 수 없었다. 일어나 도망치듯이 공원을 빠져나왔다. 검푸른 바다에서 나를 조롱하듯 철썩거리는 파도 소리가 뒤쫓아 왔다.

그다음 주의 어느 저녁, 우연히 하나를 만났다.

3월 적자 결산을 끝낸 나는 감원이 계속되고 있는 은행을 내 발로 그만둬야 할지 어째야 할지 결단을 못 내리고 있었다. 정시에 퇴근을 하고서도 곧바로 집에 가고 싶지 않아 차를 타고 해변 길을 달리다가 차를 세우고 혼자 망연히 생각에 잠겼다.

짧은 여름에는 해수욕장으로 개방되는 너른 해변으로 내려갔다. 세일러복과 스탠드칼라 교복을 입은 중학생들이 어른이 보기에는 어이없을 정도로 재잘거리며 기운차게 놀고 있었다.

그 가운데, 하나가 있었다.

처음에는 몰랐다. 마음속에서, 늘 얌전하고 조용한 그 아이와 지금 눈앞에서 와와거리며 즐거워하는 중학생들이 잘 연결되지 않았기 때문이다. 남자와 여자가 아닌 그들은 비스듬한 모래 언덕에서 미끄럼을 타고 있었다. 하얀 모래 언덕을 막 뛰어 올라가 썰매처럼 골판지를 타고 내려오는 단순한 놀이에 정신이 없었다. 그 광경을 바라보다가, 오시오 할아버지의 손자인 아키라가 있다는 것을 알았다. 전과 달리 얼굴도 준수하고 분위기도 꽤 어른스러워졌다. 그 나이의 남자 애치고는 별 스스럼없이, 한 여자 애를 자기 썰매에 몇 번이나 태워 주고 있었다. 그 여자 애가 바로 하나였다.

"아키라! 아키라! 이거, 너무너무 재밌다!"

자지러지게 웃으면서 정신없이 몇 번을 오르내리는 하나.

"하나! 한 번 더! 한 번 더!"

아키라도 그렇게 외치며 언덕을 뛰어 올라가서는 앞에 하나를 태우고 신나게 미끄럼을 탔다.

교복을 입은 채로 저런 장난을 하다니, 어처구니가 없었다. 그런데 자세히 보니 여자 애들은 모두 치마 속에 무릎 위로 걷어 올린 자주색 운동복을 입고 있었다. 1학년답게, 갓 입기 시작한 교복은 뻣뻣한 데다 사이즈는 넉넉해서 아직은 겉도는 느낌이었다. 과자를 먹으면서 잠시 바라보았다.

"나, 잠깐 쉴게."

하나가 그렇게 속삭이며 다른 여자 애에게 아키라의 썰매를 양보했다. 양보받은 여자 애는 신이 나서 웃는데, 아키라는 실망한 듯 어깨를 축 늘어뜨리고는 걸어가는 하나의 등을 물끄러미 바라보았다.

꺄악! 꺄악!

숨이 넘어갈 듯한 웃음소리를 뒤로하고 하나가 그곳을 떠났다. 가슴 주머니에서 무언가를 꺼내 살며시 입 안에 넣는다. 아마도 사탕이나 뭐 그런 거겠지. 퍼뜩 고개를 들었다가 내가 보고 있다는 것을 알아차린 모양이다. 그 순간 짜증스럽다는 듯이 눈을 찡그린다. 그러고는 억지스러운 미소를 띠고서 천천히 다가왔다.

"고마치 언니, 안녕하세요?"

"응. 친구들이랑 놀고 있니? 교복이 잘 어울리네. 잘 지냈어?"

"네."

어떤 질문에 대한 대답인지, 하나는 그저 애매하게 고개를 끄덕였다. 그러고는 또 여느 때처럼 고개를 살짝 기울이고 맥없는 미소를 띠었다.

하나가 옆에 앉는 바람에 나도 모르게 움찔 놀랐다. 이 아이와 대체 무슨 얘기를 하면 좋을까. 하나가 입을 오물거리고 있어, 사탕을 먹나 보다 하고 과자를 담아 온 가방에서 몇 개 꺼내 주었다.

"사탕 먹고 있는 거지?"

"아니요. 됐어요."

하나는 미련 없이 고개를 저었다. 나는 은근히 화가 났다. 생각해서 주었더니 이 아이는 준고가 주는 것이 아니면 사탕도 먹지 않는다는 말인가.

둘 다 마냥 잠자코 있었다.

하나가 하도 입을 오물거려, 무슨 사탕을 저렇게 오래 먹나 싶어 물었다.

"그 사탕, 굉장히 딱딱한 건가 보네?"

"사탕?"

"아니야? 아까부터 오물거렸잖아. 뭔가 싶어서. 뭐 먹는데?"

"……피어스."

하나는 순간적으로 핀 꽃처럼 환하게 웃었다. 그리고 혀를 쏙 내밀어 보여 주었다. 빨간 입술이 벌어지면서, 젖은 분홍색, 비밀스러운 혀가 얼굴을 내밀었다. 촉촉하게 젖은 혀 한가운데에, 낯익은 다이아몬드 피어스 한 개가 침에 휘감겨 조그만 얼음 알갱이처럼 빛나고 있었다.

하나는 웃으면서 잠시 이쪽을 보다가 부끄러운 듯 갑자기 고개를 숙이고는 천천히 혀를 집어넣었다.

"나, 생일이었어요."

조그만 목소리였다.

"아……."

"그래서, 피어스가 갖고 싶다고 했더니 아빠가, 귀 뚫기는 아직 이르다면서."

"그럼, 아직 어리잖아. 학교에서도 뭐라 그럴 테고."

"그래서, 그냥 갖고만 있어요. 내 보물이에요. 가끔, 이렇게 핥아요."

"어, 그러니."

소름이 끼칠 것 같아, 대충 대꾸만 했다. 이런 아이가 갖고 싶다고 조른다고, 장난감도 아니고 다이아몬드 피어스를 선물하는 남자의 심리를 이해할 수 없었다. 그리고 그것을 입에 넣고 오물거리면서 어두운 눈빛으로 웃는 아이도. 온통 이해할 수 없는 일들뿐이었다. 아무래도 이상하다는 것을 왜 지금까지 알아차리지 못한 것일까.

하나는 내 불쾌함도 모른 채 말없이 멍하게, 입만 오물거리고 있었다.

그리고 바다를 가리키며 작은 소리로 속삭였다.

"밀키웨이."

"어, 뭐라고? 뭐가?"

"바다, 참 예쁘죠?"

나는 어이가 없어 코웃음이 나왔다.

어둡고 검푸른 바다에는 오늘도 녹아 가는 얼음이 둥둥 떠 있었다. 밤하늘에 빛나는 무수한 별처럼 하얗게 빛나는 잔 얼음이 일렁이는 물결에 밀려왔다 밀려갔다. 해안에 남아 있는 얼음은 이렇게 흔들리면서 수온의 상승과 함께 알게 모르게 녹아 사라진다. 커다란 얼음 덩어리는 해류를 타고 러시아의 바다로 돌아간다. 해역 어딘가에 여름에도 녹지 않는 얼음 덩어리가 모이는 장소, 유빙의 무덤이 있는 듯하다. 바닷가에 사는 우리는 절대 그것을 보는 날이 없겠지만.

"바다를 좋아하니? 나는 싫은데. 모든 걸 체념하라고 가르치는 것 같잖아. 이 냄새부터가 싫다니까."

검은 수면이 하나에게 오라고 손짓하듯, 천천히 눈앞으로 밀려왔다가는 또 밀려갔다. 해안선에 떠 있는 어선 몇 척이 검은 그림자처럼 흔들렸다. 하염없이 바다만 바라보는 하나에게 내 목소리 따위는 들리지 않는 것 같았다. 멀리서 골판지 썰매를 타고 노는 중학생들이 왁자지껄하게 웃는 소리가 들렸다.

'하나는 바다에서 온 아이야.'

준고의 음산한 목소리가 되살아나 나도 모르게 얼굴을 찡그렸다. 불현듯, 바다는 비릿한 냄새를 풍기는 검푸른 괴물인데, 하나는 그 일부인 조그만 하얀 알갱이에 지나지 않는다는 생각이 스쳤다.

"하나야, 나 말이지……."

나는 과자를 입에 넣고 씹으면서 말했다.

"있잖아."

"뭔데요?"

하나가 고개를 돌리고 나를 똑바로 쳐다보았다. 길쭉한 눈이 역시 어른스러워 보였다. 이 아이가 어른인지 어린애인지, 나는 분간이 안 갔다.

"며칠 전에, 공원에서 봤거든. 말은, 걸려다 말았지만."

"그래요?"

중학생이 된 탓인지 목소리가 조금 낮고 차분했다. 나는 말을 골라 하려고 애쓴 나머지, 평소보다 더듬거리는 꼴이 되었다.

"준고 씨와 같이 있었지?"

조심스럽게 물었다.

"그랬나요? 하긴, 항상 아빠랑 같이 있으니까."

하나는 뿌듯하게 웃으면서 그렇게 대답했다.

"……내 귀에는, 엄마라고 들리던데. 그거, 내가 잘못 들은 거지? 좀 마음에 걸려서. 보통은 반대잖아. 그게 무슨 소리였니?"

"난, 딸이잖아요."

하나가 이상한 소리를 한다는 듯이 중얼거렸다.

해 저문 보랏빛 하늘이 수면을 검게 물들이고 있었다. 가로등에 잠깐씩 시간 간격을 두고 반짝, 반짝 불이 들어오기 시작했다. 집으로 돌아가기 전까지 이제 얼마 남지 않은 즐거운 시간을 아쉬워하듯 중학생들은 꺅꺅 소리를 지르고 새 교복을 펄럭거리며 뛰어다녔다. 나는 하도 의아해서 하나의 옆얼굴을 빤히 쳐다보았다. 변함없이 창백하고 조그맣고, 아직은 어린애의 얼굴이었다. 촉촉한 눈동자, 이곳이 아닌 어딘가를 보는 듯 몽롱한 눈빛이 검푸른 바다를 향해 있었다.

"언니, 딸은 엄마예요. 그래서, 다, 딸을 좋아하는 거예요."

"뭐? 그게 무슨 소리니?"

"모든 사람이, 다 엄마를 좋아한다고요."

"……."

"모르면, 됐어요. 아무도 몰라도, 난 상관없으니까."

하나가 갑자기, 만족스럽게 씩 웃었다.

검은 바다에 떠 있는 희뿌연 밀키웨이가 파도와 함께 꿈틀거렸다. 봄 바다 특유의 눅눅한 소금 냄새가 해안까지 밀려왔다. 하나는 눈을 가늘게 뜨고 흐뭇한 표정으로 조그만 코를 벌렁거리며 바다 냄새를 한껏 들이쉬었다.

뭐라고 대답하면 좋을지 주저하다가 또 과자로 손을 뻗었다. 그러자 하나가 여전히 입을 오물거리면서 불쑥 내 얼굴을 들여다보았다. 지금은 어린애다운 얼굴이었다.

"고마치 언니, 있잖아요, 만약에."

"만약에, 뭐?"

"우리 아빠가 죽인다고 하면, 언니는 어떻게 할 거예요?"

"뭐? 얘는, 당연히 싫지. 아무리 좋아하는 남자라도, 내 목숨은 내 거잖아. 아니야?"

"그렇군요."

하나가 또 뿌듯하게 웃었다.

이 아이는 때로, 정말 섬뜩한 표정을 짓는다.

"너는 아니니?"

"음, 나는, 나는 아빠 거니까, 아빠 손에 죽어도, 전혀 아무렇지 않아요."

갑자기, 세찬 바람이 불어왔다. 그 잔잔함이 거짓이었던 것처럼.

냄새를 풍기는 눅눅한 바람에 긴 머리카락이 휘날렸다. 나는 얼굴을 한껏 찡그렸다. 옆에 앉아 있는 하나는 눈을 동그랗게 뜬 채 똑바로 바다를 쳐다보고 있었다. 그 얼굴을, 눈을 찌푸리고 뚫어져라 쳐다보았다.

왜 지금까지 몰랐을까.

그것은 정말이지 애처로울 정도로, 무언가에 뒤틀린 어린애의 얼굴이었다.

가슴으로, 그 남자의 낮고 암울한 목소리가 울리며 나를 휘저었다.

—그 아이, 전부가. 다 내 거야.

누구의 것? 사람은 다른 누구의 것이 아니라, 자신의 것이다. 그렇게 생각하는 나는 여자답지 못한 것일까? 사랑스럽지 못한 것일까? 하지만 이렇게 어린 아이가 자신의 목숨을 타인의 것이라고 믿어서 좋을 리 없다.

하나는 죽은 사람이 아무렇게나 놓여 있는 것처럼 맥없이 앉아, 그저 바다를 바라보고 있었다.

그러고는 코를 움찔거리며 자랑스럽게 다시 한번 중얼거렸다.

"아빠 거예요."

중학생이라 해 봐야, 아직은 철모르는 어린애라고 생각했다. 왜 어른스럽다고 생각했을까. 이것은 잘못 자라고 있는 가엾은 어린애의 얼굴이다. 내가 혐오하는 것은 하나 자체가 아니라 그 너머에 숨어 있는, 정체 모를 누군가의 어둠이다. 나는 줄곧 이 아이가 준고의 모든 것을 빼앗고 있다고, 준고에게 희생을 강요하고 있다고 생각했다. 그래서 싫어했다. 어린아이란 손이 많은 가는 생물이다. 키우기 위해서는 기력과 체력은 물론 자신을 위한 충실한 인생까지 온갖 것을 희생해야 한다. 그리고 무조건적인 사랑까지 요구된다. 그래서 이 어린아이 하나가 준고의 인생을 방해하고 있다고, 내 인생 역시 그렇다고 생각했다.

그런데, 사실은 그 반대였는지도 모른다. 준고가 이 아이의 무언가를 계속 빼앗고 있는 것인지도 모른다. 형태는 없지만 소중한 어떤 것. 혼 같은 것을.

빼앗기며 자라, 커다란 공동이 된다. 그리고 어른이 되어서는 다시 빼앗아, 살아남는다. 그 사람은, 그런 사람인지도 모른다. 어른이지만, 성숙하지 않고 썩어 갈 뿐이다. 그러니까, 이 이상 기다리지 말자. 아, 이제 정말 포기하자.

그건 그런데, 하나는…….

빼앗기기만 할 뿐인 북쪽의 이 조그만 동네. 어획고도 나날이 줄어 가고 있고, 타쿠쇼쿠 은행마저 위기에 허덕이고 있다. 그런 곳에 찾아온, 달짝지근한 우유 냄새 나는 이 아이. 무력하고 가녀린 이 아이. 동네 사람들은 무의식적으로 빼앗기고만 있는 이 아이의 가엾은 처지를 벌써부터 알고서, 그래서 그렇게 잘 대해주는지도 모르겠다.

아니면, 다른 사람들도 빼앗고 싶은 것일까. 어리고, 부드러운 것을. 연약한 자의 무구한 혼을. 쓰다듬고 예뻐하고 웃는 얼굴로 지켜 주면서도, 역시.

빼앗고 싶은 것일까.

"오늘 밤부터 날씨가 나빠진대요."

하나가 갑자기, 어두운 목소리로 말했다.

"응?"

중학생들이 주섬주섬 돌아갈 준비를 시작했다. 여자 애가 깡충깡충 뛰면서 이쪽으로 손을 흔들었다.

"하나! 하나!"

하나도 손을 흔들면서 일어나 엉덩이를 툭툭 털었다.

"고마치 언니, 우산 있어요? 난, 매일 아침, 아빠랑 일기 예보 보니까."

나를 내려다보면서 하나가 말했다.

"아니. 하지만 차가 있으니까 괜찮아. 고맙다."

"그래요."

하나는 이러나저러나 상관없다는 듯이 고개를 끄덕였다. 그리고 또 아득한 눈길로 바다를 바라보았다. 바다 저 너머, 아주 먼 장소를 바라보듯.

아니나 다를까, 저무는 하늘이 어두운 구름을 끼고 불길한 보라색으로 물들어 있었다. 그러고 보니, 부는 바람에도 물기가 흥건했다. 이 북쪽 고장에서 날씨가 나빠지기 전에 부는 뜨뜻미지근하고 스산한 바람.

그 바람에 세일러복의 하얀 타이가 조그맣게 팔락거렸다.

"고마치 언니……."

그렇게 나지막하게 중얼거리는 목소리가 쓸쓸하게 울렸다. 하나는 창백한 집게손가락으로 똑바로 바다를 가리켰다.

"태풍이 불 거예요."

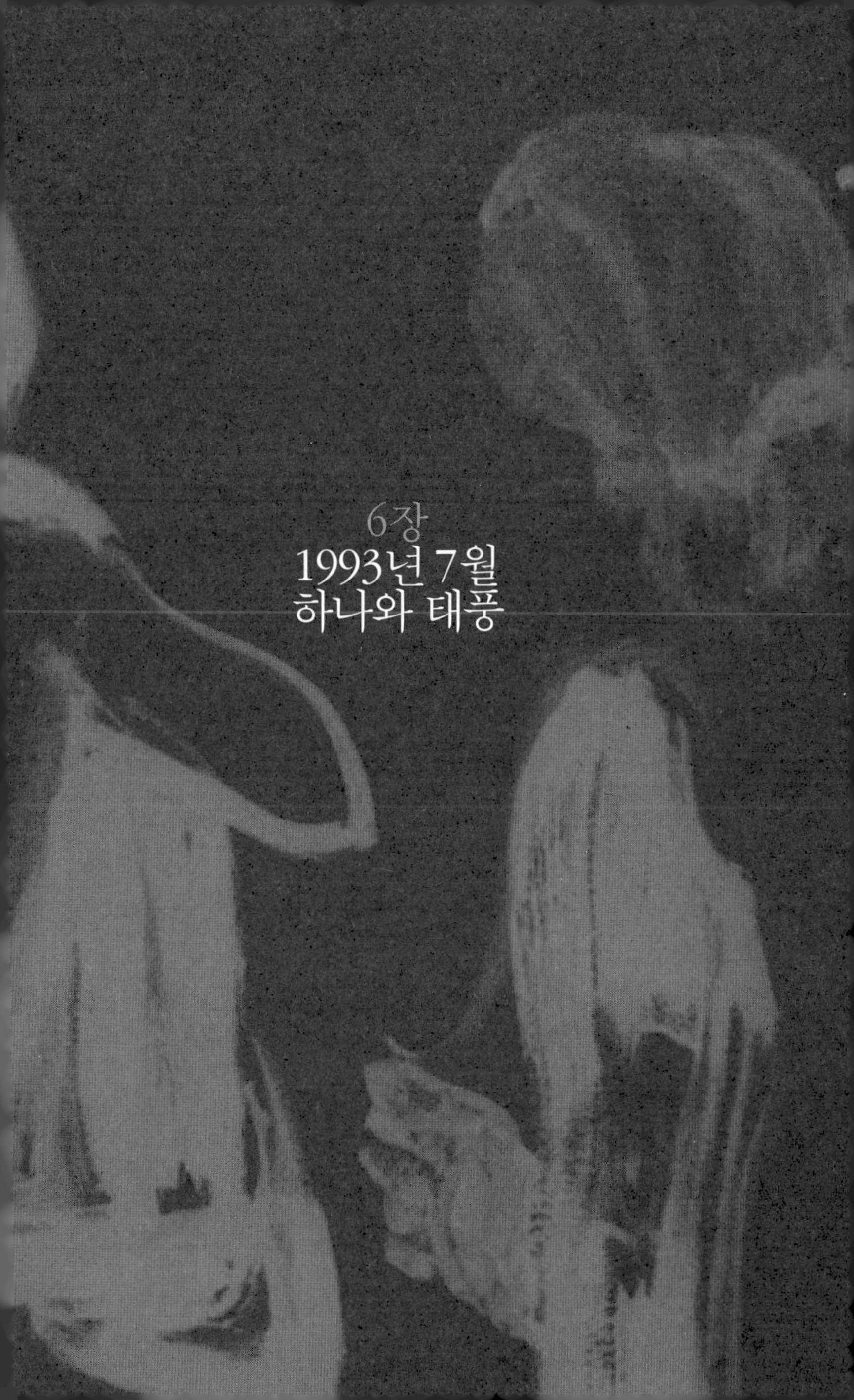

6장
1993년 7월
하나와 태풍

"태풍이 오려나 봐."

나는 창틀에 기대어 짙은 보라색으로 물든 밤하늘을 집게손가락으로 똑바로 가리켰다. 아오나에 곶 끄트머리에 있는 민박촌에 자리한 조그만 집은 늘 바다의 기운으로 가득했다. 땅을 뒤흔드는 파도 소리. 온몸으로 파고드는 소금 냄새. 북쪽의 검은 바다는 그날따라 유난히 선명한 보라색 하늘을 담고 유리처럼 반짝반짝 빛났다.

"하나야, 이제 그만 자야지."

엄마는 방 한가운데에 앉아 산더미 같은 빨래를 개면서 고개를 들지 않은 채 대답했다. 갈색으로 물들인 머리는 파마가 거의 풀리면서 상한 머리끝이 등에 누렇게 늘어져 있다. 여동생은 엄마의 무릎 머리에서 어리광을 피우다, 절반은 감긴 눈으로 마냥 켜져 있는 텔레비전을 보고 있는 듯했다. 아빠는 러닝셔츠에 헐렁한 속바지 차림으로 앉은뱅이 상에 놓여 있는 캔 맥주에 간혹 손을 뻗었다. 세 사람은 큰 방에서 하루가 끝나 가는 시간을 느긋하게 보내고 있고, 나는 그 안쪽에 있는 어두컴컴한 작은 방 창문에 기대어 있었다. 사실 작은 방은 올해 중학생이 된 오빠의 공부방이지만, 나는 왠지 큰 방에 있기가 거북해서 큰 방과 부엌 사이에 있는 구석진 곳이나 오빠의 공부방에 있는 일이 많았다.

창밖 풍경은 흔히 볼 수 없는 보라색 밤하늘. 언젠가 오빠가 비가 오기 전에는 하늘색이 다르다고 했던 말이 떠올랐다. 나는 태풍이 오려나 보다고 생각했는데, 오빠는 교과서에서 얼굴을 들고 샤프펜슬로 바다를 가리키며 다른 소리를 했다.

"비가 좀 오더라도, 내일 아침이면 그칠 거야. 오늘 밤은 날씨도 좋고, 저거 봐, 오징어잡이 배도 많이 나가 있잖아."

반짝반짝 빛나는 밤바다 여기저기에 유리에 묻은 얼룩처럼 오징어잡이 배의 전깃불이 흩어져 있었다.

"하나, 그만 자라니까. 벌써 열시가 넘었어."

큰 방에서 약간 신경질 섞인 엄마의 목소리가 들렸다. 돌아보니, 퍼석거리는 긴 머리를 끌어 올리면서 가늘게 찌푸린 눈으로 이쪽을 노려보고 있었다. 아빠 눈은 텔레비전에 붙박이가 되어 있었다. 맥주 캔에서 흘러내린 물방울이 앉은뱅이 상에서 거스러미가 인 다다미 위로 똑똑 떨어졌다.

"자기 전에 내일 책가방도 잘 챙겨 놓고. 너, 깜박깜박 두고 오는 게 많다고 선생님에게 싫은 소리 많이 듣잖아. 그럴 때마다 엄마가 얼마나 창피한 줄 아니."

창가에서 일어나 작은 방의 조그만 벽장을 열었다. 벽장 아래 칸이 내 전용 공간이다. 힐금 큰 방 쪽을 돌아보니, 아빠가 곯아떨어진 동생을 안고 이부자리로 가는 중이었다. 손발을 축 늘어뜨리고 쿨쿨 잠든 동생이 무슨 이상한 동물처럼 보였다. 초등학교 4학년용 국어와 수학, 사회 교과서를 책가방에 넣는데, 귀 옆으로 각다귀가 엥엥거리며 지나가는 소리가 들렸다.

북쪽의 학교는 여름 방학이 짧은 대신 겨울 방학이 길다. 7월 12일, 여름 방학이 되려면 아직 며칠 남았지만 벌써 방학 기분에 들떠 국어와 수학 시간이 귀찮았다. 할아버지 대부터 사용하고 있다는 커다란 벽시계를 올려다보았다. 시계 옆에 할아버지와 할머니의 사진 액자가 젊은 가족을 내려다보듯 기우뚱하게 걸려 있다. 아빠의 아버지. 할아버지는, 눈과 코가 크고 눈썹의 숱이 많은 아빠와 얼굴이 꼭 닮았다. 흑백 사진 속의 근엄한 얼굴이 왜 그런지 늘 나만 노려보고 있는 것 같아서, 오래전에 죽은 사람인데도 무서웠다.

창틀에서 부스럭거리는 소리가 났다. 살짝 돌아보니, 오빠가 창문으로 탈출하고 있었다. 밤이 되면 오빠는 몰래 나가, 중학생이 되면서 사귄 친구들과 놀러 다닌다. 나와 눈이 마주치자 "쉿!" 하면서 집게손가락을 입에 댔다. 엉겁결에 방긋 웃자 오빠도 안심이라는 듯 웃어 주었다. 창문을 뛰어넘어 자전거를 타는 소리가 났다. 오빠가 사라진 창문 너머 밤하늘이 점점 더 짙은 보라색으로 물들었다. 바다도 소리 없이 일렁거려 왠지 음산했다.

나 다케나카 하나는 열한 살이 되었다. 홋카이도 남서쪽에 있는 오쿠시리라는 조그만 섬에서 태어나 자랐다. 아빠의 아버지는 성게와 전복이 많이 잡혀 보물섬이라 불렸던 이 섬에서 줄곧 어부로 살림을 꾸렸다. 그런데 아빠가 어른이 되었을 무렵부터 그런 해산물이 잘 잡히지 않았다. 아빠는 젊었을 때는 외지에 나가 돈벌이를 했지만, 내가 태어날 무렵 섬으로 돌아와 바닷가에 있는 조그만 민박집을 인수했다. 그 후에는 엄마와 함께 민박집 일을 하고 있다.

엄마는 옛날에는 술집에서 일했다고 한다. 나이는 아빠보다 한참 아래이고, 스물세 살에 오빠를 낳았다. 지금은 서른세 살이고, 아침부터 밤까지 일 때문에 바쁘다. 바로 근처에 호텔이 있어서 투어로 와 전세 버스로 여행하는 사람들은 대부분 그쪽을 이용했지만, 그래도 개인 손님은 민박 쪽을 찾아 주었다. 도시에서 오는 손님은 우리 형제가 성장하는 모습이 신기하고 또 궁금한지, 해마다 와서 사진을 찍어 가는 사람도 있었다.

"많이 컸구나."

"통 안 닮았네."

그런 말을 주로 들었다. 오빠와 여동생은 아빠를 닮아 눈과 코가 크고 눈썹도 짙은데, 나는 눈이 길쭉하고 얼굴도 몸도 가냘픈 게 전혀 달랐다. 그런 말을 들을 때마다 아빠는 잠자코 웃는데, 엄마는 기운이 쭉 빠졌다.

바로 옆에 큰고모네가 살고 있는데, 그 가족들도 오빠나 동생에게는 싱글벙글 웃지만 나는 멀리하는 것 같았다. 그래서 나는 가능한 한 얌전하고 조용하게, 늘 멍하니 살고 있다. 마음 한구석으로는 언제나, 지금 여기가 아니라 내가 정말 있어야 할 곳이 있을 것이란 생각을 한다. 바다를 보면서, 누가 나를 데리러 와 주지는 않을까, 나를 잘 아는 누가, 하고 생각하면서 지낸다. 하기야 다른 여자 애들도 외로울 때는 그런 상상을 하는지 모르겠지만.

밤 열시가 조금 넘어, 책가방을 닫고서 한숨 돌릴 때였다. 갑자기 집이 흔들, 움직였다. 위아래로 몇 번이나 흔들리고, 기둥이 삐걱거리는 요란한 소리가 울렸다. 서랍장이 꽈당 옆으로 넘어졌다. 벽에서 할아버지와 할머니 사진이 동시에 떨어지면서 유리 조각이 다다미 위에 사방으로 튀었다. 엄마가 자지러지는 비명을 질렀다.

"지진이다!"

아빠가 외쳤다.

"채널 바꿔, 얼른! NHK로. 제일 빨라."

엄마가 리모컨을 집으려는데, 집 안의 전기가 퍽 소리가 나면서 나갔다. 둘이 뭐라고 얘기하는데, 나는 아무 생각 없이 활짝 열어 놓은 창문 너머로, 어둠 속에서 빛나는 보라색 하늘을 바라보고 있었다. 정전된 탓에, 녹은 유리처럼 음산한 빛이 창문에서 이쪽을 향해 괴물의 손처럼 길게 뻗어 나왔다. 내 창백한 얼굴이 그 색에 물들어 차갑게 얼어붙는 듯했다. 옆에 사는 큰고모의 남편은 어부였다. 현관을 뛰쳐나가 바다로 황급히 달려가는 발소리가 들렸다. 아빠가 허둥대며 외쳤다.

"누나, 바다로 가면 안 돼! 해일이 덮칠지도 모른다고!"

"배 좀 보고 올게."

"매형! 가지 말아요. 그냥 내버려 두라니까!"

밖에서 손님들의 비명도 들렸다. 아빠가 만약을 위해 높은 곳으로 피난하라고 외쳤다. 어디선가 사이렌 소리가 들려왔다. 나무 전신주에 매달아 놓은 스피커에서 섬 주민들에게 피난을 재촉하는 잡음 섞인 방송이 울렸다.

엄마가 동생을 옆구리에 껴안고 집을 뛰쳐나갔다. 창문 너머에서 바다가 넘실거리고 있었다. 방금 전까지 짙은 보라색이었던 하늘이 먹물처럼 새카맣게 변해 있었다. 달도 보이지 않았다. 별도 보이지 않았다. 그저 바다가 넘실거리고 있다고 생각하는데, 멀리서 아른거리던 등댓불이 쓰윽 사라졌다. 밖에서 아빠의 목소리가 들렸다.

"당신, 하나는?"

그 소리에 퍼뜩 정신을 차렸다. 나는 책가방을 무릎에 올려놓은 채 멍하니 있었던 것이다. 현관에 아빠의 얼굴이 보였다.

"하나!"

아빠가 나를 보자마자 유리 조각을 밟으면서 달려와서는 나를 들쳐 업고 도로로 뛰어나갔다. 높은 지대로 올라가는 금이 좍좍 간 아스팔트 언덕길에는, 허겁지겁 뛰어가는 사람과 해일은 절대 오지 않을 것이라며 느긋하게 걸어가는 사람이 있었다. 어른들의 생각이 저마다 달랐다. 엄마와 동생은 저만치 앞에서 뛰고 있었다. 아빠의 등은 억세고, 땅을 차며 달리는 속도는 텔레비전에서 본, 사냥감을 쫓는 수사자 같았다. 나는 아빠의 등에 딱 달라붙어 울음을 터뜨렸다.

"왜 울어. 괜찮다, 하나야."

나는 아빠와 얘기를 나눈 적이 별로 없었다. 아빠는 원래 말수가 적은 사람이었다. 그리고 엄마가 늘 짜증을 부리는 것이 나 때문인 것 같아, 잘 알지도 못하면서 아빠를 조심스러워했다. 올 초에 나는 첫 생리를 했다. 학교에서 이미 배웠기 때문에 그다지 놀라지 않았다. 엄마에게 말했더니, 엄마는 반에서 몸집도 작은 편인데 너무 이르다면서 인상을 찌푸렸다.

"하나가, 벌써……. 너무 빨라."

그날 밤, 아빠에게 그런 말을 몇 번이나 되풀이하는 엄마의 목소리가 들렸다.

"그렇게 태어나서, 그런 것도 그런가 봐요. 애가 징글징글해."

엄마는 암울한 목소리로 그렇게 중얼거렸다.

"……이런, 바보 같은 소리."

아빠가 어색하게 엄마를 나무랐다. 그 의미는 잘 몰랐지만, 자신이 이 가정에서 동떨어진 존재라는 것은 오래전부터 알고 있었다. 엄마는 왠지 아빠에게 미안해하는 표정이었다.

등에 업혀 뛰어가는 지금, 아빠와 처음 얘기를 나눈다는 느낌마저 들었다. 하지만 사실이 어떤지는 잘 모른다.

어른의 등에 업힌 나는 평소보다 훨씬 높은 곳에서 보이는 경치에 놀라, 입을 꾹 다물고 말았다. 살그머니 돌아보았더니, 언덕길 아래에서 검은 구름 같은 것이 소리 없이 다가오고 있었다. 넘실넘실, 마치 연기 같고, 악몽 같은 것이. 물이었다. 바다가 이쪽으로 점점 밀려오고 있었다. 아빠가 "어이!" 하고 엄마와 동생의 이름을 불렀다. 뒤쫓아 간 아빠에게 엄마가 떨리는 목소리로 오빠가 어디 갔는지 모르겠다고 다급하게 외쳤다. 나는 자전거를 타고 나갔으니까 바다 쪽인지도 모르겠다고 생각했다. 구르르르르릉, 하고 대형차가—관광버스나 4톤 트럭이 다가오는 소리가 들려, 아빠가 급하게 왼쪽으로 비키려 했다. 돌아본 나는 숨을 헉, 삼켰다.

차가 아니었다. 버스 같은 것보다 훨씬 높고 시커먼 파도가 천천히 일렁거리며 쫓아오고 있었다. 도로의 위아래가 뒤바뀐 것처럼, 강물이 하류로 콸콸 쏟아지는 것처럼, 번쩍이는 파도의 벽이 다가오고 있었다. 발치에 피어 있는 하얀 꽃이 어둠 속에서 빛났다. 그 꽃이 순식간에 누군가의 발에 밟혀 흙투성이가 된 몸을 파르르 떨었다. 엄마가 넘어졌다. 어린애처럼 엉엉 울었다. 아빠가 돌아보고는 걸음을 멈췄다. 아빠는 뒤에서 달려온 경트럭의 너저분한 짐칸에 나를 던졌다.

"하나야, 힘내! 꼭 살아야 한다!"

아빠가 자애로운 표정으로 외쳤다. 그리고 몸을 돌려 엄마와 여동생에게 돌아갔다. 짐칸에서 얼이 빠진 채 그 등을 보고 있었다. 셋이 부둥켜안고 도로에 주저앉았다. 나는 외쳤다.

"아빠!"

파도는 쉬지 않고 밀려왔다. 자전거를 탄 오빠가 파도에 쫓기며 언덕길을 올라오는 모습이 보였다. 오빠가 아빠 엄마에게 다가가 뭐라고 외치는데, 파도가 또 밀려왔다. 그때, 짐칸에 쭈그리고 앉아 있던 한 할아버지가 주름 진 투박한 손바닥으로 내 얼굴을 가렸다.

"보지 마라. 보지 마……."

마치 독경이라도 하듯 억양이 없는 묘한 중얼거림이었다. 갑자기 소금 냄새가 코를 찔렀다.

너덜너덜하게 낡은 경트럭에는 좌석에나 짐칸에나 노인들만 넘쳐 나게 타고 있었다. 한동네 사는, 면허도 없는 젊은 부인이 핸들을 부둥켜안듯이 운전하고 있었다. 엔진이 신음을 내질렀다. 더럽고 여기저기 녹슨 짐칸에 매달려 있는데, 비명 같은 진동이 전해졌다. 그리고 끝내 경트럭도 물살에 휩쓸렸다. 검은 물이 왈칵 쏟아지면서 몸이 뜨더니, 갑자기 편해졌다. 시커멓고 거대한 괴물의 입에 삼켜진 것 같았다. 물을 잔뜩 먹었다. 죽는다고 생각했더니, 기분이 이상했다. 물속에서 눈을 떴다. 거품과 빛과 무겁게 가라앉는 어른들의 몸이 스산한 무늬처럼 뒤엉켜 보였다. 휩쓸리다 무언가에 부딪쳤다. 하지만 물의 부드러움이 아픔을 덜어 주었다. 물이 끝까지 버티다가 밀려나갈 때 얼굴을 내밀었다. 캄캄한 밤이었다. 별 하나 없었다. 떠다니는 나무토막을 두 팔로 껴안자, 몸이 가벼워서인지 둥실 떠올랐다. 검은 바다가 내 몸을 끈끈하게 감쌌다. 바로 옆에 나보다 어린 여자 애가 떠 있는 것이 보였는데, 다음 순간 무엇인가가 다리를 잡고 끌어내리는 것처럼 물속으로 빨려 들어가고 말았다. 마치 괴물이 한입에 꿀꺽 삼켜 버린 것 같았다.

겁이 났다. 나는 있는 대로 소리를 질렀다.

"아빠! 아빠!"

마지막 보았던 상냥한 얼굴이 눈앞에 어른거렸다.

"아빠! 아빠!"

하지만 바다가 내 몸을 천천히 흔들 뿐이었다. 나는 몇 번이나 외쳐 불렀다. 물이 서서히 빠져나갔다. 그 흐름을 따르다가 또 짠물을 먹고 말았다. 물이 쭉쭉 빠져나갔다. 정신을 차렸을 때, 진흙탕과 쓰레기 더미로 뒤범벅이 된 땅에 앉아 있었다.

언덕 위쪽을 올려다보았지만, 캄캄해서 어디에 어떤 건물이 있는지 아무것도 보이지 않았다. 한없이 밋밋한 풍경이었다. 바다 쪽으로 눈길을 돌렸다. 번들거리는 어두운 바다가 방금 전 심술궂었던 장난의 여운에 잠긴 것처럼 조용히 웃고 있었다. 해안 근처에 있던 집들은 깨끗하게 없어지고 찌그러진 지붕이 땅에 들러붙어 있거나, 굴뚝만 헐벗은 자작나무 가로수처럼 남아 있었다. 프로판가스가 폭발하는 것처럼 펑! 펑! 하는 소리가 몇 번 울리더니, 바로 앞에 있는 주택가 여기저기에서 불길이 치솟았다. 나는 넋을 잃은 채 그 광경을 바라보았다. 투닥투닥 불똥이 튀는 소리. 바람을 타고 온갖 것들이 타오르고, 지금까지 맡아 본 적 없는 불결한 냄새가 떠다녔다. 밤하늘을 향해 가느다란 불길이 붉게 솟아올랐다.

예뻤다.

할아버지의 주름투성이 손가락 사이로 보았던 마지막 풍경을 떠올렸다. 오빠가 자전거를 휙 내던지고 아빠와 엄마에게로 달려갔다. 엄마는 얼이 빠졌는지 움직이지 않았다. 갈색 파마머리가 둥실 떠올랐다. 파도가 밀려와 겹치고 뒤엉키듯 흔들리면서 순식간에 사라지고 말았다.

진짜 가족끼리만 바다 너머로 가 버리고 말았다.

불길이 예뻐서, 한참을 바라보며 웃었다. 흙탕으로 범벅이 된 아저씨들이 비틀거리며 다가왔다. 도시에서 온 여행자들이었다.

“애야, 너 괜찮니? 가족은?”

사투리가 섞이지 않은 세련된 말투였다.

말없이 고개만 저었다. 아저씨들이 기겁을 했다. 웃으면 안 될 것 같아 고개를 숙였다. 아저씨 한 명이 개흙에 빠진 것처럼 진흙투성이인 나를 업고 걸었다. 언덕 위에 어떤 시설이 있느냐고 물어서, 병원과 체육관과 양로원이 있다고 대답했다. 아저씨들은 가다가 눈에 띄는 사람들까지 등에 업고 손을 잡아끌면서 비틀비틀 언덕길을 올라갔다.

오빠가 다니던 중학교 체육관이 임시 피난소로 개방되어 있었다. 진흙 범벅에 흙투성이 발로 그냥 들어가, 구석에 웅크리고 눈을 감았다. 잠이 들었는지, 의식을 잃었는지는 나도 잘 모르겠다. 누군가가 어깨를 마구 흔들어 대는 바람에 눈을 떴다. 어느 틈에 아침 해가 쨍하게 솟아 있었다. 섬은 평소와 전혀 다름없는, 여름의 메마른 아침을 맞았다.

체육관 안에는 담요와 레저용 비닐 시트가 깔려 있고, 가족끼리 모여 떨고 있는 사람들이 있었다. 다친 사람들도 많았다. 하얀 가운을 입은 사람과 경찰복을 입은 사람들이 분주하게 돌아다녔다. 나를 흔들어 깨운 사람은 알지 못하는 젊은 남자였다.

"죽은 줄 알았다. 어디 다친 데는 없니? 가족은?"

그렇게 말하면서 내 몸을 지저분한 담요로 덮어 주었다.

고개를 흔들자, 얼굴과 목에 딱딱하게 말라붙어 있던 진흙이 후두두, 불길한 소리를 내며 떨어졌다. 젊은 남자와 아는 사이인지, 한 젊은 여자가 다가와 숨 가쁘게 말했다.

"이 아이, 민박집 아이야. 왜 있잖아, 다케나카 씨네, 큰딸. 아빠와 엄마는? 오빠도 있었는데. 얘, 어떻게 된 거니?"

흥분한 목소리였다. 모르겠다고 또 고개를 젓자, 두 사람이 얼굴을 마주 보았다. 여자가 더러운 수건으로 내 얼굴과 몸을 닦아 주었다.

"저기, 통조림하고 먹을것이 있으니까, 배고프면 가서 먹어, 응."

그렇게 가르쳐 주었지만 먹고 싶은 마음이 없었다. 비틀거리며 일어선 그때, 바로 근처에서 중년 남자가 큰대 자로 퍽 쓰러지더니 몸을 후들후들 떨기 시작했다. 간질 발작이라면서 가족들이 비명을 질렀다. 하얀 가운을 입은 사람들이 달려와 아저씨를 에워쌌다.

나는 아무리 걸어도 아무 데도 가지 못할 것처럼 느린 걸음으로 식료품이 쌓여 있는 곳을 향했다. 검은 바닷물을 많이 먹은 탓인지 타 들어가는 것처럼 목이 말랐다. 2리터짜리 페트병을 찾아, 아무에게도 주지 않겠다는 듯 양팔로 꽉 끌어안았다. 그런데 뚜껑이 열리지 않았다. 힘을 줄 수 없었다. 내 것이라고 끌어안은 채 다시 구석으로 돌아와 몸을 웅크리고 앉았다. 힘이 없어 움직일 수 없었다.

하늘에서 헬리콥터 날아가는 소리가 몇 번이나 울렸다. 아침 해가 완전히 솟아 눈이 부실 때쯤, 담요에 싸인 주검들이 잇달아 실려 들어왔다. 가족을 찾는 사람들이 다가가 담요를 들췄다. 점심때쯤에는 중학생인 듯한 여자 애가 돌아다니며 시신에 하얗고 조그만 꽃다발을 올려놓았다.

뿔뿔이 흩어졌던 사람들이 저마다 가족을 찾아 한데 모이기 시작했다. 따로 떠내려갔다가 간신히 다시 만나 통곡을 하는 사람들도 있었다. 나는 몸이 나른해서 견딜 수가 없었다. 아무도 나를 찾지 않으니까, 역시 그 가족들은 모두 죽었나 보다고 생각했다. 해가 기울 때쯤에야 겨우 일어설 수 있었다. 미적지근해진 페트병을 껴안은 채 시신들이 있는 곳으로 다가가 더러운 담요를 조심조심 들춰 보았다. 흙으로 범벅이 된 얼굴이 차례차례 드러났다.

아아.

아빠가 있었다.

눈을 부릅뜨고 있었다.

엄마는 없었다. 오빠는 있었다. 동생도 없었다. 있으나 없으나 아무 상관 없을 것 같아서, 다시 내가 있던 자리로 돌아갔다. 쭈그리고 앉자 또 다리에서 힘이 쭉 빠져나갔다.

전기가 끊어져, 초와 성냥이 배급되었다. 어두컴컴한 체육관 한구석에서 담요에 둘둘 말린 시신 위에 놓인 하얀 꽃다발이 촛불처럼 뽀얗게 떠올랐다. 불꽃과 함께 꽃도 싸늘하게 타오르는 것 같았다.

"하나야! 아이고, 살아 있었구나."

멍하게 촛불을 바라보고 있는데, 쉰 목소리가 들렸다. 햇볕에 탄 울퉁불퉁한 손이 내 어깨를 잡았다. 움찔 놀라 돌아보았다.

바로 이웃에 사는 나이 든 아줌마가 서 있었다.

"다른 식구들은? 너 혼자니?"

"……."

그렇게 묻는 아줌마도 혼자였다. 신기하다 싶어 올려다보는데, 아줌마가 에그그그 하면서 쭈그리고 앉더니 이상한 무늬의 양말을 신은 자기 두 발을 내려다보면서 중얼거렸다.

"그러고 싶어도, 다 같이 피하기가 쉽지 않지. 우리 집에는 누워 지내는 노인네도 있으니까. 그래서 해일이 덮치는데도 피하지 않고 다 집에 있었다. 죽는 날에는 다 같이 죽자고 말이야. 그랬는데, 물살에 떠내려가서. 나 혼자만 살아남았구나."

아줌마가 시신들이 누워 있는 쪽을 허망한 눈빛으로 잠시 쳐다보았다.

"아침부터 찾고 있는데, 노인네와 손자가 안 보이는구나. 너 또래에, 왜……."

"이런 끔찍한 꼴을 다 보다니, 오래 산 게 죄지, 죄야."

옆에 누운 다른 아줌마가 갑자기 소리를 질렀다. 나는 놀라서 페트병을 껴안은 채 일어나려 했다. 아줌마는 양말을 쏘아보면서 몇 번이나 고개를 끄덕였다.

"가족이 하나도 없는데, 혼자 살아서 뭐 하겠어."

쥐어짜는 목소리로 그렇게 말하고는 두 손으로 머리를 움켜잡았다. 그러고는 천장을 올려다보며 입을 꾹 다문 채 더는 아무 말도 하지 않았다.

날이 저물었다. 체육관은 어둠에 삼켜지듯 점차 어두워졌다. 군데군데에서 빛나는 촛불이 밤바다에 빛나는 오징어잡이 배의 불처럼 가물가물 흔들렸다.

"할아버지가 툭하면, 해일이 올 때는 뿔뿔이 흩어지라고 했지만."

아줌마가 또 버럭 소리를 질렀다. 그 목소리가 사방의 공기를 뒤흔들듯 울렸다. 잠이 들었는지 눈을 감고 있던 사람들이 부스스 눈을 떴다.

"해일이 오면, 뿔뿔이 흩어져서 도망치라고 했지. 가족이나 친구를 도우려 하지 말라고, 같이 있으려 하지 말고 아무튼 뛰라고. 하지만, 그것도 다 소용없는 일이야. 혼자 살아남아서 뭐하냐고."

"옳은 말이야. 그러니 차라리 같이 죽는 게 낫지."

나는 페트병을 껴안은 채 몸을 더 움츠렸다.

할아버지의 손가락 사이로 보았던 가족의 모습을 생각했다. 넷이 부둥켜안고 마지막까지 함께하려던 모습. 아빠는 엄마와 동생이 있는 곳으로 돌아갔고, 오빠 역시 자전거를 내던지고 언덕을 뛰어올라 그들에게로 갔다. 나만 경트럭의 짐칸에 내던져져, 힘내라, 꼭 살라는 소리를 들었다. 그때 아빠의 표정은 무척이나 상냥했다. 처음으로 서로의 눈을 똑바로 쳐다본 것 같은데, 그것도 사실은 어땠는지 잘 모르겠다.

"가족이란 게 대체 뭔지……."

아줌마가 중얼거렸다. 목소리가 툭 끊긴다 싶더니, 어린 여자애처럼 무릎을 껴안고 살찐 어깨를 부들부들 떨면서 훌쩍거리기 시작했다.

"해일이 오면 뿔뿔이 흩어지란 말은, 가족이란 걸 모르는 사람이나 하는 소리지. 다 같이 있었는데, 뿔뿔이 떠내려갔어. 이런 내 심정을 누가 알겠느냐고. 누가 알아!"

바다 냄새가 섞인 끈끈하고 후덥지근한 여름 바람이 체육관 안을 훑듯이 스치고 지나갔다. 시큼하고 비릿한, 뭔지 모를 냄새가 체육관 안에 퍼졌다. 죽은 사람의 냄새, 라고 나는 생각했다. 이것이 가족의 냄새. 비릿하고 눅눅한.

하늘을 날던 헬리콥터 소리가 그쳤다. 그리고 잠시 후, 헬리콥터에서 내린 사람들이 체육관 안에 북적거리기 시작했다. 소독약 냄새가 풍겼다. 자원 봉사자들의 수도 점차 늘어났다. 그리고 언제 그렇게 모여들었는지 경찰복을 입은 사람들이 살아 있는 사람과 죽은 사람의 신원을 확인하느라 바쁘게 오갔다.

하얀 가운을 입은 의사가 달려왔다. 그 뒤에 키가 크고 젊은 경찰이 한 사람 한 사람의 얼굴을 확인하면서 천천히 걸어왔다. 그러다 내 앞에서 갑자기 걸음을 멈췄다. 촛불만 가물거리는 어둠 속에서, 몸을 구부리고 얼굴을 들이밀더니 의심스럽다는 듯이 눈을 찡그리고 나를 쳐다보았다.

"너, 혼자니?"

"……네."

그는 나와 내가 껴안고 있는 페트병을 번갈아 쳐다보았다. 그러고는 잘 안 열리니, 묻듯이 손을 뻗더니 뚜껑을 금방 열어 주었다. 경찰은 감색 제복을 입고 있었다. 타 들어가는 갈증이 그때야 되살아나, 나는 2리터짜리 커다란 페트병을 기울이고 물을 벌컥벌컥 마셨다.

아무리 마셔도 갈증이 풀리지 않았다. 입술 끝에서 뚝뚝 떨어진 물이 옷까지 흠뻑 적셨다. 나는 미친 듯이 물을 마셨다. 경찰이 그런 나를 몹시 이상하다는 듯이 고개를 갸우뚱 기울이고 쳐다보았다.

"담요가 모자라."

아줌마가 경찰에게 말을 건넸다.

"나더러 어쩌라고요."

경찰은 시끄럽다는 듯이 대답했다. 매정한 말투가 아니라, 자신은 관심 없다는 투였다. 아줌마가 끔쩍 놀라 입을 다물었다.

"너, 다른 가족은?"

경찰은 내게만 관심이 있다는 듯이 빤히 쳐다보며 물었다. 나는 페트병에 입을 댄 채 고개를 저었다. 흙탕에 뭉친 긴 머리가 가슴 앞에서 흔들렸다. 나는 집게손가락으로 담요에 덮여 있는 시신 쪽을 가리켰다. 나도 힐금 돌아보았다. 촛불에 드러난 담요 위에 놓인 하얀 꽃이 언제 그랬나 싶게 시들어 썩은 꽃처럼 흉한 색으로 변해 가고 있었다. 시신에게 목숨을 내준 것처럼 꽃이 눈 깜짝할 사이에 썩어 버렸다.

물을 마시면서 경찰을 쳐다보았다. 눈빛이 촉촉하고, 여리고, 꿈을 꾸는 것처럼 야릇했다. 아직 젊고 피부도 매끈하고 깨끗했다. 길쭉한 눈에는 호기심이 하나 가득 어려 있었다.

겨우 물을 다 마신 나는 페트병에서 입술을 떼었다. 추적추적해진 얼굴을 손등으로 닦았다. 흙냄새가 났다.

경찰은 물고 있던 담배를 바닥에 던지고 일어섰다. 키는 큰데

몸이 말라, 사람이 아니라 기다란 그림자처럼 보였다. 그리고 가죽 구두 끝에 겁이 날 정도로 잔뜩 힘을 주고 꽁초를 한없이 짓뭉갰다.

어둠 속에서 조그만 불똥이 튀었다가 사라졌다.

"구사리노, 아냐?"

등 뒤에서 나는 소리에 경찰이 돌아보았다. 같은 감색 제복을 입은, 젊고 땅딸막한 남자가 성큼성큼 다가왔다.

"……어."

"어가 뭐야. 정말 오랜만이군. 해상 보안 학교에서 보고 처음인가. 너도 동원된 거야? 난 에사시에서 순시선에 도 경찰관을 몰래 태우고 왔는데. 모래와 쓰레기 더미 때문에 배를 댈 수가 없어서 이렇게 오래 걸렸어. 그런데 넌 지금 몸베쓰에 있잖아. 그쪽 순시선은 출동하지 않은 것 같던데."

"어, 나는, 개인적으로 온 거야."

"개인적으로?"

"응, 친척이 있어서, 오타루에서 어선을 탔지. 헬리콥터는 도저히 안 되겠고, 어떻게 가나, 궁리하고 있는데, 청년 단체에서 의사와 자원 봉사자와 뜻이 있는 사람들을 모아 배로 떠난다고 해서. ……이거, 옷 갈아입을 시간도 없어서."

제복을 가리키며 말하는 남자의 한쪽 볼에만 희미하게 웃음이 묻어났다. 감색 제복을 입고 있는 이 사람들은 경찰이 아니라는 것을 어렴풋이 알았다. 올려다보고 있는데, 땅딸막한 사람이 물었다.

"그래, 친척은? 어떻게 되었어?"

"이 아이 하나, 살아 있더군."

그가 갑자기 몸을 쭈그리고 앉더니, 길고 홀쭉한 팔을 뻗어 나를 훌쩍 안아 올렸다. 시야가 높아져 체육관 구석구석까지 내려다보였다. 가족끼리 모여 밤을 지내는 사람들. 시신 옆에 앉은 채 떠날 줄 모르는 사람. 늙은 부부는 담요 한 장을 함께 쓰고 통조림을 나눠 먹고 있었다. 촛불 속에 있는 얼굴들 모두가 유난히 창백했다.

품에 안겨 꼼짝 않고 있는데, 땅딸막한 아저씨가 놀랍다는 듯이 중얼거렸다.

"야, 많이 닮았는데."

구사리노라 불렸던 아저씨가 진지하게 대답했다.

"내 아이니까, 당연하지."

악취미적인 농담에 어이가 없다는 듯 땅딸보 아저씨가 피식 웃었다.

뻣뻣한 제복에서 짭짤한 바다 냄새가 났다. 누가 부르는 소리에 땅딸보 아저씨가 대답하면서 뛰어갔다. 눈앞에 있는 젊은 남자의 얼굴을 빤히 쳐다보았다. 그쪽에서도 질세라 길쭉한 눈을 번쩍 뜨고서 나를 쳐다보았다.

"누구, 세요?"

조그만 소리로 물었다.

"너, 다케나카 하나 맞지?"

"네, 그런데요."

"친척. 뉴스 보고 달려왔지. 다케나카 씨네가 무사한지 확인만 하고 돌아가려고 했는데. 아무튼, 네가 걱정이 되어서."

남자는 한 팔로 나를 안은 채, 주머니에 손을 집어넣고 담뱃갑을 꺼내 한 개비 물었다. 그리고 미간을 찌푸리고 약간 언짢은 표정을 지으면서 라이터를 꺼냈다.

왠지 처음부터, 처음 보는 사람이라는 느낌이 들지 않았다. 휭, 하고 강한 바람이 불어와 라이터의 불길이 어지럽게 흔들렸다. 체육관 여기저기에서 촛불이 흔들리고, 그 가운데 몇 개는 꺼지고 말았다. 사방이 조금 더 어두워졌다. 두 손을 뻗어 라이터 불이 흔들리지 않게 손바닥으로 감싸자, 남자가 후후, 마른 소리를 내며 웃었다.

담배에 불이 붙었다. 한 모금, 빨아들인다. 라이터를 집어넣고는 내 머리를 마구 쓰다듬는다.

"눈치가 빠른데, 아가씨."

귓가에 속삭이는 목소리. 나는 기뻐서 방긋 웃었다. 낯선 남자의 이마에 자신의 이마를 살짝 대었다. 따스했다. 남자가 걷기 시작하자 한쪽 팔에 안긴 내 몸이 흔들흔들 흔들렸다. 떨어지지 않게 목을 꼭 끌어안고, 비처럼 눅눅한 그 사람의 체취를 맡았다. 불현듯, 이게 없으면 이제 살아갈 수 없을 듯한 기분이 들었다.

"어르신."

친척이라는 그 남자가 멀리 있는 누군가를 불렀다. 철제 의자가 죽 놓여 있고, '홋카이도 남서 해안 지진 아오나에 재해 대책 본부'라고 매직으로 휘갈겨 쓴 곳에서 나이가 지긋한 한 남자가 본부 사람과 무슨 얘기를 나누다가 돌아보면서 말했다.

"가족을 모두 잃은 아이인가? 그보다 준고 군, 다케나카 씨네 말이야, 장남 가족이 여기 아오나에에서 둘, 마쓰에 해안에서 둘. 현재 가족 네 명이 모두 시신으로 발견되었어……."

그리고 다시 본부 사람에게로 몸을 돌렸다.

"아, 난 다케나카 씨를 오래전부터 잘 아는 사람입니다. 아니, 친척은 여기 이 젊은이올시다. 아이도 있는 터라 걱정이 되어서 이렇게 달려왔습니다. 네……. 아니, 어선을 타고 왔어요. 이 젊은이는 밤중에 몸베쓰에서 출발해서 아침에 삿포로에 도착해 나와 합류한 후에 기차를 타고 오타루까지 와서, 운 좋게 배로 출발한다는 젊은이들을 만나, 부탁을 해서 여기까지 온 겁니다."

나이가 지긋한 그 남자는 말쑥한 양복에 모자, 그리고 멋들어진 금색 시계를 차고 있어 어딘가 모르게 도시의 밤 분위기가 풍겼다. 피부색도 좋고, 돈이 풍족한 사람들만이 누릴 수 있는 호사스러움이 있었다. 그 할아버지와 준고 군이라 불린 비 냄새 나는 젊은 남자는 서로 아는 사이인 것 같았다. 전혀 다른 세계에 사는 사람으로 보이는데, 신기했다. 아저씨가 할아버지를 '어르신'이 아니라 성으로 다시 불렀다.

"오시오 씨."

"준고 군, 담배는 끄지. 이런 데서."

"하나를 찾았습니다. 살아 있었어요."

"……하나를?"

오시오 씨라 불린 할아버지가 천천히 돌아보았다. 나는 아저씨와 이마를 맞댄 채 입을 꼭 다물고 할아버지를 노려보았다. 할아버지는 얼이 빠진 듯한 얼굴로 나를 올려다보았다. 그러자 돈과 도시와 밤 분위기가 할아버지의 몸에서 느릿느릿 빠져나가면서 움푹한 주름투성이 눈에서 소금물 같은 눈물이 주르륵 흘러나왔다.

"살아 있었구나! 하나야! 천만다행이로구나! 아직 이렇게 어리다니. 지금 몇 살이지?"

"열한 살입니다, 오시오 씨."

아저씨가 코를 킁킁거리며 웃듯이 말했다.

"4학년이고요."

"그렇구나."

아저씨는 웃고 있는데, 할아버지는 웬일인지 눈물을 주르륵 주르륵 흘렸다.

"무서웠지, 혼자 살아남아서? 그런데 어떻게 너만 무사한 것이냐?"

"……아빠가."

나 자신도 깜짝 놀랄 만큼 기어 들어가는 소리였다.

"살라고 해서……."

그렇게 말하는데, 갑자기 목소리와 함께 증오가 목구멍까지 끓어올랐다. 분노와 슬픔으로 금방이라도 심장이 멈춰 버릴 것 같았다. 나는 아저씨의 목을 꼭 끌어안고 비처럼 눅눅한 냄새를 맡았다. 내 말에 할아버지가 숨을 헉 삼켰다. 그리고 천천히 미소 지었다.

"다케나카의 장남이 그렇게 말하더냐. 그럼, 그 사람이 네 목숨을 구해 준 셈이로구나."

우리 아빠를 다케나카의 장남이라고 하는 것이겠지, 하고 생각했다. 나는 몸속에서 난동을 부리는 증오심에 물속에서 허우적거리는 것처럼 숨쉬기가 힘들어, 겨우 한 번만 고개를 끄덕였다. 그리고, 높고 검은 파도가 밀려와 차를 덮쳤고, 아빠가 힘내라고, 꼭 살라고 했다고 더듬더듬 설명했다. 분노에 빠져 숨이 막힐 것 같은데, 목소리는 오히려 차분했다. 슬프지도 괴롭지도 않은 것처럼. 짐칸에 매달려 아빠를 불렀던 어젯밤 자신의 허망한 목소리가 떠올랐다. 그렇게 애타게 누군가를 불러 보기는 처음이었다. 내 얘기를 듣는 할아버지의 눈에서 그 뜻을 알 수 없는 눈물이 철철 넘쳐흘렀다.

"그래, 그랬구나. 다행이다, 하나야. 그래도 여기서, 행복하게 산 모양이로구나."

대답할 말이 없었다. 숨이 막혀 그저 입술만 파르르 떨었다. 맞댄 이마를 빙빙 돌리면서 도움을 청하듯 아저씨의 얼굴을 들여다보았다. 나와 비슷한 길쭉한 눈이 웃음을 참으면서 촉촉하게 빛났다. 그 눈이 할아버지에게는 보이지 않는 나의 증오를 알알이 보면서 좍좍 빨아들이고 있다는 기분이 들었다. 나를 안고 있는 탓에 아저씨의 감색 제복 군데군데에 마른 흙이 묻어 시커멨다.

"왜 저렇게 울지?"

귓가에서 조그맣게 속삭이는 목소리. 뜨거운 입김에 목이 간지러웠다.

할아버지는 눈물을 닦고 재해 대책 본부 사람과 무슨 교섭을 시작했다. 친척이 와 있느니, 보호자가 사망한 아이니, 아무개 시의원에게 전화를 해 보라느니 하는 말소리가 들렸다. 온화하지만 고집과 자신감에 찬 목소리로 한동안 말을 주고받았다.

그러다 마침내 돌아보며 말했다.

"됐어. 데려가도 좋다네. 뒷일은 나중에 다시 의논하세나."

그리고 아저씨에게 매달려 있는 나를 올려다보며 울다 웃는 표정을 지었다.

"무겁지 않은가, 준고 군?"

"아닙니다."

아저씨가 입술 끝에 담배를 문 채로 우물우물 대답했다. 할아버지는 기가 차다는 듯이 눈살을 찌푸리고는 다시 말했다.

"아직 한참 어리구나. 그런데 신기한 일이지, 준고 군을 이렇게 금방 따르니."

"무슨 말씀이세요. 그렇게 간단하지가 않죠."

"……."

할아버지가 나와 아저씨의 얼굴을 몇 번이나 번갈아 보았다. 나는 갑자기 잠이 쏟아져 아저씨의 딱딱한 쇄골에 머리를 척 기대고 눈을 감았다. 문득 어젯밤, 손발을 축 늘어뜨린 채 아빠 품에 안겼던 동생이 이상한 동물처럼 보였다는 생각이 떠올랐다. 잠이 쏟아져 눈을 뜨고 있을 수가 없었다. 흔들리는 동안, 손발에서 힘이 빠져나갔다. 체육관에서 나가는 것 같았다. 자갈길을 밟는 발소리가 저 아래쪽에서 울려, 아, 굉장히 키가 큰 사람이 나를 안고 있구나, 하고 생각했다. 떨어뜨리면 위험하겠지만, 이 사람이라면 떨어뜨려도 괜찮아. 점점 힘이 빠져나갔다. 모르는 사람인데, 무섭지 않았다.

"일단은 데리고 있다가, 홋카이도 안에 있는 친척들에게 연락을 취해 보기로 하지."

걸어가면서 할아버지가 말했다. 아저씨가 단호하게 딱 잘라 대답했다.

"내가 키울 겁니다."

대체 무슨 소리지? 나는 몽롱한 머리로 생각했다.

"준고 자네가 말인가? 글쎄, 그게……."

"독신이 낫지요. 그리고 수입도 안정적이고. 요즘 같은 불경기에 누가……."

"그건 그러네만."

"어르신, 뭐가 걱정입니까?"

"아니, 자네는 성실한 청년이고, 나도 그 점은 잘 알고 있지만 말이지."

자갈길을 밟는 발소리가 또 울렸다.

—가족이라는 게 뭔지…….

중얼거리는 아줌마의 목소리가 귀에 되살아났다. 나는 잠으로 떨어지기 일보 직전이었다. 할아버지가 착잡한 목소리로 말했다.

"하지만 말이야, 아이를 키운다는 것은 친구들하고 편하게 지내고, 여자와 사는 것과는 다른 얘기야. 준고 군, 자네는 결손 가정에서 자라지 않았나. 가정을 어떻게 꾸려야 하는지 잘 모를 텐데."

"……."

아주 잠시, 암울한 침묵이 있었다. 그리고 아저씨가 어이없는 일이라는 듯이 소리 내어 웃었다.

"하지만 어르신, 결손이 없는 인간이 어디 있겠습니까."

결손이 뭐지? 들어 본 적이 없는 말이라 뜻을 알 수 없었다. 억지로 눈을 뜨자, 마음으로 웃고 있는 아저씨의 푸근한 얼굴이 눈으로 날아들었다. 그 얼굴을 보았더니, 가슴이 찡했다. 목에 매달려 딱딱한 쇄골에 얼굴을 묻고서, 절대 헤어지지 않을 거라고 생각하면서 눈을 감았다. 아저씨는 뭐가 그렇게 좋은지, 계속해서 웃었다. 후후후후, 메마른 웃음소리가 자장가처럼 울렸다.

우리 셋은 오늘 안에 오타루에 도착한다는 어선을 타고 오쿠시리 섬을 떠났다.

해안선에는 무너진 가옥과 부서져 떠 내려온 배의 잔해가 어지럽게 널려 있었다. 저물어 가는 하늘을 향해 연기가 군데군데서 피어올랐다. 어선을 타고 둘로 갈라진 나오나에 곶 등대 옆을 지났다. 배는 파도에 흔들리면서 북쪽 바다로 나아갔다. 아저씨는 갑판에 앉아 나를 무릎에 앉혔다. 그 얼굴을 살그머니 올려다보았다.

아저씨는 눈을 찡그리고 멀어져 가는 섬을 바라보고 있었다. 섬을 그리워하듯 무거운 눈빛이었다.

"오쿠시리 섬에 왔던 적, 있어요?"

"응, 옛날에."

짧은 대답이었다.

긴 팔로 내 허리를 감싸 안고 머리 위에 턱을 올려놓았다. 말을 할 때마다 목소리와 함께 턱의 움직임이 전해져, 심장까지 찌릿찌릿 울리는 듯했다. 졸린데도 아저씨가 마음에 걸려 억지로 눈을 뜨고 있었다.

"중학생 때. 겨우 반년이었지만."

"왜요?"

"우리 집에 일이 좀 있어서. 친척이라서, 네 집에 한동안 신세를 졌었지. 너희 아버지는 외지에서 돈벌이를 하느라 종종 집을 비웠어. 네가 태어나기 바로 얼마 전까지. 그 후로는 한 번도 와 보지 않았는데. 나도, 싫증이 났고."

조금 떨어진 곳에 피곤하다는 듯 허리를 구부리고 앉아 있던 할아버지가 걱정스러운 듯 말을 건넸다.

"준고 군……."

그러자 아저씨는 피식 웃었다.

"옛날 얘기야. 이제 다 지나간 일이지."

그러고는 턱이 움직이지 않았다. 나는 천천히 눈을 감았다. 허리에 감겨 있는 긴 팔이 따스하고 푸근했다. 그다음 눈을 떴을 때, 회백색 안개가 자욱하게 끼어 있는 오타루 항에 도착해 있었다. 아저씨의 품에 안겨 육지로 내려갔다. 운하를 따라 예쁜 가로등이 무수하게 빛나고 있었다. 안개 너머에서 레스토랑과 술집의 불빛이 밤에게 손짓하듯 흔들리고, 관광객들이 이리저리 거닐고 있었다.

밝고 흥겨운 분위기였다. 쓰레기와 모래 더미에 묻혀 연기만 피워 올리는 오쿠시리 섬과는 전혀 다른 나라 같았다. 나는 아저씨의 목에 매달려 길을 오가는 사람들을 노려보았다. 관광객들은 흙투성이 나와 경찰 비슷한 제복을 입은 아저씨를 못 볼 것이라도 본 것처럼 이상하게 쳐다보며 지나갔다. 하지만 아저씨는 그런 눈길은 아랑곳하지 않고 등을 쫙 편 채 걸음을 재촉했다.

오타루 역에서 탄 기차는 텅 비어 있었다.

"이런 시간에 삿포로로 가는 관광객은 없으니까 말이지."

할아버지가 혼자 중얼거렸다. 역에서 도시락을 세 개 샀지만, 나는 밥이 넘어가지 않았다.

"……물."

아저씨가 페트병을 건네주었다. 나는 또 미친 듯이 벌컥벌컥 물을 마셨다. 아저씨의 무릎에 앉아 비 냄새 나는 커다란 가슴에 나른하게 기대어 눈을 감았다. 기차가 속도를 올리면서 달리기 시작했다. 오쿠시리 섬은 점점 멀어져 갔다.

"……어떤 친척이에요?"

내 목소리가 들렸다. 잠꼬대를 한 것 같아, 고개를 들었다. 모래라도 씹는 표정으로 도시락을 먹고 있던 할아버지가 고개를 들고서 물었다.

"아저씨가 좋냐?"

"네."

"우리 아버지와 네 아버지가 사촌간이야."

창밖을 보고 있던 아저씨가 짧게 대답했다. 목소리와 함께 딱딱한 가슴 근육이 움직여, 아저씨의 뼈에서 내 뼈로 자잘한 진동이 전해졌다. 할아버지가 젓가락을 내려놓았다.

"하나야, 남자란 말이지, 태어난 곳을 잘 떠나지 않아. 죽을 때까지 말이다. 그런데 여자는, 시집을 멀리 가는 일도 있잖니. 그러면 여자 형제들이 시집간 곳에 새 친척이 생기겠지. 그래서 홋카이도 여기저기에 네 친척이 있는 거란다."

"네에."

할아버지가 무슨 말을 하는 것인지 잘 이해할 수 없었다. 한참이 지나 삿포로 역에 도착했다. 도시의 시끌시끌함이 기차 안까지 날아들었다. 서둘러 폼으로 내렸다. 할아버지와는 거기서 헤어지게 되었다. 할아버지는 급히 처리해야 할 일이 있는 데다 다케나카의 친척에게 연락을 취해 장례 절차와 나의 거취에 대해 의논을 해야 하니 삿포로를 떠날 수 없다고 했다.

"준고 군, 늦었는데 삿포로에서 하룻밤 자고 가는 게 어떻겠나?"

아저씨는 졸려서 눈을 비비는 나를 재미난 장난감이라도 보는 표정으로 내려다보면서 말했다.

“어차피 잘 테니까, 차로 가겠습니다.”

“그래도 자네, 어젯밤부터 한숨도 못 자지 않았나.”

“괜찮습니다, 어르신. 스물일곱, 한창때 아닙니까.”

“하하하. 그렇군. 그래그래, 노인네와 같이 취급해서는 안 되지. 순시선을 타다 보면 이 정도는 일도 아닐 테니 말이야.”

할아버지는 듬직하다는 듯이 웃고는 내 얼굴을 또 들여다보았다. 번쩍거리는 도시와 돈 냄새가 온몸에서 다시 풍기기 시작했다. 주름이 자글자글한 두 손으로 내 머리를 쓰다듬었다.

“아무 걱정 말고, 가서 잘 쉬고 있거라.”

할아버지는 역을 빠져나가 화려한 네온사인이 반짝거리는 거리 쪽으로 사라졌다. 서둘러 택시를 잡아타는 모습이 보였다.

“할아버지, 어디 가는 거야?”

아저씨는 몸을 돌려 반대쪽으로 걸어가면서 대답했다.

“스스키노에 가게가 있어. 불경기라서 좀 위태롭지만.”

“가게…….”

“이제, 가자.”

아저씨는 입체 주차장에 세워 둔 차의 조수석에 나를 앉혔다. 인형을 살며시 내려놓는 것처럼, 손놀림이 어색했다. 그러고는 이제 됐다는 듯이 고개를 끄덕이고는 문을 닫고 돌아가 운전석에 올라탔다.

밤인데도 인공의 불빛이 눈부신 삿포로 시내를 지나자 차는 점차 속도를 올리면서 어딘가를 향해 하염없이 달렸다. 한참이 지나 눈을 떴다. 불쑥 눈앞에 보이는 정경에 깜짝 놀라 몸이 움츠러들었다. 공포에 떨면서 소리 없는 긴 비명을 질렀다.

그곳은 바다였다.

아저씨가 운전하는 차가 캄캄한 바다 위를 쌩쌩 달리고 있었다. 군청색 밤하늘에 환영처럼 떠 있는 달을 향해 차는 끝없이 달렸다. 파도 소리가 스산하게 울렸다. 물이 차의 좌우로 출렁출렁 밀려왔다.

여기가 어디지? 날 어디로 데려가는 거지?

아, 꿈을 꾸었나 봐, 하고 나는 생각했다. 눈을 비비면서 옆을 보니, 부연 달빛 속에 아저씨의 야윈 옆얼굴이 있었다. 차창은 열려 있고, 입에 담배를 문 채 조금 피곤한 듯 눈을 찡그리고 핸들을 잡고 있었다.

"바다에 있는 거예요?"

아저씨가 움찔 어깨를 떨고는, 고개를 돌려 나를 내려다보더니 눈가에 주름이 지도록 웃었다. 그러자 아주 마음씨 좋은 아저씨 같아 보였다. 그리고 한쪽 팔을 뻗어 내 머리를 슬쩍 쓰다듬었다.

"깨어났니?"

"응."

"바다가 아니고, 숲이야. 보이지?"

몸을 일으켜 차창 밖으로 내밀었다. 도로 양쪽이 마치 바다처럼 캄캄한 밤의 숲이었다. 그곳은 바다 위가 아니라 한없이 계속되는 어두운 아스팔트 도로였다. 시원하게 탁 뚫린, 신호 하나 없는 도로. 반대쪽 차선을 달리는 차는 전혀 없었다. 의지할 것이라곤 라이트 불빛과 그 속에 떠오르는 조그만 표지판뿐, 그리고 살아 있는 것은 나와 이 남자밖에 없는 느낌이었다. 살짝 열려 있는 창문으로 나무들의 촉촉한 향이 조금씩 다가서듯 들어왔다. 어두운 관목 숲이, 밀려왔다 밀려가는 파도처럼 도로 바로 옆까지 튀어나와 있었다. 바다를 헤치고 나아가 파도를 타고서 낯선 이와 함께 어디론가 떠나가는 것처럼 신비로운 달밤을 나는 물끄러미 바라보았다.

아저씨가 창밖으로 꽁초를 내던졌다.

"지금 홋카이도 한가운데를 서쪽에서 동쪽으로 가로지르고 있는 중이야. 아침에는 몸베쓰에 도착할 거고."

"……응."

"어젯밤에도 이렇게 왔었어. 무섭니?"

"바다인 줄 알고. 그래서."

나는 그렇게만 대답하고서 또 몸을 바짝 웅크렸다.

"괴물의 배 같은 바다가, 한 번 삼켰는데……."

목이 말랐다. 저세상의 싸늘한 불이 식도를 태우는 것 같았다. 페트병을 찾아, 한껏 기울이고 마셨다.

"한동안은 무서울 테지. 하지만, 괜찮아질 거야."

아저씨가 불쑥 말했다. 나는 페트병에서 입술을 떼고 물었다.

"바다가?"

"그래."

아저씨는 속도를 줄이면서 갓길에 차를 세우고 차 안에 있는 조그만 등을 켰다. 나는 눈이 부셔서 눈을 찡그렸다.

아저씨가 이쪽으로 몸을 쑥 내밀었다. 커다란 몸에 덮여 아무것도 보이지 않았다. 입을 벌리고 올려다보았더니, 아저씨가 조수석 문 안쪽 포켓에 들어 있는 지도를 꺼냈다.

"여기가 아마, 이쯤이겠지."

지도를 펼쳐 보며 그렇게 중얼거리고는 머리를 긁적였다. 지도를 뒷자리에 던지고는, 천천히 바다로 미끄러져 떨어지듯 다시 달리기 시작했다.

"……무서울 거 없어."

낮게 웅얼거리는 목소리에 얼굴을 들었다. 아저씨는 왼손으로 핸들을 잡은 채 오른손으로 담배를 꺼내 입에 물었다. 라이터 불이 도깨비불처럼 부옇게 흔들렸다.

"언젠가는 나도 이 바다에서 죽는다, 그렇게 생각하면 무서울 거 없어."

"나도?"

"우리 아버지는 젊었을 때부터 어부로 살았어. 내가 너만 할 때 태풍을 만나 배가 침몰했지. 그게 끝이야. 그 커다란 아버지를 바다가 삼켜 버렸다고 생각하니 무서웠지만, 언젠가 나도 바다에서 죽을 거라는 걸 알게 되었어. 그랬더니, 조금도 안 무서웠지. 중학교에 다닐 때쯤이었을 거야."

"……엄마는요?"

"죽었지. 엄마는 병으로. 뭍에서."

말을 뱉어 내는 듯한 목소리였다.

차는 환영처럼 덩그러니 떠 있는 달빛 속을 그저 끝없이 달렸다. 바다인지 숲인지 모를 시커먼 것이 한없이 이어졌다. 밤하늘에서 반짝이는 별자리가 금방이라도 금색 빛의 다발이 되어 쏟아질 것 같았다. 아저씨의 목소리는 낮고 음울했지만, 살아 있는 사람의 따스함으로 충만했다. 살아 있는 사람과, 생명과 함께 있다고 생각하니까 안심이 되었다. 갈증도 조금씩 멀어져 갔다.

이 사람도 고아로구나, 하고 문득 깨달았다. 보기에는 다 큰 어른이지만, 그렇다면 나랑 똑같다.

아저씨—준고는 집게손가락과 가운뎃손가락 사이에 낀 담배를 말없이 피웠다. 그리고, 천천히 입을 열었다.

"……죽지 않았어. 아직 어딘가에 있을 거야. ……혼이 말이야."

"혼?"

"음. 피라는 것은, 이어져 있으니까. 그러니까 만약 내 아이가 있다면, 그 아이의 몸속에, 아버지와 어머니, 내가 잃은 소중한 것이, 전부 있을 거야. ……요즘, 그렇게 생각하게 되었어."

담배 연기가 한들한들, 가늘게 피어올랐다.

"그러니까, 죽어 헤어졌어도, 그건 이별이 아니야. 자신의 몸에 피가 흐르는 한, 사람은 가족과 절대 헤어지지 않아."

"……."

암울한 목소리인데도 묘한 박력에 넘쳤다. 피라니, 생각해 본 적도 없는 나는 잠자코 고개만 갸웃거렸다. 준고의 입가에 천천히, 조금은 이죽거리는 미소가 떠올랐다가 사라졌다.

"……모르겠니? 하기야 넌 아직 어린애니까. 열한 살이라……. 그 나이 때는 나도 나무에 오르고 수영하고 놀기만 했으니까, 핏줄이 어떻다느니, 어려운 얘기겠지. 이런 말은 친구에게도 한 적이 없는데, 지금 갑자기 왜 했을까."

말을 끝낸 아저씨의 얼굴이 조금 무서워졌다. 한참을 말없이 담배만 피웠다. 가는 연기가 차창으로 들어오는 바람에 어지럽게 흔들렸다.

"……난, 죽을 때는 반드시 바다 옆으로 돌아올 거야. 어디에 있든."

"그, 체육관에서."

나는 페트병을 껴안은 채 작은 소리로 말했다. 모깃소리처럼, 정말 가는 목소리였다. 준고가 담배를 피우면서 나를 내려다보았다.

"응?"

"……아니야, 아무것도."

"말해 봐. 체육관에서 무슨 일, 있었어?"

"가족이란, 같이 죽는 사람일지도 모른다는……."

"……."

"어쩌다 잘못해서 혼자 살아남은 아줌마가 그랬어. 아줌마, 어린애처럼 울면서, 굉장히 말이 많았어."

준고가 담배꽁초를 창밖으로 내던지고, 언짢은 표정으로 중얼거렸다.

"넌, 그 사람들과 죽으면 안 돼. 내가 데리러 왔잖아."

그 사람들은 그 가족을 말하는 것인가, 하고 생각했다. 서로를 부둥켜안은 채 반짝이는 파도의 벽에 삼켜진 네 사람의 모습이 떠올랐다. 그림자극처럼, 이미 멀었다. 조수석에 앉아 있자니, 왠지 자꾸 기운이 빠졌다.

"찾았어, 그 체육관에서. 기도하는 마음으로, 너를."

떨리는 목소리였다.

"반드시 만날 거라고 생각하면서."

준고는 표정을 보이지 않으려는 듯 턱을 창 쪽으로 기울였다.

몇 시간 만에 반대 차선을 달리는 차와 스쳐 지나갔다. 밤의 바다에서 마주 달리는 보트가 휙 지나가는 것 같았다. 불빛이 다가오면서 바람이 휭 일었다가, 다시 고요한 어둠이 사방을 뒤덮었다. 잠시 후, 큼지막한 표지판이 보였다. 준고는 속도를 줄이지 않은 채 우회전을 했다. 하늘이 어렴풋한 회색으로 변했다. 검은 바다를 헤치고 달리는 이 밤, 영원히 끝나지 않을 것 같던 밤이 이제 곧 밝으리라고 나는 생각했다. 왠지 쓸쓸한 기분이 들었다. 이대로 한없이, 살아 있는 것은 나와 이 사람뿐인 차 안에서, 이 세상의 바깥을 달리고 싶은 묘하고 싸늘한 기분이 들었다.

마침내 마법이 풀리듯 하늘이 조금씩 밝아졌다. 동쪽 하늘이 타오르는 빛으로 가득했다. 아침 태양이 아직은 서늘했다. 바다를 두려워하는 본능 같은 그 마음이 거짓말이었던 것처럼 누그러들었다. 숲은 자작나무와 낙엽송으로 울창하고, 자욱하게 낀 안개가 산들을 우윳빛으로 뽀얗게 물들이고 있었다. 거대한 홋카이도를, 단둘이서 서에서 동으로. 준고는 이제 지도는 보지 않았다. 도로 표지판에 신경을 쓰는 기색도 없었다.

아, 이 부근은 이 사람이 사는 고장이로구나, 하고 생각했다. 하룻밤 사이에 몇백 킬로미터를 달려 그 가족과 함께 살았던 오쿠시리 섬이 옛날 얘기처럼 등 뒤로 멀어지자, 나는 이제 다른 남자들의 울타리 안으로 발을 들여놓은 것이다. 문득, 오쿠시리 섬으로 돌아가는 일은 두 번 다시 없을 것이라고 생각했다.

—하나야, 힘내! 꼭 살아야 한다!

늘 말이 없었던 아빠의 마지막 목소리도 부는 바람에 안개가 걷히듯 멀어져 갔다. 물에 잠기는 것처럼 또 잠에 빠졌다.

그다음 눈을 떴을 때, 하늘은 완전히 밝아 꿈처럼 파르스름했던 달은 어디에도 없었다. 한여름의 짙은 초록이 햇살을 눈부시게 반사하고 있었다. 파란 하늘 가득히 뭉게구름이 떠 있었다. 밤 동안에는 똑바로 나 있던 도로도 비스듬한 커브 길이 많아지고, 아침이라서 그런지 반대편 차선을 달리는 차도 꼬리에 꼬리를 물고 있었다.

파릇파릇한 평야로 들어섰다. 잠시 후, 신기루처럼 조그만 동네가 나타났다. 차가 속도를 줄이면서 동네로 들어섰다. 적막한 회색 집들이 계속 이어졌다. 언덕길을 천천히 내려가자, 앞 유리창 하나 가득하게 거뭇거뭇한 것이 펼쳐졌다. 푸른빛으로 일렁거리며 물거품을 일으키는 바다와는 전혀 다른 색이었다. 끈끈하게 느껴질 만큼 꿈틀꿈틀 움직이는 그 바다는 파랗다기보다 칙칙하고 무거운 검은색이었다. 고요했다. 화창한 하늘에는 자잘하게 잘라 놓은 구름처럼 갈매기가 수없이 날아다니고 있었다.

"저 바다가 오호츠크 해."

준고가 눈을 껌벅거리며 중얼거렸다. 잠이 올 만도 했다.

"졸려요?"

걱정스러워 물어보았다.

"응……. 졸려."

어리광을 부리는 목소리로 대답하며 똑바로 나를 보았다.

잡초가 무성하게 자란 공터 같은 주차장에 차를 세우고서 준고가 하품을 쩍 했다. 송곳니가 뾰족해서 젊은 악마처럼 보였다. 그리고 차에서 내려 조수석 쪽으로 와서는, 지금 막 산 커다란 인형을 껴안듯 조심스럽게 나를 안아 올렸다. 옷과 머리카락에 들러붙은 마른 흙이 또 투두둑투두둑 떨어졌다. 준고가 악마처럼 히죽거리며 말했다.

"잘 왔어, 하나."

그리고 내 이마에 볼을 마구 비벼 댔다. 조금 자란 수염이 따끔거렸다. 나는 후, 하고 숨을 내쉬었다.

준고는 회색 콘크리트가 군데군데 갈라진 4층짜리 건물의 꼭대기 층까지 나를 안고 계단을 올라갔다. 엘리베이터는 없는 것 같았다. 계단을 올라가는 도중에 만난 젊은 남자가 잠이 덜 깬 눈을 비비며 고개도 들지 않은 채 "여어……." 하고 인사를 하고는 뛰어 내려갔다.

준고가 인터폰을 누르지 않고 주머니에서 열쇠를 꺼내 구멍에 꽂는 것을 보고, 혼자 산다는 것을 알았다.

방은 깔끔하게 정리되어 있었다. 아니, 거의 아무것도 없었다. 커튼을 열어젖히자, 눈부신 아침 햇살이 쏟아졌다. 굴뚝이 솟은 삼각 지붕이 줄줄이 이어지는 적막한 거리 풍경과 함께 검푸른 거대한 바다가 한눈에 내다보였다. 갈매기가 끼룩끼룩 울어 댔다.

"배고파?"

고개를 젓자, 준고는 나를 방 한가운데에 달랑 내려놓고 안쪽에 있는 욕실로 들어갔다. 수도꼭지를 트는 소리가 들렸다. 자그마한 원룸이었다. 철제 선반에 잡지가 빽빽이 꽂혀 있는 것 외에는 텔레비전과 비디오, 재떨이가 놓여 있는 가스레인지, 일인용 침대뿐이었다. 널려 있는 것 하나 없이 깨끗했지만, 이불은 방금 전에 잠에서 깨어난 것처럼 뒤죽박죽이고 리모컨도 바닥에 떨어져 있었다.

왠지 허전해서 준고가 있는 욕실 쪽으로 가 보았다. 세면대 앞 선반에 여성용 화장품이 몇 개 놓여 있었다. 준고는 콧노래라도 흥얼거리듯 가벼운 동작으로 그것들을 검고 조그만 쓰레기통에 버리는 중이었다. 꽃가루가 날리듯 달콤한 화장품 냄새에 코가 간질거렸다. 세면대 아래 떨어져 있는 진주 귀고리 한 짝을 집어 들었더니, 준고가 미간을 찡그리며 빼앗았다.

그것도 쓰레기통에 버려서 실망스러웠다.

“버리는 거야?”

“응.”

“아주 예쁜데…….”

“이런 거 안 돼, 어린애는.”

“언제부터 어른인데?”

준고가 손의 움직임을 멈추고 나를 내려다보았다. 준고의 얼굴이 저 높이에 있어서, 올려다보면 목이 아플 것 같았다. 얼굴에 그늘이 져 있어 어떤 표정인지는 보이지 않았다.

“……글쎄, 잘 모르겠는데.”

준고가 그렇게 대답하면서 물을 잠갔다.

“만세 해 봐.”

두 팔을 높이 들자, 준고가 셔츠를 위로 벗겨 냈다. 흙투성이 내 옷을 하나하나 벗겨서는 세탁기에 휙휙 던졌다. 그 동작이 너무도 자연스러워 하나도 부끄럽지 않았다. 순식간에 알몸이 되었다. 세면기에 담긴 뜨거운 물에 손을 담가 주며 준고가 물었다.

“뜨겁지 않니?”

“……딱 좋아.”

“그렇지?”

준고가 내 머리에 따뜻한 물을 좍좍 끼얹었다. 그리고 샴푸로 머리를 감겨 주었다. 집에서는 맡아 본 적 없는 향이 났다. 눈을 꼭 감고 있었더니, 또 따뜻한 물을 끼얹고 헹궈 주었다. 비누 거품을 내어 얼굴과 몸을 부드럽고 또 억세게 씻겨 주었다. 살짝 눈을 떠 보았더니, 시커먼 흙탕물과 하얀 거품이 배수구를 향해 소용돌이무늬를 그리며 흘러가고 있었다. 향긋한 비누 냄새와 텁텁한 흙탕 냄새가 욕실 안에 맴돌았다. 준고는 내 겨드랑이를 두 손으로 받치고 조심스럽게 몸을 들어 올리더니 살며시 욕조에 내려놓았다. 참방! 턱까지 물에 잠기자 조금은 부끄러워, 눈을 치뜨고 올려보았다. 준고는 만족스러운 표정으로 나를 내려다보고 있었다. 그리고 욕조에 턱을 괴고 졸린 듯 눈을 껌벅거리면서 웃었다. 감색 제복은 온통 흙투성이에 물과 거품까지 튀어 엉망이었다.

"안 들어와?"

그렇게 묻자, 준고가 깜짝 놀라는 표정을 지었다. 그러고는 껄껄 웃었다.

"싫어, 어린애에게 보이기."

"나빴어."

"어린애 몸이 이렇게 생겼구나. 덕분에, 배웠다."

물속에 몸을 쏙 숨기고 노려보자, 준고는 일어나 큼지막하고 하얀 목욕 타월을 꺼내 와, 욕조에서 나온 나를 포근하게 감싸 주었다. 그러고는 허둥지둥 옷을 벗고 샤워기로 몸을 간단하게 씻어 내고 티셔츠와 스웨터를 입었다. 제복을 벗고 나자 준고는 학생만큼이나 젊어 보였다. 준고는 타월로 내 몸을 톡톡 두드리며 닦고는 다시 방 한가운데에 앉히고 선풍기를 틀어 주었다. 담배를 입에 문 채 벽장문을 열고 한참이나 뭘 찾는 듯하더니 고개를 갸우뚱하고서 결국은 하얀 와이셔츠를 꺼냈다. 내게 푹 뒤집어씌우고서 단추를 꼭꼭 채우고 소매를 몇 번이나 걷어 주었다. 그럭저럭 잠옷 차림이 되었다. 담배를 물어 뒤틀린 입으로 준고가 중얼거렸다.

"제대로 된 옷은 나중에, 알았지?"

"응, 나중에."

드라이어를 머리에 대고 머리카락을 부드럽게 털어 주었다. 머리가 금세 말랐다. 남성용 촘촘한 빗으로 머리를 정성껏 빗겼다. 조금 전까지 거칠었던 동작이 갑자기 변했다. 준고의 얼굴을 올려다보았더니, 눈빛이 아주 차분했다. 검고 곧은 머리카락은 가슴 언저리까지 내려왔다. 들러붙은 흙탕을 떨어내고 나니, 살랑살랑 윤기가 되살아나 있었다. 머리를 다 빗은 준고는 이제 안심이라는 듯 눈가를 축 늘어뜨리고 미소 지었다.

뻣뻣한 와이셔츠만 입고 있어서 왠지 불안했다. 준고가 빤히 쳐다보아, 부끄러워서 머리끝을 만지작거리고 있는데 불쑥 인터폰이 울렸다. 준고가 귀찮다는 듯이 현관 쪽을 돌아보고는 일어섰다.

빠끔 열린 문틈으로 젊은 여자의 목소리가 들려왔다. 실랑이가 벌어진 듯해서, 나는 침대에 앉아 이불 속에 발을 집어넣고 몸을 움츠렸다. 나는 옛날부터 남자와 여자가 싸우는 것은 딱 질색이었다.

"애가 있어서 안 돼."

준고가 딱 잘라 말하자, 여자가 뭐라고 말대꾸를 했다. 잠시 후, 준고가 방으로 돌아와 "엇." 하면서 나를 찾았다. 침대에 파묻혀 있는 것을 보고는 씩 웃고서 선풍기를 껐다.

"두 시간 정도만 기다려."

"……응."

준고는 부엌 선반에서 꺼낸 빵과 수돗물을 받은 컵을 유리 테이블에 올려놓았다. 그리고 지갑과 담배와 차 키를 스웨터 주머니에 집어넣고서 훌쩍 집을 나갔다. 밖에서 문을 잠그는 소리가 들렸다. 발소리가 멀어졌다.

나 혼자, 남았다.

눈을 감았다.

파도 소리가 들려오는 듯했다. 구르르르릉, 끔찍했던 죽음의 파도. 되살아난 그 소리에 그대로 몸과 마음을 맡겼다. 얇은 이불에서 희미하게 준고의 땀 냄새가 났다. 냄새가 지켜 주고 있는 것 같아, 이불을 둘둘 감고 부들부들 떨리는 몸을 견뎌 냈다. 마침내, 구르르르릉 하는 환청이 사라지고 창밖에서 오호츠크해의 나직한 파도 소리와 갈매기 울음소리가 들려오기 시작했다. 어둠처럼 캄캄한 밤바다가 조용히 밀려왔다가 밀려갔다.

나도 모르게 잠이 들었나 보다. 현관문이 열리는 소리가 났다. 천천히 눈을 뜨니, 준고가 침대 옆에 무릎을 꿇고서 걱정스럽게 내려다보고 있었다. 헝클어진 머리에 손등을 대고, 손가락으로 살며시 추어올린다. 속눈썹끼리 맞닿는 것은 아닐까 싶을 정도로 가까이에 어른의 얼굴이 있었다. 준고의 몸에 여자의 강렬한 기척이 떠다녔다.

"왔어?"

"……움직이지 않아서, 죽은 줄 알았어."

일어나려고 했지만, 몸이 나른하고 말을 듣지 않았다. 벽에 기대어 네모난 시계를 올려다보았다. 준고가 나간 뒤로 1시간 반밖에 지나지 않았다. 준고가 구겨지고 치켜 올라간 와이셔츠를 잡아당겨 무릎까지 가려 주었다. 뭘 들고 있다 싶어 손을 보니, 상점의 종이봉투였다. 준고가 담배를 입에 물려다 움직임을 멈추고 내 눈길을 좇았다. 그리고 머쓱한 듯이 슬쩍 웃고는 말했다.

"갈아입을 옷."

"내 거?"

"그럼, 누구 거겠어?"

시원해 보이는 자잘한 꽃무늬 블라우스와 하얀 치마. 그리고 아동용 팬티 하나와 귀여운 분홍색 샌들이 들어 있었다. 하나씩

밖에 없나 싶어 고개를 갸우뚱했더니 준고가 내 머리카락을 만지작거리면서 말했다.

"일단은 밖에 나갈 수 있게 요것만 사 왔어. 옷은 네 손으로 고르고 싶을 테니까."

나는 블라우스를 들어 가슴에 꼭 껴안았다.

그리고 고개를 살랑살랑 저었다.

"골라 주는 게 더 좋아."

준고의 표정이 조금 부드러워졌다.

"그렇구나."

그러고는 갑자기, 침대에 엎드리듯 내 몸 위로 픽 쓰러졌다. 어른의 무게에 화들짝 놀라 몸을 뒤로 뺐다. 아빠 엄마와 뒤엉켜 논 적이 없어서, 어른의 몸이 이렇게 무거운 줄 몰랐다.

"아, 이제 못 참겠다."

준고는 그렇게 중얼거리며 이불 속으로 파고들었다. 그리고 자연스럽게 한 팔을 뻗더니, 긴장한 내 머리를 포근하게 감싸 안았다. 준고의 팔을 베고 눈을 꼭 감았다. 내 쪽을 향한 채 벌써 잠이 든 준고의 숨소리와 비 냄새 같은 눅눅한 냄새와 강렬한 여자의 기척과 이불에 밴 따스한 땀. 준고의 이마에 이마를 대고, 나도 또 잠이 들었다.

그대로 잠의 늪에 빠져 있다가 눈을 떴더니 이번에는 밤이었다. 준고는 언제 나갔는지 또 없었고, 밤바다 위로 떠오른 달이 뽀얀 빛으로 활짝 열린 창문을 지나 나를 비추고 있었다. 바람에 커튼이 한들한들 흔들렸다. 담배를 피우고 나갔는지, 매캐한 향이 공중에 떠다녔다. 유리 테이블에는 준고가 마시고 난 빈 커피 캔, 랩을 씌운 볶음밥과 조그만 숟가락과 물 컵도 놓여 있었다. 어둠 속에서 텔레비전을 켰더니 오쿠시리 섬 뉴스를 하고 있었다. 나는 얼른 텔레비전을 껐다. 배가 고파서 볶음밥을 먹었다. 아직은 따스하고 맛있었다. 준고가 나간 지 얼마 안 된 것 같았다.

준고는 다음 날 아침, 제복 차림으로 훌쩍 돌아왔다. 눈이 양쪽 다 빨갰다.

"일 때문에. 야근을 했어. 일어나 있었어?"

그렇게 말하면서 절반쯤 남은 볶음밥 접시를 보았다.

"외로웠니?"

고개를 기울이고 잠시 생각했다. 외롭다는 게 어떤 기분인지 알 수 없었다. 그저 기다리고 있었더니 나를 위해 돌아와 주었다고 생각하니까, 가슴이 또 찡해졌다.

"아니."

고개를 저으며 대답했다.

"쇼핑하러 갈까?"

"응!"

땀에 젖고 구깃구깃해진 와이셔츠를 벗고, 준고가 사 온 옷을 입었다. 준고는 팔짱을 끼고서 사이즈가 맞는지 걱정스러운 표정으로 옷을 입은 나를 이리저리 살폈다. 그러고는 만족한 듯 고개를 한 번 끄덕이고 자신도 티셔츠와 청바지로 옷을 갈아입었다. 둘이 집을 나섰다. 준고는 이제 나를 인형처럼 껴안지 않았다. 대신 커다랗고 야윈 손으로 내 손을 꼭 잡았다. 보폭이 서로 달라서 복도를 걸을 때도 계단을 내려갈 때도 발이 잘 맞지 않아 엉거주춤했다. 내 속도에 맞춰 걷느라 준고의 긴 다리가 마구 엉켰다. 주차장에서 차를 탔다. 대형 쇼핑센터에 도착하자, 다시 손을 마주 잡았다. 한 손으로 카트를 밀면서 준고가 진지한 얼굴로 말했다.

"사고 싶은 거 있으면 말해. 다 살 거는 아니지만."

1층에서 식료품을 사고 2층으로 올라갔다. 약국 앞을 지나다가 퍼뜩 생각이 났다. 나는 준고의 티셔츠 자락을 두 번 잡아당겼다.

"뭔데?"

"……."

생리용품이 쌓여 있는 곳을 가리키자 준고가 "엇!" 하고 놀랐다. 잠시 생각하더니, 내 손을 잡은 채로 층계참에 있는 공중전화 부스로 걸어갔다. 누구에게 전화를 거나 싶었는데, 수화기 저편에서 어제 집에 찾아왔던 여자와는 다른 젊은 여자의 목소리가 흘러나왔다.

작은 소리로 어떤 것을 사면 되느냐고 묻고서, 상대의 목소리에 준고가 다시 대답했다.

“몇 살이냐고? 열한 살인데. ……뭐, 빠르다고?”

나는 가슴이 철렁했다. 엄마가 집요하게 몇 번이나 했던 말이 떠올라 어깨가 떨렸다.

“무슨 소리야. 그런 건, 몸이 제가 알아서 하는 건데!”

준고가 아무렴 어떠냐는 듯이 웃어넘기자 안심이 되어 몸에서 힘이 쭉 빠지면서 이번에는 현기증이 났다.

“여분도 충분히, 알았어. ……쓰레기통 같은 거야? 화장실에 두라고? 음. 진통제. 속옷이 다르다고? 그리고, 묻었을 때……전용 세제. 혈액 제거하는 거. 알았어.”

준고가 고개를 끄덕이며 전화를 끊고서 내 손을 잡고 다시 약국으로 돌아갔다. 쑥스러워하는 기색 하나 없이 이것저것 사고서 물었다.

“이거면 됐니?”

나는 고개만 끄덕거렸다.

그다음에는 아동복 매장으로 가서 옷을 샀다. 여름 블라우스와 치마, 원피스 몇 벌. 마음대로 골라 보라고 했지만, 준고가 골라 준 것으로 샀다. 모두 여자답고 얌전한 스타일이었다. 양말 몇 켤레와 운동화, 그리고 속옷 매장에 가서 속옷도 샀다. 탱크톱과 보통 팬티는 넉넉하게 사고, 생리용 팬티도 몇 장 샀다.

준고가 고개를 삐딱하게 기울이고 옆 매장에서 팔고 있는 아동용 브래지어를 쳐다보았다. 그러고는 팔을 뻗어 내 가슴을 아무렇게나 톡톡 두드렸다.

"없어도 되겠군."

그러고는 다시 손을 잡고 걸어갔다. 깜짝 놀란 나는 입을 꾹 다물어 버렸다.

쇼핑이 끝나 쇼핑백을 한 아름 안고 차로 돌아갔다. 트렁크에 싣고 나서 나를 조수석에 앉히려던 준고가 문득 얼굴을 보더니 물었다.

"어, 삐쳤네. 왜, 기분 나쁜 일 있어?"

"……."

말없이 내 가슴을 가리키며 노려보자, 준고는 정말 이상하다는 듯이 고개를 갸웃거렸다. 그리고 쭈그리고 앉아 내 얼굴을 밑에서 올려다보며 물었다.

"아까, 이렇게 했다고? 그래서 화났어? 하지만 넌 내 거니까, 어디를 만지든 상관없잖아."

내가 노려보는데도, 길쭉한 눈에는 유쾌한 표정이 담겨 있었다. 장난을 치듯 내 코에 자신의 코를 몇 번이나 비벼 댔다.

"응? 아니야?"

커다란 동물과 장난치고 있는 것처럼 코가 간질간질해서 나는 그만 키득키득 웃고 말았다. 아빠 엄마와는 이런 적이 한 번도 없었다. 가까이서 마주 보다가 준고의 웃는 얼굴에 나도 덩달아 신이 났다. 그래, 어디를 만지든 상관없어, 하고 생각했다.

"아니, 괜찮아."

그렇게 속삭이자 준고의 미소 띤 얼굴이 환해졌다. 입술 밖으로 뾰족한 송곳니 끝이 보였다.

둘이 차를 타고 울퉁불퉁한 아스팔트 도로를 달렸다. 옆에서 긴 팔이 뻗어 나와 귀엽다는 듯이 몇 번이나 나를 쓰다듬었다. 몸베쓰는 오늘도 날씨가 화창했다. 파란 하늘 가득히 뭉게구름이 떠 있었다.

그리고 며칠이 지났는지 잘 모르겠다. 나는 학교에도 가지 않았고, 준고는 감색 제복을 입고 밖에 나가는 시간이 들쭉날쭉했다. 때로는 아침 일찍, 때로는 해가 저문 후에 나갔다. 날짜 감각이 점점 없어지고 머리가 멍해졌다.

방에는 정말 아무것도 없었다. 전에는 그저 자기 위해 돌아오는 곳으로만 사용한 것 같았다. 하지만 의자와 그릇, 내 옷을 넣을 플라스틱 서랍장 등, 물건이 하나 둘 늘어나면서 조금씩 분위기가 달라졌다. 준고는 아침에는 빵을 굽고 계란 프라이를 만들어 주었고 점심과 저녁때는 밥을 지어 주었다. 일 때문에 나갈 때도 유리 테이블에 먹을 것을 준비해 놓고 가니까, 나는 방

주인이 올 때까지 밥을 먹거나 물을 마시고, 이불 속에 몸을 파묻고 있거나 베란다에서 멍하니 검은 바다를 바라보며 지냈다. 방을 나가고 싶은 마음은 없었다. 학교에 다닐 때도 지각하는 날이 많았고, 집에서도 구석에 웅크리고 별 하는 일 없이 지냈기 때문에 이런 시간이 답답하지 않았다.

함께 지내다 보니, 준고가 기분파라는 것을 알게 되었다. 여유롭고 너그러울 때가 있는가 하면 침울해할 때가 있었다. 기분이 좋을 때는 나를 그냥 내버려 두었지만, 울적한 표정일 때는 인형을 껴안듯이 나를 끌어안고 머리에 턱을 올려놓고서 마음이 진정될 때까지 꼼짝하지 않았다. 준고의 긴 팔이 뒤에서 배를 껴안으면 내 등에 딱딱한 가슴이 닿았다. 왠지 내가 인간이 아니라 강아지나 그야말로 인형이 된 기분이었다. 잠이 와서 대낮부터 꾸벅꾸벅 졸았다. 이 사람과 같이 지낸 며칠이 가족과 함께 보낸 시간이 아니라 다른 무엇처럼 여겨졌다. 그 할아버지가 말했던 '결손'이란 말이 떠올라, 무슨 뜻일까 하고 고개를 갸웃거리곤 했다.

혼자서 지낸 고요한 밤이 밝아, 준고가 여자의 기척을 풍기며 훌쩍 돌아온 어느 아침. 창밖에는 쨍쨍한 아침 태양이 솟아 바다를 눈부시게 비추고 있었다. 하얀 알갱이 같은 갈매기가 날아다녔다.

"왔어?"

이불을 뒤집어쓰고 방구석에 누워 있던 내가 눈을 비비며 일어나는데 전화벨이 울렸다. 전화기는 다다미 바닥에 놓여 있었다. 준고가 담배를 문 채로 쭈그리고 앉아 귀찮다는 표정으로 수화기를 들었다.

"……아, 오시오 씨."

잠시 무슨 얘기를 하고서, 수화기에 손바닥을 댄 채 이쪽을 돌아보았다.

"너, 장례식에 갈래?"

그 가족의 장례식이라는 것은 알았지만, 며칠 사이에 모든 것이 아득하게 멀어지고 만 내게 오쿠시리 섬은 이미 저세상만큼이나 낯선 장소였다. 바다처럼 넓고 어두운 숲으로 가로막힌. 죽은 사람들을 생각했더니, 오싹 한기가 들었다. 준고 옆에 있는 것이 훨씬 좋았다.

"……아니, 안 갈래!"

준고가 고개를 마구 저어 대는 나를 당황스럽다는 듯이 빤히 쳐다보았다. 그러다 수화기로 고개를 돌려 말했다.

"네, 싫어하는데요. ……네? 아, 그렇군요. 40재 때면 좀 진정이 돼 있겠지요. 그럼, 그때. ……모임이 있다고요? 네, 그럼. 데리고 가겠습니다. 네, 밥도 잘 먹고, 목욕도 하고, 별문제 없습니다. 친구요? 글쎄요, 그건. ……네, 그럼 주말에. 시간을 비워 놓겠습니다."

전화를 끊고서 담배를 재떨이에 털고 다시 입에 물었다. 무슨 생각을 하는지 한쪽 볼이 일그러져 있었다. 방 안은 고요하고, 아침인데 깊은 밤처럼 어둡고 적적한 공기로 가득했다. 이불에서 나와 곁으로 다가가자, 준고는 아주 소중한 것을 만지듯 내 머리를 살며시 쓰다듬었다.

"널, 오시오 씨에게 빼앗기는 게 아닌가 모르겠다."

혼자 중얼거리는 소리 같아서 대답하지 않았다.

천천히 사방을 돌아보고서, 당황한 표정으로 나를 내려다보았다. 불현듯, 늘 혼자 지내는 방에 이런 아이가 있다는 것이 의아하다는 투였다. 준고는 고등학생 때부터 줄곧 혼자 산 것 같았고, 나 역시 가족들 사이에서 혼자 동떨어져 있었다. 그런데 갑자기 둘이 되어, 좁은 방에 어른과 아이가 갇혀 있는 것이다. 어떻게 하면 함께 잘 지낼 수 있는지, 나도 잘 몰랐다.

그 주말의 저녁때, 또 전화가 걸려왔다. 준고는 수화기를 들어 잠시 귀에 대고 있다가, 말없이 이쪽으로 내밀었다. 하지만 준고 말고는 아는 사람이 없는 나는 마치 저세상에서 걸려온 전화 같아 절대 받고 싶지 않았다.

"무섭지 않아. 너랑 얘기하고 싶대."

준고는 고개를 마구 젓는 나를 껴안아 전화기 앞으로 데리고 갔다. 준고가 내 머리를 끌어 올리고 수화기를 귀에 갖다 대었다. 준고의 체온으로 수화기가 따스했다. 수화기 저편에서 여자

애의 발랄한 목소리가 들렸다. 나는 깜짝 놀라 귀를 쫑긋했다.

"하나니?"

터져 나갈 듯 기운찬 목소리였다.

"응……."

"난, 쇼코라고 해. 오시오 할아버지 옆집에 살고. 응, 나도 4학년이야. 하나도 같은 학년이라고 들었는데. 우리 친구 하자. 오늘, 꼭 만나."

"응."

"아빠에게 꼭 데리고 가 달라고 해, 알았지?"

"응?"

고개를 돌려 준고를 보았다. 아빠라니, 이 사람을 말하는 건가. 의심스러운 기분에 고개를 갸웃했다. 전화를 끊고서 나는 달뜬 목소리로 말했다.

"쇼코란 애랑 얘기했어!"

준고는 건성으로 대꾸하고는 집에서 입는 낡은 티셔츠를 휙 벗어 던졌다. 가무잡잡한 피부가 반짝반짝 빛나고, 가슴과 등은 말랐지만 탄력이 있었다. 그 아빠의 거칠고 털 많은 피부와는 전혀 달랐다. 준고는 검은 티셔츠와 청바지를 입고서, 내게도 원피스로 갈아입으라고 했다. 만세를 하고 윗도리를 벗어 팬티 바람이 되었을 때, 준고가 나를 한 번 꼭 껴안았다.

"빼앗기는 건가……."

그렇게 중얼거린 것 같은데, 소리가 너무 작아 잘 들리지 않았다. 준고는 어둡고 침울한 표정을 한 채 내 손을 잡고 현관을 나섰다. 걷기 시작하자 보조가 맞지 않아 또 걸음이 뒤엉켰다. 내 발로 걷는 것보다 준고에게 안겨 가는 쪽이 편할 것 같았다. 간신히 주차장에 도착하자 둘 다 마음이 놓였다. 오랜만에 바깥 공기를 쐬었다. 차를 타고서 바다를 등지고 언덕길을 올라가자 엔진이 가볍게 신음했다. 열린 차창으로 여름 햇살이 우리를 비췄다. 바다 냄새가 풍겼다. 그것은 저 먼 아오나에 곶의 바다와 같은 냄새였다.

멋진 집들이 줄지어 있는 조용한 주택가에서 차가 멈췄다. 준고는 한 손으로 핸들을 잡은 채, 내리고 싶지 않다는 듯 잠시 꼼짝하지 않았다. 나는 먼저 차에서 내려 운전석 쪽으로 돌아갔다. 두 손에 힘을 주어 문을 열고, 주춤거리며 내린 준고와 손을 잡았다. 준고는 길게 한숨을 내쉬었다.

좁은 언덕길을 올라가 나무가 울창하게 자란 으리으리한 집 앞에 도착했다. 지붕이 세모나고 놀랄 만큼 큰 집이었다. 정원이 내다보이는 마루방의 문이 활짝 열려 있고, 어른들이 시끌벅적하게 모여 있었다. 상에는 호사스러운 음식이 가득하고, 모두들 술을 마시고 음식을 먹으며 떠들고 있었다. 여름날 저녁의 기운 햇살이 그 정체 모를 모임에 서늘한 그림자를 드리우고 있었다.

"……안녕하세요."

준고가 조그만 소리로 인사하자, 아저씨들이 일제히 얼굴을 돌려 우리 쪽을 보았다. 모두 무표정하게 나를 내려다보아 겁이 난 나는 준고 뒤에 숨었다. 그런데 잠시 후, 다들 헉 하고 숨을 삼키더니 이내 환한 미소를 지었다. 그리고 엉거주춤 몸을 일으키며 입을 모아 말했다.

"아이고, 어서 오너라, 어서 와."

툇마루 밑에 어른들의 신발이 어지럽게 널려 있었다. 마루방으로 들어가자, 누군가가 준고에게 속삭였다.

"고마치 씨가 와 있어."

부엌에서 젊은 여자가 웃음 섞인 얼굴을 내밀고 준고에게 말을 건네고는 쓰윽 눈길을 아래로 내려 나를 보았다. 그 목소리로, 준고가 쇼핑센터에서 전화를 걸었을 때 '빠르다'고 한 여자라는 것을 알았다. 퍼뜩 스치는 '싫다'는 생각에 싸늘하게 노려보았다. 여자는 어른인데도 의외로 맥이 없고, 거북하다는 듯 슬며시 눈길을 돌렸다.

복도를 급히 걸어오는 발소리가 들리더니, 그때 준고와 함께 있었던 할아버지가 나타났다. 나를 보더니, 얼굴 한가득 미소를 띠고 반가워했다.

"오, 그래! 잘 왔다!"

끌어안으려고 하는데 나는 왠지 겁이 나서 준고의 팔을 꼭 잡았다.

"하나야, 여기가 이 할아버지 집이다. 오늘은 모임이 있어서 동네 사람들이 많이 모였지. 보통 때는 할아버지하고 맏아들 가족이 살고 있어. 여기는 마음 편히 지내도 되는 집이야. 할아버지가 있고, 엄마 아빠도 있고, 애들도 있는 집다운 집이니까. 그러니 즐겁게 놀다 가거라."

할아버지는 웃는 얼굴로 내 머리를 쓰다듬으며 말했다. 준고는 아무 말이 없었다.

"그렇게 서 있지 말고 앉아라."

마루방 한가운데에 준고와 나란히 앉았다. 아저씨들이 많았지만, 군데군데 젊은 사람도 섞여 있었다. 모두 남자뿐이라고 생각했는데, 여자들은 부엌에서 와글거리고 있었다. 웃음소리와 함께 맛있는 냄새가 솔솔 풍겼다. 복도 끝에서 아이들이 북적거리는 소리도 들렸다.

어른들이 줄줄이 다가와 나를 들여다보고는 머리를 쓰다듬으려 했다. 사양 말고 먹으라고 음식도 권했다. 준고는 음식에는 손도 대지 않고 담배만 피워 댔다. 나도 아무것도 먹지 않았다.

어른밖에 없어서 심심했다. 오시오 할아버지와 나이가 지긋한 남자들이 우리를 에워싸고 무슨 어려운 얘기를 시작했다. 준고는 침착하게 귀 기울이고 있었다.

"다케나카의 장남이 빚만 잔뜩 남기고 갔지 아이에게 넘길

것은 아무것도 없는 것 같아. 갚아야 할 주택 담보 대출금이 아직 많은데 경기도 이 모양이고. 준고 자네가 져야 할 부담을 생각하면, 젊은 나이에, 걱정스러워서 말이야."

"어르신, 지금 공무원만큼 안정적인 직업도 없습니다. 게다가 저는 돈도 별로 쓰는 데가 없고."

준고가 싱글거리며 대답했다. 그러고는 담배를 입에 물고 불을 붙였다. 한 모금, 천천히 빨아들였다. 옆얼굴에서 희미한 짜증이 엿보였다. 그 팔에 기댔더니, 자연스럽게 어깨를 끌어안았다. 안심한 나는 슬며시 웃었다. 나는 사방에 있는 사람들에게는 아무 관심도 없었다. 눈을 감고, 비 냄새 같은 준고의 냄새를 한껏 들이마셨다.

"그런가. 하지만 이 아이가 앞으로 적어도 10년은 자네 신세를 져야 할 텐데. 그리고 준고 자네도 언젠가는 가정을 꾸릴 테고 말이야."

오시오 할아버지의 말에 다른 아저씨들이 고개를 끄덕거렸다. 때마침 젊은 여자가 음식을 담은 쟁반을 들고 이쪽으로 다가왔다.

"가정 같은 거, 안 꾸릴 겁니다."

준고가 웃음을 억누르는 목소리로 말했다.

"또 그런 소리. 남자가 그럴 수야 없지."

아저씨들이 끼어들었다.

준고는 진지한 표정을 하고서 담배를 세게 비벼 껐다.

"말이죠, 독신은 보안부 숙사에 들어갈 수 없습니다. 부양가족이 생기면 공무원 숙사에서 살 수 있으니까, 경제적인 부담은 그리 크지 않습니다. 학비는 지금부터 저축을 하겠어요. 어르신……, 저는……."

"음……."

"저는 이 아이의 아버지가 되고 싶습니다."

"그 마음이야, 내 알지……."

오시오 할아버지가 준고의 몸에 기대어 있는 나를 가만히 쳐다보았다. 그 표정에 고뇌의 그늘이 어렸다. 주름투성이 그 얼굴이 무서워, 나는 처음 만났을 때처럼 빤히 노려보았다. 그러자 오시오 할아버지가 커다란 소리로 쇼코를 불렀다.

"쇼코야."

복도 저 끝에서 단발머리 여자 애가 활발하게 뛰어왔다. 오시오 할아버지가 나를 가리키며 말했다.

"얘가 하나란다. 사이좋게 지내라."

"네."

"애들은 애들끼리 가서 놀아라. 어른들은 할 얘기가 있으니까."

"알았어요!"

전화로 들은 목소리만큼이나 기운찬 여자 애였다. 나이가 같다고 하는데, 나보다 훨씬 키가 컸다. 눈이 마주치자 환하게 웃어 주어, 기뻤다. 쇼코가 내 손을 잡아끌면서 일어섰다. 어른들끼리 할 얘기가 뭔지 궁금했지만, 새로운 세계가 열리는 놀라움이 더 컸다. 나는 쇼코와 함께 복도로 뛰어나갔다. 안쪽에 있는 방으로 뛰어들자, 초등학생에서 중학생 정도 되는 아이들이 잔뜩 모여 게임을 하고 잡지를 보고 만화를 읽고 있었다. 쇼코는 나를 한가운데 앉히고서, 갖가지 제안을 했다.

"만화 좋아하니? 카드놀이 할 줄 알아? 아니면 우리 그냥 수다 떨까?"

"쇼코, 그 아이가 해일에서 살아남았다는 애니?"

중학생인 듯한 오빠가 변성기가 된 굵직한 목소리로 물었다. 모두가 내 쪽을 돌아보았다. 쇼코가 고개를 끄덕거리며 대답했다.

"응. 4학년이래. 2학기부터 나랑 같은 학교 다닐 거야. 그치?"

"우리 엄마가, 가족은 전부 죽고 혼자 살아남았다고 하더라. 어른들이 다 그 얘기만 하고 있어. 뉴스에서 봤는데, 해일, 어떻디? 앗……."

호기심에 찬 모두의 눈길이 무서워 눈물이 글썽해지고 말았다.

"왜 울리고 그래!"

쇼코가 외치면서 오빠에게 방석을 던졌다. 아무 관계없는 어린 남자 애가 놀라서 울음을 터뜨렸다. 내 또래 남자 애가 이쪽을 말없이 바라보고 있었다. 눈길이 마주치자 남자 애가 슬며시 눈길을 피했다. 그리고 울음을 터뜨린 어린애를 달래 주었다.

그렇게 시끌시끌한 가운데 시간이 금방 지나갔다. 문득 복도를 걸어오는 어른의 발소리가 들렸다. 아차 싶어 허둥지둥 일어서는데, 문이 열리면서 준고가 얼굴을 들이밀었다.

"하나."

달려가 허리를 꽉 껴안자, 놀란 듯이 말했다.

"어, 왜? 이제 그만 가자."

"응!"

"……친구, 생겼어?"

준고의 허리에서 얼굴을 떼고 천천히 쇼코를 가리켰다.

"우리 또 만나자!"

아까 내 쪽을 바라보고 있던 남자 애가 원래부터 친구였다는 듯이 자연스럽게 말을 건넸다.

"불꽃놀이할 때 올래? 다음 주에, 어항 축제에서 불꽃놀이할 거야. 올 거면, 엄마에게 유가타 준비해 달라고 할게."

남자 애가 이런 식으로 말을 걸다니, 오쿠시리 초등학교에서는 없었던 일이다. 나는 너무 놀라서 할 말을 잃었다. 어른 같은 애라고 생각했다. 준고를 올려다보자, 웃는 얼굴로 그러라는 듯이 고개를 끄덕였다.

"……갈게."

나는 남자 애에게 조그맣게 대답하고서, 도망치듯 복도로 나갔다.

준고에게 딱 달라붙어 넓고 번쩍거리는 복도를 걸었다. 술자리는 아직도 계속되고 있었다. 툇마루에서 정원으로 내려서자, 캄캄한 수풀에서 풀벌레 소리가 희미하게 울렸다.

그날 밤에도 준고는 제복을 입고 일하러 나갔다. 얼른 자려고 목욕까지 했는데, 갑자기 전화벨이 울린 것이다. 준고는 귀찮은지, 나를 욕조에 담그고 자신도 옷을 벗고 욕조에 들어왔다. 욕조에서 나와 내 손으로 머리를 감고 몸을 씻고 있는데, 욕조에 몸을 담근 채 내 몸 여기저기를 가리키며 어디를 안 씻었다느니 좀 더 잘 헹구라느니 주의를 주었다. 내게는 그렇게 잔소리를 하면서 자신은 몸을 한 번 좍 씻고는 끝냈다.

"치, 나빴다."

"안 나빠."

준고가 웃으면서 혀를 쑥 내밀었다.

어른들끼리의 얘기가 어떻게 돌아갔는지 모르겠지만, 집을 나설 때는 그렇게 처량하고 암울한 표정을 짓더니 집에 돌아와서는 한시름 놓았다는 듯 내내 웃는 얼굴을 보였다. 목욕 타월로 온몸을 쓱쓱 닦고, 드라이어로 말린 머리를 빗으로 빗을 때만 웃음이 가신 심각한 표정을 지었다. 어른들에게 에워싸였고 아이들과 왁자지껄하게 놀았고 남자 애와 얘기까지 나눈 나는 피곤하고 잠이 쏟아졌다. 같이 이불 속으로 들어가는데, 전화벨이 울렸다.

"……밀항이라고요? 네, 그럼."

전화를 끊자마자 다시 다른 곳에 걸어 밀항, 로스케, 곧바로 집합, 이라고 짧게 전하고는 서둘러 제복을 입기 시작했다. 세면대 앞에서 짧은 머리를 빗으로 가다듬고, 냉장고에서 캔 커피를 꺼냈다. 커피를 마시면서 커튼을 살짝 걷고 밖을 내다보았다. 바다는 밤하늘과 구별되지 않을 만큼 어두운 색이었다. 시원한 파도 소리가 희미하게 들렸다.

방 안에는 선풍기 소리가 울리고 있었다.

"준고는, 경찰이야?"

이불 속에서 웅얼웅얼 묻자, 준고가 풋 웃었다.

"아니, 해상보안관."

"뭔데, 그게?"

"뭐냐고? 글쎄, 간단히 말해서 바다의 경찰이라고 할 수 있을까. 바다에 빠진 사람이나 난파된 배를 구조하고, 또 우리 바다를 침범한 사람들을 쫓아내고. 아무튼, 바다에서 곤경에 처한 사람은 도와주고, 나쁜 사람은 잡는 일을 해."

"바다에서……."

"응. 저기, 저 배 보이지?"

준고가 침대에서 나를 번쩍 들어 올려서는 창문을 열고 베란다로 나갔다. 건조한 밤바람이 약간 서늘했다. 4층 베란다에서 보이는 바다는 온통 캄캄해서, 마치 바닥을 알 수 없는 거대한 나락 같았다. 이 세상에 뻥 뚫린 생명의 구멍.

"보여?"

준고가 중얼거리면서 바다를 가리켰다.

어둠에 눈이 익자, 검은 바다와 군청색 하늘을 가르는 선도, 밀려오는 파도가 가는 줄처럼 하얗게 빛나는 것도 잘 보였다. 주차장에 세워 놓은 차처럼 해안을 따라 정박해 있는 무수한 어선도 내려다보였다. 그 가운데, 일본 국기와 본 적 없는 모양의 깃발이 펄럭이는 커다란 회색 배가 있었다. 여기서 보니까, 다른 어선이나 오쿠시리 섬에서 밤마다 보아 낯익은 오징어잡이 배보다 한층 크고 멋질 그 배가 장난감 배처럼 자그마했다.

"저게 몸베쓰 해상보안부의 순시선이야. 저 배에서 일해. 육상에도 보안부가 있지만, 나는 바다 쪽 보안관이라서 매일 배로 출근하거든. 저 배가 내 직장이고, 배에서 일하니까 늘 바다 속에 있는 셈이지. 네가 말한 괴물을 타고 있는 거나 마찬가지."

"안 무서워?"

"무섭기는, 전혀. 지금은 오히려 탈 때마다 푸근하게 느껴지는걸."

준고가 미소 지었다. 오늘 밤 준고는 걱정을 떨어내고 안심한 사람처럼 표정이 아주 부드럽다. 내 볼에 수염이 돋은 자신의 볼을 맞대고 어리광을 피우듯 비벼 댄다. 그리고 방으로 돌아가 나를 침대에 내려놓았다. 이마에 살짝 입맞춤을 하고는 이불을 꼼꼼하게 덮어 주었다. 갑자기 어른 여자를 다루는 듯해서, 조금은 긴장했다 .

"내일 아침에 돌아올 거니까, 자고 있어."

그렇게 속삭이고는 재빨리 방을 나가 밖에서 문을 잠갔다. 나는 일어나 침대 위에 앉아서 무릎을 껴안았다.

천천히 창밖으로 고개를 돌렸다. 바다는 세상 모든 것을 다 삼켜 버리려는 듯 시커멓고 커다란 입을 쩍 벌리고 있었다. 그대로 꼼짝 않고 있었더니 나도 모르게 잠시 꾸벅꾸벅 졸고 말았다. 눈을 크게 뜨고 다시 바다 쪽을 보았다. 마침, 순시선이 바닷바람에 국기를 펄럭거리며 먼 바다를 향해 나아가는 참이었다.

준고는 장난감 같은 배를 타고 바다에 삼켜졌다가 아침이 되면 바다가 토해 낸 것처럼 집으로 돌아온다. 제복을 입고 어딘가로 갔다가 다시 돌아오는 준고가 지금까지 줄곧 그런 생활을 되풀이했다는 것을 비로소 깨달았다. 준고가 바다로 나가서 죽었다가 다시 살아 돌아오는 것 같은 불가사의한 느낌이 들었다. 나는 창문 가득한 그 나락 같은 바다에 빨려 들어갈 듯 넋을 잃고 바라보았다.

바다는 한없이 넓었다. 파도가, 검고 커다란 혀가 대지를 핥듯이 밀려왔다 밀려갔다. 나는 이대로는 잠이 올 것 같지 않아 일어나 침대에서 내려왔다. 불을 켜자, 밤인데 밝은 방이 오히려 불안하게 느껴졌다. 바닥에 누워 고양이처럼 몸을 한껏 움츠렸다. 침대 밑에 있는 조그만 상자가 눈에 들어왔다.

과자 상자만 한 크기에 검고 비밀스러운 냄새가 나는 상자였다.

손을 뻗었더니, 집게손가락이 아슬아슬하게 닿았다. 끌어당겨 뚜껑을 열었더니 스냅 사진이 좌르륵 쏟아져 나왔다.

첫 사진은 아주 옛날 것인지 흑백이었다. 눈이 길쭉한 남자가 똑바로 이쪽을 쳐다보고 있는 사진이었다. 기분이 좋을 때의 준고를 똑 닮은, 해맑게 웃는 얼굴이었다. 등 뒤에는 어선이 있었다. 옷차림으로 어부라는 것을 알 수 있었다. 나는 슬며시 고개를 들고 창밖에 일렁이고 있는 밤바다를 보았다. 옛날에 바다에서 태풍을 만나 사라져 버렸다는 준고의 아버지일까. 바다에 가라앉았을 이 사람을 아직 아무도 찾아내지 못했다. 준고는 순시선을 타고 매일 바다로 나가지만, 어쩌면 정체를 알 수 없는 괴물 위를 그저 지나칠 뿐인지도 모른다.

아버지와 여자가 나란히 서 있는 사진도 있었다. 조그만 어린애를 안고 있었다. 엄마와 준고일까, 하고 생각했다. 그 사람들 사진이 대여섯 장 있었다. 그다음 사진을 보고서, 앗! 하고 그만 사진 다발을 떨어뜨리고 말았다. 바닥에 흩어진 사진에서 무수한 내가 모래알처럼 넘쳐흘렀다.

온통 나, 다케나카 하나의 사진이었다.

지금의 내가 아닌, 지금보다 훨씬 어렸을 때 사진이었다. 아, 이건 일곱 살 때인데. 이 옷을 입었던 것도……. 이건 그다음 해. 여덟 살 때야. 무릎이 까진 것을 보고 언제인지 알았다. 오쿠시리 섬의 집에서 텔레비전을 보고, 낮잠을 자고, 민박집 앞에 서서 카메라를 쳐다보는 사진이 수두룩하게 나왔다. 찍은 사람은 준고가 아니라 다른 남자였다. 나는 기억하고 있었다. 해마다 성수기가 아닌 가을에 찾아와 하룻밤을 묵고 가는 젊은 손님이었다. 바다를 찍고 해변에서 느긋하게 산책만 하다가 돌아갔다. 명랑하고 재미있는 사람이어서 아빠도 올 때마다 반겼다. 그리고 때로 기분이 내키면 내 사진도 찍어 주었다.

이 사진들이 있어서 아오나에 체육관에서도 준고가 나를 금방 알아본 것이리라. 그런데 아빠나 엄마, 오빠와 여동생도 모두 친척인데 왜 내 사진만 이렇게 많이 갖고 있는 것일까. 아오나에 곶에 있는 그 집에서 혼자 바다를 바라보며, 내가 있을 곳이 어딘가에 따로 있는 것은 아닐까, 바다 저 너머에서 누가 나를 데리러 와 주지는 않을까 하고 막연하게 생각했던 날들이 떠올랐다. 그러다 나도 모르게 또 잠이 들고 말았다.

아침이 되자 준고가 또 훌쩍 돌아왔다. 나는 일어나 눈을 비비면서 물었다.

"이 사진, 뭐야?"

"……네 사진."

준고는 성가시다는 듯 대답하고는 제복을 벗어 던졌다. 그리고 피곤하고 무거운 몸을 침대에 묻었다.

"그런데, 왜?"

"어떻게 지내는지 궁금해서. 하지만 나는 찾아가 볼 수 없으니까, 아는 사람에게 부탁했어. 고등학교 때 선배에게. 왜, 해마다 그런 손님이 있었지? 네 사진을 찍으러 간 거야. 내 부탁으로."

그러고는 팔을 뻗어 내 머리를 끌어당겨 팔베개를 해 주고는 그대로 곯아떨어졌다. 꼭 감긴 눈이 피곤에 전 듯 파르르 떨렸다. 벗은 가슴에 가만히 볼을 댔다. 배에서 묻혀 왔는지 먼지나 기름 같은 냄새와 땀 냄새가 났다. 다리 사이에 내 몸을 끼고 팔과 다리로 꽉 껴안은 탓에 커다란 동물에게 잡혀 있는 것 같았다. 정강이 털이 등에 닿아 따끔따끔했다.

나는 준고를 살짝 흔들어 보았다.

"있잖아, 근데 왜 궁금했어?"

"……좋아하니까."

준고의 잠든 얼굴을 쳐다보았다. 그 한마디를 중얼거린 후에는 깊이 잠든 숨소리만 들릴 뿐, 축 늘어진 무거운 몸은 꼼짝하지 않았다. 볼도 가슴도, 뼈가 불거진 딱딱한 다리도, 몸 온 데가 눅눅하게 젖어 있었다.

이 사람이 왜 내 사진만 이렇게 모았을까. 왜, 나만 그렇게 좋아한 것일까. 만난 적도 없는데.

나 역시, 아오나에의 체육관에서 그 품에 안긴 순간부터, 절대 헤어지고 싶지 않았다.

왜, 왜 그랬을까?

준고의 팔이 무거운 돌처럼 묵직하게 가슴을 짓눌렀다. 털이 난 다리를 배 위에 척 올려놓고 있어, 마치 쥐덫에 걸린 느낌이었다. 정체를 알 수 없는 것이 숨이 막히도록 조이고 있는 것 같아, 마냥 몸을 웅크리고 있었다. 잠시 후, 준고가 눅눅한 몸을 꿈틀거리기 시작했다. 내 머리카락 사이로 손가락을 집어넣고, 코를 킁킁대며 냄새를 맡고, 젖은 입술로 볼을 더듬고, 어리광을 피우듯 웅얼웅얼 잠꼬대를 했다.

"어……."

그 소리만 들리고 나머지 말은 알아들을 수 없었다. 악몽을 꾸면서 가위에 눌린 것처럼 감은 눈두덩과 긴 속눈썹을 동시에 파르르 떨었다.

7월도 어언 끝나 갈 무렵이 되자 여름의 끝이 머지않았음을 알리는 시원한 바람이 창문으로 불어들었다. 준고는 그 후로 내내 기분이 좋고 너그러웠다. 집을 비울 때가 많아서, 나는 함께 있을 때는 어리광을 부리면서 한시도 곁을 떠나지 않았다.

주말의 저녁, 담배를 물고 빨래를 개고 있는 준고의 등에 기대어 있는데 인터폰이 울렸다.

"아, 그렇구나. 오늘이 어항 축제 날이로구나."

느릿느릿 현관으로 나간 준고가 그렇게 중얼거리며 이쪽을 돌아보았다. 그리고 내 머리를 빗기고 원피스를 입혀 등을 톡 치며 현관으로 밀어냈다.

"……안녕."

엷은 파란색 유가타를 입은 쇼코와 지난번에 보았던 남자 애가 나란히 서 있었다. 준고와 헤어져 나 혼자 밖에 나가기는 처음이었다.

"다녀와."

얼굴을 올려다보자 준고는 환하게 웃으면서 그렇게 말했다. 나는 고개를 끄덕이고 현관을 나섰다.

"하나, 오늘 밤에는 불꽃놀이를 해. 우리 같이 구경하자."

"응."

"얘는 아키라. 오시오 할아버지 손자. 같은 학년이야. 2학기에 어쩌면 같은 반이 될지도 모르겠네."

"잘 부탁한다."

남자 애가 미소를 띠고 어른스럽게 인사했다. 부끄러워 나도 모르게 눈을 내리깔았다. 자기들끼리 여기까지 오다니, 같은 학년인데도 쇼코와 아키라가 어른스럽게 느껴졌다. 혹시 다른 애들에게 놀림을 당하거나 창피한 일이 벌어지지는 않을까…….

혼자 나서기가 불안해 몇 번이나 뒤돌아보며 현관 앞을 떠났다.

"밤에 데리러 갈게."

그런데 준고는 시원스럽게 그렇게 말하고는 문을 쾅 닫았다.

숙사에서 나오자, 쇼코와 아키라는 세워 두었던 아동용 알록달록한 자전거를 끌면서 걸었다. 아키라가 바다 쪽을 가리키며 말했다.

"불꽃놀이는 일 년에 딱 한 번 어항 축제 날에만 구경할 수 있거든. 그래서 해마다 기다려져. 그치, 쇼코?"

"응. 할아버지네 2층에서는 아주 잘 보여. 과자도 많고. 얼른 가자."

둘이 자전거를 끌면서 뛰기 시작해 나도 허둥지둥 뒤를 좇았다. 지난번에는 차로 금방 갔기 때문에 몰랐는데, 아이들 걸음으로 걸어가자니 꽤 시간이 걸리는 거리였다.

간신히 할아버지의 집에 도착했다.

"하나로구나, 어서 오거라."

친절해 보이는 아줌마가 툇마루에서 웃으며 말을 건넸다. 아키라의 엄마였다. 마루방은 지난번에는 가구 하나 없이 사람들만 북적거렸는데, 오늘은 커다란 소파와 테이블이 자리를 차지하고 있었다. 안경을 낀 풍채 좋은 아빠가 소파에 느긋하게 앉아 오호츠크 신문을 읽다가, 나를 보더니 순간적으로 퍼뜩 놀라는 표정을 지었다. 그러고는 빙그레 웃으면서 말했다.

"오, 그래. 천천히 놀다 가려무나. 아키라, 잘해 줘."

엄마가 아키라의 누나가 입던 것이라며 분홍색 유가타를 입혀 주었다. 쇼코와 아키라와 함께 2층으로 올라갔다. 바다가 한눈에 보이는 방의 창문이 활짝 열려 있었다. 테이블에는 과자와 수박과 주스가 놓여 있었다.

저녁 하늘에는 엷은 보라색 안개가 끼어 있었다. 엄마와 아빠, 그리고 아키라의 누나도 2층으로 올라왔다. 근처에 산다는 쇼코의 아빠와 엄마도 왔다. 켜져 있는 대형 텔레비전에서는 저녁 뉴스를 하고 있었다.

낯선 집에, 그것도 가족끼리 오순도순 지내는 시간에 잘못 찾아온 것 같은 느낌이 들었다. 나는 오쿠시리 섬의 집에서도 이럴 때는 방구석에 오도카니 앉아 있었다. 그런데 오늘은 방 한가운데 앉아 있는 데다 사람들이 뭐라고 자꾸 말을 걸어서 안절부절못했다.

방에서 나와 1층으로 다시 내려갔다. 마루방에서는 오시오 할아버지와 이마에 커다란 사마귀가 있는 모르는 아저씨가 소파에 앉아 무슨 의논을 하고 있었다.

"오, 하나가 왔구나."

나를 보고는 오시오 할아버지가 반겨 주었다.

"준고 군은 어떻게 지내느냐? 끼니는 잘 챙겨 주고? 옷도 잘 빨아 줘? 하는 일이 그러니 집을 비우는 일이 많겠지. 그래, 심심하지는 않고?"

나는 바삐 고개를 저었다.

"아니요, 밥도 맛있고, 잘대해 줘요."

"그래? ……고마치 양이, 아 준고 군을 잘 아는 사람인데, 음, 요즘 준고 군이 좀 이상하다고 하던데, 네게는 그렇지 않니?"

"아니요, 친절하게 잘해 줘요."

기어 들어가는 목소리로 다시 대답했다.

"아, 이 아이가 오쿠시리 섬에서 데려왔다는 그 아이입니까, 어르신?"

사마귀 아저씨가 몸을 앞으로 쑥 내밀고 물었다. 도시 사람의 말투라서 약간 어리둥절했다.

"하나야, 아저씨도 말이지, 너처럼 이 동네에 온 지 얼마 안 되었어. 좀 바보짓을 해서 말이지. 그래서 이제 이 몸베쓰에서 죽을 때까지 살 생각이야. 아저씨는 나쁜 사람을 잡는 일을 하니까, 이 동네에 안 좋은 일이 생기면 반드시 범인을 잡을 거다."

"나쁜 사람을 잡아요? 그럼, 뭍의 경찰인가요?"

준고를 생각하면서 물었다. 아저씨는 슬쩍 놀라는 표정을 짓고는, 웃으면서 대답했다.

"그래, 뭍의 경찰. 아저씨는 이 동네에 신세를 많이 졌기 때문에 그 은혜를 갚기 위해서도 열심히 나쁜 사람을 잡을 거야."

"무슨 사건이랄 만한 게 있는 동네여야지. 자네, 도시와 똑같이 생각하면 안 돼. 시끄러운 사건이 한 번도 없었던 동네니까 로스케나 타지에서 오는 젊은 사람들을 눈여겨봐 주면 족해."

"알겠습니다. 하나 너도 할아버지 말씀 잘 듣고 훌륭하게 커야지."

나는 몸만 움찔거리고 대답은 하지 않았다.

창밖에서는 해가 기울어 가고 있었다.

"조금 있으면 시작할 것 같아!"

2층에서 쇼코가 부르는 소리가 들렸다. 단란하게 지내는 가족들의 행복한 목소리가 오히려 내 귀에는 거슬려 갑자기 불안해졌다.

'널, 오시오 씨에게 빼앗기는 게 아닌가 모르겠다.'

그렇게 중얼거리던 준고의 암울한 목소리가 되살아났다. 커다란 집이 집 모양을 한 괴물처럼 꿈틀거리며 나를 꿀꺽 삼켜 버린 기분이었다. 오시오 할아버지와 뭍의 경찰이 지키고 있어서, 지금 이대로 갇혀 버릴 것만 같았다. 나도 모르게 뒷걸음질을 쳤다.

"쇼코, 나 그냥 집에 갈래."

2층으로 뛰어 올라가 그렇게 말했다.

"왜?"

"아빠……."

그렇게 말했다가 다시 입을 다물었다.

"……준고한테 갈 거야."

"알았어."

쇼코는 고개를 끄덕이며 차분하게 대답했다. 나는 계단을 뛰어 내려가 툇마루 밑에서 샌들을 신고 마당으로 달려 나갔다.

그때, 바다 쪽에서 펑펑거리는 소리와 함께 첫 폭죽이 하늘로 치솟았다. 뒤에서 누가 내 심장을 향해 총이라도 쏜 느낌에 그만 우뚝 서고 말았다. 조심조심 몸을 훑어보았다. 분홍색 유카타 자락이 늦여름 저녁 바람에 살랑살랑 흔들렸다. 올려다보니, 금색 불꽃이 밤하늘로 슈르르륵 올라가, 잠깐 피었다 지는 꽃처럼 어두운 바다로 떨어져 사라졌다.

나는 정신없이 뛰었다.

아까 딱 한 번 지났던 길을 머릿속으로 더듬으면서, 언덕길을 내려가서는 옆길로 돌고, 시청과 공원 옆을 지나 4층짜리 건물을 향해 달렸다. 그동안 몇 번이나 폭음이 울리고, 밤하늘에 불꽃이 피었다가 지고 떨어졌다. 너무 급하게 뛰느라 앞으로 고꾸라질 것 같았다. 밤바람이 싸늘해서, 뛰고 있는데도 온몸이 서늘했다. 겨우겨우 4층짜리 건물을 찾아 콘크리트 계단을 헉헉거리며 올라갔다. 문 앞에 섰을 때 한층 더 큰 폭음이 울렸다. 놀라 목을 움츠렸다. 손을 뻗어 인터폰을 누르려는데, 아무리 뻗어도 아슬아슬하게 닿지 않았다. 쾅쾅 문을 두드렸다. 몇 번을 두드렸더니 티셔츠에 스웨터를 입은 준고가 나왔다.

"어, 어떻게 된 거니?"

준고가 어리둥절한 표정으로 물었다.

"같이 보고 싶어서."

나는 집 안으로 쏙 들어갔다.

"그래서 그렇게 헉헉대면서 뛰어왔어? 아, 유가타, 귀여운데."

준고가 머리를 쓰다듬어 주자 겨우 안심이 되었다. 준고는 유리 테이블에 무슨 서류를 복잡하게 펼쳐 놓고 볼펜으로 쓰고 있는 중이었다. 나는 유가타를 입은 채로 준고에게 기대어 앉아 물었다.

"뭐야? 일이야?"

"아니."

준고가 담배를 꺼내 물고 라이터로 불을 붙이고서, 한 모금 빨았다. 그리고 담배를 입에 문 채로 나를 번쩍 안아 무릎에 앉혔다. 그러고는 담배를 재떨이에 내려놓고 내 머리를 쓰다듬으며 말했다.

"양녀를 들이는 절차야."

"내가, 준고의?"

"응. 학교도 옮겨야 하니까, 여름 방학이 끝나기 전에 다 마무리를 지어야지. 아참, 너 성이 바뀔 거야. 좀 이상한 성이지만, 신경 쓰지 마."

서류에는 조그만 글자가 빼곡하고, 어려운 한자가 많아 거의 읽을 수 없었다. 요즘 들어 기분이 늘 좋은 준고가 내 머리를 쓰다듬고 긴 머리카락을 만지작거리면서 서류에 또 글자를 써넣었다. 내가 이 사람의 딸이 된다는 것을 알았다. 모임이 있던 그 밤, 나를 오시오 할아버지에게 빼앗기지 않기 위해 준고가 열심히 애써 준 것이다. 그래서 요즘은 계속 기분이 좋았던 것인지도 모른다.

창밖에서는 여전히 폭음과 함께 폭죽이 하늘로 치솟고 있었다. 아까 혼자서 겁에 질렸던 생각이 나서 눈을 꼭 감았다. 잠시 후, 전화벨이 울렸다. 준고가 일어나 수화기를 들었다.

"하나요? 아, 네, 왔습니다. 같이 보고 싶다면서요. 네……."

짧게 전화를 끊고는, 별 소란을 다 피운다는 듯이 중얼거렸다.

"네가 없어져서 한바탕 소동이 벌어졌대."

그리고 문득 생각났다는 듯이 창밖을 올려다보았다.

굉음과 함께 밤하늘에 불꽃이 오르고 있었다.

그런데도 별 관심은 없다는 듯 시큰둥한 목소리로 준고가 중얼거렸다.

"그래도 일 년에 한 번이니까, 볼까?"

"응."

함께 있을 수 있다면 불꽃놀이 따위는 아무래도 상관없었지만, 나는 고개를 끄덕였다. 준고가 나를 둘로 접은 타월 이불에 감싸 살며시 안아 올렸다. 베란다로 나가서, 밤바다에서 잠시 타올랐다가 순식간에 떨어지는, 화약으로 만든 허망한 꽃잎을 보았다. 메마르고 서늘한 바람이 불었다. 나는 준고의 품에 안긴 채, 불꽃 속에 보이는 나의 양아버지가 될 남자의 옆얼굴을 쳐다보았다. 무슨 생각을 하는지는 알 수 없었다. 아주 평범하고 온화한 사람처럼 보이기도 하고, 충동적이고 아주 잔인한 사람처럼 보이기도 했다. 길쭉한 눈에 긴 속눈썹이 역시 내 눈과 많이 닮았다.

폭발하는 소리와 함께 마지막 폭죽이 올랐다. 그리고 바다는 마치 아무 일도 없었던 것처럼 잠잠해졌다. 어둠 같은 색의 바다가 그저 꿈틀거릴 뿐이었다.

방으로 들어오자 준고가 주머니에서 은색 줄을 꺼냈다. 가느다란 은 목걸이에, 한가운데에는 펜던트가 아니라 멋대가리 없는 열쇠가 매달려 있었다.

뭔가 싶어 보고 있는데, 준고가 말했다.

"네 열쇠."

"내 열쇠?"

"응. 조금 있으면 공무원 숙사로 이사하겠지만, 이 집도 열쇠가 없으면 안 되잖아."

"응."

손이 닿지 않는 인터폰이 떠올라, 그렇게 대답했다.

"그래도 혼자서는 나돌아 다니지 마. 위험하니까."

준고는 그렇게 말하면서 내 목에 조심조심 목걸이를 걸어 주었다.

어린애라 안 된다며 피어스는 빼앗더니, 마치 어른 여자에게 하듯 내 머리를 뒤로 넘기고는 목에 걸린 목걸이를 반듯하게 만져 주었다. 방금 전까지 불꽃으로 환하던 창밖이 지금은 스산할 정도로 어두웠다. 파도 소리만 희미하게 들렸다. 우리 둘뿐이었다.

"음, 내 딸이야. 이제 내 거다, 알았어?"

아주 가까이에서 서로의 얼굴을 쳐다보았다. 아빠의 눈에 장난스러우면서도 한없는 친근감이 넘치고 있었다. 어른이 이렇게 가까이서 쳐다보기는 처음이었다. 그런데, 왜 그런지, 멀리서 슬픔이 밀려왔다.

"준고 거라는 말, 그럼 우리가 가족이란 뜻이야?"

"그래. 너도 좋니?"

"응."

힘주어 고개를 끄덕인 후, 안심하며 눈을 감았다.

다리가 후들거려 준고의 품으로 쓰러지고 말았다. 긴 팔이 내 몸을 아플 정도로 꼭 껴안았다. 말없이 안겨 있는데, 몸속에서 그 차갑고 어두운 폭풍이 또 휘몰아쳤다.

왜 나만 남겨두고 갔어. 살라고 하지 말고 같이 죽었으면 좋았잖아. 아빠는 매정한 사람이야. 그때, 내 안에서 마구 요동쳤던 증오는 지친 가슴속에 웅크리고 있었을 뿐, 사라진 것이 아니었다. 아무도 보지 못하는 곳에서, 점점 뒤틀리고 흉측하게 부풀어 갔다.

'진짜 가족이 되는 거야. 날 또 혼자 두고 가면 안 돼.'

그렇게 생각하면서 눈물을 뚝뚝 흘렸다. 그러자, 뜨겁고 축축한 무엇이 내 볼 위를 기어 다니기 시작했다. 깜짝 놀라 눈을 떴더니, 바로 눈앞에 준고의 길고 검붉은 혀가 있었다. 준고가 분노와 증오로 가득한 눈물을 덩치 큰 개가 그러는 것처럼 따스하게, 집요하게 핥고 있었다.

"아빠!"

"응?"

"아빠, 간지러워."

"응."

"간지럽다니까."

"응."

그렇게 둘이 장난을 쳤더니, 웃음이 나와 껴안은 채 뒤로 넘어갈 듯 웃었다.

8월이 되자 기온이 뚝 떨어지면서 여름도 이제 다 갔다는 듯이, 드높던 풀벌레 소리마저 가물가물해졌다. 추석이 머지않은 어느 날, 준고의 아버지 어머니 산소에 갔다.

"몇 년 동안이나 찾아가 보지 않았는데. 너를 보여 드려야지."

준고는 그렇게 꿍얼거리고는 귀찮다는 듯이 차에 올라타 산쪽에 있는 묘지로 향했다.

울창한 숲 속에 묘지가 있었다. 손질도 깔끔하게 잘되어 있는데, 모두가 죽은 사람이라 생각하니 더 적막한 느낌이 들었다. 준고는 한 비석 앞에 서서, 고개를 삐딱하게 기울이고 뭘 어쩌면 좋을지 모르겠다는 듯 쳐다만 보았다. 메마른 바람이 서늘하게 스치고 지나갔다.

비석에는 아버지와 어머니의 이름이 새겨져 있었지만, 아버지는 바다에서 사라졌으니까 있는 것은 어머니의 뼈뿐이다. 죽으면 준고도 하얀 뼈가 되어 이곳에 묻히리라. 묘지를 돌아보았다. 똑같이 생긴 비석이 줄줄이 늘어서 있었다. 어느 집의 어느 비석이나 다 똑같았다. 이 사람들은 같은 핏줄이라 죽어 뼈가 되어서도 헤어지지 않는 거구나, 하고 생각했더니 바닷물에 휩쓸려 간 그 가족이 떠올라 속이 울렁거리고 등이 오싹했다.

준고가 차가운 비석과 마치 눈싸움을 하는 것처럼 보였다.

"절도 하고, 안 그래?"

"안 해."

"엄마, 어떤 사람이었는데?"

"짜증나는 할망구."

뱉어 내듯 입에서 튀어나온 목소리에, 지금까지 그 입에서 들어 본 적 없을 만큼 불쾌감이 담겨 있었다. 내 가슴에 숨기고 있는 그 태풍, 분노와 질투로 얼룩진 시커먼 석탄 같은 마음과 똑같은 암울함이 느껴졌다. 왠지 내 증오와 아빠의 증오는 쌍둥이처럼 엇비슷했다.

"아버지가 돌아가시고부터, 아버지의 포악한 성격이 그대로 옮은 것처럼 성질을 부려 대서 얼마나 짜증스러웠는지 몰라. 여기에 와 보니까, 알겠다."

"그게 무슨 소리야?"

되묻자, 준고는 입술을 일그러뜨리며 피식 웃었다.

"아니, 네가 좋다고."

준고는 그런 이상한 말만 중얼거릴 뿐, 국화를 바치지도 향을 피우지도 잡초를 뽑지도 않고 그냥 되돌아섰다. 나는 준고의 뒤를 따르면서 몇 번이나 준고의 아버지와 어머니를—만난 적은 없지만 준고가 그 피를 이어받은 남녀가 잠들어 있는 무덤을 돌아보았다. 마침 다른 성묘객들이 나타났는데, 하얀 옷을 입은 부부여서 귀신이라도 본 듯한 느낌에 또 등이 오싹했다. 얼른 준고를 쫓아가 손을 잡았다. 준고의 손바닥이 평소보다 차가운 땀에 젖어 있었다.

"요즘, 좀 이상하대."

준고가 중얼거렸다.

"응?"

"아니, 어떤 여자가 그런 말을 해서. 내가, 어디가 이상하지?"

무슨 말인지 몰라, 나는 잠자코 고개만 갸웃거렸다. 준고는 생각에 잠기면서 담배에 불을 붙이고, 천천히 연기를 토해 냈다. 그리고 아득한 눈길로 하늘을 올려다보았다. 그 옆얼굴에 답답함의 그늘이 희미하게 어려 있었다.

그날 밤은 여름이라 할 수 없을 만큼 시원했다. 그런데도 준고는 한밤중에 땀에 푹 젖은 채 눈을 떴다. 준고의 몸에 딱 붙어 자던 나도 이불 속에 고여 있는 화끈하고 탁한 열기에 눈을 떴다. 준고의 이마와 턱과 목덜미에서 땀이 번들거리고 있었다. 요즘 늘 평온하던 눈동자도 분노를 억누르듯 암울하고 흐리멍덩했다. 나는 준고를 흔들면서 물었다.

"아빠, 아빠, 아빠. 왜 그래, 응?"

"너무, 너무, 외로워. ……못 견디겠어."

대답하는 목소리마저 탁했다.

준고는 느릿느릿 몸을 일으켜 땀에 젖은 티셔츠를 벗어 바닥에 휙 내던졌다. 바닷물에 푹 젖은 것처럼 묵직한 티셔츠가 다다미에 툭 떨어졌다. 선풍기를 틀자 땀에 젖은 짧은 머리가 힘겹게 흩날렸다. 준고는 마치 악몽 속에서 검은 바다에 빠져 익사하기 직전에 가까스로 눈을 뜬 사람 같았다. 준고는 옷을 전부 벗어 던진 축축한 알몸을 푸르르 떨면서 한숨을 쉬고는 다시 이불 속으로 파고들었다. 중병에 걸린 환자처럼 부들부들 몸을 떨어 나도 모르게 팔을 뻗어 그의 머리 밑으로 집어넣었다. 준고의 머리는 무겁고, 뜨끈뜨끈하고, 젖어 있었다. 준고가 내게 늘 그러는 것처럼, 다른 팔로 머리를 감싸고 가슴에 꼭 껴안아 주었다. 그러자 준고는 깜짝 놀란 듯 신음하면서 몸에 힘을 주었다가, 안심한 듯 긴 한숨을 쉬면서 점차 힘을 뺐다. 한동안 그렇게, 죽은 듯이 꼼짝하지 않았다. 그러다 꿈지럭꿈지럭 움직이며 내 탱크톱을 위로 끌어 올려 벗겼다. 그러고는 내 머리카락을 어루만지면서 벗은 가슴에 볼을 대고 어리광을 부리듯 몇 번이나 비볐다. 수염이 가슴과 배를 콕콕 찔렀다. 감은 눈두덩이 파르르 떨렸다. 그리고, 뒤바뀌고 말았다. 평소의 준고는 가여운 어린애로, 나는 어른으로.

준고가 갑자기 눈을 번쩍 떴다. 목을 쭉 뻗어 내 귀에 입술을 대고서 저주하듯 속삭였다.

"피의 인형이야, 피의 인형……."

그 저주에, 몸을 움쩍달싹할 수 없었다. 준고가 귓불을 세게 깨물었다. 깜짝 놀라 작은 비명을 질렀다. 머리카락을 움켜잡고 난폭하게 잡아당겼다.

땀에 젖은 얼굴이 내 볼 위에서 쪽쪽거리는 소리를 냈다. 준고가 입술을 벌리고 내 조그만 입술을 빨았다. 저주. 나는 준고가 하는 대로 가만히 있을 수밖에 없었다. 그러다 마침내 입술과 혀의 움직임이 빨라지면서 내장까지 모두 삼켜 버리지 않을까 겁이 날 정도로 세게 빨기 시작했다. 간신히 입술을 떼고 숨을 크게 들이쉬는가 했더니 다시 물로 뛰어들듯, 아까보다 더 세게 빨아 댔다. 물에 빠져 허우적대며 매달릴 것을 찾는 사람처럼 얼굴이 일그러져 있었다. 입술을 떼고서는 동물처럼 숨을 헉헉거렸다. 그다음에는 내 온몸을 혀로 핥았다. 커다란 동물 밑에 깔려 있는 것 같았다. 이대로 살을 먹어 버리는 것일까, 하고 생각했지만, 준고는 혀끝을 바삐 움직이며 내 몸을 핥을 뿐이었다. 가슴과 등과 겨드랑이 밑을. 손가락을 입에 물고 꼭 깨물었다 꺼내자 투명한 액체가 실처럼 흘러내렸다. 준고의 몸이 또 내 몸을 뒤덮었다. 무언가를 찾는 듯 코를 킁킁거리고는 다시 핥는다.

순식간에 내 온몸이 아빠의 침으로 끈적끈적해졌다.

갑자기 조용해졌다. 천천히 눈을 떠 보니, 준고가 내 발치에 무릎을 꿇고서 찡그린 눈으로 하얗고 조그만 몸을 내려다보고 있었다. 눈길이 마주치자 입술을 파르르 떨었다. 그 입에서 낮은 신음이 흘러나왔다. 분노와 슬픔이 이글거리는 두 눈은 싸늘한 불길처럼 새빨갰다. 준고가 긴 두 팔을 내 쪽으로 뻗어 팬티를 벗기고, 소중한 무엇이라도 되듯 내 두 다리를 들어 올렸다. 쉬이 깨지는 유리 인형을 다루듯 준고는 조심스럽게, 소리 하나 나지 않게 손을 움직였다. 이제는 아까처럼 거칠지 않았다. 나는 몸에서 힘을 빼고 준고가 하고 싶은 대로 할 수 있도록 했다. 준고가 내 다리와 다리 사이에 얼굴을 들이밀고 쩝쩝 핥기 시작했다. 혀가 뜨겁고, 간지러웠다. 수염이 따끔거렸다. 갈라진 목소리로 두세 마디 뭐라 중얼거렸지만, 알아들을 수 없었다. 준고는 오래오래, 축축한 혀로 핥고 때로 입술로 세게 빨기도 하면서 뭔가를 열심히 찾았다. 입술만 빨 때보다 훨씬 격하고, 그리고 끝이 없었다. 아무리 핥고 찾아도 내 거기에는 아무것도 없는데, 그래도 포기할 수 없다는 듯이 입술과 혀를 끝없이 움직였다. 숨도 점점 거칠어졌다.

나는 다리와 다리 사이에 있는, 그림자 같은 색을 한 커다란 동물에게 먹혀 가고 있었다. 끝없이 먹히는데도 줄어들지 않는다. 그래서 아빠는 나를 언제까지고 먹는 것이다. 슬프다. 힘들다. 이상한 데가 몹시 아팠다. 눈물이 소리 없이 흘렀다.

다리 사이에서, 아빠가, 쉰 목소리로 중얼거렸다.

"어……."

긴 팔이 이쪽으로 뻗어 나왔다. 땀으로 끈적끈적한 손바닥이 내 목을 감싸 쥐고, 힘을 꾹 주었다. 이제 죽을지도 모른다. 눈을 꼭 감은 채 꼼짝하지 않았다. 아주 오랜 시간이 흐른 것 같았다. 목덜미에서 스르륵 손이 풀렸다. 몸을 일으킨 준고가 나를 꼭 껴안은 채 어린애처럼 울음을 터뜨렸다. 손바닥으로 내 볼을 힘없이 어루만지고, 연인들이 그러는 것처럼 부드럽게 입을 맞췄다. 땀과 침이 뒤섞인, 울컥 구역질이 올라올 듯한 냄새가 침대 위에 떠다녔다. 아아. 비밀의 냄새다.

준고가 입술을 떼었다.

"어……."

준고가 내게 굴복하듯 고개를 푹 숙이고, 달짝지근한 목소리로 불렀다.

"어, 엄, 마!"

"그래."

침으로 끈끈한 팔을 뻗어 준고의 머리를 껴안았다. 역시, 그랬구나, 하고 생각했다. 나와 이 사람은, 무척 닮았다. 나와 이 사람 사이에는 이상한 인연이 있다. 나와 이 사람은, 피가…….

"엄마! 엄마! 하나……. 하나……."

"그래. 왜……?"

밤에만 남모르게 어른이 되는 아이 같은 기분이었다. 어른이지만, 인간은 아니었다. 나는 준고의 딸이며 엄마이며, 피로 가득한 주머니였다. 딸은, 인형이다. 아빠의 몸 앞에서 알몸으로 다리를 벌리고, 모든 것을 빨아들이는 새빨간 생명의 구멍이다.

준고는 마치 악몽에서 깨어나지 못하는 사람처럼 밤이 새도록 내 알몸을 핥고 빨고 입에 물고 만졌다. 오래전 옛날에, 땅에 묻었던 무언가를 부삽으로 파내는 것처럼. 아빠는 무엇을 찾고 있는 것일까. 비밀의 밤에 지쳐 뒤엉킨 채, 우리는 어느 틈엔가 잠이 들고 말았다.

다음 날 아침 일찍, 나른한 눈을 떠 보니 준고는 침대에 기댄 채 바닥에 쭈그리고 앉아 넋을 잃은 사람처럼 담배를 피우고 있었다.

"아빠."

"잠 깼니? 밥 먹을래?"

평소와 다름없는 아침, 목소리는 어젯밤의 그 일이 꿈이었나 싶을 정도로 차분했지만 옆얼굴을 보니 울었는지 눈이 빨갛게 부어 있었다.

움찔움찔 일어나 새 팬티를 입고 세수를 하고 이를 닦았다. 입을 헹구는데, 다리 사이에서 어른의 손가락이 쓰다듬는 듯한 감촉이 느껴졌다. 뜨끈한 무엇이, 주르륵 흘렀다.

"……아."

초경을 치른 지 얼마 되지 않아 주기가 아직 불안정한 생리가 갑자기 찾아온 것이었다. 후다닥 화장실에 가서 팬티를 갈아입고, 혈액 제거 전용 세제를 찾았다. 준고가 천천히 다가와, 내 손이 닿지 않는 높은 곳에 있는 선반에서 세제를 꺼내 주었다.

욕실에서 물과 세제로 피 얼룩을 씻고 있는데 준고가 들어왔다. 내게서 팬티를 낚아채, 싹싹 깨끗하게 빨아 주었다. 나는 그 손놀림을 물끄러미 쳐다보았다.

그 손이 어젯밤 무엇을 했는지가 떠올랐다. 그 입술과 혀가 어디를 어떻게 빨았는지도.

어제 낮에 묘지에서 울렸던 암울한 목소리가 되살아났다.

—하나, 넌 피의 인형이로구나.

나는 아빠의 혀와 입술과 눈물과 집념이 내 다리와 다리 사이에서 억지로 핏덩어리를 빨아낸 듯한 기분이 들었다.

아빠가 그렇게 애타게 찾았던 것은 이미 오래전에 상실된 것, 딸의 피 속에만 남아 있다. 그래서 그렇게 힘껏 빤 것이다. 비밀의 밤에. 아무도 모르게. 커다란 동물이 되어서.

내 몸에서, 지금껏 맡아 본 적 없는 새싹 같은 싱그러운 냄새가 났다. 뭐지, 이 냄새는? 나는 얼굴을 찡그렸다.

이것이 가족의 냄새. 비릿하고 축축하다.

눈앞이 어질어질하고 다리가 후들거렸다.

"싫지 않니?"

불쑥 준고가 조그만 목소리로 물었다. 두 눈은 부어 있었지만, 여느 때의 붙임성 있는 얼굴에 미소를 띠고서 걱정스럽게 나를 들여다보고 있었다. 나는 고개를 힘껏 저으며 대답했다.

"아니."

이 사람을 싫어하다니, 있을 수 없는 일이다.

"좋아. 아빠는 딸에게 아무거나 다 해도 괜찮아."

"그런 말 하는 거 아냐."

준고가 손을 멈추고, 정말 우습다는 듯이 웃었다.

"정말이야."

나는 뾰로통하게 중얼거렸다. 준고는 내 팬티를 헹궈 꽉 짠 후에 일어섰다.

"응, 나도 좋아."

"정말?"

"그야, 물론이지."

욕실에서 나와 방으로 돌아갔다. 바닥에 앉은 준고의 무릎에 올라앉아 눈을 감았다. 딱딱한 가슴에 몸을 기대고 아빠의 심장 소리에 귀를 기울였다. 심장은 평소보다 한결 빠르게 쿵쿵거렸다. 표정도 차분하고 평소처럼 웃고는 있어도, 사실은 동요하고 있다는 것을 알 수 있었다. 불붙은 담배를 끼고 있는 손가락도 파르르 떨고 있었다.

창밖에서는 바다가 아침 햇살 속에 검푸르게 빛나고 있었다. 준고는 나를 안은 채 죽은 사람처럼 꼼짝하지 않았다. 쿵쿵거리는 심장 소리만 격렬하게 울렸다.

그 후, 여러 가지로 생활이 바빠졌다. 추석 연휴가 끝나면 다른 곳보다 반 달 정도 이른 2학기가 시작되기 때문이었다. 입적과 전학에 관한 절차는 나도 모르는 사이에 준고가 다 처리했다. 차를 타고 아사히카와에 있는 백화점에 가서 가을 옷과 책가방을 샀다. 책방에 주문해 놓은 초등학교 4학년용 교과서도 배달되었다. 오쿠시리 섬에 있을 때는 아침에 밥과 된장국을 먹었는데, 준고는 꼭 빵과 계란 프라이, 그리고 샐러드를 만들어 주었다. 거의 편식을 하지 않는 나는 주면 주는 대로 다 먹었다. 단둘이 먹는 식사에도 익숙해져, 얼굴을 들 때마다 마주 앉아 있는 아빠를 보고서도 놀라지 않게 되었다. 둘밖에 없으니까, 늘 서로를 쳐다보았다. 생활도 자연스러워졌다. 그렇게 어색하고 뒤죽박죽이었던 시간들이 거짓말 같았다.

바람이 점차 서늘해지면서 가을 색이 짙어졌다. 큰길의 자작나무 가로수는 무성하던 잎이 조금씩 마르고 파릇파릇하던 제 색을 잃어 바람이 불 때마다 사륵사륵 소리를 내었다. 준고가 없을 때는 내 손으로 문을 잠그고 나가 쇼코와 공원에도 가고 슈퍼에서 과자도 사 먹었다.

2학기가 시작되기 직전, 해상보안부의 절차가 무사히 끝나 우리는 좁은 원룸에서 공무원 숙사로 이사하게 되었다. 주말의 화창한 아침이었다.

"꽤 넓게 느껴질걸."

준고가 내 머리를 몇 번 쓰다듬으며 이제야 안심이라는 듯 말했다.

일요일 새벽 일찍 일어나 아침을 먹고 베란다에서 멀거니 바다를 바라보고 있는데 인터폰이 울렸다. 준고가 미동도 하지 않은 채 담배만 피우고 있어 대신 내가 현관에 나갔다. 손잡이를 두 손으로 잡고 힘껏 돌려 문을 열자, 본 적 있는 남자가 서 있었다.

"잘 잤나, 준고. 녀석들 깨워서 데려……."

그렇게 말하다가 나를 내려다보고는 아뿔싸, 하는 표정을 지었다.

해마다 오쿠시리 섬의 우리 민박집에 와서 내 사진을 찍어 갔던 그 남자였다. 단단한 체구에 늘 벙긋벙긋 붙임성 있는 미소를 띠고 있던.

준고가 슬금슬금 현관으로 나왔다.

"선배, 왔어요?"

"……어이, 어쩌지? 이 아이가 날 기억하고 있으려나?"

"선배를요? 아아."

준고는 무슨 소리냐는 듯 되물었다가 고개를 끄덕거렸다. 담배를 문 채 문을 활짝 열고 남자를 맞았다.

"벌써 알고 있습니다, 선배가 내 스파이였다는 거. 사진, 제 손으로 봤으니까."

남자는 난감하다는 듯이 머리를 긁적거리면서 안으로 들어왔다. 어른 한 명이 늘어났을 뿐인데 방이 좁고 답답하게 느껴지고 왠지 어색했다. 남자가 방구석에 쭈그리고 앉더니 낮게 속삭이는 목소리가 들렸다.

"그럼 네가 아버지라는 것도 알아?"

"……글쎄요."

"글쎄요라니, 너 말이야."

준고는 침울한 표정을 숨기려는 듯 고개를 숙이고 눈을 찡그린 채 말없이 담배를 피우고 있다. 그리고 불쑥 방 안을 휘 돌아보고는 중얼거렸다.

"짐은 별로 없지만, 그래도 싸 놓고 보면 꽤 되려나."

"꽤는, 뭐가 있는 게 있어야지. 우리 집은 살림살이가 장난이 아니라고, 아버지 때부터 쌓아 둔 것들이. 이사 한번 하려면 끔찍할 거야. 사람이 혼자 사니까 이렇게 뭐가 없어도 살아지는군. 마치 여관살이처럼 말이야."

어이가 없는 한편 부럽기도 하다는 말투였다. 준고가 뭐라고 대답하려는데, 또 인터폰이 울렸다. 문을 열자 비슷한 나이의 남자 네 명이 와글와글 들어왔다. 일요일의 이른 아침이라 모두들 아직도 졸린 표정에 차림새는 똑같이 티셔츠에 청바지였다. 오래전부터 잘 아는 사이인 듯 화기애애하게 이건 어떻고 저건 어떻고 하면서 농담을 주고받았다.

"보안부 사람들은 안 오나?"

“아예 부탁도 하지 않았어. 직장 사람들은 체면치레도 있고. 우리끼리 하는 게 편하잖아.”

“하기야, 그렇군. 슬슬 시작해 볼까.”

남자들은 조립해서 테이프로 고정한 종이 상자에 방에 널려 있는 짐들을 싸기 시작했다. 쭈그리고서 작업을 하던 제일 몸집이 작은 사람이 구석에 있는 나와 눈이 마주치자, 히죽 장난스럽게 웃었다. 오시오 할아버지네 모임에서 만났던 사람들처럼 나를 보고 깜짝 놀라거나 딱하다는 표정을 짓지 않아 싫지 않았다.

“하나, 남자들만 몰려와서 놀랐지? 미안하다. 하지만 어쩌냐, 여자 친구가 없는데.”

나는 생긋 웃으면서 고개를 저었다.

“놀라지 않았어요. 우리 집이 민박이어서, 어른 남자들이 많은 거, 아무렇지도 않아요.”

“아, 그렇구나. 다행이다. 그런데, 꽤 귀엽게 생겼는데. 어이, 준고.”

몸집이 작은 사람이 준고를 돌아보며 흥미롭다는 듯이 말을 건넸다. 준고는 새 담배를 물고 불을 붙이면서, 가볍게 고개를 끄덕였다.

“귀엽지?”

“응…….”

“괜히 군침 흘리지 마. 안 줄 거니까.”

"군침은. 말이지, 나, 어르신하고 쟁탈전 벌였다는 얘기, 다 들었어."

"뭐? 누가 그래?"

"우리 아버지."

놀리는 듯한 목소리에, 준고가 왜 그런지 몹시 부끄러운 표정을 지었다. 그릇을 신문지에 싸고 철제 침대를 해체하던 다른 사람들도 고개를 들고 둘의 얼굴을 번갈아 보았다.

"웬일로 강경하게 굴었다면서. 아버지가 놀랐다던데."

"음……. 그렇지, 뭐."

준고는 담배를 입에 문 채 얼굴을 약간 일그러뜨리며 고개를 끄덕였다.

"그래, 힘 좀 썼지. 그렇게 기를 썼던 거, 해상 보안 학교 졸업 시험 본 후로 처음이었어."

"너, 평소에 그렇게 애쓰며 사는 놈이 아니잖아. 옛날부터 말이야. 고등학교 다닐 때도, 하면 되는 녀석인데 안 한다고 많이 혼났고."

"애쓰지 않아도 얻을 수 있는 걸 위해 애쓰는 사람이 어디 있겠어."

"그야 물론 그렇지만, 지난달 모임에서는 전혀 다른 사람 같았다던데. 저쪽에 웬 말 많은 젊은이가 있다 싶어서 돌아보았더니 준고 너더래. 그래서 깜짝 놀랐다던데. 집에 와서 계속 그 말만 하더라. 말솜씨가 보통이 아니었다고. 하기야 내가 계속 웃어서 그러기도 했겠지만."

"그건 말이지."

세탁기를 들어 현관으로 옮기던 두 남자 가운데 수염을 기른 한 명이 대꾸했다.

"실은 그거, 연습한 거야."

"뭐? 연습?"

"대낮부터 우리 가게 카운터에서 연습했다고. 취직 때문에 면접 치르는 사람처럼 말이야. 어르신이 이렇게 말하면, 이렇게 대답하고. 또 이렇게 따지고 들면 이렇게 받아친다고. 줄곧 웃는 얼굴이었지만 입술 끝을 바들바들 떨고 있더라고. 기분이 별로 안 좋은가 보다고 생각하면서도 어쩔 수 없으니까 상대를 해 줬지. 손님도 없었고. 게다가 어르신이 할 만한 얘기라는 게 뻔하잖아. ……그런데 얼마나 웃기던지. 이 녀석답지 않게 진지하더라고. 여자들에게 보여 주고 싶을 정도였어. 그 꼴을 보았으면 백 년 키운 사랑도 싸늘하게 식어 버렸을걸."

키득키득키득, 준고가 어깨를 흔들며 웃었다. 남자들도 덩달아 웃으면서 다시 한번 해 보라고 놀려 댔다.

"두 번 다시 안 할 거야. 얼마나 피곤했는지 알아. 어르신하고 맞부딪칠 게 못 돼. 적당히 말이나 듣고 말아야지. 세대가 다르잖아."

준고는 그렇게 중얼거리고는 담배를 짓뭉개 껐다. 그리고 꽁초를 버리고 그 재떨이도 짐에 쌌다. 남자들은 그렇게 떠들면서도 열심히 짐을 쌌다. 준고는 이런저런 지시를 하고 또 거들고 하면서, 담배를 피우고 싶은데 그럴 수 없다는 듯 맨담배를 앞니로 꽉 깨물고 있었다.

"그런데 어르신이 말이야."

몸집이 제일 작은 남자가 상자에 테이프를 붙이면서 말했다.

"그렇게 키우고 싶다면, 준고 그 사람이 가장 적합할 거라고 했다던데."

"어르신이 그런 소리를……."

준고의 목소리가 조금 낮아졌다.

"그야 물론, 여러 가지로 부족한 점은 많지만, 애정을 쏟을 수 있는 사람이 키우는 게 옳을 거라고, 결국 고집을 꺾은 후에 그랬대. 너와 이 아이가 돌아간 후에 말이야. 하지만 말은 안 해도, 굉장히 아쉬워하는 표정이었대."

"……이제 상관없는 일이야. 다 끝났으니까."

준고가 희미하게 웃었다.

순식간에 종이 상자가 쌓였다. 남자들은 현관에서 냉장고와 세탁기를 들고 나갔다가 다시 돌아와, 이번에는 종이 상자를 옮겼다. 종이 상자와 남자들의 모습이 밖으로 사라지고, 텅 빈 방에 준고와 단둘이 남았다. 죄수가 갇혀 있는 장소처럼 썰렁하고 고요했다. 창문에도 이미 커튼이 없었다. 유리창 한가득 여느 때와 다름없는 검푸른 바다가 있고, 파도가 찰랑찰랑 밀려왔다가는 밀려갔다. 준고는 말없이 서 있었다. 나도 움직이지 않았다. 둘이 똑같은 각도로 고개를 기울이고 바다만 보았다. 갇혀서, 이제 아무 데도 갈 수 없을 것 같았다. 아빠가 내 볼을 살며시 어루만졌다. 야윈 손목이 입술 끝에 닿았다. 어렴풋하게 고동이 전해졌다.

문이 열리면서 남자들이 또 와글와글 들어왔다. 그러자 끔찍한 죄를 저지른 죄인들이라는 불길한 환상이 쓰윽 사라졌다. 수염을 기른 남자가 흥이 난 목소리로 말했다.

"다 끝났어. 이제 숙사에 가서 짐을 풀기만 하면 돼. 생각보다 금방 끝났는데."

"그렇군."

준고가 돌아보았다. 맨담배를 손가락 사이에 끼고 빙빙 돌리면서 말했다.

"모든 게 다 금방이지."

"그런데 말이야……."

몸집이 작은 남자가 또 히죽히죽 웃었다.

"진짜 귀엽다. 천사가 내려온 것 같아."

준고가 내 손을 꼭 쥐고, 이제 가자는 듯이 잡아당겼다. 나는 준고 옆에 딱 붙어서 현관으로 걸어갔다.

"겉보기는 그래도, 악마야. 나 아무래도 좀 어떻게 된 것 같아."

"어떻게 돼? 그건 또 무슨 소리냐?"

"글쎄. 나와 같은 피가 흐르는데, 그것도 여자라고 생각하면, 도무지 견딜 수가 없어. 왜 그럴까. 누구, 아는 사람 없어?"

준고의 목소리는 꺼져 버릴 것처럼 낮고 작았다.

"글쎄다. 자식이든 뭐든 있어야 그런 걸 알지."

준고는 대꾸하지 않았다. 나와 손을 꼭 잡은 채, 미련 없이 현관을 나섰다. 아침 햇살이 눈부셨지만, 수면을 훑고 뭍으로 불어오는 바람은 싸늘했다. 희미한 바다 냄새가 풍겼다. 목걸이에 매달린 열쇠를 꺼내 내가 문을 잠갔다.

모두 함께 천천히 계단을 내려갔다. 사람이 많아서 발소리가 시끄럽게 울렸다. 준고가 약간 고개를 숙이고 중얼거렸다.

"실은, 어르신이 심하게 반대했어. 왜 그렇게 반대하는지, 의아할 정도로 말이야. 몇 번이나, 제대로 된 가정이 아니라 안 된다면서."

"흠, 그랬어? 그래도 집안에 이 정도 충실하면, 별문제 없지 않을까?"

"……."

"어떤 가정에든 보이지 않는 부족함이 있을 거야. 하지만, 부모가 애정이 있으면 대개의 문제는 해결되지 않겠어?"

"그럴까?"

계단을 다 내려가 밖으로 나갔다. 눈앞에 조그만 트럭 한 대가 서 있었다. 열린 문으로 집 안에서 옮긴 가구와 종이 상자가 보였다. 트럭 옆면에 수산물 가공 공장 이름이 찍혀 있었다.

"뭐야 이거, 보냉차잖아."

준고가 웃으면서 말했다.

"냉방은 껐어. 비린내가 좀 나기는 하지만, 신경 쓰지 마."

"신경은 무슨. 하하하하. 재미있군."

준고는 쾌활하게 웃고는, 한 손을 뻗어 트럭 문을 닫았다. 해마다 민박집을 찾아왔던 남자가 운전석에 앉았다.

"자, 이제 숙사로 가 볼까."

친구들이 그렇게 두런거리며 도로에 서 있는 차에 올라탔다. 트럭과 승용차가 천천히 언덕길을 올라갔다. 트럭의 엔진 소리가 묵직하게 울렸다.

나는 손을 내밀어 준고의 손을 잡고 힘을 꼭 주었다.

준고가 한쪽 눈썹을 찡긋 올리며 '왜?' 하듯이 내려다보았다. 라이터를 꺼내 담배에 불을 붙였다. 한 모금 빨아들이고서 몸을 구부리고 나를 들여다보았다.

"왜?"

"아니, 아무것도 아니야. 그냥 꼭 잡고 싶어서."

"뭐야, 어리광 부리는 거야?"

"응!"

"……가자."

주차장을 향해 둘이 걸어갔다. 그새 내 걸음걸이에 익숙해진 준고는 천천히, 그리고 경쾌하게 걸었다. 눈부신 아침 햇살에 준고의 긴 그림자가 흔들렸다. 그림자가 한여름 때보다 조금 흐릿하고 길었다. 그 옆에 내 조그만 그림자도 있었다. 걸음을 내디딜 때마다 흔들리는, 꼭 잡은 손과 손이 둘의 몸을 단단히 얽어맨 새카만 쇠사슬처럼 보였다.

갈매기가 휘익 날아 내려와 가냘픈 소리로 울었다. 등 뒤에서 검푸른 북쪽의 바다가 철썩철썩 조용히 파도쳤다. 꼭 잡은 손목으로 준고의 잔잔한 고동이 전해졌다. 눈앞에 아빠와 나, 단둘만의 길이 한없이 뻗어 있었다.

또 어리광을 부리듯 손바닥에 힘을 꼭 주었다. 준고도 부드럽게 힘을 주었다. 올려다보니, 내 쪽을 보며 웃고 있었다. 입술 끝에 문 담배에서 화장터 굴뚝에서 피어오르는 것처럼 허망한 연기가 하늘하늘 피어오르고 있었다. 눈부신 아침 햇살에 그의 얼굴이 조금씩 부예져, 잘 보이지 않았다. 아빠 얼굴이 어떻게 생겼는지 이내 잊어버릴 것 같았다. 메마른 바닷바람을 맞으며 손을 더 꼭 잡았다. 그러자 준고도 아플 정도로 꽉 내 손을 잡아 주었다.

아, 나는 이 손을 영원히 놓지 않으리라.

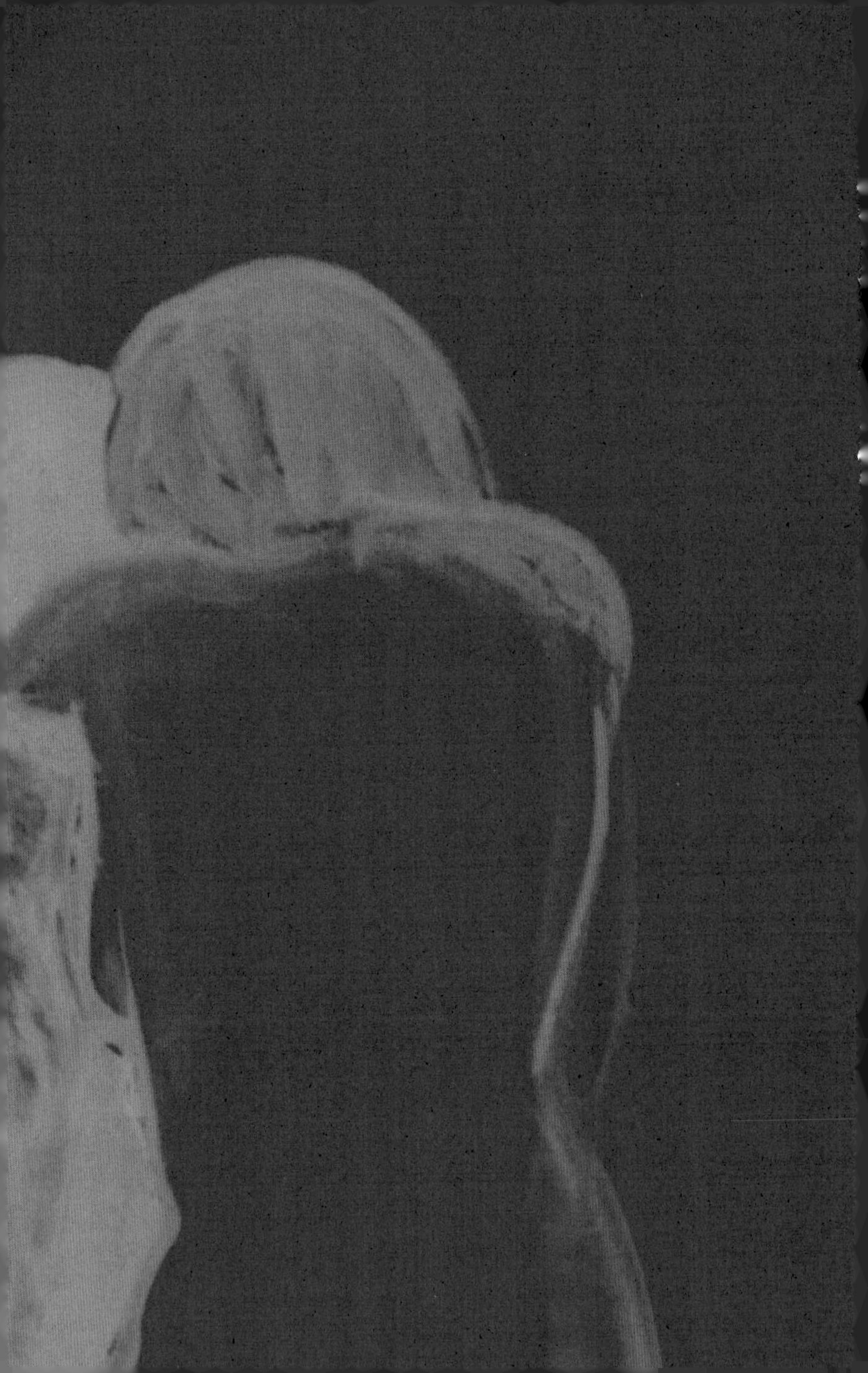